Sie sind dicke Freunde – Alice, Susan und die vier Männer der Band ›Deep Six‹. In der Hoffnung auf den großen Erfolg im Musikgeschäft hat es sie alle zusammen aus dem Mittleren Westen der USA nach New York verschlagen. Und obwohl ihre Träume wie eine Seifenblase zerplatzten, die gegenseitige Verbundenheit blieb lebendig. Zumindest dem Anschein nach.
An einem wundervoll sonnigen Morgen betritt Alice die Wohnung ihrer Freundin Susan, um die Zimmerpflanzen zu gießen, und sie macht eine grausame Entdeckung. Zwei Männer der Band wurden auf brutale Weise ermordet. Eine nicht genau auszumachende Anzahl von Freunden und Bekannten verfügte über Nachschlüssel zu dem Apartment, in dem Susan zusammen mit den beiden Ermordeten lebte. Für Alice und ihre Freunde gerät die vertraute Welt aus den Fugen. Wer konnte es auf Denny und Craig abgesehen haben?
Jane Smiley hat mit ›Mörder in Manhattan‹ das faszinierende Psychogramm einer Gruppe von Freunden gezeichnet. Sie folgt den subtilen Verästelungen von Liebe und Haß, gegenseitiger Abhängigkeit und Freiheit des einzelnen und enthüllt die schockierenden Geheimnisse bester Freunde.
»Faszinierend... Abgesehen von einer alptraumhaften Szene fast am Schluß des Romans, so knapp und eisig wie aus einem Hitchcock-Film, resultiert die Spannung dieser geheimnisvollen Geschichte vor allem aus Jane Smileys Kunst, ihre Personen mit gelassener Genauigkeit zu entwickeln.« *San Francisco Chronicle*

Jane Smiley, 1949 in Los Angeles geboren, wuchs in St. Louis auf und studierte am Vassar College sowie an der Universität von Iowa, wo sie heute unterrichtet, Volkskunde und Skandinavische Sprachen. Für ihren Roman ›Tausend Morgen‹ wurde sie mit dem National Book Award und dem Pulitzer-Preis ausgezeichnet. Im *Fischer Taschenbuch Verlag:* ›Die Grönland-Saga‹ (Bd. 11398), ›In den Jahren der Trauer‹ (Bd. 10171), ›Tausend Morgen‹ (Bd. 12412), ›Gewöhnliche Liebe und Guter Wille‹ (Bd. 12725), ›Die Scheune im Schatten‹ (Bd. 12641/in Vorbereitung). Im *S. Fischer Verlag* erschien 1995 ihr Roman ›Moo‹.

Zur Umschlaggestaltung: Henning von Gierke, Maler, Bühnenbildner und Regisseur, Jahrgang 1947, lebt und arbeitet in München und Niederbayern. Mit seinen Bildern ist er seit 1968 in Ausstellungen und Kunstmessen international vertreten.

Jane Smiley

Mörder in Manhattan

Roman

Aus dem Amerikanischen von
Dietlind Kaiser

Fischer Taschenbuch Verlag

9.–13. Tausend: Oktober 1995

Neuausgabe
Veröffentlicht im Fischer Taschenbuch Verlag GmbH,
Frankfurt am Main, Oktober 1995

Die amerikanische Originalausgabe erschien unter dem Titel
›Duplicate Keys‹ bei Alfred A. Knopf, New York

Gesamtherstellung: Clausen & Bosse, Leck
Printed in Germany
ISBN 3-596-12643-6

Gedruckt auf chlor- und säurefreiem Papier

Für Althea Jompen Drew
und JTH in Zuneigung

1

»Ich hatte die Schlüssel. Ich bin hingegangen, weil ich Susans Blumen gießen wollte, aber die Schlüssel hatte ich schon immer. Alle von der Band haben welche und andere Freunde auch.« Gegenüber von Alice schrieb Detective Honey von der Polizei irgend etwas auf seinen Block. Als er die Hand wegnahm, konnte sie seitenverkehrt lesen: Schlüssel im Umlauf? Sie sagte: »In der U-Bahn hab ich mal mit angehört, wie ein Typ mit einem Koffer zu einem Kumpel gesagt hat: ›Richie kennt eine Bleibe, wo wir übernachten können. Er hat die Schlüssel.‹ Ich kannte niemanden, der Richie heißt, aber es hat mich überhaupt nicht gewundert, daß der Typ aus der U-Bahn am nächsten Tag vor Susans Wohnung aufgetaucht ist und aufgeschlossen hat. Er war kein mieser Typ. Ich meine, er war nach Manhattan gekommen, weil er bei der RCA volontieren wollte. Kein Mensch hat ihn gekannt, aber er hatte die Schlüssel.«

Detective Honey sah sie aufmerksam an, ohne etwas zu notieren. Alice wohnte seit Jahren in New York, hatte aber noch nie ein Wort mit einem hiesigen Polizisten gewechselt. Honeys breites, ausdrucksloses Gesicht wirkte zwar vertrauenerweckend, aber sie fragte sich trotzdem, ob er nicht zu den Polizisten gehörte, die Bestechungsgelder annahmen. Sie hüstelte in die zitternde Hand und redete weiter, als spräche sie mit einem Psychiater. »Es hat lange gedauert, bis Denny und Susan begriffen haben, zu was das führen konnte, aber da hatte schon jeder die Schlüssel. Sie haben darüber geredet, daß sie die Schlösser austauschen lassen wollten, doch das wäre teuer und lästig gewesen. Und außerdem hatte Denny Angst davor, daß man ihm das als Feindseligkeit auslegen könnte.« Detective Honey verzog das Gesicht und schüttelte den Kopf. Alice sagte: »Ich fand das ja auch ziemlich idiotisch.«

»Sie haben die Blumen gegossen, Miss Ellis?«

»Mrs. Das war ausgemacht. Ich hab Susan versprochen, daß ich alle drei Tage hingehe, auch wenn die – die Männer zu Hause sind. Susan hat ihnen nicht zugetraut, daß sie es richtig machen. Vielleicht ist Ihnen aufgefallen, was für schöne Topfpflanzen Susan hat.« Beim Gedanken an die Blumen mußte sie an Denny und Craig denken. Sie zuckte zusammen. Detective Honey fragte: »Und Miss Gabriel ist wo?«
»In den Adirondacks. Morgen abend müßte sie zurückkommen.«
»In den Adirondacks? Im Mai?«
»Sie fährt immer zu seltsamen Zeiten hin. Sie mietet sich dort ein Blockhaus, und im Sommer ist das zu teuer.«
»Waren Sie schon einmal mit ihr in dem Blockhaus?«
»Da war noch nie jemand dabei. Dort gibt's nicht mal Telefon, und die letzten drei Meilen muß man zu Fuß gehen. Und sie hat sowieso nie jemand dorthin eingeladen. Ich glaube, sie braucht manchmal Abstand.«
»Abstand?«
Alice setzte sich gerader hin. »Einfach mal weg von allem, verstehen Sie? Sie hat so viel um die Ohren, muß sich den ganzen Tag um die Kunden kümmern, und dann –« Ihr versagte die Stimme.
Detective Honey tippte mit der Bleistiftspitze auf den Notizblock, dann mutmaßte er: »Sie waren also am Mittwoch dort und sind heute wieder hingegangen?« Alle seine Fragen waren reine Mutmaßungen, die er so betont lässig vorbrachte, daß Alice davon überzeugt war, er halte sie für eine Verdächtige. Ihr war elend zumute. »Ich war am Dienstag zum letztenmal dort, aber ich hab's erst heute wieder geschafft.« Sie räusperte sich. »Ich bin gegen zehn oder Viertel nach zehn von zu Hause weggegangen, den Broadway hinunter. An der Neunundsiebzigsten Straße habe ich mir eine Zeitung gekauft. Der Händler kennt mich. Ich wohne etwa zehn Straßen weiter weg, habe also wahrscheinlich zwanzig Minuten gebraucht. Ich bin niemandem dort begegnet. Ich habe die Haustür selber aufgeschlossen, weil es da keinen Portier gibt, und bin mit dem Aufzug in den fünften Stock gefahren. Dort war ich öfter als in meiner eigenen Wohnung, deshalb kenne ich mich

gut aus. Es war alles wie immer. Ich meine, nichts war durcheinander oder so.« Honey schirmte den Block mit der linken Hand ab und machte sich Notizen. »Ich habe die Wohnungstür aufgeschlossen. Alles war in bester Ordnung.« Das Licht, wie es hereinflutete, warf Strahlenpfeile auf die Stacheln der Sukkulenten, auf die Efeuranken, die schweren, schimmernden Avocadoblätter, auf die Vielzahl der silbrigen Alpenveilchen und die rosenfarbigen Buntlippen. Die Vorhänge offen, die Oberlichter blau vom Sonnenschein. Alice schluckte, aber ihr saß etwas in der Kehle, das weder hinunter noch herauf wollte. Der Kriminalbeamte fragte: »Haben Sie die beiden schon gesehen, bevor Sie ins Zimmer getreten sind?«

»Sie haben in den Sesseln gesessen. Ich war überhaupt nicht darauf gefaßt, daß sie da waren. Ich hab geglaubt, sie hätten einen Auftritt irgendwo bei Boston.« Honey schob die Kaffeetasse ein paar Millimeter näher auf Alice zu. Er fragte: »Genauso, wie Officer Dolan sie angetroffen hat?«

Alice nickte. »Ich hab ›Hallo‹ gesagt. Einfach nur ›Hallo‹. Ich hab mich gefreut, daß sie da waren.« Die fröhliche Begrüßung hatte im Zimmer fast sichtbar widergehallt, und während Alice genauer hingesehen hatte, war sie ihr wieder und wieder in den Ohren geklungen. Was Alice wirklich zugesetzt hatte, war nicht der Anblick der verwüsteten Gesichter gewesen, sondern Craigs halb vom Stiefel entblößter Fuß, der ausgesehen hatte wie gebrochen oder verkrüppelt. Es hatte sehr lange gedauert, bis Alice begriff, daß er in dem Augenblick, in dem der Schuß fiel, dabei gewesen war, sich den Stiefel auszuziehen. Honey blätterte auf dem Notizblock zurück. Alice sagte: »Ich habe nichts angerührt.«

»Eingang des Anrufs um elf Uhr achtundzwanzig. Fast eine Stunde später, Miss Ellis.«

»Wirklich?«

»Was haben Sie gemacht, nachdem Sie die Opfer entdeckt hatten?«

»Ich glaube, ich muß sehr lange bloß dagestanden haben, aber wie lange, das weiß ich nicht. Dann bin ich durch die Wohnung gegangen.«

»Und Sie behaupten trotzdem, Sie hätten nichts angerührt?«

»Ich hatte die Hände in den Taschen. Ich hatte keine Lust, irgendwas anzurühren. Ich hatte nicht mal Lust, richtig zu atmen.«

»Von wo aus haben Sie angerufen?«

»Vom Broadway aus. Ich mußte ein gutes Stück laufen, bis ich ein Telefon fand, das funktionierte.«

»Sie waren also ungefähr eine halbe Stunde lang allein in der Wohnung?«

»Ja, das muß wohl so gewesen sein.«

Honey machte sich Notizen und holte dabei in seiner Mißbilligung so tief Luft, daß er allen Sauerstoff in dem kleinen Büro aufzubrauchen schien. Alice sagte: »Vielleicht begreifen Sie nicht, was das für ein Schock für mich war. Ich habe noch nie zuvor eine Leiche gesehen. Meine Großeltern leben noch alle. Wir hatten nicht mal einen Hund, der gestorben wäre.«

»Ist Ihnen denn überhaupt nichts Ungewöhnliches aufgefallen? Sie waren sehr lange am Tatort. Geben Sie sich alle Mühe, sich so genau wie möglich zu erinnern. Vielleicht fällt Ihnen dann eine Einzelheit ein, von der Sie gar nicht wußten, daß Sie sie gespeichert haben. Mrs. Ellis, der Schauplatz eines Verbrechens kann Bände sprechen, aber ein Laie oder ein unvorsichtiger Zeuge am Tatort kann das alles zum Schweigen bringen, so gut er es auch meinen mag.«

Aufgeblasenes Zeug, dachte Alice; aber die Zurechtweisung brachte sie zum Erröten. »Ich hätte also auf der Schwelle kehrtmachen und gehen müssen?«

Nur mit einem Achselzucken stimmte Honey ihr zu. Er sagte: »Erinnern Sie sich bitte so präzise, wie es Ihnen möglich ist.«

»Ich war völlig durcheinander.«

»Aber was haben Sie gesehen?«

Alice dachte minutenlang nach, aber es war ihr unmöglich, die Frage zu beantworten. Als sie sich den Schauplatz des Verbrechens Quadratzentimeter um Quadratzentimeter vor Augen rief, war ihr nicht mehr klar, ob sie nicht nur das vor sich sah, was sie in Susans Wohnung zu sehen gewohnt war. »Mir fällt überhaupt nichts ein.«

Detective Honey räusperte sich. Alice fragte sich, ob er sie wohl gleich festnehmen würde. War es möglich, daß Töchter von Eisenwarenhändlern in Rochester, Minnesota, hinter den Gittern eines Frauengefängnisses landeten, nur weil sie zufällig über einen Mordfall gestolpert waren? Derlei lernt man weder von Kafka noch aus der *New York Times*. Honey sagte: »Dann erzählen Sie mir etwas über sich, Mrs. Ellis.«

»Es roch sehr streng. Ich war durcheinander und hatte auch körperlich so was wie einen Schock. Es kam mir vor, als ob alles an mir vibrierte.«

»Sie sind keine gebürtige New Yorkerin?«

Alice sah ihn einen Augenblick lang an. War es an der Zeit, nach einem Anwalt zu verlangen, sich auf den fünften Zusatzartikel der Verfassung zu berufen, aufzustehen und auf jede weitere Frage die Antwort zu verweigern? Aber als sie den Mund aufmachte, sagte sie ihren Namen. Alice Marie Ellis, geschieden, keine Kinder, einunddreißig Jahre alt, Bibliothekarin bei der New York Public Library, Hauptstelle, wohnhaft in der Vierundachtzigsten Straße West 557, geboren in Rochester, Minnesota, Mutter Krankenschwester, Vater in der Eisenwarenbranche, Exmann Dichter und Collegedozent. Seit sechs Jahren in New York ansässig, die letzten fünf unter der angegebenen Adresse. Keine Vorstrafen, kein Verstoß gegen die Gesetze, kein Auto.

Detective Honey lächelte zum erstenmal; voller Zuversicht, wie Alice glaubte. Er war groß und verfügte über das übliche Selbstvertrauen großer Männer. Es fiel ihr schwer, ihn anzusehen. Jeder Versuch, ihn zu durchschauen, schien auf sie zurückzuprallen wie Sonnenlicht von einem Kotflügel. Er sagte: »Ich bleibe mit Ihnen in Verbindung, Mrs. Ellis«, und stand auf. Auch Alice erhob sich, und im nächsten Augenblick war sie schon draußen, vor dem Polizeirevier. Es war ein herrlicher Tag mit frischer Klarheit und angenehmer Wärme. Im vierten Stock des Gebäudes gegenüber wippten und wogten gelbe Markisen im Wind – wie am Strand und nicht inmitten von Manhattan. Genauso war sie heute morgen um zehn oder Viertel nach zehn aus dem Haus gekommen, war sie stehengeblieben und hatte aufgeschaut zu den grauen Mauern, den gestochenen Schatten, dem azurblauen Himmel, glücklich darüber, daß Susan morgen zurückkam. »Mmm, was für ein Tag?« hatte sie gerufen, und ein Mann, der an ihr vorbeiging, hatte ge-

nickt und gelächelt. Heute war schon der sechste Tag von lauter schönen Tagen hintereinander.
Alice stand eine ganze Weile da, mitten auf dem überlaufenen Weg zum Revier. Sie wußte nicht, was sie denken sollte, starrte in die freie Luft der freien Stadt New York und genoß, schon nach so kurzer Zeit auf dem Polizeirevier, daß sie frei über ihre Zeit verfügen konnte, und war doch nicht imstande, sich von der Sicherheit des Gebäudes zu lösen, in dem es so geschäftig zuging. Zu ihrer Rechten, jenseits der Häuserschlucht, lockte grün und wellig der Central Park mit dem Zoo, mit der Met, dem Natural History Museum, den Ständen mit Hot dogs und würzig gefüllten Brötchen, mit den Verleihern von Fahrrädern und Rollschuhen, mit den Schaukeln und Rutschen. Sehnsüchtig stand sie da, dann wandte sie sich nach links und ging auf den Broadway zu.

Wie es dem bescheidenen Ruhm von Denny und Craig entsprach, waren nur wenige Gaffer da, und als Alice einen der Herumstehenden fragte, was passiert sei, bekam sie nur zur Antwort: »Da drin sind zwei Typen ermordet worden. Oben im Dachstock.«
»Weiß jemand, wer die beiden waren?«
»Nö. Irgendwelche Typen eben.«
Immerhin war eine modisch gekleidete junge Frau da, die eine Kamera bei sich hatte und von der Zeitschrift *Rolling Stone* hätte sein können. Alice tat so, als gehöre sie auch zu den Gaffern, und erkundigte sich nicht. Während sie herumstand, kamen immer mehr Leute hinzu, hielten sich schützend die Hand vor die Augen und starrten hinauf zu den leeren Fenstern im Dachstock. Keine Vorhänge. Hinter ihr sagte jemand: »Denny Minehart und Craig Shellady, hab ich gehört. Die hatten doch diese Band, die Deep Six.«
»Kommt mir bekannt vor.«
»Vor etwa fünf Jahren hatten die einen Hit. ›Dinahs Augen‹ – wissen Sie noch?« Er summte eine Melodie.
»Ja, so vage. Wäre es nicht schön, wenn man fliegen könnte und da oben ins Fenster reinschauen?«
Alice schob sich näher an die Fotografin heran, eine Frage im Kopf, die sie zweifellos nicht stellen würde. Sie hatte so lange miterlebt, wie frustriert Denny und Craig waren, daß sie wußte, sie

schaffte es nicht, sich dem Risiko der Gewißheit darüber auszusetzen, daß *Rolling Stone* noch nicht einmal jetzt von den beiden Notiz nahm. Aber Todesfälle meldeten sie immer. Immer. Darauf konnten sich Denny und Craig verlassen.

Durch »Dinahs Augen« waren Denny und Craig auch nach New York gekommen, und die anderen waren ihnen nachgezogen, aus verschiedenen Gründen, vor allem aber, weil es ihnen ganz selbstverständlich vorkam, so selbstverständlich, daß sogar sie selbst und Jim Ellis hergekommen waren, aus reiner Freundschaft. Ein dicker Vorschuß, »echte Starthilfe« von der Plattenfirma, das sichere Gefühl, es geschafft zu haben. Und es war sechs Jahre her, nicht fünf. Ein Bild in *Rolling Stone*, nicht auf dem Cover und auch nicht auf dem ausklappbaren Poster in der Mitte, aber immerhin eine halbseitige Aufnahme von der zweitbestbekannten Fotografin der Zeitschrift und zwei Seiten Text, »Deep Six« gedruckt in modischer Schrift, mit ellenlangen blauen Buchstaben, die wie Tropfen in den Artikel hineinliefen. Der ganze Bericht hing gerahmt an der Wand zwischen den beiden Fenstern, zu denen jetzt alle, Alice eingeschlossen, hinaufstarrten. Der Platz zwischen den Fenstern sei der beste dafür, hatte Craig hartnäckig behauptet, denn dort könne die Sonne das Papier nicht bleichen oder zum Vergilben bringen. Die Sonne sei tödlich für Gedrucktes, hatte Craig erklärt, und obwohl er Bedenken dagegen hatte, den Ausschnitt an eine Außenwand zu hängen, des Klimas wegen, meinte er doch, es könne eine Zeitlang so gehen. Craig wohnte zwar eigentlich nicht mit Denny und Susan zusammen, aber viel fehlte daran nicht. Denn er bewahrte alle seine Instrumente dort auf, die besten Fotos, die es von ihm gab, und das Album mit den Rezensionen ihrer Auftritte. Es war die Wohnung hier, nicht sein möbliertes Zimmer in der Amsterdam Avenue, von der aus er wie ein riesengroßer Vogel durch das Oberlicht in den Himmel der Rock-and-Roll-Unsterblichkeit aufzusteigen hoffte. Denny machte das nichts aus, denn er hatte seit über zwanzig Jahren so gut wie immer mit Craig zusammengelebt.

Alice stand so nahe bei der Fotografin, daß sie um ein Haar getreten worden wäre. Sie hätte zu dem Begleiter der Fotografin (ein Reporter?) sagen können: »Wissen Sie, ich hab die beiden gefun-

den. Ich hab die Tür aufgemacht, da ist mir der Geruch aufgefallen, und dann habe ich sie gesehen. Sie saßen in Susans orangefarbenen Sesseln, und ihre Köpfe sahen so merkwürdig aus – fleischig und rot. Wissen Sie, wie lange es dauert, bis man begreift, daß man einen Toten vor sich hat, wie langsam das Bewußtsein diese Erkenntnis abtastet, alle möglichen Spekulationen durchspielt: einen Scherz, einen Trick, einen Traum oder ob man den Verstand verliert, ob's die falsche Wohnung ist? Ich meine, einen Augenblick lang hab ich gedacht, sie wären unter ein Auto gekommen und sollten sich hier erst mal ausruhen oder so. Es war zu still und zu sauber, als daß so etwas Schlimmes hätte passiert sein können. Ich bin eine halbe Stunde lang in der Wohnung herumgelaufen, bevor ich die Polizei angerufen habe, und jetzt werde ich verdächtigt.«
Aber die Fotografin schraubte routiniert das Teleobjektiv ab und wandte sich samt ihrem Begleiter dem Riverside Drive zu. Von dorther kam jetzt Ray Reschley um die Ecke. So hochrot im Gesicht, wie es nur ganz besonders blasse Männer werden können, und pummelig wie eh und je, hob Ray grüßend die Hand, als er Alice sah. Dann begriff er offenbar – vielleicht, weil sie so allein in der Menge stand –, daß ihre Beziehung zu den Opfern bis jetzt unbekannt geblieben war, und er ließ die Hand sinken und ging ihr mit Bedacht aus dem Weg, bis er schließlich mit einem Seitenblick die Worte formte: »Bei mir, zum Abendessen.« Alice nickte. Gleich darauf ging ein ziemlich schäbig gekleidetes Jüngelchen auf Ray zu, mit gezücktem Notizblock, und Alice begriff, daß das der Reporter war. Ein Reporter. Durch sein absolutes Gehör und sein empfindliches Ohr war Ray ziemlich berühmt geworden, jedenfalls für einen Toningenieur, und er hatte so viele Aufträge, daß er es sich leisten konnte, das ganze Jahr über in New York zu arbeiten und nur noch auf Tournee zu gehen, wenn er jemandem einen Gefallen tun wollte. Wie Alice, wie Susan und auch wie Noah Mast, der Baßgitarrist, war Ray nur hierhergekommen, weil die Plattenfirma Denny und Craig nach New York geholt und weil er gehofft hatte, hier ebenfalls Arbeit zu finden.
Ray stellte sich in Positur, faltete die Hände – ganz offensichtlich bereit für ein Interview. Die Leute drängten sich näher um ihn. Ray machte sich ein Stückchen größer, ließ den Blick über die Ver-

sammlung schweifen, lächelte kurz, als wisse er etwas, und sagte: »Kein Kommentar.« Alice, amüsiert über Ray und zugleich angewidert von der ganzen Szene, wandte sich ab von der Menge, von Susans Haus und von Susans ungeheuerlichen Problemen, und ging den Riverside Drive entlang auf die Vierundachtzigste Straße zu, obwohl sie nicht die leiseste Ahnung hatte, was sie dort tun sollte.

»Du hast es also gehört. Ist es denn zu fassen!« Rya Mast machte Rays Wohnungstür auf, barfuß, in schwarzen Shorts und schwarzem französischem T-Shirt. Theatralisch trat sie zurück, um Alice einzulassen. Noah, Ryas Mann, kläffte quer durchs Zimmer: »Alice hat sie gefunden, Rya!«
»Nie erzählt mir Noah was. Wie scheußlich für dich. Ich frag dich nicht aus. Am besten trinkst du erst mal was.«
»Sie hat sie heute morgen gefunden, Rya.«
»Was zu trinken schadet dir trotzdem nichts. Ray ist eben weg zum Chinesen in der Hundertfünften, Abendessen holen, aber er hat schon einen Mixbecher mit Pinas Coladas dagelassen. Ich hol dir ein Glas.«
Noah rollte mit den Augen, lächelte aber, als Rya zurückkam. Alice nahm den schaumigen Drink und setzte sich, fest entschlossen, nicht nach oben zu schauen. Rays Wohnzimmerdecke bestand aus einem riesengroßen Rauchglasspiegel.
»Wir sind ganz geschockt«, sagte Rya, die das blonde Haar auf dem Kopf zusammengedreht hatte. Wenn sie die Nadeln herausnahm, fiel ihr das Haar in schimmernder Fülle über die Schultern, wie Alice wußte. Das einzige, wovon Rya überhaupt etwas verstand, fand Alice, waren Frisuren und Kleider. »Geschockt, einfach geschockt. Ich kann es gar nicht in Worte fassen.«
»Verblüfft. Wie vom Donner gerührt«, schlug Noah vor.
»Noah ist auch geschockt. Glaub mir. Er macht bloß Witze, um das zu überspielen.«
»Plattgewalzt. Hell entsetzt.«
»Bring uns nicht zum Lachen, Noah. Es ist zu scheußlich.«
Alice war seit langem daran gewöhnt, die Masts zu tolerieren, so daß sie über Ryas aufreizendes Herumkokettieren ebenfalls hin-

wegsehen konnte wie über Noahs sarkastische Art. Sie hatte sie gern, nicht nur weil sie ihr so vertraut waren, sondern weil sie im Lauf der Jahre zahllose Witze auf Kosten der beiden gemacht hatte. Aber jetzt gingen sie ihr auf die Nerven, und sie bereute, daß sie hergekommen war.

»Hast du Susan angerufen?« fragte Rya. »Ich darf gar nicht an Susan denken.«

»Sie ist in den Adirondacks, weißt du das nicht mehr?«

Alices Stimme, seit dem Gespräch mit Detective Honey außer Übung, kam belegt und schwankend heraus. Sie räusperte sich. Sie sehnte sich danach, daß Ray wiederkam, damit ihnen das Essen etwas zu tun gab. Noah fing wieder damit an, Joints zu drehen – feste, gleichmäßig geformte Joints, an beiden Enden so spitz wie Fingernägel. Alice trank einen Schluck. Ryas Blick wanderte an die Decke, und unter dem trotz des Rauchglases entlarvenden Spiegel arrangierte sie die Beine vorteilhafter und ließ das Haar fallen. Keine Musik. Für Ray, der jeden falschen Ton und jede technische Unzulänglichkeit hörte, war Musik eine Tortur. Er sagte immer, er schone seine Ohren lieber für die Arbeitszeit. Freizeit war gleichbedeutend mit Stille, einer Stille, die in ihrer Vollkommenheit fast etwas Sexuelles an sich hatte. Sex-u-ell. Ray behauptete, außer der Perfektion des Tons interessiere ihn nur noch Sex. Es verdroß Alice, wenn er solche Reden führte, weil sie wußte, daß das bloß eine Pose war. Denn Ray war ein leidenschaftlicher Bastler, der immerzu mit einem neuen Projekt beschäftigt war. Aber seit etwa einem Jahr hatte sich sein Freundeskreis geändert. Seither ödete er einen nur noch an mit seiner Sexbesessenheit. Sex, nichts als Sex, ohne Komplikationen.

Rya stand auf, als sei der Spiegel das Angesicht Gottes, ging ins Bad und machte die Tür hinter sich zu. Noah schaute auf und fragte: »Was hältst du von ihrer Reaktion?«

»Wie bitte?«

»Findest du nicht, daß sie seltsam reagiert?«

»Rya? Nein.«

»Hm.«

Alice wurde daraus nicht schlau und fragte: »Findest *du* denn, daß sie seltsam reagiert?«

Noah zuckte die Achseln. »Ich weiß nie, wie tief es wirklich geht, weißt du. Ich glaube, im Grunde bin ich ein kalter Mensch, aber sie nimmt sich wirklich alles zu Herzen.« Alice hatte da ihre Zweifel. Er steckte sich einen Joint zwischen die Lippen und riß unter der Schreibtischplatte einen Alleszünder an. Einen Augenblick später bot er Alice den Joint an. Sie schüttelte den Kopf. Sie schüttelte meistens den Kopf und kam sich dann im Vergleich mit den Masts ziemlich spießig vor. Sie verunsicherten Alice auch immer, was ihre Kleidung anging. Der Kattunrock und die Baumwollbluse, die sie beim Verlassen der Wohnung für schick und verwegen gehalten hatte, wirkten unter Rays Spiegel, neben Ryas Shorts und gegenüber von Noahs kleinem Rechteck aus Joints bieder und unansehnlich. Im Türschloß drehte sich ein Schlüssel, die Tür flog auf. Ray mit einer Riesentüte. Im nächsten Augenblick war Rya da und stürzte sich darauf. Wohlig ächzend begutachtete sie das Schweinefleisch Mo-shu, die Austern mit Strohpilzen, das Huhn Gongbao mit rotem Paprika und Cashewkernen, die dampfende Reissuppe, den Toast mit Shrimps. Ray mußte fünfundzwanzig Dollar dafür ausgegeben haben, wenn nicht dreißig. Und ganz unten in der Tüte waren Shao-Mai-Klößchen. Rya griff in die Tüte, als wolle sie mit den roten Fingernägeln die delikaten Vorspeisen nicht nur herausholen, sondern gleich aufspießen. Alice stand auf. Sie hatte auch Hunger.

Sie fragte sich, ob die anderen genau wie sie immerzu an Denny und Craig und Susan denken mußten. Freilich, sie hatten die Leichen nicht gesehen, leblos, doch voller Leuchtkraft, auch ohne die Kraft, die von den Sesseln, Tischen und Teppichen ausging, zu schweigen von den wuchernden Pflanzen und den Lampen und Geräten, in denen die Elektrizität pulsierte. Andererseits mußten zumindest Noah und Ray die beiden gestern oder vorgestern abend noch gesehen haben – ganz lebendig, ganz sie selbst, nervend, vertraut und doch so unterhaltsam. Vor allem Craig, dachte Alice, der es gelang, ein zu gleichen Teilen aus Ärger und Verlangen gemischtes Gefühl in sich wachzurufen, an das sie sich in all den Jahren der Freundschaft nicht hatte gewöhnen können. Und jetzt ermordet! Ermordet! Der Schock entsetzte sie immer wieder aufs neue wie Hammerschläge direkt neben ihrem Ohr, auf die sie nicht gefaßt war. Sie legte sich einen Pfannkuchen auf den Teller, goß Hoisin-Sauce darauf und verteilte darüber die Mischung aus Ei und Schweinefleisch. Ray sagte: »Die Austern sind phantastisch. Darüber wäre Craig einfach ausgeflippt.«

»Das war ein Lieblingsrestaurant von ihm«, sagte Noah. Ein tiefer Seufzer stieg vom Tisch auf, und Ray sagte: »Wißt ihr noch, wie er sich vor fünf Jahren noch geweigert hat, chinesisches Essen auch nur anzurühren, weil es angeblich alles zusammengemanscht ist?«

»Ein komischer Vogel«, meinte Noah. »Ich kann's einfach nicht fassen.«

Ray fuhr mit dem Löffel in die Sojabohnentunke. »Ich schon. Wirklich, weißt du. Denk doch mal nach. Craig Shellady und ein biblisches Alter? Machst du Witze?«

Alice sagte: »Waren seine Eltern nicht ungefähr genauso alt, als sie bei dem Autounfall umgekommen sind?«

Ray überhörte sie. »Denny, ja. Denny mit siebzehn Enkeln irgendwo auf dem Land, wie er am Wahltag die Hochrechnungen anschaut. Das kann ich mir genau vorstellen. Wie er noch mehr Regale baut, damit noch mehr Einmachgläser mit Tomaten Platz haben. Ja, ja.«

Alice hustete. »Ich glaube, seine Mutter muß in Craigs Alter gewesen sein. Sein Vater war fast vierzig. Jedenfalls war Craig schon elf, zwölf Jahre alt.«

Rya setzte sich zurück und machte ein betroffenes Gesicht. »Ich hatte keine Ahnung, daß Craig ein Waisenkind war. Stellt euch vor, ein Waisenkind!«

Noah rollte mit den Augen. »Er hat dir zigmal erzählt, daß seine Eltern tot sind und daß er die ganzen Jahre bei den Mineharts verbracht hat.«

»Aber ich hab nicht begriffen, daß er ein Waisenkind war! Wie jemand, den man in ein Heim steckt!«

»Er war nie im Heim. Er hatte jede Menge Tanten und Onkel und die Mineharts dazu, und ihm hat es nie an etwas gefehlt.« »Ein Waisenkind! Könnt ihr euch vorstellen, was es bedeutet, wenn man ein Waisenkind ist?« Noah legte den Arm um sie und küßte sie auf die Schläfe, sah aber dabei aus, als hätte er ihr am liebsten den

Mund zugehalten. »Komisch ist es jedenfalls«, sagte Ray und verhielt mit den Stäbchen über dem Teller. »Ich habe immer gedacht, daß er nicht lange zu leben hat, und trotzdem kann ich nicht glauben, daß er tot ist.« Noah fragte: »Hat jemand Dennys Eltern angerufen?« Alle schauten Alice an. Sie zuckte die Achseln. »Ich kenne sie nur flüchtig. Ich habe der Polizei ihre Adresse gegeben.« Ihr schauderte. Die Mineharts hatten einen Narren an Craig gefressen, und Denny war vermutlich ihr Lieblingskind. Es gab keinen Menschen, der so viel Wärme und Verläßlichkeit ausstrahlte wie Denny. Sie sagte: »Jede Menge Leute werden es erfahren müssen. Das ist das schlimmste.«

»Nein«, sagte Noah. »Am schlimmsten ist es mit Susan. Wie willst du es Susan beibringen?«

Alice hatte den Gedanken an Susan den ganzen Nachmittag lang weitgehend verdrängt. Susan hatte seit Jahren mit Denny zusammengelebt, fast so lange, wie Alice sie kannte, und in Alices Augen war die Beziehung der beiden die einzige ihr bekannte gewesen, die der Vollkommenheit nahe kam. Ihr war dabei zumute, als lebe sie Tür an Tür mit einem Denkmal. Susans häusliche Tüchtigkeit war überwältigend. Sie verstand sich auf Steuererklärungen, auf Zimmerpflanzen, auf Gastfreundschaft und auf Einrichtung. Es lag an Susan, daß die Leute so ungern die Wohnung verließen. Sie wollten nicht nur an der Atmosphäre teilhaben, die Susan geschaffen hatte, sondern auch an der entspannten Atmosphäre zwischen ihr und Denny. Gleichermaßen entspannt verliefen Susans Aufbrüche, ihre undramatischen Versuche, allein wegzufahren, von denen weder sie noch Denny viel hermachten. Vielleicht hatte Alice sie von jeher gerade darum am meisten beneidet, denn ihre eigenen Trennungen von Jim Ellis waren immer überfrachtet gewesen mit Angst und hatten stets mit Vorwürfen geendet: Warum hatte er so selten geschrieben oder warum sie so oft? Und dann hatten sie selbst mit der Trennung geendet, wahrscheinlich das unausweichliche Ende, wie Alice manchmal dachte. Aber Susan und Denny blieben und blieben zusammen, länger als alle anderen Freunde, länger als alle Freunde ihrer Freunde. Alice legte die Gabel weg. »Ich weiß es nicht«, sagte sie. »Und wir haben überhaupt noch nichts unternommen, oder? Wo sollen sie beerdigt werden? Wie kommen sie auf den Friedhof? Soll es eine Trauerfeier geben? Wer kümmert sich um die Wohnung? Ich weiß nicht mal, wann Susan morgen zurückkommt. Soll ich vor dem Haus auf der Straße sitzen und auf sie warten? Sie kann jederzeit zurückkommen.« »Und jemand muß mit den Leuten von der Presse reden«, sagte Ray. »Die haben mir heute das Telefon fast kaputtgeklingelt. Heute abend habe ich den Auftragsdienst eingeschaltet, aber wetten, daß fünfzig Leute auf Rückruf warten, wenn ich dort anrufe?«

»*Rolling Stone?*« fragte Alice.

»Und alle anderen dazu, glaub mir.«

Alice schwieg. Noah zündete sich den nächsten Joint an und sagte: »Ich hab keinen Augenblick lang geglaubt, daß Craig nicht lange zu leben hat. Ich hab ihn für verrückt gehalten, aber nicht für einen Todeskandidaten. Klar, er hat alles mögliche Zeug genommen, vor allem Kokain, und ich möchte wetten, daß keiner von euch weiß, daß er damals, als er in Kalifonien war, auch Heroin ausprobiert hat.« Alice wußte gut Bescheid über Craigs kalifornisches Intermezzo. »Aber er war immer auf der Suche. Er hat nichts ausgelassen. Einmal bin ich auf dem Rücksitz von seinem Motorrad mitgefahren, auf seiner BMW, und wir müssen ungefähr hundertfünfzig draufgehabt haben. Da hat er sich runtergebeugt und sich an der Zylinderverkleidung eine Zigarette angezündet. Ich hab keinen Augenblick lang ein Gefühl von Gefahr gehabt, aber ich kann auch nicht sagen, warum.« »Daß du ein Volltrottel bist«, sagte Ray, »heißt noch lange nicht, daß er auch einer war.«

»Was immer.« Noah inhalierte tief aus dem Joint, an dem nur er und Ray rauchten. »Jedenfalls, wenn's je einen Menschen gegeben hat, der am Hinterkopf Augen hat und die richtigen Reflexe, sich rauszuhalten, wenn's ernst wird, dann war das Craig.«

»Deshalb ist mir ja das alles so seltsam vorgekommen«, sagte Alice, der das jetzt erst bewußt wurde. »Ich konnt's einfach nicht glauben. Nicht etwa nur, daß sich offensichtlich kein Kampf abgespielt hatte – nein, es war, als ob überhaupt nichts Ernstes passiert wäre, nichts wirklich Schlimmes. Es war wie ein schlechter Witz. Ich hab keinen richtigen Schock gekriegt, nicht mal durch den Geruch. Heute nachmittag war mir dann so komisch, aber eher so, wie wenn man die Grippe kriegt. Vielleicht hätte ich einen von den beiden anfassen sollen.«

»Es kann noch gar nicht gestunken haben«, sagte Ray. »Viel zu früh.«

»Aber es hat gestunken.«

»Nach wieviel Stunden? Acht? Reine Einbildung.«

»Ich will mich darüber nicht streiten.«

»Mein Gott«, sagte Ray. Das Gespräch versackte.

Noah nahm sich den letzten Löffel Bohnentunke und sagte: »Erst gestern haben wir für das Konzert geprobt. Eigentlich nur provisorisch. Der Neue, Zimmerman, den Craig vor ein paar Wochen als Schlagzeuger engagiert hat, der hat ein Glas Wasser auf der Bühne verschüttet. Außer mir hat das keiner gesehen. Er ist mit dem Ärmel oder mit sonstwas dagegen gestoßen. Craig ist zu einem Verstärker hinübergegangen, weil er was verstellen wollte. Seine Gitarre hat unter Strom gestanden, und mit einer Hand hatte er sie um den Hals gefaßt. Er griff nach dem Schalter am Verstärker und hob den Fuß. Ich wollte schon schreien, aber ich will ein Stück Scheiße sein, wenn's nicht stimmt, daß er mit dem einen Fuß an den Rand der Wasserlache getreten ist und mit dem andern genau davor. Ich meine, ich weiß nicht, ob er einen Schlag gekriegt hätte, aber ich hab mir gedacht, das ist ein Glückspilz, das ist ein typischer Glückspilz.«

»Und dann hat er Zimmerman bestimmt vom Fleck weg rausgeschmissen, oder?« erkundigte sich Ray, der nicht dabeigewesen war.

»Du hast doch Shellady gekannt. Geduld war nicht gerade seine Kardinaltugend.«

»Kaum«, stimmte Ray ihm zu.

»Ich finde die ganze Sache einfach total furchtbar.« Rya hatte sich gegen ein graues Riesenkissen auf Rays Sofa gelehnt. »Geht uns doch allen so«, sagte Noah. »Pst.«

»Hat jemand Zimmerman verständigt?« fragte Alice.

»Er war heut den ganzen Tag lang mit irgendwelchen Leuten von der Westküste im Studio. Inzwischen hat er's wahrscheinlich sowieso erfahren.«

»Hast du Jim angerufen?« Noah brachte die Frage ziemlich behutsam in die Gesprächsrunde ein, während Ray so tat, als sei er mit dem Abräumen des Geschirrs beschäftigt. Jim Ellis war schon genau solange wie sie mit den anderen befreundet. »Sollte ich wohl, oder?« Sie schaute in die Runde.

»Soll ich das machen?« fragte Ray.

»Nein, danke. Jim gibt sich so viel Mühe um ein freundschaftliches Verhältnis, daß er glauben würde, ich sei am Boden zerstört und könne mit überhaupt niemand reden, wenn ich ihn nicht anrufe.«

»Ich verstehe einfach nicht, wie du ganz allein damit fertig wirst«, jammerte Rya.

»Besser allein als zu dritt. Ich meine, was wäre denn, wenn er herkäme und sie mitbrächte? Ich ruf ihn noch heute abend an. Dort ist es ja jetzt erst sechs.« Sie sah die andern der Reihe nach an, sah ihren Ausdruck des Mitgefühls und fügte hinzu: »Es macht mir wirklich nichts aus, mit ihm zu reden. Ihr wißt doch, daß es fast schon zwei Jahre her ist.«

»So lange schon?«

»Ja, so lange ist es her seit der endgültigen Trennung, wahr und wahrhaftig.«

»Verblüffend«, rief Noah, der sich einen weiteren Joint voller Anerkennung vors Gesicht hielt und ihn dann sorgfältig mit den anderen in die Brusttasche steckte. Während sie Noah zusah, überkam Alice plötzlich ein Anflug von Albernheit, vielleicht weil ihr gemeinsames Abendessen nach einem so seltsamen Tag überhaupt nichts Seltsames an sich gehabt hatte. Ganz wie immer war es gewesen, etwas Vertrautes, und die Freunde waren ganz und gar sie selbst gewesen. Sie hatten sie nicht zu einer Beschreibung genötigt, und dadurch, daß sie die Szene nicht beschrieben hatte, schien das Ganze unwirklicher zu werden. Andere Menschen waren tot; sie lebte. Vom Riverside Drive her wehte der Duft der Bäume in Rays Fenster herein und gemahnte sie mit Macht daran, daß es gut war, nicht tot zu sein. Sie preßte die Lippen zusammen, um den Lachreiz zu unterdrücken; dann sagte sie: »Es ist besser, wenn ich jetzt gehe.«

»Aber nicht allein«, sagte Noah. Rya stand auf. »Wir müssen mor-

gen unbedingt miteinander telefonieren«, sagte sie. »Wir müssen als allererste erfahren, was läuft, vor allem, was mit Susan ist.«
»Wenn Rya aufsteht«, Noah legte ihr den Arm um die Schultern, »ist das meiste schon lange gelaufen.«
»Das ist nicht wahr!«

Die Doppelreihe aus Ampeln und Straßenlaternen verjüngte sich bis zu dem Punkt, an dem sie sich irgendwo in der City verlor, und die wenigen Fahrzeuge auf der breiten Fahrbahn der West End Avenue wirkten auf Alice, als rollten sie so zielstrebig und so elegant dahin wie Landauer in einem Park. Der Anblick bis hinunter zur Neunundachtzigsten Straße war hübsch, aber es gab keine Taxis. Noah und Rya, die ganz in der Nähe am Riverside Drive wohnten, überlegten sich, ob sie Alice nicht zu Fuß zum Broadway begleiten sollten. Ungefähr zwanzig Meter weit weg schien ein Mann auch zu warten. »Es wird schon eins kommen«, sagte Rya.
»Schau doch. Auf dem Broadway sind eben zwei Richtung City gefahren.«
»Nur noch ein paar Minuten«, sagte Rya.
»Warum?«
»Ich habe einfach das Gefühl, daß gleich eins vorbeikommt.«
Der Mann war näher herangekommen. Alice hätte es nichts ausgemacht, ewig zu warten. Der Westwind vom Fluß her war so warm und so heftig, war eigentlich wie ein Körper, der sich fest an den ihren schmiegte. »Komm«, sagte Noah.
»Warte doch noch ein bißchen«, sagte Rya. »Je länger wir warten, desto schneller ist ein Taxi da.«
»So ein Quatsch.«
Der Mann stand vor ihnen. Alice trat näher an Noah heran. Der Mann sagte: »Warten Sie auf ein Taxi?«
»Stimmt«, sagte Noah verdrossen.
»Ich auch. Wollen Sie in Richtung City?«
»Bloß ein paar Straßen weiter«, wiegelte Noah ab.
»Ich auch. Wollen wir uns nicht das Taxi teilen?«
Im Laternenlicht konnte Alice erkennen, daß er ungefähr in ihrem Alter war und ein kariertes Hemd und Jeans anhatte, wie Noah

auch. Noah sah sie an, und sie zuckte die Achseln. Noah sagte: »Wär vielleicht einfacher«, mit einer Stimme voller einstudierter Skepsis.
»Ich warte seit zehn Minuten.«
»Warum gehen Sie nicht rüber zum Broadway?«
»Zu faul. Und hübscher ist es hier sowieso.«
Noah schaute Alice sekundenlang an, dann wieder den Mann. »Zeigen Sie mir Ihren Führerschein oder sonst einen Ausweis.« Ohne zu zögern, holte der Mann die Brieftasche heraus, machte sie auf und überreichte Noah den Führerschein. Noah sagte: »Henry Mullet. Merk dir das, Rya. Henry Mullet. Wir fahren nicht mit. Es geht nur um Alice. Alice, das ist Henry Mullet.« Im selben Augenblick bog ein Taxi von der Hundertsechsten Straße her ein. Henry winkte es heran, Rya umarmte Alice, Noah gab Alice einen Kuß, riet ihr, die Ohren steifzuhalten und ihn anzurufen, sobald sie zu Hause war, ihn jederzeit anzurufen, zu jeder Tages- und Nachtzeit, sie mußten doch jetzt zusammenhalten, und plötzlich saß sie im Taxi, und Henry verrenkte sich, damit er die Brieftasche wegstecken konnte. »Vierundachtzigste Straße«, sagte Alice zum Fahrer, und das Taxi fuhr an.
Henry Mullet roch herrlich, so, als hätte er den ganzen Tag in der Sonne gelegen und sich mit Kokosnußöl gebräunt. Sie konnte sich die Frage nicht verkneifen, stellte sie aber so unpersönlich wie möglich. »Waren Sie am Strand?«
»War ich, ja. Fire Island.«
»War's denn warm genug zum Sonnen?«
»Da draußen schon. Wie sind Sie darauf gekommen?«
Alice gab keine Antwort.
»Wie sind Sie darauf gekommen? Ich hab mich im Haus meines Freundes umgezogen.«
»Es ist mir peinlich.«
»Sagens Sie's mir.«
»Sie riechen unheimlich gut.«
Henry Mullet grinste. Mit haargenau fünfzig Stundenkilometern passierte das Taxi eine Ampel nach der anderen, Rot sprang auf Grün, als rissen Diener Flügeltüren vor ihnen auf. »Sie heißen Alice? Und weiter?«

Alice nahm sich vor, Noah zu sagen, daß Henry Mullet nach ihren Nachnamen gefragt hatte. »Alice Ellis.«
»Soll das ein Witz sein?«
»Nicht die Spur.« Henry Mullet gluckste vor unverhohlenem Vergnügen. Sie kamen an der Neunzigsten Straße vorbei. »Gehört zu den Hypotheken einer frühen Ehe.«
»Hübscher Name. Zergeht auf der Zunge.«
»Ich hab ihn behalten, weil kein Mensch meinen Mädchennamen richtig schreiben konnte.«
Der Fahrer sagte: »Wo auf der Vierundachtzigsten, Lady?«
»Auf halber Höhe zum Riverside Drive, aber Sie können mich an der Kreuzung absetzen.«
»Mich auch.« Bei Henrys Worten kroch leise Angst wie ein Reflex in Alices Brust. Wie hatte sie nur so blöd sein können? Sie kniff die Finger der Hand zusammen, die Henry abgekehrt war. Aber er hatte doch gehört, wie Noah sie bat, ihn anzurufen. Henry hatte das Fahrgeld parat; als Alice noch in ihrer Handtasche kramte, drückte er es dem Fahrer schon in die Hand, hielt Alice die Tür auf und half ihr heraus. Als das Taxi reifenquietschend wegfuhr, sagte er: »Am besten gehen wir mitten auf der Straße. Ich wohne in dem grauen Haus da drüben, in dem mit der Markise.« Es war das Haus gegenüber von Alices Apartmenthaus. Plötzlich faßte sie Vertrauen und sagte: »Ich wohne genau gegenüber. Lustig, was?«
»Schon möglich.« Er faßte sie am Ellbogen und schob sie in die Straßenmitte. »Mehr Licht, weniger Hundegetu.«
Alice lachte über das Wort. Zwischen den beiden Häusern blieb er stehen. »Ich warte hier, bis Sie drin sind.«
»Danke.«
»Winken Sie mir mal vom Fenster aus zu.«
Als Alice mit den diversen Schlüsseln am Hauseingang herumfummelte, wandte sie sich noch einmal nach ihm um. Er stand unbeweglich mitten auf der Straße und sah ihr zu.

2

Alice hatte eben mit Noah gesprochen und bereitete sich in Gedanken darauf vor, wie sie Jim begrüßen, welchen Ton sie anschlagen solle, was sie sagen würde, falls Mariana abnahm. Sie überlegte, ob es besser sei, jetzt anzurufen, wenn es bei ihnen acht Uhr abends war, oder ob sie noch warten sollte, bis es dort neun wurde. Da klingelte das Telefon und erschreckte sie so, daß sie es nur anstarrte und noch zweimal klingeln ließ. Sie dachte an Detective Honey, der ihr möglicherweise nachspionierte. Es war Ray. Sie bedankte sich für das üppige Abendessen.

»Brauchst mir nicht zu danken. Sobald ich erst mal drin bin in dem Laden, kann ich mit dem Bestellen überhaupt nicht mehr aufhören.«

»Die kochen gut.«

»Ich hätte nicht übel Lust, mal die ganze Speisekarte durchzuprobieren.«

»Weißt du, Ray, die bei –«

»Was hältst du davon?«

»Wovon?«

»Davon, wie die beiden sich aufgeführt haben.«

»Noah und Rya?«

»Ich bin entzückt von deiner Unschuld. Paßt so gut zu einer Bibliothekarin.«

»Wenn ich schon so unschuldig bin, dann kannst du mir wenigstens sagen, worüber du sprichst.«

»Über gar nichts, Herzchen. Ich ruf morgen wieder an, abgemacht?«

»Ray, wann haben wir uns kennengelernt?«

»In der elften Klasse.«

»Da bist du mit Julie Zimansky gegangen, stimmt's? Julie Zimansky war meine zweitbeste Freundin. Ich weiß, daß du die Zunge in den Mund von Julie Zimansky gesteckt hast. Komm mir nicht mit diesem Schwulenscheiß, Ray. Sag nicht in so einem Ton ›Herzchen‹ zu mir.« Sie formte einen Kreis aus Bröseln auf der Tischplatte. Schweigen am anderen Ende der Leitung.

Ray rauchte eine Zigarette. Schließlich sagte er: »Das ist kein Scheiß.«
»Tut mir leid, Ray. Ich hab einfach das Gefühl, daß du manchmal vergißt, mit wem du redest.«
»Schon möglich.«
»Dann sagst du mir also, was eigentlich los ist?«
»Du weißt wirklich nicht Bescheid?«
»Wann weiß ich das schon?«
»In der Elften hast du's gewußt.«
»Ich weiß wirklich nichts.«
»Wenn ich nicht geglaubt hätte, daß du Bescheid weißt, dann hätte ich gar nicht erst davon angefangen.«
»Aber du hast nun mal davon angefangen.«
Ray zog noch ein paarmal an der Zigarette und sagte dann: »Rya hat seit über einem Jahr mit Craig geschlafen.«
»Behauptet wer? Ray, das glaubst du doch immerzu von allen Leuten! Soll das das große Geheimnis sein?«
»Es ist kein Geheimnis.« Das klang schroff, verletzt.
»Ist das etwas, was du gespürt hast, oder weißt du es genau?«
»Beides.«
»Ich kann wirklich nicht glauben, daß Rya einen anderen Mann außer Noah auch nur wahrgenommen haben soll. Erstens wüßte sie nicht, wie man so was geheimhält, und zweitens sind sie das reine Werbeplakat für die große Leidenschaft. Deshalb kommen sie einem ja so einfältig vor.«
»Erstens war's kein Geheimnis, jedenfalls nicht lange, und zweitens hab ich nicht das Gefühl, daß sie noch derart aufeinander versessen sind.«
»Willst du damit sagen, daß Noah Bescheid weiß?«
»Er hat's rausgekriegt. Ich weiß nicht genau, wann.«
»Und sie hat weitergemacht? Und Craig hat weitergemacht? Noah war doch von Anfang an Craigs Baßgitarrist! Das ist doch völlig verrückt! Hat Denny das gewußt? Oder Susan? Allein die Tatsache, daß ich's nicht gewußt habe – und ich hätte es gewußt, wenn es Denny gewußt hätte –, beweist doch schon, daß das alles bloß eine Ausgeburt deiner Phantasie ist. Hat es Noah dir erzählt oder Rya oder Craig?«

»Nein.«
»Dann glaub ich es nicht. Wirklich, ich glaube es nicht.«
»Frag Susan, wenn sie zurückkommt.« Das klang so kalt und distanziert, daß Alice jetzt sanft wie eine Katze ins Telefon schnurrte: »Hab ich deine Gefühle verletzt?«
Er sagte nur: »Und es kann überhaupt nicht gestunken haben. Rigor mortis, ja. Aber der Verfall kann noch nicht eingesetzt haben.«
»Da war so viel Blut. Es war heiß. Die Fenster waren zu.«
»Ich glaube trotzdem –«
»Warum müssen wir uns darüber streiten? Ich weiß doch –«
»Es war ein scheußlicher Tag. Ich glaube, es hat mich einfach umgehauen. Ist es nicht seltsam, daß es zuallererst eher aufregend ist als schrecklich? Ich habe Denny wirklich geliebt. Craig auch, meistens jedenfalls.«
»Meinst du, daß du schlafen kannst?«
»Weiß nicht.«
Sie hätte ihm gern gesagt, er solle keine Tabletten nehmen, aber das traute sie sich nicht. Sie begnügte sich mit dem Hinweis: »Ich könnte es nicht ertragen, wenn noch wem was passiert.«
»Alice.«
»Ja?«
»Du hast doch heute mit der Polizei gesprochen?«
»Du etwa nicht?«
»Was hat er dich gefragt?«
»Nach dem Tatort, lauter solches Zeug. Ich weiß nicht recht. Ich glaube nicht, daß er mich für eine vielversprechende Zeugin hält. Ich weiß nur noch, was für ein Schock es für mich war.«
»Hat er dich nach uns anderen gefragt?«
»Nach dir und Noah? Eigentlich nicht. Eigentlich nicht mal nach Susan. Mir ist überhaupt nicht klargeworden, in welche Richtung seine Gedanken gehen.«
»Weißt du das genau?«
»Wie hat er denn mit dir geredet?«
»Ach, da war nichts Besonderes.« Aber daraus, wie er tief an der Zigarette zog, schloß Alice, daß doch etwas Besonderes vorgefallen sein mußte.

»Sie haben so viele Nachschlüssel verteilt. Da muß was gelaufen sein, wovon wir nicht die leiseste Ahnung haben. Ich könnt drauf wetten, Ray.«

»Schon möglich. Hat er denn über mich überhaupt kein Wort verloren?«

»Ich habe ihm eine Liste der engeren Freunde geben müssen. Er hat gefragt, was du beruflich machst. Das war alles.«

»Was für einen Eindruck hat er auf dich gemacht?«

»Daß sein Anzug über den Schultern spannt.«

Ray fand das nicht komisch.

»Ray, ich hatte Angst davor, mir einen Eindruck zu bilden. Ich hab sogar Angst davor gehabt, ihn richtig anzuschauen. Das wär gewesen, als ob ich der Staatsgewalt direkt ins Auge schaue. Ich hab gebrabbelt wie eine Irre, bin dauernd vom Thema abgekommen, und ich hab dauernd das Gefühl gehabt, daß ich mich bloßstelle. Wenn er mich nicht gleich als Mordverdächtige festgenommen hat, dann wahrscheinlich bloß, weil er mich für total bescheuert gehalten hat.«

»Ich hab auch nicht recht gewußt, was ich von ihm halten soll.« Ray gab sich Mühe, normal zu klingen. Alice preßte die Lippen zusammen, dann fegte sie die Brösel, mit denen sie gespielt hatte, in die Handfläche. »Können wir jetzt Schluß machen?« Sie war sich dabei ihrer Unhöflichkeit bewußt.

»Ruf mich morgen früh an.«

»Gute Nacht, Ray.«

Und dann wählte sie die Nummer in Kalifornien. Erst als das Telefon dort zu läuten begann, merkte sie, daß sie die Brösel noch immer in der Hand hielt und daß auf der Tischplatte ein winziger Marmeladenfleck war.

Alice dachte oft, das Scheitern ihrer Ehe hätte nicht schlimmer ablaufen können, wenn Jim absichtlich geplant hätte, ihr so weh wie möglich damit zu tun. Im ersten Jahr nach der Trennung hatte sie sich als eine Art Schutzmechanismus sogar eingeredet, er habe alles genauso geplant, habe sich aus haßerfülltem Herzen für irgend etwas an ihr rächen wollen, vielleicht auch nur für die uneingeschränkte und wahrscheinlich schwachsinnige Bewunderung, die sie seinen Hoffnungen entgegengebracht hatte. Wenn sie daran zurückdachte, wie sie in den ersten Jahren mit ihm umgegangen war, sah sie sich unweigerlich mit seinen Augen, sah das zu ihm aufgewandte Gesicht, sah die Bereitwilligkeit, mit der sie ihm auch den geringsten Wunsch sofort erfüllte oder möglichst schon von den Augen ablas. Immer wieder hatte sie ihre Persönlichkeit der seinen untergeordnet. Allem äußeren Anschein nach war sie wie jeder andere Mensch frei herumgelaufen, hatte Besorgungen gemacht, war zur Arbeit, ins Kino und in Bars gegangen, aber in Wahrheit hatte sie jahrelang vor Jim Ellis mit der Stirn nach unten auf dem Boden gelegen. Er schrieb Gedichte. Lyrik war eine Leidenschaft, die seine Tage durchzog wie ein Draht aus Stahl. Seine Gedichte rührten Alice an, im guten wie im bösen, vom ersten bis zum letzten. Sie rührten sie immer noch an. Selbst jetzt noch war es möglich, daß Gedichte, die er für Mariana schrieb und auf die sie zufällig in Zeitschriften stieß, ihr das äußerste der Gefühle für das entlockten, was sie unter Liebe verstand. Und sie reagierte darauf, wie es Mariana auch tun mochte – mit Liebe in ihrer reinsten, tapfersten Form. Ironischerweise wäre sie auf die Zeitschriften mit den Gedichten darin gar nicht gestoßen, wenn sie nicht Bibliothekarin gewesen wäre. Diesen Beruf hatte sie nur ergriffen, um Jim zu ernähren, während er schrieb. Aus freien Stücken wäre sie nie im Leben Bibliothekarin geworden, nie und nimmer.

Aber sie wurde es nun einmal, und um ihr bescheidenes Einkommen aufzubessern, übernahm er ein paar Kurse am Queens College, an der New York University und am City College. Er war nie fest angestellt, aber es reichte für das Essen und die Telefonrechnung. Bei einem Abendkurs am City College hatte er Mariana kennengelernt. Als ehrlicher Mensch hielt er Alice über die Entwicklung der Beziehung auf dem laufenden: Er fühle sich zu einem Mädchen in seinem Kurs hingezogen, ob das nicht komisch sei; er gehe bloß mal mit ihr Kaffee trinken, das sei nichts Besonderes; sie sei ein bezauberndes Mädchen und wolle Alice so gern kennenlernen; ja, sie hätten miteinander geschlafen, aber das werde sich nicht wiederholen; sie könnten rein gar nichts dagegen tun, es sei wieder passiert; er müsse da einfach durch, es sei in erster Linie etwas Körperliches, wie er glaube, nichts, was ihrer Ehe gefährlich werden könne; schließlich waren sie doch die besten Freunde, nicht wahr? Er liebe Mariana, aber das sei eine ganz andere Form von Liebe; er wisse nicht, wie er ohne die eine oder die andere von ihnen auskommen sollte; ob sie denn verstehe, wie weh ihm das alles tue; ob sie Mariana denn nicht kennenlernen wolle, aus Freundschaft zu ihm, sozusagen, damit sie ihm einen freundschaftlichen Rat geben könne; so sei ihm noch nie zumute gewesen, das sei krankhaft, sei wie eine Besessenheit; vielleicht eine Trennung auf Probe, er ertrage es nicht, ihr das anzutun, er liebe sie noch, aber es sei eine freundschaftliche Liebe; sie seien noch so jung und unerfahren gewesen, als sie sich kennenlernten; die neue Geschichte mit Mariana sei wie Leben und Tod in einem; er wisse, daß sie das nicht verstehen könne; ja, vielleicht kämen sie wieder zueinander, er wolle es versuchen, aber im Grunde glaube er nicht... Drei Tage, nachdem sie wieder zueinandergefunden hatten, nachdem er mit Sack und Pack in ihre Wohnung zurückgekommen war, in die Wohnung, in der sie jetzt saß, war er verschwunden. Kein Brief, kein Anruf, keine bei ihren Freunden hinterlassene Nachricht, kein Wort, nicht einmal von Mariana, als Alice sich aus ihrer Sorge heraus überwand, Mariana anzurufen. »Ich hab ihn seit Wochen nicht mehr gesehen«, sagte Mariana, während Jim, wie Alice später herausbekam, ihr am Tisch gegenübersaß. Dann fuhren die beiden nach Kalifornien, und zwei Monate später bekam Alice einen Brief, in dem Jim ihr auftrug, die Scheidung einzureichen, aber falls die New Yorker Gesetze zu rigoros seien und ihr das Warten nichts ausmache, könne er das übernehmen. Sie könne alles behalten, sogar die Stereoanlage. Vom ersten Tag des verhängnisvollen Abendkurses bis zum Eintreffen dieses Briefes durchlebte Alice einen Zeitraum von fast zehn Monaten, ohne zu wissen, wie. Ohne Susan hätte sie das nicht geschafft. Während bei Jim das Telefon klingelte und klingelte, bebte der Hörer an ihrem Ohr, und sie merkte, daß sie jetzt schon zitterte. Sonst mußte sie immer erst gegen Ende des Gesprächs mit ihm zittern. Es enttäuschte sie, daß niemand zu Hause war. Trotz allem war er derjenige, mit dem sie darüber reden wollte, bevor sie vielleicht für Susan tun mußte, was Susan für sie getan hatte. Und dann begrüßte sie Jims Stimme, ganz nah, direkt in ihr Ohr. Er mußte dreimal hallo sagen, bis sie sprechen konnte.

Er sagte: »Ich hab mir gleich gedacht, daß es ein Ferngespräch ist. Wie geht's dir?« Das klang freundlich und liebevoll, aber nicht zärtlich. Offenbar wußte er noch nichts. »Nicht grad gut«, sagte sie.

»Was ist faul, Alice? Ist dir was passiert? Bist du krank?«

»Denny und Craig sind, äh, sind gestern nacht ums Leben gekommen. Wir haben alle gedacht, daß du das wissen sollst.«

»Mein Gott! Was hat er angestellt?« Er wandte sich ab vom Telefon, legte die Hand auf die Sprechmuschel. Also war *sie* ganz in der Nähe. »Jim!« Alice wurde lauter.

»Hab ich nicht immer gesagt, daß Craig eines Tages –«

»Irgendwas haben wir alle dauernd gesagt. Aber sie sind ermordet worden. Ich hab sie gefunden.«

»Mein Gott, du Arme.«

»Das ist unwichtig. Der Schock ist jetzt schlimmer als im Augenblick selbst. Ich werd's dir irgendwann mal erzählen. Aber Noah und Ray wollten sichergehen, daß du es von uns erfährst und nicht aus dem Radio. Ich hätte schon früher anrufen sollen.«

»Das Radio ist kaputt, und wir waren den ganzen Tag am Strand.«

»Oh.«

»Wär's nicht besser, wenn wir kämen?«

»Das ist nicht nötig. Es wär auch schrecklich teuer.«

»Wie geht's Susan?«

»Sie ist irgendwo in den Adirondacks. Ich hab solche Angst, daß sie's morgen auf der Rückfahrt im Autoradio hört. Ich weiß nicht, was wir machen sollen.« Zum erstenmal an diesem Abend war Alice den Tränen nahe, obwohl sie sich vor zwei Jahren geschworen hatte, sich lieber die Kehle durchzuschneiden, als im Beisein von Jim Ellis zu weinen. »Wir wissen nicht, wann sie zurückkommt, wir wissen überhaupt nichts.«

»Ich kann dich nicht verstehn, mein Schatz.«

»Nenn mich nicht so!«

»Alice...« Aber dann hatte er doch nichts zu sagen. Ein langes Schweigen über einen ganzen Kontinent entstand zwischen ihnen, während Alice tief Luft holte und sich die Tränen aus den Augen wischte. Gedämpfte Murmellaute verrieten ihr, daß er ein paar

Worte mit Mariana wechselte, die Alice nie zu Gesicht bekommen hatte, die aber anscheinend immer in der Nähe war, wenn das Telefon klingelte. Craig hatte mal gesagt: »Hast du denn gar nichts über die Operation gehört, Alice? Die beiden sind doch an der Taille zusammengenäht worden wie zwei Versuchshunde. Medizingeschichte, geschrieben in Orange County.« Susan ausgenommen, war Craig von allen ihren Freunden am wütendsten gewesen über das, was Alice durchmachen mußte; er hatte am eifrigsten Jims Talent, sein Aussehen, seine Güte, seine Menschlichkeit heruntergemacht. Das hatte sie Craig hoch angerechnet.
Schließlich sagte sie: »Mit geht's ganz ordentlich, Jim. Hier ist es schon ziemlich spät, und die ganze Geschichte hat schon heut morgen angefangen. Mach dir keine Sorgen um mich.«
»Ich mach mir immer Sorgen um dich.«
Sie beschloß, Schluß zu machen, bevor sie die kalte Wut packte. »Ich halt dich auf dem laufenden, ja? Ich oder Ray.«
»Ist recht, mein Schatz.«
Als sie auflegte, streckte sie so weit wie möglich die Zunge heraus und sagte mit ersticktem Sarkasmus: »Ist recht, mein Schatz!« Dann stand sie auf, mit einem tiefen Seufzer, und warf die Brotkrumen, die sie zwischen den Fingern zerdrückt hatte, in den Mülleimer. Sie holte eine kleine Dose Orangensaft aus dem Kühler und stellte sie auf die Ablage des Spülbeckens. Die Schränke, die sie und Jim abgelaugt und neu lackiert hatten, der Vinylboden, den sie gemeinsam verlegt, die Blumen und das Weinlaub, mit denen sie die Küchentür ummalt hatten, alles miteinander in einem Delirium der Freude darüber, daß es ihnen gelungen war, eine solche Wohnung zu finden – das alles hatte für Alice schon lange nichts Herzzerreißendes mehr an sich, obwohl es eine Zeit gegeben hatte, in der jede Spur ihres gemeinsamen Werkelns ihren dreijährigen Weg auf das Fiasko Mariana widerzuspiegeln schien. Trotzdem war die Wohnung zu gut, um sie aus sentimentalen Gründen aufzugeben. Sie fiel unter das Mietkontrollgesetz. Für sieben Zimmer, von denen fünf zur Straße hinausgingen, bezahlte Alice pro Monat 375 Dollar, was heutzutage wahrscheinlich gerade die Unterhaltskosten deckte. Es war eine Traumwohnung, und Alice hatte ein ganz persönliches Verhältnis zu ihr, weil sie der Woh-

nung so viel Gutes verdankte, ganz persönlich. Als sie zum Beispiel an diesem Abend aus der Küche kam, liebkoste ihr Blick mechanisch das eichene Fischgrätenparkett, dreizehn Meter lang und einen Meter breit, das ihre Zehen aufnahm und bis zur Schlafzimmertür trug. Eine Riesenwohnung. Jeder New Yorker, dachte Alice, ließ liebend gern die Bemerkung fallen: »Ich hab eine Riesenwohnung ergattert.«

Als sie die Schlafzimmertür aufmachte und einen Augenblick lang mit dem Türknopf aus Messing spielte, setzte sich Susan im Bett auf und sagte: »Alice! Du bist also doch zu Hause.« Alice war wie gelähmt vor Überraschung, so geschockt, daß das, was ein Ausruf hätte werden sollen, als ein Ächzen herauskam. Die geballten Erlebnisse dieses Tages schienen auf sie herabzustürzen und sich angesichts der belanglosen Überraschung in einer Explosion des Schreckens, ja sogar des Entsetzens zu entladen. »Ich hab dich erschreckt«, konstatierte Susan. »Geht's wieder? Hast du denn meinen Rucksack im Wohnzimmer nicht gesehen? Außerdem liegt lauter schmutzige Wäsche in der Waschküche. Ich war überzeugt davon, daß dir sofort mein ganzer Müll in die Augen springt und daß du eine Sauwut kriegst.«

Alice machte den Mund zu.

»Es war herrlich. Kaum Regen, aber heut nachmittag war mir danach, nach Hause zu fahren, also bin ich heimgefahren. Denny muß irgendwo einen Auftritt haben, denn ich hab angerufen, und niemand hat sich gemeldet. Deshalb bin ich hierhergefahren und hab mir selber aufgeschlossen. Ich hab mir gedacht, wenn du dich in den letzten zwei Wochen nicht verliebt hast, wirst du irgendwann schon mal nach Hause kommen, und jetzt bist du da!« Sie federte über das Bett und griff nach Alices Hand. »Was ist denn mit dir?«

»Auf dem Tisch waren Brotkrumen.«

»Ich hab mir Toast gemacht.«

»Ich hab die Krumen gesehen, aber ich habe mir nichts dabei gedacht. Mit mir ist gar nichts. Du hast mir gefehlt.«

»Hab ich geschlafen? Ich muß eingeschlafen sein. Wie spät ist es? Herrje, es ist schon nach zwölf. Ich muß eingeschlafen sein. Das Blockhaus war himmlisch. Um diese Jahreszeit ist es einfach ideal.

Tonnenweise Wiesenblumen und Wild und Dachse und Backenhörnchen. Beinah schon warm und keine Sommergäste. Was ist denn eigentlich los?«

Alice schüttelte den Kopf.

»Ach, es war herrlich!« Aber ihre Begeisterung klang schon etwas verhaltener. »Kann ich mir vorstellen«, sagte Alice und fragte sich, ob sie es verantworten könne, die Mitteilung auf morgen zu verschieben. »Ich hab mich bloß hier ins Bett gelegt, damit ich dich nicht verpasse – oder ihn, falls du wen mitbringst.«

»Nein, ich hab niemand mitgebracht. Ich war bei Ray.«

»Dann ist er also nicht bei Denny und Craig?«

»Nein.«

»Es ist schon lange her, daß er uns alle mal zu sich eingeladen hat. Tut mir leid, daß ich das verpaßt habe. Seid ihr zu dem Chinesen gegangen?«

»Er hat das Essen dort geholt.«

»Was hat am besten geschmeckt? Du brauchst mir nicht die ganze Speisekarte aufzusagen. Erzähl mir bloß, was am besten geschmeckt hat.«

»Ich – na ja, ich mag das Schweinefleisch Mo-shu immer schrecklich gern.«

Susan sammelte ein, was sie von ihren Sachen auf dem Nachttisch deponiert hatte. Alice rief aus: »Nein! Bleib hier. Ich putz mir nur noch die Zähne. Es ist ja schon Jahre her seit unserer letzten Pyjamaparty, stimmt's?«

Jetzt verlangte es Alice schmerzlich danach, es ihr zu erzählen, damit sie es hinter sich hatte, aber es war unmöglich, das Bad zu verlassen. Als sie es schaffte, war die Nachttischlampe an, und Susan saß im Bett und steckte sich eine Haarnadel ins glatte, schulterlange, rötlichblonde Haar. Sie hatte Alices Lieblingsgesicht, blaß, friedlich, ohne Glamour, ein Gesicht, das im Gegensatz zu Alices Gesicht nie vor lauter Belebung aus den Fugen geriet, ein Gesicht, das Alice immer wieder anstarren mußte bei dem Versuch, zu erklären, ob Susan eigentlich hübsch sei oder schön, bei der Überlegung, ob die Faszination von Susan herrührte oder von ihr selbst. Beim Abendessen hatte Denny mal gefragt: »Wen habt

ihr eurer Meinung nach in eurem Leben am meisten angeschaut?«
»Denny«, hatte Susan gesagt. »Meinen Hund«, sagte Noah (der Rya damals gerade erst kennengelernt hatte). »Meine Mutter«, sagte Alice, die sich schämte, die Wahrheit zu sagen. »Denk bloß mal an die Zeit an der Mutterbrust, an die man sich nicht mehr erinnern kann.« Aber in Wahrheit war es Susan gewesen. Alice ging um das Bett herum, schlug die Decke auf und schlüpfte darunter. Susan sagte: »Was bin ich froh, daß ich noch einen freien Tag habe, bevor ich wieder arbeiten muß. Hältst du mich für blöd, weil ich meinen Urlaub so zeitig nehme? Vielleicht verlier ich den Verstand, wenn's erst mal August wird.«
»Keine Ahnung.«
»Wenn du mir bloß erzählen würdest, was an dir frißt.«
»Das ist so schwer.«
»Es mir zu erzählen.« Ungläubig betonte sie das »mir«.
»Vor allem dir.«
Aufgeschreckt sah Susan sie voller Mißtrauen an.
Alice rutschte unbehaglich unter der Decke hin und her. »Du hast mir so gefehlt. Kuschel dich ran.«
Susan kuschelte sich an sie.
Und dann, als Alice sie fest in den Armen hielt, sagte sie es ihr. Ein langer Augenblick verstrich, bevor Susan sich losmachte, aufstand, ins Bad ging und die Tür hinter sich schloß.
Wenn Alice sich auf lautes Wehklagen gefaßt gemacht hätte, wäre das falsch gewesen, denn das war nicht Susans Art. Tatsächlich aber bekam Alice Angst vor der Stille im Bad, die sie gleichzeitig im Bett festnagelte. Fast ohne Atem zu holen, blieb sie wie angewurzelt liegen und lauschte mit allen Poren, ob Susans Schutzwall nicht doch noch einen Sprung bekäme, und wenn es nur das Rauschen der Klospülung oder des Wasserhahns gewesen wäre. Es lag Susan mehr, Mitgefühl zu verströmen, als Mitgefühl anzunehmen. Hatte nicht sogar Denny das mal gesagt? Sich um Susan zu kümmern, wenn sie die Grippe hatte oder wenn ihr ein Weisheitszahn gezogen worden war, das sei, wie wenn man sich um einen Igel kümmere, hatte Denny gesagt. »Ich bleib vor der Schlafzimmertür stehen und klopfe an.« Denny hatte dabei gelacht. Plötzlich, zum erstenmal an diesem Tag, sah Alice ihn lebendig vor sich, wie er

sich zu ihr beugte, wie er sie aufzog; vertraut, mit den vor Zuwendung strahlenden Augen, während er einen Witz auf ihre Kosten machte. Sie hielt angesichts des lebensvollen Bildes den Atem an und sehnte sich nach einem Laut aus dem Badezimmer, danach, daß was zu Bruch ging oder daß Wasser lief. Aber es kam kein Laut, und Alice, reglos im warmen Bett, die Decke über die Ohren gezogen, wie Susan sie verlassen hatte, schlief ein.
Sie mußte eingeschlafen sein, denn irgendwann später hatte sie das Gefühl, sie wache auf oder wache wenigstens halb auf. Erst kam sie sich verletzlich und wie ein Opfer vor, so wie schon den Tag über; krank, und zwar unheilbar, mit einer sicheren Diagnose. Jetzt stand die Tür zum Bad offen, und Susan ging wie eine Mutter in Alices Zimmer herum, legte Kleider zusammen, sammelte Schuhe auf, schraubte Fläschchen zu und trug sie ins Bad. Das Licht im Bad fiel voll auf sie, während sie im Zimmer aus und ein ging, unter Alices verschlafenen Blicken. Sie war immer schon sehr gepflegt gewesen, und jetzt wirkte sie sogar noch gepflegter. Zwei lange Haarnadeln steckten wie Pfeile im glatten, glänzenden Haar, das Nachthemd war bis zum Hals zugeknöpft, und das Gesicht war mehr als sauber, war dreißigmal mit lauwarmem Wasser abgespült. Wie typisch für Susan, dachte sie, einer Katastrophe mit einem Reinigungsritual zu begegnen. Wie typisch für sie selbst, dann ins Bett zu flüchten. Das Licht im Bad ging aus, und Alice sah Susan durch die zweite Badezimmertür über den Flur auf die Küche zugehen. »Alles in Ordnung?« rief sie, bekam aber keine Antwort. Jetzt, das sah Alice voraus, würde ihre Freundschaft auf die Probe gestellt werden, eine große Herausforderung an Takt und Feingefühl stand ihr bevor, der sie, nachdem Susan stets nachsichtig mit ihr umgegangen war, sie stets beraten, ermutigt und gestärkt hatte, gewachsen sein mochte oder auch nicht. Darin waren sie nicht geübt, sie hatten den Rollentausch nicht geprobt, bei dem Alice der Part der Trösterin zufiel und Susan die Getröstete war. Susan brauchte niemals Trost, ging dem Getröstetwerden sogar aus dem Weg. Es fiel Alice nur zu leicht, sich eine Art von wohlwollender Entfremdung vorzustellen, wobei sich Susan immer mehr in sich selbst zurückzog und Alice nur ungeschickt oder gar nicht erst wahrnehmbar die Hände nach ihr ausstreckte.

Jim hatte oft behauptet, sie habe weder ein Gespür für den richtigen Zeitpunkt noch für Nuancen; damals, in ihrem Verlangen nach ihm, hatte sie Angst, ihn zu berühren, und stieß ihm dann den Ellbogen in die Rippen. Wenn sie am Steuer ihres alten Autos saß, wartete sie ewig, wenn sie links abbiegen mußte, und dann machten sie die Autos nervös, die sich hinter ihr stauten, und sie stürzte sich in den Verkehrsstrom. Sie hatte kein Gefühl für das Angemessene, hatte es nie gehabt, würde es niemals lernen. Alice seufzte vor Liebe und Mitgefühl für Susan, und dabei war ihr bewußt, daß sie scheitern würde, wenn sie diese Empfindung ihrem Instinkt anvertraute; denn dann würde sie zu weit gehen oder, was wahrscheinlicher war, zu wenig zu bieten haben. Nach einer Weile, nachdem sie sich überlegt hatte, daß es wohl am besten war, wach zu bleiben, damit Susan jederzeit hereinkommen und mit ihr reden könne, wenn ihr auch nur entfernt danach zumute war, fiel Alice wieder in tiefen Schlaf.

Im strahlenden Schimmer des Sonnenaufganges, der wieder einen vollkommenen Tag versprach, wurde Alice von Susans leisen Ermahnungen wach. Die Commelina und die Rebranken, die am Fenster hingen, flatterten in der warmen Brise vom Fluß her. Alice strich sich das Haar aus dem Gesicht und setzte sich im Bett auf.

»Was ist denn?«

»Bist du sauer, daß ich dich geweckt habe?«

»Natürlich nicht. Wie geht es dir?«

»Das weiß ich nicht. Ich war die ganze Nacht auf. Es ist zwei Wochen her, seit ich Denny zum letztenmal gesehen habe, deshalb kommt es mir irgendwie abstrakt vor. Ich glaube, ich muß hingehen und es selber sehen. Im Grunde ist mir hundeelend.«

»Willst du nicht ein bißchen schlafen?«

»Das kann ich jetzt nicht. Ich will nach Hause.«

Obwohl sie gesehen hatte, wie die Leichen weggebracht worden waren, konnte sich Alice nichts anderes vorstellen als die Art von Schock, wie sie ihn gestern bekommen hatte. Sie sagte: »Das willst du nicht wirklich.«

»Doch!«

»Susan, es ist grauenhaft, dort hinzugehen. Ich glaub nicht, daß du das ganz begriffen hast.«

»Ich hab's begriffen.«
»Sei doch nicht wütend.«
»Ich bin nicht wütend!«
»Ich hab sie gefunden! Ich weiß, wie das war!«
»Aber jetzt kann ich sie dort nicht mehr finden. Ich geh allein hin.«
Alice biß sich auf die Lippen und fragte sich, wie sie derart aus dem Tritt gekommen war. Sie streifte die Decke zurück, schwang die Füße auf den Boden und dachte an den Sperriegel, den die Polizei an die Tür genagelt und abgeschlossen hatte, nachdem die Leichen weggebracht worden waren. Sie hatte Angst, darüber zu sprechen, zog sich an, putzte sich die Zähne, voller Eile, als hätten sie tatsächlich ein Ziel, das es zu erreichen galt. Sie haßte ihr Ungeschick. Der Sperriegel hätte ihr einfallen müssen, als Susan das Thema aufs Tapet brachte; dann hätte sie ihr in aller Ruhe erklären können, daß sie nicht in die Wohnung konnten, daß sie warten mußten, bis Honey sie hineinließ, daß sie ihm wahrscheinlich über jeden Schritt, den sie taten, Rechenschaft ablegen mußten. Und statt dessen eilte sie jetzt die West End Avenue entlang, am frühen Morgen, hatte Angst, den Mund aufzumachen, Angst, die Wahrheit zu sagen. Hoch oben segelten Zirruswolken über die Dächer der sauberen Häuser mit den sauberen Schatten nach Osten. In einem Hauseingang setzte sich ein Wermutbruder auf und strich sich das starre Haar glatt, als beginne sogar für ihn ein neuer Tag. Die hölzernen Sohlen von Alices Clogs klackten auf dem Asphalt, und ganz gegen ihren Willen, wieder einmal, hoben sich ihre Lebensgeister. Wie kam sie dazu, wissen zu wollen, was geschehen würde, wenn sie dort waren? Alles war möglich.
Der Riegel war da. Susan sah ihn lange an, las wieder und wieder die schwarz eingestanzten Worte darauf und sagte nichts. Alice überwand sich, geduldig abzuwarten, nicht vom Frühstücken zu reden und auch nichts Tröstliches zu sagen, bis Susan wirklich und wahrhaftig genug hatte von dem vertrauten Hausgang und der wohlbekannten Tür mit dem seltsamen Attribut. Alice wußte nicht, worauf sie sich gefaßt machen sollte. Auf Tränen vielleicht nicht, und erst sah es so aus, als reagiere Susan überhaupt nicht, außer mit heißhungriger Neugier. Alice schaute taktvoll weg.

Schließlich sagte Susan mit leiser, gepreßter Stimme: »Ich bin außer mir, weißt du. Das hier macht mich wahnsinnig vor Wut.« Alice erwiderte wortlos und angemessen. So hatte sie das noch gar nicht gesehen.
Als sie auf die Straße traten, hatte das Gewühl aus Kirchgängern, Zeitungslesern, Bagel-Essern, Gassi gehenden Hundebesitzern und Parkplatzjägern eingesetzt. Beim Frühstück machte Alice den Versuch, das Thema leicht anzugehen, indem sie Detective Honey beschrieb. Susan hatte sich beruhigt, und Alice fragte sich, ob sie ihr auch wirklich zuhörte. »Ich weiß nicht, was er denkt, Susan. Er kann diese geheimnistuerische Scheißbullentour aus dem Effeff. Als ich bei ihm war, hab ich die halbe Zeit gedacht, daß er glaubt, ich war's, und hab schon überlegt, ob ich's nicht tatsächlich war. Wenn man aus ihm schlau werden will, ist das, als ob man in helles Licht starrt. Dann sieht man hinterher auch lauter Dinge, die gar nicht da sind.«
»Kommt er dir clever vor, als ob er den Fall aufklären könnte?«
»Auch dazu kann ich nichts sagen. Es ist so eine Art Ritual, wenn man mit ihm zusammen ist, wie wenn man zum Arzt geht. Da tut man, was von einem erwartet wird.«
»Wie hat er Denny und Craig genannt?«
»Laß mich mal überlegen. Meistens Mr. Minehart und Mr. Shellady, ein paarmal ›die Opfer‹.«
»Hier ist es zu voll zum Reden, nicht wahr?«
Susan nickte. Alice dachte darüber nach, daß sie jetzt hier saß, schon wieder beim Essen, bei einem guten Frühstück mit Bagels – knusprigen, runden Hefebrötchen – und Frischrahmkäse und geräuchertem Weißfisch, daß sie mit Appetit aß wie gestern abend bei Ray. Es war ungewohnt, aber beruhigend, so zu essen, es sich mit Bewußtsein und Hingabe schmecken zu lassen. Während sie sonst zu Appetitlosigkeit neigte, genoß sie jetzt jeden Bissen und machte sich Gedanken darüber, wie seltsam es doch war, daß mitten in einer derartigen Krise sie und Susan und Ray und Noah, Rya, Dennys Eltern und Detective Honey sich zwei-, drei- oder viermal am Tag die Zeit zu einem solchen Essen nehmen würden.
Sie sagte: »Er glaubt, daß du erst heute abend nach Hause kommst. Du brauchst ihn erst dann anzurufen.«

»Wie würde das aussehen? Außerdem will ich rauskriegen, was sie wissen.«
Alice leckte sich die Lippen. »Ich glaub, Schätzchen, genau das werden wir nicht herauskriegen.«
Susan griff nach ihrem Bagel, rosig überzogen von Lachs, sagte: »Lieber Gott« und legte es wieder zurück.
»Was ist denn?«
»Nichts. Erzähl ich dir später.« Sie sah sich in der Imbißstube des Feinkostladens um. Einen Augenblick darauf sagte sie: »Wie sorgfältig haben sie die Wohnung durchsucht?«
»Das weiß ich nicht. Sie haben sich überall umgesehen. Wahrscheinlich sind sie später noch mal wiedergekommen. Warum?«
»Nicht hier.« Dann: »Erzähl mir noch mehr über Detective Honey.«
»Er ist wahrscheinlich kaum älter, als wir es sind, wirkt aber viel älter. Ich glaub, er hat einen ziemlichen Bauch.«
»Hast du ihn gemocht, vom Menschlichen her?«
»Irgendwie schon. Aber ich hab keine Ahnung, ob das daran liegt, daß er das von mir erwartet hat, oder ob ich ihn wirklich mochte.«
»Hast du das Gefühl gehabt, daß du ihm in die Hände arbeitest?«
»Ich hab das Gefühl gehabt, daß etwas anderes gar nicht in Frage kommt.«
Susan atmete einen tiefen, ansteckenden Seufzer aus und sagte: »Worüber reden wir überhaupt? Es ist alles so unmöglich.« Sie legte das Gesicht in die Hände. Fast gegen ihren Willen aß Alice weiter.
Als sie die Imbißstube verließen, war es kurz vor halb zehn. Susan sagte: »Weißt du, ich muß die Mineharts anrufen. Sie warten darauf, daß ich mich bei ihnen melde. Jetzt sind fast schon vierundzwanzig Stunden vergangen. Ich schäme mich richtig.« Aber als Alice sich dem Broadway zuwandte, lotste Susan sie statt dessen die Sechsundsiebzigste Straße entlang auf den Riverside Park zu. Jogger und Leute mit Hunden waren scharenweise unterwegs. Nach einer vollen Woche unter diamantklarem Himmel hatte das Gras am Fluß die Frische verloren, die ihm ein feuchter April für

kurze Zeit beschert hatte, aber die Bäume wogten in vollem, üppigem Laub. Zusammen gingen sie am Fluß entlang auf den Jachthafen zu, und Alice sagte: »Bekommt dir das Wetter gut, oder macht es alles noch schlimmer?«

»Gut, aber auf seltsame Weise. Ich weiß nicht recht.«

»Was ist denn eigentlich los?«

Susan sah sich um und wartete ab, bis ein Jogger hinter ihnen sie überholt hatte. Als im Umkreis von zehn Metern nicht einmal mehr ein Baum zu sehen war, sah sie Alice an und sagte: »Als ich aus New York fort bin, vor zwei Wochen, war bei uns in der Küche eine Schachtel mit Kokain im Wert von zehntausend Dollar.«

»Zehn*tausend*?«

»Ist das viel?«

»Mir kam's nicht viel vor, aber ich hab mir sagen lassen, es sei besonders rein und so weiter, Blabla.«

»Wem hat es gehört?«

Susan gab keine Antwort, hob statt dessen ein Bruchstück von einem kaputten Pflasterstein auf und warf es über den Zaun in den Fluß. Schließlich sagte sie: »Es war noch nicht bezahlt.«

»Wer hat es bezahlen sollen?«

»Craig.« Sie sah Alice bohrend an, schaute dann weg. Schließlich sagte sie: »Denny auch.«

»Ich hätt nicht gedacht, daß Denny so viel Kokain nimmt.«

»Hat er auch nicht. Keiner von beiden hat sich mehr als einen gelegentlichen Kick leisten können.« Susan holte tief Luft, vielleicht weil sie in der Vergangenheit gesprochen hatte. »Diesmal wollten sie das meiste davon verkaufen und den Rest beim Gastspiel in Providence unter die Band verteilen.« Sie hob wieder ein Bruchstück eines Pflastersteins auf und löste mit den Fingern winzige Splitter ab. »Sie haben geglaubt, sie könnten so viel verkaufen, daß sie es bezahlen und mit dem Rest eine Party veranstalten können.«

»Zehntausend Dollar?«

»Denny und ich hatten deswegen einen fürchterlichen Krach, bevor ich weggefahren bin. Sie haben sich nicht wirklich Mühe gegeben, es zu verkaufen, und ich hatte Angst, daß sie sich alles die Nase hochziehen.«

»Zehntausend Dollar!«
»Weißt du, was sie sich für das Engagement in Providence eingehandelt haben? Fünfhundert pro Abend, für die ganze Band, keine Spesen. Und für den Auftritt davor, für einen einzigen Abend, oben in Irvington, gab es bloß siebenhundertfünfzig. Geteilt durch vier, was für Ray dazu, der ihnen beim Aufbau geholfen hat. Scheiße.«
»Wem waren sie das Geld schuldig?«
»Ich hatte Angst, sie danach zu fragen. Das Kokain hat Ray ihnen vermittelt.«
»Ray Reschley?«
»Genau der.«
»Herr im Himmel.«
»Ray kann das überall aufgetrieben haben.« Susan sprach voller Bitterkeit.
»Ich glaub, er ist bloß ein Großmaul, glaubst du das nicht auch? Im Grunde ist er bloß unser kleiner Junge aus Minnesota. Das weißt du doch.«
»Nein, Alice, inzwischen weiß ich das nicht mehr. Ich weiß bloß, daß vor zwei Wochen Kokain im Wert von zehntausend Dollar in meiner Wohnung war und daß gestern Denny und sein bester Freund in genau dieser Wohnung ermordet worden sind. Ermordet!«
»Damit kann Ray nichts zu tun gehabt haben.«
»Vielleicht nicht mit Absicht. Aber vielleicht hat er Kontakte mit Leuten, die er nicht im Griff hat.«
»Ach, Susan!«
»Ach, Alice!«
Sie kehrten um und gingen auf dem gepflasterten Weg zurück, mieden instinktiv die verschiedenen Viadukte und abgelegenen Stellen im Riverside Park. »Noch was«, sagte Susan. »Wenn der Stoff noch da war, hat ihn vielleicht die Polizei gefunden, und dann wird sie denken, daß er mir gehört. Ich bin unter der Adresse polizeilich gemeldet, Craig nicht. Der verfluchte Kerl! Dauernd wollte er den großen Macker markieren! Nachdem Ray ihn zu den ganzen Partys für die Tourneegruppen mitgenommen hatte, letztes Jahr zu Weihnachten, und nachdem er mit eigenen Augen gesehen

hatte, wie die da aasen mit Hasch und Kokain, da mußte er es denen nachmachen, mußte auch so eine Party geben, mußte er seine Band genauso bewirten. Hast du eine Ahnung, wie viele Rockstars er danach nur noch beim Vornamen nannte? Sobald sie den Stoff in die Wohnung gebracht hatten, hab ich gewußt, daß die Kacke am Dampfen war. Und jetzt ist es soweit.«

»Was hätten sie sonst noch finden können?«

»Nichts. Denny war so gut wie runter vom Dope, wollte das Zeug nicht in der Wohnung haben. Es war bloß das Kokain. Als ob das nicht reichte.«

Alice dachte an Detective Honey. Ein Mann mit Grundsätzen, der seinen dunklen Anzug voll und ganz ausfüllte, hatte bestimmt etwas gegen Kokain, würde nicht darüber hinwegsehen. Sie warf einen Blick auf Susan, noch einen Menschen mit Grundsätzen, mit Substanz. Ein Mann wie Honey, der zumindest über ein geschärftes Wahrnehmungsvermögen verfügte, würde Susan die Unwissenheit nie im Leben abnehmen. Alice sagte: »Wenn er dich fragt, muß du ihm die Wahrheit sagen.«

»Wem?«

»Detective Honey. Wenn er dich nach dem Kokain fragt, dann weißt du, daß die Polizei es gefunden hat, und dann mußt du ihm genau das erzählen, was du mir erzählt hast.«

»Aber ich war dagegen! Ich wollte es nicht im Hause haben, nicht in meiner Nähe!«

»Genau das mußt du der Polizei erzählen.«

»Die werden mir nicht glauben.«

»Die glauben dir nicht, daß du nicht darüber Bescheid gewußt hast.«

»Ich war zwei Wochen weg.«

»Das ist wahr. Ja, das ist wahr, aber du weißt doch gar nicht, was die Polizei weiß. Sie hat vielleicht Verbindung zu Leuten, die ihr erzählen können, daß das Kokain vor drei Wochen in die Wohnung gekommen ist.«

»Vor einem Monat.«

»Leute wie wir können unmöglich wissen, was die Polizei weiß. Ich hab einfach Angst, daß du für nichts und wieder nichts in eine Falle läufst.«

»Ach, zum Teufel!«

Als sie in die Vierundachtzigste Straße einbogen und den Park verließen, sah Susan Alice an und erklärte: »Ich hab immer gewußt, daß ich durch Craig Shellady eines Tages in ernste Schwierigkeiten geraten werde. Daß er was anrichtet, aus dem ich nicht wieder herauskomme, indem ich mein Sparbuch plündere oder einfach ein Machtwort spreche. Das weiß ich seit zwölf Jahren. Und jetzt verzeihe ich ihm nicht. Ich gebe ihm die Schuld an der ganzen Geschichte. Das ist es, was mich ganz wahnsinnig macht!«

»Er hat dafür gebüßt.«

»Nein, das hat er nicht! Ich bin's, die dafür büßen muß. Du büßt gar nichts durch deinen Tod. Das ist der Augenblick, wo du mit dem Büßen aufhörst.«

»Schätzchen, er ist tot! Er ist wirklich tot!«

»Denny auch! Weißt du, ganz gleich, wie es passiert ist, Craig ist schuld daran. Er ist der Schuldige. Und nichts wird mich jemals davon abbringen.« Die Ampel sprang um, und sie überquerten die Kreuzung zum Riverside Drive.

3

Die Eigendynamik ihres Alltags hatte Alice über die Entdeckung der Leichen und die Zeit unmittelbar danach hinweggeholfen, aber als sie ihre Wohnung aufschloß und das Telefon klingeln hörte, begriff sie, daß diese Eigendynamik sich erschöpft hatte und daß sie jetzt nahe daran waren, unter dem Chaos der Wirklichkeit, die ein halböffentliches Ereignis wie ein Doppelmord mit sich brachte, zusammenzubrechen. Sie ging nicht ans Telefon, sondern stöpselte es aus. Ray würde versuchen, sie zu erreichen, Noah und Rya, vielleicht auch Jim und ganz bestimmt Detective Honey und jede Menge anderer Leute die sich fragten, wo Susan steckte. Susan aber wandte sich wortlos ab und schlurfte den Gang entlang auf das Schlafzimmer zu, sichtlich übermüdet. Es gab so vieles,

worum sie sich kümmern mußten – die Beerdigung, der Trauergottesdienst, die Eltern und die Verwandtschaft, so viele Telefongespräche, die sie irgendwie durchstehen mußten. Sie ging Susan nach, die sich auf das ungemachte Bett hatte fallen lassen. Weil sie nicht drängeln wollte, fragte Alice nur: »Was hast du vor?«
»Ich will schlafen. Erst noch die Mineharts anrufen. Gott, mir graust vor diesem Anruf.«
»Bestattungsinstitut?«
»Ach, herrje.«
»Wir müssen uns um das alles kümmern.«
»Ich weiß.«
»Wie willst du sie beerdigen lassen?«
»Seine Eltern wollen es bestimmt mit allem Drum und Dran mit Priestern in violetten Gewändern, offenem Sarg –«
»*Das* geht auf keinen Fall.«
»Herr im Himmel! Katholischer Friedhof, schwarze Limousinen.«
»Was hätte Denny sich gewünscht?«
»Das übliche. Verbrennung über einem Lagerfeuer, um das nur seine Freunde herumsitzen, und dann die Asche in alle vier Winde verstreut.«
»War das sein Ernst?«
»Wir haben nur einmal darüber gesprochen, vor fünf, sechs Jahren.«
»Ist ein Testament oder so was Ähnliches da?«
»Ich bin so müde, daß ich die Augen nicht aufkriege. Ich muß sie anrufen. Wählst du für mich? Wenn ein Kind abnimmt, frag nach Mrs. Minehart. Ich könnte es nicht ertragen, die Stimme von einem der Kinder zu hören.« Dennys jüngste Schwester war erst sechs. Alice griff nach dem Zweitapparat im Schlafzimmer, stöpselte ihn ein und wählte die Nummer, die Susan ihr vorsagte. Eine Kinderstimme meldete sich, wahrscheinlich der Zehnjährige. Alice fragte nach Mrs. Minehart, und als die Frauenstimme am Apparat erklang, angespannt, aber höflich, klar und doch voller Fragen, gab Alice den Hörer an Susan weiter, ging hinaus und machte die Tür hinter sich zu. In der Küche setzte sie Wasser im Teekessel auf, holte ihre Lieblingsteekanne aus Porzellan und ihre

Lieblingstasse heraus; dann setzte sie sich und wartete. Nach ein paar Minuten stand sie auf, ging ins Schafzimmer, wo Susan jetzt eingeschlafen war, und warf eine Decke über die erschöpfte Gestalt ihrer Freundin, die sich nur die Schuhe abgestreift hatte. Während sie Susan ansah, gab sie sich Mühe, nicht in Panik zu geraten, sich den Scherbenhaufen nicht vorzustellen, den Susan jetzt sicherlich vorfinden würde. Natürlich gab es keine Testamente, keine Versicherungen, keine Verfügungen, was mit den Leichen geschehen sollte, und natürlich gab es Schulden, und nicht nur illegale, und natürlich würde es Verdächtigungen geben, vielleicht sogar Ärger mit der Polizei. Und das alles zusätzlich zur Trauer. Alice zog die Decke über Susans Füße, und Susans Kopf drehte sich zur Seite, und das schöne, glatte Haar mit dem Glanz neuer Pennies schmiegte sich weich über ihr Kinn. Die Trauer würde ihr hart zusetzen, dachte Alice, während sie in die Küche zurückging. Dort, die Teekanne und das Fenster zur Vierundachtzigsten Straße vor sich, wollte sie vollkommen still ganze zwei Stunden lang sitzen bleiben. Erst danach würde sie das Telefon wieder einstöpseln und an die Sprechanlage gehen, wenn es unten klingelte.

Sie dachte, daß sie eine Liste mit all den praktischen Einzelheiten machen sollte, eine Liste der Leute, die anzurufen waren, und der Dinge, die erledigt werden mußten, lauter Details, die ihr seit heute morgen durch den Kopf gingen und die sie sich ausdrücklich eingeprägt hatte, damit sie sie nicht vergessen konnte, aber als sie aufstand, nach Papier und einem gespitzten Bleistift suchte, schwand jede Lust, und sie fand sich wieder, wie sie auf die Straße hinausstarrte, auf das fröhliche Gewühl der New Yorker in Hemdsärmeln und rückenfreien Kleidern, unterwegs zu einem sonnigen Spaziergang im Riverside Park oder zu einem kleinen, belanglosen Einkauf am Broadway. Gegenüber, ein gutes Stück tiefer unten, pflanzte eine ältere Frau mit einer Haube auf dem Kopf Blumen in den etwa einen Meter breiten Streifen Erde vor ihrem Brownstone-Haus, und drei Stockwerke darüber lehnte sich eine andere Frau im Bademantel weit aus dem Fenster, über den Kasten davor, ebenfalls mit Einpflanzen beschäftigt; irgend etwas Feuerfarbenes, wahrscheinlich Geranien. In dieser Höhe und dazu nach Süden hinaus bekamen sie genug Sonne. Man nahm allgemein an, daß es im zweiten Brownstone-Haus nach der Kreuzung einen Dachgarten gab. Jedenfalls waren dort eines Tages Lastwagen mit jungen Mammutbäumen in Riesenkübeln vorgefahren, und später waren riesengroße Säcke mit Erde, Kies und Kompostdünger ins Haus getragen worden. Alice neidete den Dachgärtnern den frischen Spinat und die vollkommenen Tomaten nicht, die sie zweifellos ernteten. Schließlich reihten sich den Broadway entlang Gemüsestände aneinander wie Broschen in einer Auslage, und jeder Kunde mit ein paar Dollar in der Tasche hatte die Wahl unter dem Besten, was an der Ostküste zu haben war. Worauf sie neidisch war und wofür sie die Kosten für die zahllosen Lieferungen ins Haus gern in Kauf genommen hätte, das war der Anblick des von der Sonne ausgebleichten Grüns dort oben unter dem Himmel und mit dem silbern schimmernden Fluß in der Ferne. In der Neunundachtzigsten Straße hatte ein Dachstockbewohner einen Solarkollektor aufgestellt, auf den Alice so stolz war, als wäre er ihr eigener gewesen – wie wohl alle andern auch, die davon wußten, nahm sie an.

Das lenkte ihre Gedanken auf Ray Reschleys Vater, der laut Ray zwei Windmühlen gebaut hatte, eine auf dem Dach des Hauses, die zweite auf dem Garagendach. Er hatte das zweite Auto abgeschafft und stapelte dann in der freien Garagenhälfte die Batterien mit der überschüssigen Energie. Die durchschnittliche Windgeschwindigkeit in Rochester betrug zwanzig Stundenkilometer, erzählte Ray. Er war selbst ein Bastler und, schon seit Alice ihn kannte, stets damit beschäftigt, an irgendeinem Projekt herumzutüfteln. Jetzt redete er davon, daß er den Co-op-Anteil an seiner Wohnung verkaufen und nach einer Dachwohnung suchen wolle. Die durchschnittliche Windgeschwindigkeit auf der West Side lag bei über fünfzehn Stundenkilometern. Wenn er eine Fünfzimmerwohnung auftrieb, hatte er reichlich Platz für das Lagern der Batterien. Alice fragte sich, ob er sich das wohl leisten konnte, und dann überlegte sie weiter, wieviel Geld Ray überhaupt haben mochte. In dieser Hinsicht hatte es Ray ganz offensichtlich weiter gebracht als alle anderen, kein Hamlet, aber ein Horatio der Technik, den Craig, das Inbild eines Möchtegern-Hamlets, dazu überredet hatte, die Optikerausbildung abzubrechen. Als einer der verläßlichsten Toningenieure in New York verdiente Ray mit dem Einrichten von Studios und mit der Arbeit für Schallplattenproduzenten mehr als jede Menge gutaussehender Gitarristen. Dabei war sein Leben ein einziges Wirrsal aus sexuellen Leidenschaften und Frustrationen, kein homosexuelles Eheglück, sondern ein ständiges Schmachten nach Männern, die nicht nach ihm schmachteten. In einer Welt voller Schönheiten war Ray mit seiner rosafarbenen Haut, seinen spitzen Fingern, seinen winzigen Füßen und seinem Bauchansatz nicht einmal hübsch. Seit einem Jahr oder vielleicht auch anderthalb Jahren war er mit einer neuen Clique zusammen; jedenfalls behauptete er das. Im Gegensatz zu anderen Schwulengruppierungen war das eine Clique, die mit Messern, Rasierklingen, sogar mit Pistolen bewaffnet war. Ray machte diese Leute nicht mit seinen alten Freunden bekannt, und Alice dachte nicht oft darüber nach. Einmal hatte Craig im Zorn von Rays »Phantomkameraden« gesprochen. Es war eine Tatsache, daß Craig in all den Jahren Ray immer wieder verspottet hatte, sogar noch, als Rays Arbeit für ihn zu einer Art Noblesse oblige, einer reinen Gefälligkeit aus alter Freundschaft geworden war. Alice dachte an Rays Bemerkung, er habe Denny geliebt, »Craig auch, meistens jedenfalls«. Wahrscheinlich stimmte das.

Sie kannten sich alle schon so lange! Fast sechzehn Jahre war es her, seit Julie Zimansky ihr zum erstenmal zugeflüstert hatte, Ray Reschley rufe dauernd bei ihr an. Zwei Jahre später wohnte Susan im College während des ersten Semesters auf demselben Stock wie Alice, und an Weihnachten in jenem Jahr machte Susan sie mit Denny und seinem Adoptivbruder Craig bekannt. Im dritten Collegejahr lernte sie dann unabhängig von den anderen Jim Ellis kennen, aber er schloß sich schnell der Gruppe an, und in jenem Sommer entstand die Band, die sich dann um Noah Mast und seinen Hund Fred erweiterte, die beide schon den Collegeabschluß in der Tasche hatten – Fred hatte seinen Herrn immer in die Vorlesungen und sogar in die Restaurants begleitet. Als Fred von einem Auto überfahren wurde, trauerte die ganze Gruppe, und als Rya auftauchte, stöhnten sie alle, nahmen Rya aber schließlich in ihre Mitte auf, wie das in einer Familie mit heiratsfähigen Kindern der

Fall ist. Als Jim mit Mariana durchbrannte, verlor er mit seiner Frau auch alle seine Freunde, und manchmal fragte sich Alice, ob das nicht seine heimliche Absicht dabei gewesen sei. Er rief sie alle an Weihnachten an und sagte, alles sei bestens, ganz der pflichtbewußte verlorene Sohn, aber sie erfuhren nur über drei, vier Ecken, daß Marianas Baby tot zur Welt gekommen war. Alice schaute aus dem Fenster zu der Frau mit der Haube hinunter, die jetzt die Erde festtrat – Fleißige Lieschen –, und geriet wieder in Panik. Wie war es möglich, daß sie so in den Tag hinein gelebt hatten, von Abendessen zu Abendessen, von Auftritt zu Auftritt, von Wohnung zu Wohnung, ohne auch nur zu begreifen, von welchen Gefahren sie umgeben waren? Warum verteilte Denny die Wohnungsschlüssel reihum, warum schlief Craig mit Rya und probierte an der Westküste Speed und Heroin aus, warum ließ sich Ray mit Messerstechern ein; wie kam es, daß zehntausend Dollar eine so belanglose Summe wurden, daß Craig und Denny sich nicht einmal Sorgen um Schulden in dieser Höhe machten; und woran lag es, daß diese Art Leben immer noch zu ihrem früheren Leben zu passen schien und zu dem Leben ihrer Mütter und Väter in den ruhigen, weiten Ebenen des Nordens? Sogar Craig sprach vom Tod seiner Eltern immer, als sei er nur eine sonderbare Abweichung vom Normalen gewesen und nicht das Symptom einer bösen Wirklichkeit. Ja, sie waren gestorben, aber zahllose Tanten, Onkel und Freunde füllten die Lücke aus, und die freundliche, christlich gesinnte und gottesfürchtige, auf fröhliche Weise vielköpfige Familie der Mineharts nahm ihn in ihre Mitte, war voller Bewunderung für ihn und seine spröde Andersartigkeit. »Ach, dieser Craig!« sagte Mrs. Minehart zehnmal am Tag, als Alice dort einmal ein Wochenende verbrachte. Es war, als wären sie alle nach Minneapolis und später nach New York verpflanzt worden, ohne je die Vertrauensseligkeit der Leute aus dem Mittelwesten abzulegen: Wenn man sich nur bei unverschlossener Tür schlafen legte, dann kamen sicher die Nachbarn vorbei und legten einem die Werkzeuge hin, die man sich gerade ausleihen wollte. Wären sie dagegen in New York aufgewachsen – ob sie dann wohl die Gefahren besser gemieden hätten oder aber ihnen noch eher erlegen wären? Das Abrutschen aus dem Mittelstand war in Rochester nichts als ein Gleiten den Hügel

abwärts, in New York aber ein Sturz in den Abgrund. Wie kam es, daß sie sich dessen nicht bewußt gewesen waren? Im Gegensatz zu den meisten anderen hatte Alice sich nie verächtlich über den Mittelstand geäußert. Arbeit, eine Wohnung, eine Waschmaschine, Geld zum Ausgeben – das alles war ein Segen, kein Fluch.
Alice stand auf und reckte sich. Sie dachte an ihre Arbeit, ihre Wohnung, ihre Waschmaschine, an das Geld, das sie ausgab. Natürlich war das alles in Sicherheit – ja, natürlich. Ray und Susan und Noah und Rya und alle anderen hatten keinen Anspruch auf ihr eigenes geordnetes kleines Leben. Was die Polizei oder Rays Freunde auch tun mochten, die Bibliothek würde es überleben, würde sie weiter beschäftigen, damit sie katalogisierte und bibliographierte. Aber als sie der Reihe nach an die anderen dachte, waren sie ihr alle gleich lieb, und sie hätte sie so gern umarmt, jeden einzelnen von ihnen in ihr geordnetes kleines Leben einbezogen, hätte gern ihr Bibliothekarinnengehalt mit ihnen geteilt, ihnen Wohnung, Nahrung, Trost und Sicherheit gegeben. Kurz überkam sie die Vorstellung, wie sie sich gemeinsam mit Waffengewalt gegen die Polizei zur Wehr setzten, aber dann schaute sie wieder hinunter auf die Straße, auf die Passanten, auf die Leute, die in den Häusern aus und ein gingen; lauter Leute, die sie in den vergangenen fünf Jahren so oft gesehen hatte, daß sie glaubte, sie zu kennen; und weil sie außerdem auch weiterhin zu diesen Leuten gehören wollte, wußte sie nicht, was sie denken sollte. So sah ihr gegenwärtiger Geisteszustand aus: Sie wußte nicht, was sie denken sollte. Sie griff nach dem Telefonstecker, schnippte ein paarmal mit dem Zeigefinger dagegen und stöpselte ihn dann ein. Sofort klingelte es.

Vor dem Polizeirevier in der Zweiundachtzigsten Straße blieb Susan stehen und strich sich mit den Händen über das Kleid. »Wie seh ich aus?«
»Ordentlich. Adrett. Müde.«
»Immer noch?«
»Bist du's denn nicht?«
»Total fertig.«
»Mach dir keine Sorgen. Vielleicht kannst du ihn sogar ganz gut leiden.«

»Vielleicht.«
»Er müßte eigentlich ganz hingerissen von dir sein.« Alice küßte Susan auf die Wange, um ihr Selbstvertrauen zu stärken; dann folgte sie ihr ins Polizeirevier.
Detective Honey, den sie vorher angerufen hatten, trat aus seinem Büro und begrüßte sie mit freundlich ausgestreckter Hand. Er erinnerte Alice an einen bestimmten Farmer, einen inzwischen verstorbenen Freund ihres Vaters. Als zärtliche Geste hatte er immer die großen Hände auf Alices elf Jahre alte Schultern gelegt und ihr schier dabei das Rückgrat gebrochen. Seine Hände waren in all den Jahren der Farmarbeit wie Steine geworden, und sein aufmunterndes Gehänsel linderte den Schmerz nicht, den sie dabei empfand.
Während Honey die Stühle zurechtrückte und ihnen Kaffee anbot, während sie seine Fragen nach ihrem Befinden mit einem warmen Lächeln erwiderte, nahm Alice an, daß er sie beide, so unschuldig sie auch waren, in Verdacht hatte und daß er jeden auch noch so geringfügigen, indirekten Nachweis, den er womöglich fand, eher gegen sie verwenden als weitere Ermittlungen einleiten würde. War es nicht eine wohlbekannte Tatsache, daß die Polizei geradezu in Arbeit erstickte?
»Sie waren in den Adirondacks, Miss Gabriel?«
»Ich bin gestern abend zurückgekommen.«
»Wie war denn das Wetter dort oben? Ist es nicht noch ziemlich früh im Jahr für die Adirondacks?« Er schaute auf den Wandkalender, und Alice folgte seinem Blick. 11. Mai.
»Das Wetter war eigentlich ganz ordentlich. Ich kann's mir nicht leisten, in der Saison hinzufahren.« Susan schloß den Satz mit einem Lächeln und stellte die Handtasche neben dem Stuhl auf den Boden.
»Wo arbeiten Sie?«
»Ich bin Filialleiterin bei Chops, am Broadway.«
»Chops?«
»Das ist eine Boutique, die sich auf importierte Mode spezialisiert hat, vor allem aus Frankreich und aus Italien.«
»Teuer?«
»Sehr.«

»Und Sie können es sich nicht leisten, während der Saison in die Adirondacks zu fahren?«
»Ich kaufe auch nicht meine Kleider bei Chops.«
Alice lächelte und biß sich auf die Lippe. Honey gluckste, dann setzte er sich tiefer, behaglicher zurück und nahm einen neuen Anlauf. »Sie wissen, daß Miss Ellis die Leichen gefunden hat?« Er lächelte Alice zu.
»Mrs.« Dieses Mal kam es von Susan. »Ja, sie hat mir alle Einzelheiten erzählt. Ich kam in der Hoffnung, daß Sie mir etwas darüber hinaus erzählen können.«
Alice staunte darüber, daß Susan so gut wie unberührt schien von Honey, daß er bei ihr nicht durch seine schiere Gegenwart einen Redestrom auslöste, wie es Alice ergangen war und sogar jetzt, während er sich doch mit Susan befaßte, wieder erging. Einwürfe, Fragen, versöhnliche Zwischenbemerkungen stauten sich hinter ihren Zähnen. Honey sagte: »Lassen Sie mich ein paar Fakten festhalten, dann können Sie gehen.« Er hustete. »Sie heißen Susan Gabriel, Sie wohnen in der Vierundsiebzigsten Straße West, Nummer 523, Sie leiten das Modegeschäft Chops wo am Broadway?«
»Ecke Achtundsiebzigste Straße. Ich bin dort seit fast vier Jahren Geschäftsführerin.«
»Und davor?«
»Habe ich ein Haushaltwarengeschäft in der Zweiundsiebzigsten Straße geleitet.«
»Worin bestehen Ihre Aufgaben?«
»Leute einstellen und rausschmeißen, die Buchhaltung überprüfen, die ich aber nicht selber machen muß, den Inhabern Ratschläge für den Einkauf geben, mich um den täglichen Kleinkram kümmern, zum Beispiel um schadhafte Ware, Ladendiebstahl, die Schaufensterdekoration. Mädchen für alles.«
»Sie wohnen seit sechs Jahren in Manhattan, wie Miss Ellis?«
»Wir sind zusammen hergezogen.«
»Mit Mr. Minehart und Mr. Shellady?«
»Und Mr. Mast, Mr. Reschley und Mr. Ellis.«
»Ja, mit den anderen Mitgliedern der Band.«
»Jim Ellis ist kein Musiker«, warf Alice ein. »Das ist mein geschiedener Mann.«

»Also die reinste Völkerwanderung?« Honey lächelte. Alice mußte einfach mitlächeln, aber Susans Gesicht blieb ernst. »Damals«, sagte sie, »war das für uns einfach selbstverständlich. Davor haben wir ein Jahr in Chicago gelebt und davor in Minneapolis.«

»Dann sind Sie also alle schon lange eng miteinander befreundet?«

»Die Band hat sich im Sommer 1968 formiert.«

»Und in all den Jahren ist keiner ausgestiegen?«

»Nein«, sagte Susan.

»Was ist mit...«, Honey blätterte ein paar Seiten im Notizbuch zurück, »...mit Mr. Dale Nolan?«

»Ursprünglich war Dale der Schlagzeuger. Er ist vor ein paar Jahren nach Kalifornien gezogen und hat sich einer anderen Band angeschlossen. Außerdem war er kein besonders enger Freund.«

»Hat es zwischen ihm und der Band Spannungen gegeben?«

»Ein paar.«

Honey wartete darauf, daß Susan weitersprach. Auch Alice wartete darauf. Aber Susan schwieg, bis Honey schließlich nachfaßte.

»Was für Spannungen?«

»Er kam mit Craig nicht aus. Craig behauptete, daß er das Tempo verschleppt.«

»War das so?«

»Das weiß ich nicht.«

»Und hat er in der anderen Band Erfolg gehabt?«

»Großen.«

»Mehr Erfolg, als wenn er dageblieben wäre?«

»Wahrscheinlich.«

»Aber er war kein guter Freund?«

»Nein. Er hat von jeher andere Freunde gehabt. Für ihn war die Band einfach nur ein Job.«

»Es gab noch andere Schlagzeuger später?«

»Unzählige.«

»Wie sind die mit der Band ausgekommen?«

»Prima – mit Noah und Denny. Mit Craig ging's mal so, mal so.«

»Der letzte war Mr. Jake Zimmerman?«

»Ja.«
»Wie lange war er bei der Band?«
»Zwei Monate.«
»Wie sind Sie mit Mr. Shellady ausgekommen, Miss Gabriel?«
»Gut.«
»Auch mal so, mal so?«
»Craig war ein sehr launischer Mensch, ausgesprochen jähzornig, aber er hatte auch ziemlich viel Charme.«
»Waren Sie oft mit ihm zusammen?«
»Ja, er war fast die ganze Zeit bei uns in der Wohnung.«
»War Ihnen das recht?«
»Wir waren dran gewöhnt, und es ist eine große Wohnung.« Susan zog sich eine lange Nadel aus dem Haar und steckte sie mit Nachdruck wieder zurück.
»Haben Sie Brüder, Detective Honey?«
»Ja, zwei.« Alice versuchte sie sich vorzustellen.
»Craig war wie ein Bruder für meinen Freund. Das mußte ich seit langem akzeptieren.« Sie machte eine Pause, überlegte und entschloß sich dann offensichtlich zum Weitersprechen. »Ich hab Craig gemocht, war mir aber über seine Schwächen im klaren. Denny hat ihn trotzdem geliebt oder vielleicht gerade deswegen. Ich habe sie auch akzeptieren müssen. Denny und Craig waren ein Paar Stiefel.«
»Was waren das für Schwächen?«
»Er war nicht einfach bloß ein Hitzkopf. Sein Jähzorn war wie ein psychotischer Schub. Dann wurde er ausgesprochen bösartig und paranoid. Und er konnte nicht besonders gut mit Geld umgehen.«
»Hat er seinem Temperament in körperlicher Hinsicht die Zügel schießen lassen?«
»Wenn Sie damit meinen, ob er Leute geschlagen hat – nein, das hat er nicht getan. Er war sehr eloquent. Er hatte es nicht nötig, zuzuschlagen.«
»Hat er Drogen genommen?«
»Drogen waren nicht der Grund für seine Probleme. Es war zwar schlimmer mit ihm, wenn er Alkohol getrunken hatte, aber in den letzten Jahren hatte er fast ganz mit dem Trinken aufgehört.«

»Was war Ihrer Meinung nach der Grund für seine Probleme?«
»Seine Eltern sind beide ums Leben gekommen, als er zwölf war. Ich habe gehört, daß sein Vater irgendwelche Probleme hatte, aber ich weiß nichts Genaues. Sie sind bei einem Autounfall ums Leben gekommen.«
»Mr. Minehart hat sich ihm gegenüber immer loyal verhalten? Sogar so weit, daß er im Grunde ständig mit ihm zusammenlebte?«
»Craig hat Denny geliebt. Jeder hat Denny geliebt. Denny konnte ihn beruhigen, und er ist nie im Ernst auf Denny losgegangen. Craig hat nach dem Unfall fast immer bei Dennys Familie gelebt, von zwei Jahren abgesehen, in denen seine Tanten und Onkel ihn auf die Militärakademie geschickt haben.«
»Er ist nicht lange dort geblieben?«
»Ich glaube, er hat versucht, sich das Leben zu nehmen.«
»Craig Shellady war also ein Problembündel?«
»Das stimmt nicht ganz. Nicht normalerweise. Wenn man es jetzt so zusammenfaßt, klingt es schlimmer, als es war. Meistens war er der Charme in Person. Fragen Sie Alice.« Plötzlich schauten beide Alice an. Sie nickte sofort, ohne nachzudenken. »Er hatte etwas Mitreißendes«, sagte sie und fragte sich, ob jemand wie Honey grenzenlose Wärme und grenzenlosen, zugleich nicht faßbaren scharfen Durchblick begreifen könne. »Ich kann das nicht beschreiben.«
»Ist er Ihnen gegenüber je ausfällig geworden, Miss Ellis?«
»Mrs. Nein. Auf Frauen ist er so gut wie nie losgegangen.«
»Manchmal?«
Alice sah Susan an, die daraufhin sagte: »Einmal hat er mir gedroht, mich umzubringen. Und vor ein paar Jahren war er sehr eng liiert mit einer Frau, die ihn zur Raserei treiben konnte.«
»Der Name?«
»Iris North.«
Honey schrieb den Namen auf. Alice merkte, daß sein Interesse jetzt wacher geworden war. Sie sagte: »Sie ist tot. Ein halbes Jahr, nachdem sie Schluß miteinander gemacht hatten, ist sie an einer Überdosis gestorben.«
»Hat Mr. Shellady Drogen genommen?« Diesmal erwartete er eine Antwort. Susan holte tief Luft, was Alice gar nicht gefiel.

Schließlich sagte sie: »Manchmal. Früher mehr als in letzter Zeit.«
»Was für Drogen?«
»Marihuana. Eine Zeitlang, als er in Kalifornien war, Speed und, auch dort, Heroin.«
»Kokain?«
Alice spürte, daß Susan den Kopf in ihre Richtung wandte, aber sie hielt den Blick auf ihren Schoß geheftet. »Ja.« Susan sprach mit Festigkeit. Alice bekam Angst. Honey verlagerte das Gewicht in dem Stuhl, der dabei laut knackte. Er sagte: »Meines Wissens sind die Leichen noch in der Gerichtsmedizin.«
»Ich habe ein Bestattungsinstitut verständigt.«
»Unsere Arbeit ist abgeschlossen, deshalb können wir die Leichen jederzeit Ihnen oder Mr. Mineharts Eltern übergeben. Darf ich fragen, was mit ihnen geschehen wird?«
»Das weiß ich nicht. Die Mineharts sind katholisch, aber mir wäre eine Einäscherung lieber. Die Art von Beerdigung, die sich die Mineharts vorstellen, kann sich leider keiner von uns leisten.«
Honey stieß einen leisen, mitfühlenden Laut aus, dann fuhr er ziemlich weitschweifig fort: »Mit Ihrer Wohnung sind wir auch fertig, Miss Gabriel, und morgen wird der Sperriegel abmontiert. Wenn es Ihnen lieber wäre, nicht selber sauberzumachen, kann ich Ihnen Firmen nennen, die das sehr ordentlich erledigen.«
»Danke.«
»Danke, daß Sie hergekommen sind.« Das klang so, als hätten sie überhaupt keine Wahl gehabt. Alice wäre es lieber gewesen, wenn er auf Zigarren herumgekaut und sie angebrüllt hätte. Dann hätte sie vielleicht Vertrauen zu ihm gehabt.
Auf der Straße war sie wieder versucht, den Weg zum Central Park einzuschlagen. Als könne sie ihre Gedanken lesen, sagte Susan: »Komm mit in den Zoo.«
Es war, wie wenn man mit einem Rendezvouspartner aus einem überwältigenden Film kam – während es sie danach verlangte, nach Susans Gedanken zu fragen, fürchtete sie sich davor, unsensibel zu wirken, weil sie es nicht ohnehin schon wußte. Um Konversation zu machen und weil jede Art von Gespräch vielleicht

zum Hauptthema führen konnte, sagte sie: »In einer Stunde kommen Ray und Noah.«
»Haben die denn keine Schlüssel?«
»Nein. Außer dir hat niemand die Schlüssel zu meiner Wohnung.«
»Wenn ich das nur von mir auch sagen könnte.«
»Mir wär das auch lieber.«
»Die können warten. Es ist ein schöner Tag.« Sie schwieg. Einen Augenblick später seufzte sie tief. Alice legte den Arm unter den ihrer Freundin und zog sie eng an sich. Endlich konnte sie sanft und voller Mitgefühl fragen: »Was denkst du?«
»Hast du ihm von deiner Geschichte mit Craig erzählt, damals, als Jim das erstemal zu Mariana gezogen war?« Susans Arm, der sich weich gegen ihre weiche Seite gedrückt hatte, kam Alice plötzlich eckig und ungelenk vor. Trotzdem faßte sie den Arm fester und sagte: »Das war keine Geschichte. Das war der helle Wahnsinn.«
»Hast du's ihm erzählt?«
»Wir haben nur dreimal miteinander geschlafen.«
»Je mehr er weiß, desto größer ist die Chance, daß er die Morde aufklärt.«
»Wie könnte ihm das weiterhelfen?«
Susan machte ihren Arm los, sagte aber nichts. Die Ampel schlug um, als sie Central Park West erreichten, und ohne zu zögern, überquerten sie die Straße und betraten den Park. Als sie ein kurzes Stück gegangen waren, sagte Susan: »Ich glaub, zum Zoo geht's hier lang.«
Alice konnte sich nicht davon abhalten, scharf zu bemerken: »Ich glaube nicht, daß ich Craigs Wutanfälle als ›psychotische Schübe‹ bezeichnet hätte. Ich finde, das ist eine gewaltige Übertreibung.« Als Susan nicht antwortete, sagte sie: »Du hast über ihn gesprochen, als ob er in eine Anstalt gehört hätte, als ob du und Denny seine Wärter gewesen wären.« Susan sah sie an, als wolle sie sagen: Waren wir es denn etwa nicht? Und Alice wurde lauter. »Wenn die Wut wirklich mit ihm durchging, war er unkontrollierbar, aber so oft ist das doch gar nicht passiert. Er war ein sprunghafter Mensch. Er hatte auch viel Charme, und es hat enorm Spaß ge-

macht, mit ihm zusammenzusein, und er hat sehr aufmerksam beobachtet, wie anderen zumute war. Er konnte sehr mitfühlend sein.«

»Wirklich?«

»Das weißt du doch!«

»Als er mit Iris zusammen war, da war er die meiste Zeit völlig durchgedreht.«

»Iris war wahnsinnig. Sie war's wirklich. Ich glaub nicht, daß du Craig die Hauptschuld daran geben darfst.«

»Er war verrückt nach ihr. Er ist über ein Jahr lang mit ihr zusammengeblieben.«

»Sie war schön, und sie hatte was im Kopf. Das hast du damals selber gesagt. Und dann saß er in der Falle.«

»Du willst mir wirklich was Neues darüber erzählen?«

»Er hat geglaubt, daß er ihr helfen kann.«

»Indem er sie zusammenschlägt?«

»Susan, sie hat wildfremde Kerle auf der Straße aufgelesen und mit in die gemeinsame Wohnung gebracht.«

»Und deshalb hatte sie eine kleine Tracht Prügel verdient?«

»Das hab ich nicht gesagt! Darüberweiß ich nichts.« Alice atmete schwer. Wütend stieß sie sich das Haar aus dem Gesicht und machte einen neuen Versuch. »Schau, ich geb ja zu, daß Craig anders war als die meisten Menschen. Er war so nervös. Er ließ kein Gefühl vorübergehen, ohne es auszudrücken. Das konnte einem auf die Nerven gehen.«

»Weißt du, was Craig gemacht hat? Ein und dasselbe, sein Leben lang. Mit der einen Hand hat er sich jemanden gekrallt, und mit der anderen hat er ihn zusammengeschlagen. Oder er hat ihn geküßt. Man hat nie gewußt, worauf man sich gefaßt machen soll. Die äußeren Anzeichen waren unzuverlässig. Das halte ich für psychotisch, nicht für sprunghaft.«

»Warum machst du ein solches Ungeheuer aus ihm? Er war doch bloß ein netter Junge. Zu mir war er lieb.«

»Ja, ich weiß.« Sie kamen durch den Hintereingang in den Zoo und gerieten zwischen die Familien mit zusammenklappbaren Sportwagen, die in kleinen Gruppen hier spazierengingen.

Durch die eigene Wut hindurch sah Alice, daß auch Susan wütend war, und plötzlich war sie von Grund auf kompromißbereit. Was war denn schon dabei, wenn Susan unrecht hatte, was Craig betraf! Wenn sie auf diese Weise besser fertig wurde mit dem Tod ihres Freundes, dann hatte sie auch das Recht, es eben auf diese Weise zu tun. Alice zwang sich, den Braunbären im Käfig anzusehen. Sie dachte immer, daß nicht einmal ein Haufen Geld diese Menagerie in einen zoologischen Garten verwandeln könne. Sie dachte an Craig und ihre gemeinsame »Geschichte«. Das war ein angenehmer Gedanke. Er hatte sehr gut ausgesehen und war sehr lieb gewesen, als sie beides gebraucht hatte. Während sie vor dem Bären stand, machte sie in einem Schauer des Verlangens die Augen zu. Sie hielt den Atem an, zog die Arterien zusammen, die das Blut aus ihrem Herzen trugen. Ihre Fußsohlen prickelten, und sie lächelte, einen kurzen Augenblick lang wieder in Craig verliebt; aber der Gedanke, sie sei damals von Sinnen gewesen, war ihr inzwischen vertraut. Mit jeder Erinnerung an diese Zeit in ihrem Leben war auch die Erschöpfung wieder da, die Notwendigkeit, sich ständig zusammenzureißen. Die Anstrengung, Jim nicht anzurufen, nicht an dem Haus vorbeizugehen, in dem Mariana wohnte, bei der Arbeit zu weinen, überhaupt zur Arbeit zu gehen, statt den Tag im Bett zu verbringen, die Anstrengung, nicht über Jim und »darüber« zu jedem Ohr in Reichweite zu sprechen, Stunde um Stunde, dieser Anstrengung wäre sie beinahe erlegen. Mit Craig zusammenzusein war eine Art wahnwitziger Erleichterung von dem Wahnwitz gewesen: Essen und Sex und Blaumachen, um sich Matineevorstellungen im Modern-Kino anzusehen, und Gespräche über Astrologie und Selbstheilung und transzendentale Meditation und alles mögliche, wogegen das Ende ihrer Ehe banal wirkte. Sie wandte sich von dem Bären ab und folgte Susan in den Innenhof. Wie konnte sie, bei allem, was sie wußte, nur mit Susan Streit anfangen, die noch keine Ahnung haben konnte von dem Schmerz, der sie überfluten würde? Sie lief Susan nach und holte sie ein. »Susan«, sagte sie, »ich habe mich nicht mit dir streiten wollen.«

»Ich weiß. Es tut mir leid. Gehen wir nach Hause.«

»Ich hab Geld dabei. Nehmen wir doch ein Taxi.« Sie griff in die Tasche und holte eine Fünfdollarnote heraus, die sie Susan auf der flachen Hand hinhielt wie eine Opfergabe. »Gut«, sagte Susan.

Beim Abendessen teilte Susan ihnen mit, sie treffe die Vorbereitungen für eine große katholische Trauerfeier mit Limousinen und für das Überführen der Leichen nach Minnesota, im Flugzeug. Sie teilte ihnen mit, was das kosten würde. Sie hielten die Luft an. Einen Augenblick später fragte Ray: »Wo willst du das Geld dafür hernehmen?«

Susans Blick wanderte um den Tisch. Sie verzog das Gesicht, stieß das Kinn vor und sagte: »Schulden machen.«

»Können seine Eltern denn nicht einspringen?« schlug Rya vor.

»Bei acht Kindern und zwei davon im College? Sie bezahlen die Überführung der Leichen und die Gräber.«

»Keine Versicherung, was?« sagte Ray.

»Sie waren selbständig. Hast du eine Versicherung?« Susan verzog wieder das Gesicht und pickte ein Salatfitzelchen vom Teller.

»Ich habe tatsächlich –«

»Ich habe ein Bestattungsinstitut der Bronx ausfindig gemacht, wo man in Raten zahlen kann. Das Institut hat sie schon abgeholt.« Wieder wanderte ihr Blick um den Tisch, als wolle sie sich daran hindern, zu weinen, zu schreien oder mit etwas zu werfen. Bald schon, als es noch hell war, gingen Rya, Noah und Ray. Alice sagte: »Susan, warum glaubst du, daß du verpflichtet bist –?« Susan wandte sich ab und ging den Flur entlang ins Schlafzimmer.

Alice räumte den Tisch ab und warf die Verpackung des aus dem Restaurant geholten Essens weg. Heute abend hatte es etwas Italienisches gegeben. Außer einem Anschovisfilet, das sie sich jetzt in den Mund steckte, war alles aufgegessen, bis zum letzten Stückchen Pasta, bis zum letzten Tropfen Öl und Sauce. Nachdem sie den Küchentisch abgewischt hatte, drehte sie dem Geschirr entschieden den Rücken zu, holte ihre Liste mit den Dingen, die zu erledigen waren, hervor und legte sie auf den Tisch. Ganz oben stand der Befehl: »Zu Hause anrufen.« Wie sollte sie ihre Eltern davon überzeugen, daß sie keine Sorgen hatte, nachdem Susan beim Essen die Geldsumme erwähnt hatte? Sie sah hinaus auf die Vierundachtzigste Straße, wo ihre Eltern nie gewesen waren, sah, wie sie von den langen Strahlen der untergehenden Sonne in zinnoberrotes Licht getaucht wurde. Ein Taxi glitt vorbei, aber nur dieses eine. Die Vierundachtzigste Straße mit den sauberen rechten Winkeln war verlassen, färbte sich allmählich blau und dann schwarz. Dann gingen die Straßenlaternen an und in ein paar Fenstern gegenüber das Licht. Ihre Eltern verreisten nie, wollten nicht weg aus Rochester. Wenn sie an Alice dachten, dann stellten sie sich ihre Tochter zu Hause in ihrem alten Zimmer vor, nicht in ihrer Wohnung in New York City.

Während ihrer Kindheit waren sie auch nie in Urlaub gefahren, weil ihr Vater das Haushaltwarengeschäft nicht im Stich lassen konnte und weil es im neuen Haus (das er gebaut hatte) soviel zu tun gab. In Alices Jugend wäre es ihrer Mutter, die Kinderschwester in einer Privatklinik war, unrecht vorgekommen, »ihre Babys« auch nur zwei Wochen lang nicht selbst zu betreuen, und jetzt, wo Alices Großeltern alle schon über achtzig und neunzig waren, konnte man nie wissen, was passieren mochte, wenn Doreen und Hugh verreisten. Zwischen der Salatsaison, dem Himbeerenpflücken, dem Spritzen der Apfelbäume alle zehn Tage, dem Ernten der Tomaten, Paprika und Bohnen, ganz zu schweigen vom Gießen, Spritzen und Abdecken der Rosen, blieb ihnen zum Wegfahren im Sommer ohnehin keine Zeit; was sie über Florida im Winter zu hören bekamen, gefiel ihnen überhaupt nicht, und außerdem gab es das Jahr über in Rochester immer viel zuviel zu tun. Obwohl es Alice Spaß gemacht hätte, vor ihren Eltern ein bißchen anzugeben – ein Taxi zu rufen, um mit ihrer Mutter zu Saks zu fahren und ihr dort ein Kleid zu kaufen, in einem Restaurant in der City auf französisch zu bestellen, mit ihrem Vater in den überweich gepolsterten Sesseln des Algonquin-Hotels zu sitzen –, machte es ihr im Grunde nicht viel aus, daß sie niemals zu Besuch kommen würden, nur daß sie jetzt gar keine Vorstellung davon haben würden, wie sie die jüngsten Ereignisse einordnen sollten. Bestimmt stellten sie sich vor, daß sie in New York ganz allein war, redeten erst einmal nicht darüber mit den Großeltern und brachten es ihnen dann der Reihe nach Stück für Stück bei, so daß sich schließlich ein ohrenbetäubendes Geschrei erheben würde, sie solle zurückkommen nach Rochester oder wenigstens nach Minneapolis. Alle sechs Familienmitglieder würden sie heimlich anrufen, ohne daß die anderen davon wußten, bloß um

ihr zu sagen, wie sehr ihre Sicherheit den fünf anderen am Herzen lag, und obwohl der jeweilige Anrufer Zutrauen zu ihr habe, machten sich die anderen große Sorgen, und ob sie nicht heimkommen wolle, es sei bestimmt nicht schwer, einen guten Arbeitsplatz zu finden. Als einziges Kind zweier Einzelkinder sah Alice in sich die Spitze eines Eisbergs, der aus dunkler Meerestiefe die Oberfläche durchstieß und ins Licht von Manhattan hineinragte. Sie empfand aufrichtige Liebe zu ihrer Familie, die wie durch ein Wunder noch vollständig am Leben war (zwei Urgroßmütter hatten noch gelebt, als Alice ein Teenager war), aber sie wollte nicht mit ihnen zusammenleben. Und jetzt würden sie glauben, sie stecke in ernsten Schwierigkeiten.
Ihre Mutter meldete sich, die Flüsterstimme sogar noch leiser als sonst. Sie redeten über das Wetter in Minnesota (sehr veränderlich, die schlimmste Art Wetter), über den Garten, über die Großeltern, über ihren Vater. »Du kannst wohl hellsehen«, sagte Doreen. »Er will dir was schicken.«
»Uff.«
»Er soll's dir selber sagen.«
»Ist es dir recht, daß er mir das schickt?«
»Ich habe dazu keine Meinung.« Das hieß, daß er sich über Doreens praktische Einwände hinweggesetzt hatte und daß sie es inzwischen nur noch für eine schlechte Idee hielt. »Ich hole ihn.«
»Ma!« Aber Doreen war schon nicht mehr am Apparat, und Alice hörte sie rufen.
»Hat sie's dir erzählt?« Ihr Vater begrüßte sie nie, weder am Telefon noch in Briefen. Er redete immer einfach drauflos, als wäre er kurz mal aus dem Zimmer gegangen und eben wiedergekommen.
Alice sagte: »Nein, aber ich kann's mir vorstellen.«
»Schätzchen, das wird dir ungeheuer gut gefallen, wirklich.«
»Was ist es denn?«
»Schon verpackt und fertig zum Abschicken.«
»Gut, Daddo. Aber was ist es?«
»Ein Mikrowellenherd. Er ist mit ein paar Kratzern im Lack im Laden angekommen, und da hab ich mir gedacht, statt ihn der Firma zurückzugeben, schick ich ihn lieber dir. Hör zu, Schätzchen, du brauchst ihn bloß aufzustellen und den Stecker einzustöpseln.«

»Danke, Daddo.«
»Nichts zu danken. Sag mal, warst du in dieser Show *Ain't Misbehavin'?*«
»Nein, aber Freunde von mir haben Karten dafür.«
»Ich hab mir die Platte gekauft. Ganz schön gut.«
»Daddy, kommt doch nach New York. Dann sehen wir es uns an.« Die sicherste Methode, ihn vom Telefon zu vertreiben. Einen Augenblick später sagte sie zu ihrer Mutter: »Laß nicht zu, daß er den Herd abschickt. Ich müßte ihn im Taxi vom Postamt abholen. Und heil kommt er sowieso nicht an.«
»Ich hab versucht, ihm das zu erklären, aber die Kugel rollt. Kannst du ihn nicht einer Kindertagesstätte oder sonst jemandem schenken?«
»Ich kenne keine Kindertagesstätten. Ich werd die Polizei fragen, was ich damit machen soll.« Aber Doreen hakte nicht ein, fragte nicht, was Alice mit der Polizei zu schaffen habe. Die Polizei in Rochester hätte gewußt, was mit dem Herd anzufangen wäre, und hätte auch die Zeit gehabt, sich darum zu kümmern. Alice seufzte. Sie redeten noch eine Weile über das neue Erdbeerbeet, eine Art Stufenturm aus Erde mitten im Garten, dann legte Alice auf. Sie hatte schließlich doch nicht fertiggebracht, es ihren Eltern zu erzählen.
Sie ging ins Wohnzimmer. Sie war mehr als bettreif, aber sie hatte irgendwie Angst, schlafen zu gehen. Es war besser, in der Nähe des noch warmen Telefons zu bleiben und sich ihre Eltern in Rochester vorzustellen. Ihre Mutter hatte jetzt sicher die Sendung »Meisterwerke des Theaters« eingeschaltet, und ihr Vater ging mit den Händen in den Taschen in den Garten hinaus und inspizierte noch einmal die neue Zikkurat, das Stufenbeet. Wenn dann »Meisterwerke des Theaters« zu Ende war, rief Doreen ihre Mutter an, um ihr zu sagen, sie werde morgen früh wieder bei ihr anrufen; danach ging Alices Vater durchs Haus, schloß die Fenster und Türen, schaltete die automatische Feuerlöschanlage ein, schnüffelte am Gasofen herum und schaltete ihn herunter, falls es ein kühler Tag gewesen war. Dann ging auch er zu Bett, und beide schliefen sofort ein und schliefen Stunde um Stunde durch. Sie konnten immer vorzüglich schlafen. Alice stellte sich wieder ans Fenster

und fragte sich, ob jemand in ihrer Verwandtschaft je unter Schlaflosigkeit gelitten haben mochte. Ob Schlaf der Schlüssel zu ihrem langen Leben war? Sie setzte sich auf die Couch, stützte das Kinn auf den Arm und schaute träge die Vierundachtzigste Straße hinunter zum West End. Sie saß so gut wie nie im Wohnzimmer. Die Klappcouch war durch ihren Mechanismus nicht besonders bequem. Dennoch mußte sie, durch welches Fenster auch immer, in den letzten fünf Jahren an die hunderttausendmal gedankenverloren die Vierundachtzigste Straße hinuntergeschaut haben.
Auf der anderen Straßenseite kam eine Gestalt heran, und als die Gestalt in den Schein des Lichts über der Haustür gegenüber trat, erkannte Alice den Mann, mit dem sie neulich – gestern abend? – das Taxi geteilt hatte. Henry. Henry Mullet. Er zog die große Vordertür auf, steckte den Schlüssel in die Innentür und war verschwunden. Alice stellte sich vor, wie er zum Fahrstuhl ging, auf den Knopf drückte, in den Fahrstuhl stieg, wieder einen Knopf drückte, langsam durch den Schacht nach oben glitt, ausstieg, auf seine Wohnungstür zuging, nach den Schlüsseln suchte und zwei, vielleicht drei Schlösser aufsperrte. Und richtig, in einem Fenster, ein Stockwerk höher als ihre eigene Wohnung, ging das Licht an, dann im Fenster daneben und dann im nächsten. Einen Augenblick später erschien Henry Mullet im mittleren Fenster der hell erleuchteten Wohnung mit einem Bier und gähnte. Er schaute auch auf die Straße hinaus, in ihrer Richtung, wo sie im dunklen Fenster stand. Er sah gut aus. War ihr das gestern abend schon aufgefallen? Er knöpfte das Hemd auf und zog es aus. Ein ärmelloses, geripptes Unterhemd kam zum Vorschein. Alice fragte sich, ob er sie je, ohne es zu wollen, nackt gesehen hatte, wie sie durch den Flur ging, mit dem sicheren Gefühl, allein zu sein. Er trank die Bierbüchse leer, drehte sich um und warf sie in einen unsichtbaren Papierkorb. Alice langte nach der Schnur für das Deckenlicht, zog daran, winkte Henry Mullet heftig zu; er winkte zurück, und sie zog wieder an der Schnur. Henry Mullet lachte und wandte sich vom Fenster ab. Sie konnte die Stuckleisten an den Wänden sehen, dunkel gestrichen, vermutlich blau, abgesetzt vom cremefarbenen Grundton. Sie hatte ein seltsames Gefühl bei diesem Anblick – eingeschlossen, als wäre ihre Wohnung ein Schiff, in dem sie und

Susan von einem Schrecken auf den nächsten zutrieben. Drüben gingen die Lichter aus, und Alice setzte sich auf die Couch zurück. Sie ließ den Kopf nach hinten fallen und spürte, daß ihr Mund aufging. Bald war sie eingeschlafen.

Beim Schnarren der Klingel fuhr sie hoch und stieß mit dem Schienbein gegen den Couchtisch. Stille, dann, während ihr bewußt wurde, daß sie im Wohnzimmer war, setzte das dumpfe Klingelgetute wieder ein. Das Schienbein schmerzte pochend, und sie ging vorsichtig um den Tisch herum, wich auch den scharfkantigen, hohen Kufen des Schaukelstuhls aus. Sie war wenigstens so klar im Kopf, daß sie erst auf die Sprechanlage drückte, statt gleich auf den Türöffner. »Wer ist da?« Sie räusperte sich und wiederholte: »Wer ist da?«

»Ray.«

»Scheiße, Ray, es ist mitten in der Nacht.«

»So spät ist es doch noch gar nicht. Ich muß mit dir reden.«

Sie drückte auf den Türöffner.

Einen Augenblick später war er da, seltsam gewandet, eine andere Inkarnation desjenigen, der vor wenigen Stunden mit ihr zu Abend gegessen hatte. Das hübsche Hemd und die engen Jeans wirkten einengend und unbequem. Das Hemd war fast bis zur Taille aufgeknöpft und gab den Blick frei auf ein paar rote Haare und ein hervorstehendes Brustbein. Alice ging in die Wohnung zurück, und er kam ihr nach. Offenbar nahm er sich nicht die Zeit für Präliminarien. Er sagte: »Ein paar Leute warten auf mich. Hör zu. Du warst als letzte in Dennys Wohnung. Was hast du dort gesehen?«

»Tote. Pflanzen. Möbel. Das Übliche.«

»Irgendwas Ungewöhnliches? Ich meine, von Denny und Craig abgesehen!«

»Ich weiß nicht. Honey hat mich auch danach gefragt. Ich kann mich nicht erinnern.«

»Denk doch drüber nach.«

»Es ist mitten in der Nacht! Du hast mich geweckt.«

»Bitte. Denk nach, okay?«

Alice holte tief Luft und rieb sich die Augen. »Ich hab's nicht gesehen, Ray. Ich weiß nicht, was es sein könnte, und ich hab's nicht gesehen.«

»Denk noch mal nach. Hast du in die Schränke geschaut, in der Küche oder sonstwo?«

»Natürlich nicht! Was glaubst du denn, was ich dort gemacht habe?«

»Vielleicht eine Dose, eine Blechdose mit Weihnachtssternen drauf. Auf dem Couchtisch, auf dem Boden, auf irgendeinem Tisch.«

»Du brauchst gar nicht um den heißen Brei herumzureden, Ray. Ich weiß, worüber du redest, und ich hab's nicht gesehen. Wahrscheinlich war es nicht mehr da.«

»Hat Honey es erwähnt?«

»Nein, Susan. Sie hat gesagt, es hätte schon vor zwei Wochen verschwinden sollen.«

Ray seufzte skeptisch und knöpfte sich einen Hemdknopf zu. »Vielleicht war es nicht mehr da. Vielleicht haben sie es verkauft. Craig war sich sicher, daß er es teuer verkaufen kann. Du glaubst doch nicht –«

»Was?«

»Daß der Typ, an den er es verkaufen wollte, sie umgebracht hat, statt zu bezahlen –«

Alice lächelte. So war das also. »Geld war jedenfalls keines da. Das wäre mir aufgefallen, da bin ich mir sicher.«

»Wenn ich bloß wüßte –« Ray wanderte im Zimmer herum, schaute aus dem Fenster, kam zu Alice zurück und sagte: »Hör zu. Das ist einfach zu wichtig, als daß du dich nicht mehr daran erinnerst. Es muß dir irgendwann einfallen, es muß dir einfach wieder einfallen. Ich bin ganz sicher, daß es die Dose mit den Weihnachtssternen war –«

»Willst du Honey das erzählen, oder soll ich?«

»Muß ihm denn das einer von uns beiden überhaupt erzählen? Es ist bloß eine Theorie. Craig hat nichts Definitives gesagt. Ich will nicht –«

»Das kann ich mir vorstellen.«

»Wirst du es Honey erzählen?«

»Falls er fragt –«

»Das ist doch klar, daß du es ihm erzählen mußt, falls er fragen sollte. Aber du brauchst ihm nicht auf die Nase zu binden, daß da was ist, wonach er dich fragen könnte.«
»Nein, wenn man kein Verantwortungsgefühl hat.«
»Wenn man Verantwortungsgefühl hat, muß man das auch auf jede Kleinigkeit ausdehnen?«
»Ich weiß nicht. Ich glaube, du solltest vielleicht –«
»Sag nichts. Überlaß das mir.« Er wandte sich ihr zu und küßte sie auf die Wange. »Laß uns morgen drüber reden. Denk jetzt nicht mehr daran, okay?« Er machte die Tür auf und verschwand auf der Treppe. Alice schloß hinter ihm sorgfältig ab, legte die Kette vor und ging zum Fenster. Er mußte jetzt draußen sein, aber er war so nah am Haus, daß sie ihn nicht sehen konnte. Es war eine Versuchung, nicht daran zu denken. Sie konnte sich ein Leben, in dem sie nie daran dachte, nur zu leicht vorstellen. Es fiel ihr ein, daß die Polizei über eigene Mittel und Wege verfügte, verläßlicher als Klatschgeschichten und Spekulationen. Ihr schauderte, dann ging sie den Flur entlang ins Schlafzimmer.

4

Der Montagmorgen in der Bibliothek war für Alice schon weit fortgeschritten, als Susan anrief, die Stimme noch pelzig vom Schlaf. Alice war beim Katalogisieren, bei einer friedlichen, unpersönlichen Arbeit, die ihr zu dem trügerischen Gefühl verhalf, sie gewinne Abstand zu den Ereignissen am Wochenende. In der Kaffeepause brachte sie es nicht über sich, die Morde gegenüber Laura, Sidney und Howard zu erwähnen. Als sie gefragt wurde, wie sie die beiden vollkommenen Tage verbracht habe, gab sie keine Antwort.
Schon allein beim Klang von Susans Stimme schwoll ihr Herz schmerzhaft an vor Mitgefühl. Sie wußte ja noch mit absoluter Klarheit, daß das Aufwachen der schlimmste Augenblick des Ta-

ges war, ein Loch, aus dem man an manchen Tagen überhaupt nicht herauskam. Susan sagte jedoch, sie fühle sich schon viel besser, gestärkt durch vierzehn Stunden Schlaf und den Auftrag, den ihr Detective Honey eben am Telefon erteilt habe. Sie brauche Alices Hilfe dabei, sich an jeden zu erinnern, der Zugang zu einem Satz Schlüssel gehabt habe oder gehabt haben könne. Alice stöhnte.
»Ich weiß«, sagte Susan. »Können wir uns zum Mittagessen treffen und uns alles überlegen, was uns nur dazu einfällt? Honey klang so mißbilligend. Ich hab eine Art Vision, wie wir die Schlüssel aus einem Korb unter die Leute werfen wie Blumenblätter bei einer Hochzeit.«
»Bring Pastrami-Sandwiches mit«, sagte Alice. »Dann können wir auf der Bibliothekstreppe essen. Ich hab heute bloß eine halbe Stunde Mittag.«
Die Liste umfaßte zwei Seiten auf einem linierten Stenoblock. Zwei Seiten! dachte Alice. »Nur zwei Seiten«, sagte Susan. Es standen sowohl Namen darauf, die Alice noch nie gehört hatte, als auch Leute, die Alice nicht nur ein Begriff waren, sondern von denen sie sogar Platten besaß, die sie oft abspielte. »Ich hab gar nicht gewußt, daß das ein Freund von Denny war.« Sie deutete auf einen Namen auf dem ersten Blatt.
»War er auch nicht.« Susan schürzte zornig die Lippen. »Craig hat ihn in Kalifornien kennengelernt und ihm die Schlüssel gegeben, falls er mal eine Bleibe in New York brauchen sollte. Als ob den die Plattenfirma nicht im Waldorf untergebracht hätte. Craig wollte bloß sagen können: ›Kenny hat die Schlüssel zu meiner Wohnung.‹ Bloß daß es gar nicht seine Wohnung war.« Alice zählte die Namen auf der Liste. »Glaubst du wirklich, daß ihr siebenundvierzig Leuten die Schlüssel gegeben habt?«
»Wir haben nur sechs oder acht Sätze von Nachschlüsseln machen lassen, aber das läßt sich ja nach Belieben wiederholen. Honey hat gesagt, wir sollten die Namen aller Leute aufschreiben, die Schlüssel hatten oder sie sich ausleihen konnten.« Einen Augenblick lang schaute sie den müßigen Essern und den gierigen Tauben auf der Bibliothekstreppe zu, dann fuhr sie fort: »Und ich weiß nicht einmal, was für Freunde Ray hat. Das ist wie eine Tür ins Nichts.«

»Hör mal!« rief Alice, aber dann zögerte sie. Hatte Ray sie wirklich mitten in der Nacht besucht? Es war so schnell gegangen, daß Alice sein Kommen ganz vergessen hatte, bis Susan die Rede auf Ray brachte. Sie sagte: »Ray würde die Schlüssel zu deiner Wohnung doch niemals aus der Hand geben, oder? Er hat diese Leute immer von uns ferngehalten. Er ist ja nicht wahnsinnig. Ich meine, vielleicht mag er die Gefahr, die von ihnen ausgeht, aber er weiß, daß sie gefährlich sind. Jedenfalls –«

Geistesabwesend fiel ihr Susan ins Wort. »So sieht es aus, oder so hat es wenigstens ausgesehen.«

»Hör mir doch zu –« Wie sollte sie sich ausdrücken? Alice machte eine Pause.

Susan füllte die Pause, vom Zorn so erwärmt, daß sie glühte. »Ich weiß, daß er das Kokain von diesen Leuten bekommen hat. Wer weiß schon, ob nicht irgendwer beim Warten auf das Geld die Geduld verloren hat? Wer weiß schon, ob Ray, nachdem er als Unterhändler versagt hatte, die Schlüssel nicht für einen Abend aus der Hand gegeben hat, damit der Dealer Craig davon überzeugen konnte, wie dringend er an sein Geld will? Es ist nicht so, daß ich Ray nicht traue. Aber Craig hat Ray immer so abschätzig behandelt und ihn klein gemacht. Er hat Ray gemocht, aber er hat ihn dauernd aufgezogen und ist von oben herab mit ihm umgegangen, und nie hat er begriffen, daß er damit Rays Gefühle verletzt hat. Wenn also irgendein Typ Ray unter Druck gesetzt und ihm gedroht hat, warum sollte Ray dann allein damit fertig werden, wo er doch bloß für ein paar Stunden die Schlüssel ausleihen mußte? Craig hätte es ja vielleicht ganz gut getan, wenn ihm mal eine Lektion verpaßt wurde.« Das war bitterer Sarkasmus.

Alice sagte: »Alles scheint sich um das Kokain zu drehen, nicht wahr?«

»Welches Kokain? Das ist die Frage. Vielleicht war es wirklich schon fort. Vielleicht haben sie damit gemacht, was Denny vor zwei Wochen angekündigt hat.«

»Wie wär's, wenn wir Honey das alles erzählen?«

»Wie's wär? Ich weiß es nicht. Wer redet schon freiwillig mit einem Bullen über Drogen?«

»Worin haben sie es aufbewahrt?«

»Was?«
»Das Kokain. Wieviel war das überhaupt? Ein Salzstreuer voll? Ein Brotkasten voll?«
»Dazwischen. Sie hatten es in verschiedenen Behältern. In einer Kuchendose, in einer Plastikbox und so weiter. Craig hat davon geredet, er wolle ein Kästchen aus Kirschbaumholz anfertigen lassen, mit Messingbeschlägen und innen mit einem besonderen Metall gefüttert.«
»Hat er denn so viel Kokain genommen?«
»Nein! Das hat mich ja so zur Weißglut getrieben! Immerzu hat er über solches Zeug geredet. In seiner Phantasie war nur das Beste vom Besten gut genug für ihn. Manchmal hatten sie nicht mal Geld zum Tanken, aber Denny und Craig haben pausenlos über teure Projekte geredet – Land in New Mexico, Strandgrundstücke bei Big Sur, Gitarren für drei-, viertausend Dollar, handgeschreinerte Wohnwände aus Eiche, Bettüberwürfe für Tausende von Dollar, die wir in Iowa und in Minnesota kaufen und hier oder an der Westküste weiterverkaufen würden.«
Alice war entschlossen, sich nicht vom Thema abbringen zu lassen. »Ob sie das Kokain wohl versteckt hatten? Ob die Polizei wohl danach gesucht hat? Honey hat doch gesagt, daß an den Leichen bei der Autopsie nichts Verdächtiges festgestellt worden ist, oder nicht? Das muß doch heißen, sie haben keinen Hinweis auf Drogen entdeckt.«
»Wahrscheinlich.«
»Vielleicht sollten wir wirklich mit ihm darüber reden.«
»An was kannst du dich erinnern? Du warst als erste da. Irgendwelche Dosen auf dem Tisch – zum Beispiel die Kuchendose oder irgendwas in dieser Größe?«
Alice schloß die Augen und beschwor die Szene herauf, den Couchtisch in Susans Wohnung. Aber das war zu leicht. Sie war so oft dort gewesen, daß sich das Bild, mit der Dose und ohne, mit irgendeiner Dose, mit allem möglichen Kram auf dem Couchtisch, sofort einstellte. Sie schüttelte den Kopf. »Vielleicht fällt's mir ein, wenn ich nicht darüber nachdenke. Weißt du, wir könnten Honey einfach danach fragen.«
»Wirklich? Ich hab schon Angst, wenn ich nur daran denke. Ich

krieg die kalte Wut, wenn ich daran denke! Es ist unerträglich! Alles ist unerträglich.«

Alice sah weg. Nach einem angemessenen Zeitraum sagte sie: »Was machen wir heute abend?«

»Ich will die Wohnung saubermachen. Jetzt sind die Schlosser und die Leute von der Reinigungsfirma dort, aber um vier sind alle weg.«

»Ich hab doch gesagt, daß ich dir dabei helfen will.«

»Das mußt du nicht.«

»Aber ich möchte es gern, wirklich.« Alice wußte wohl, daß sie eigentlich von Rays nächtlichem Besuch erzählen sollte, aber seltsamerweise hatte sie das Gefühl, sie müsse ihn beschützen samt dem bleichen, hervorstehenden Brustbein und den engen Kleidern. Sie sagte: »Hat Rya mit Craig geschlafen?« Das sofortige Dementi, das sie erwartete, blieb aus. Susan sagte nur: »Ich weiß es nicht.«

»Also wahrscheinlich nein, hm?«

»Ich kann weder ja noch nein dazu sagen. Denny ist es genauso gegangen. Sie gingen sehr vertraut miteinander um, und es fällt mir schwer, mir eine platonische Freundschaft vorzustellen« – wider Willen mußte Alice kichern –, »aber es fällt mir noch schwerer, mir vorzustellen, daß sie Noah betrogen haben soll, meinst du nicht auch?«

»Genau das hab ich auch gedacht.«

Susan fragte nicht, wann sie das gedacht habe, und Alice hatte im Augenblick keine Lust, es ihr zu erzählen oder auch nur Rays Namen zu nennen. Obwohl sie im vergangenen Jahr selten mit ihm zusammengewesen war, hatte es doch eine Zeit gegeben, in der sie sich, offenbar unfähig, auf eigenen Füßen zu stehen, aneinandergelehnt hatten wie zwei Spielkarten: nichts Festes, keiner Belastung gewachsen, aber wenigstens aufrecht. Sie hatte sich seine zahllosen Liebesgeschichten angehört, er hatte ihr erklärt, sie sei wirklich hübsch, unverwechselbar, etwas Besonderes. Sie hatte ihm einen Pullover gestrickt, er hatte für sie einen Schreibtisch gebaut, mit Schublade – sein erstes Möbelstück mit Schwalbenschwanzverzapfung. Sie waren zusammen in Bars gegangen. Wenn jemand Unattraktives auftauchte, rückten sie einander näher und hielten

Händchen. Wenn jemand Attraktives auftauchte, entschuldigte sich der jeweils nicht Betroffene und ging aufs Klo. Auf diese Weise hatte sie George Hellmut kennengelernt und er Lonnie und Rick, deren Nachnamen Alice nie erfahren hatte. Sie wickelte jetzt die faden Reste des Sandwiches ein und sagte: »Ich muß wieder an die Arbeit.«

»Ich bring Honey die Liste. Er will sowieso mit mir reden.«

»Wann mußt du wieder in den Laden?«

»Ich hab gesagt, daß ich am Mittwoch wieder da bin.«

»Die hätten doch bestimmt nichts dagegen, wenn du noch ein, zwei Tage länger freinimmst?«

»Sie haben mir angeboten, die ganze Woche wegzubleiben.« Sie stand auf und fegte sich die Krümel vom Rock. »Aber schau dich selber an. Ich bin neidisch auf dich.« Mit einer Armbewegung deutete sie auf die Fassade oberhalb der Treppe. »Eine feste Burg, die Bücherei.«

»Sehen wir uns nach fünf?« Alice beugte sich vor, um Susan einen Kuß auf die Wange zu geben.

»Bei dir.«

»Ich werd den ganzen Nachmittag an dich denken.«

Susan ging schnell davon, verhielt nur kurz an der Mülltonne und legte die zerknitterte Tüte mit Alices halbgegessenem Sandwich vorsichtig auf den aufgetürmten Abfallberg. An der Kreuzung verlor Alice sie aus den Augen.

Den Abend verbrachten sie damit, Susans Wohnung sauberzumachen, denn sie war fest entschlossen, wieder einzuziehen. Die Firma, die Susan damit beauftragt hatte, das Blut aus den orangefarbenen Polstern der beiden Sessel und aus dem Teppich zu entfernen, hatte gute Arbeit geleistet, jedenfalls, was die Sessel anlangte. Beim Teppich war sich Alice nicht so sicher. Sie glaubte schwaches, durchsichtiges Geschmier zu erkennen, aber vielleicht war das eine Halluzination, oder sie hatte Flecken vor den Augen. Susan zog Gummihandschuhe über und fing im Bad an. Alice begriff sofort, daß es nicht darum ging, bestimmte Flecken wegzuscheuern, sondern darum, soviel wie möglich von der ganzen Erfahrung auszutilgen, die Zeitspanne vom Erscheinen des Mörders bis zu seinem Weggang, die Zeitspanne, in der die Leichen hier gewesen und steif geworden waren, die Zeitspanne, in der gestiefelte Polizisten hier ermittelt hatten. Das Saubermachen war eine Art Abnäher in der Zeit, und sobald sie den Freitagabend sauber mit dem Sonntagabend zusammengenäht hatten, konnten sie den Rest abschneiden und wegwerfen.

Alice begann mit der Küche. In einer Salmiakwolke wusch sie die Schränke ab und die Wände, putzte sie die Fenster und den Boden. Zweimal rief sie Susan zu: »Alles in Ordnung mit dir?«, und zweimal antwortete Susan, die sich erst räuspern mußte, mit belegter Stimme, ja, es fehle ihr nichts. Die einzigen Laute sonst waren Alices Reiben und Wischen. Obwohl sie die orangefarbenen Sessel im Nebenzimmer lange angeschaut hatte und genau wußte, daß sie leer waren, fiel es ihr schwer, das auch zu glauben. Sobald die Arbeitsflächen trocken waren, stellte sie das ganze Geschirr darauf ab und erneuerte das Schrankpapier. Sie merkte, daß sie schwer atmete, überwand sich, einen Schluck von dem Saft zu trinken, den sie von zu Hause mitgebracht hatte, stand dabei in der Küchentür und starrte die leeren, ganz bestimmt leeren Sessel an. Aber sobald sie sich abwandte, war es von neuem unmöglich, das Gefühl abzuschütteln, daß die beiden da draußen waren. Sie spülte das ganze Geschirr und stellte es zurück, alle Tassen, alle Gläser, alle Töpfe und Pfannen und Backutensilien, das ganze Besteck, Stück für Stück. Vor allem Craigs Kopf war grausig aufgerissen und blutig gewesen, nach hinten gefallen, aber von der Wucht des Schusses gewaltsam verdreht. Sie knüllte die Geschirrtücher, die Schürzen, Servietten und Sets zusammen und stopfte das Bündel in einen Müllsack, damit sie alles mitnehmen und zu Hause in die Waschmaschine stecken konnte. Wenigstens hatte Susan die beiden nicht gesehen, hatte sie die Flecken nicht gesehen, hatte sie den Geruch nicht wahrgenommen (hatte es gerochen?). Sie spülte Konservengläser und Büchsen ab, arbeitete schneller und goß jedesmal, wenn sie an den Geruch dachte, noch mehr Salmiak nach. Wenn sich der Geruch in den Wänden, den Böden und den Möbeln festgesetzt hatte, was dann? Wenn er, nachdem die Reinigungs- und Lösungsmittel verflogen waren, wieder da war, für immer, was dann? Mit einem feuchten Schwamm wischte sie Haferflockenkartons und Zucker- und Mehltüten ab. Denny hatte nicht kochen können. Unzählige Male hatten er und Craig in jenen Sesseln gesessen, hatten gelacht, sich gestritten und darauf gewartet, daß Susan und sie das Essen brachten. Bei dem Gedanken spürte Alice einen ziehenden Schmerz im Brustbein, einen Schmerz, der ihr, genau wie das flache, schnelle Atmen, aus den Monaten mit Mariana vertraut war. Sie setzte sich auf einen Küchenstuhl, legte den Kopf zwischen die Knie und versuchte, so langsam und tief wie irgend möglich einzuatmen. Wenn Susan hereinkäme, würde sie Alice nach Hause schicken und allein weitermachen. Alice drückte die Finger gegen die Schläfen und setzte sich auf. Schließlich stand sie auf und fing an, das Spülbecken zu scheuern. Diesmal ging ihr ein anderes Bild durch den Kopf und setzte sich dort fest: sie und Susan, in Stücke gehauen, im Bad, in der Küche. Seit mindestens einer halben Stunde hatten sie kein Wort miteinander gewechselt. Im Gezisch der Putzgeräusche konnte sich jemand in die Wohnung stehlen und sich beide der Reihe nach vornehmen. Der schiere Horror würde es sein, wenn sie sich umdrehte und, zum erstenmal, einen grinsenden Fremden in der Küchentür sah. Das Gemetzel danach...

»Hast du mich nicht gehört?« fragte Susan. »Ich bin fertig.«

Direkt in ihr Ohr. Alice hielt sich den Mund zu und schloß die Augen. Schließlich sagte sie: »Ich hab Zustände gekriegt.«

»Kein Wunder. Ich glaub, wir sollten gemeinsam weitermachen.«

Als Küche und Bad erledigt waren, als sie den Flur abgestaubt und mit dem Mop bearbeitet hatten, standen sie vor einer schmerzlichen Wahl. Susan mußte sich räuspern, bevor sie sagte: »Und was jetzt?«

Ihr gemeinsames Schlafzimmer mit Denny? Wo alle seine Kleider noch hingen oder lagen, wie er sie aufgehängt oder hingeworfen hatte? Wo sein Stapel Pennies auf dem Nachttisch war und seine Schuhe aufgereiht unter dem Bett standen? Wo das Buch, mit dem er halb durch war, mit dem Gesicht nach unten neben dem Bett lag, mit gebrochenem Rücken?

Die Abstellkammer? Wo die Jungs den Verstärker, die Lautsprecher und den Vorverstärker aufbewahrten und all das andere Zeug, das sie zum Üben brauchten und manchmal mitschleppten, wenn sie kleine Auftritte hatten, ganz zu schweigen von ihren Gitarren – eine Guild F50 mit zwölf Saiten, eine sechssaitige Martin D28, eine kleine Alvarez, billig, aber mit schönem Klang, Craigs große alte Fender, die Ovation, die sie sich spaßeshalber gekauft und ausrangiert hatten, Craigs »Investition« – ein verziertes Washburn-Banjo, das er zwar nicht spielen konnte, aber Banjos verteuerten sich so schnell wie nichts sonst, und seines hatte am Hals Perlmuttintarsien mit Noten. Und war irgendwo im Schrank nicht auch noch eine Dobro-Gitarre mit dem Metallresonator?

Das Wohnzimmer? Das unaussprechliche Wohnzimmer, wo die schwachen, lachsfarbenen Spuren auf dem cremefarbenen Teppich den augenlosen Hinterkopf und die fühllosen Fußsohlen trafen wie ein Schlag?

Alice sagte: »Es ist schon nach zehn. Komm, wir gehen zu mir und machen morgen weiter.«

»Geh schon voraus«, sagte Susan.

»Dann nehmen wir uns jetzt das Wohnzimmer vor. In jedem anderen Zimmer muß ich dauernd denken, daß sie da drin sind.«

»Als ich im Bad das Wasser laufen ließ, da war's, als könnte ich hören, wie Denny in der Wohnung herumgeht.« Sie holte den Staubsauger, und Alice zog die Sessel aus dem Weg. Als der Teppich gründlich abgesaugt war und Susan das Kabel aufrollte, sagte Alice: »Bleib nicht hier wohnen! Es ist zu gräßlich! Wohn doch bei mir! Ich hab doch jede Menge Platz.«

Susan schüttelte den Kopf und nahm die Kissen von der Couch. Darunter lagen Pennies, Krümel, Haarnadeln und zwei Zahnstocher.

»Ich möchte es so gern. Ich kann mir nichts Besseres vorstellen. Immer hat's Männer in unserem Leben gegeben, und wir haben nie zusammen gewohnt. Wir sollten es jetzt machen.«

»Ich will nicht weglaufen.«

»Ich hab gewußt, daß du das sagen wirst. Das ist nicht –« Susan trat einen Schritt zurück. Die Lider zuckten nach unten, ein Zeichen ihrer Hartnäckigkeit. »Außerdem will ich eine Zeitlang allein leben. Ich kann mir das hier leisten.«

»Wie kannst du bloß allein leben wollen, nachdem –?«

»Die Schlösser sind ausgewechselt worden. Ich hab sogar ein Sicherheitsschloß anbringen lassen, eins, das noch nie geknackt worden ist.«

»Ich hab's gesehen, aber –«

Susan nahm die orangefarbenen Sesselkissen hoch. So sauber wie neu.

»Es ist unvernünftig, daß du hier wohnen willst. Außerdem möchte ich mit dir zusammensein.«

»Muß ich denn vernünftig sein?«

»Nein, aber –«

»Es ist vernünftig, hier zu wohnen. Genau das ist es. Das ist eine herrliche Wohnung. Es war Glück, daß wir sie gekriegt haben, und es wäre blöd von mir, sie aufzugeben, jedenfalls bis darüber entschieden ist, ob das Haus in eine Wohnkooperative umgewandelt wird. Es ist supervernünftig. Das ist das Problem.«

Sie gingen ins Schlafzimmer.

Auf ihren Wanderungen durch die Wohnung, die Honey für so verdächtig gehalten hatte, war Alice ein-, zweimal auch im Schlafzimmer gewesen. Als sie es jetzt betrat, fiel ihr auf, daß es noch genauso war wie an jenem Tag, nur daß sie es jetzt wirklich wahrnahm. Sie sah, daß Dennys letzte Tage in diesem Zimmer deutlichere Spuren hinterlassen hatten als in den anderen Räumen. Sie brauchte sich nicht anzustrengen, um vor sich zu sehen, wie er die Tür hinter sich zuwarf, die Schlappen abschüttelte (einer lag hinter der Schranktür, der zweite war halb unter das Bett gerutscht), sich das Hemd aufknöpfte. Das alles voller Schwung, überreizt vor Müdigkeit, bestimmt war es spät, und er hatte es eilig, ins Bett zu kommen. Sein Hemd hing über der Lehne des Schaukelstuhls. Die Hose, der Gürtel noch in den Schlaufen, der Slip noch im Schritt (er hatte beides gleichzeitig ausgezogen), war zu Boden gefallen und lag neben dem Bett. Als Susan sie aufhob, fiel aus jedem Bein ein Socken heraus. Das T-Shirt hatte er wahrscheinlich anbehalten im Bett. Es war nicht bei den anderen Sachen. Auf dem Tisch am Fenster, das auf den Luftschacht hinausging, hatte er den Inhalt seiner Taschen deponiert – eine Christophorus-Medaille an einer zerrissenen Kette, drei Vierteldollarstücke und ein Zehncentstück, ein paar Pennies, zwei Schlagstäbchen aus Schildpatt und verschiedene Schlagblättchen und -ringe; alles auf einem Häufchen. Daneben lag der schmale Katalog einer Kunstgalerie in Providence, ursprünglich zusammengeknickt, jetzt aber weit aufklaffend. Alice stellte sich vor, wie Denny schlief, wie das steife Katalogpapier im Dunkeln auseinanderklappte. Alice fragte sich, ob Honey und seine Leute sich das alles angeschaut und was sie für Schlüsse daraus gezogen hatten. Alice gaben alle diese Dinge keine Rätsel auf, bis auf das Rätsel des Lebens und Wandels an sich. Sie mußte tief aufgeseufzt haben, denn Susan sah sie an. Alice griff nach Susans Hand und drückte sie.

»Es sind einfach nicht genug von meinen Sachen da«, sagte Susan. »Mir wird leichter werden, wenn ich meine Sachen hergebracht und weggehängt habe. Laß uns das Bett frisch beziehen.« Sie holte eine saubere Garnitur aus dem Schrank, ebenfalls kariert, aber blau und grün. Die auf dem Bett war rot und orange. Alice war nervös, obwohl sie wußte, daß Denny in jener letzten Nacht wahrscheinlich gar nicht hier drin gewesen war. Sie hatte die Zwangsvorstellung, sie berühre etwas Kaltes und Steifes, getarnt durch die Farbe der Wäsche. Aber sie falteten das Überwurflaken über Eck zusammen und rafften, als dächten sie beide dasselbe, die rotorangefarbenen Laken zu einer Kugel zusammen und rollten sie vom Bett. Mit wesentlich mehr Entschlossenheit zog und glättete Susan die frischen Laken zurecht. Als das Bett gemacht war, zitterten ihr die Hände.

»Du wirst doch nicht hier schlafen wollen!« rief Alice.

»Das werd ich wohl müssen.«

»Das ist doch eine Quälerei.«

»Es wäre eine Quälerei, einfach auszuziehen.«

»Susan!«

Aber Susan unterbrach sie, hob die Hose noch einmal auf und sagte: »Größe zweiunddreißig! Ich hab nie glauben können, daß ihm bei seiner Größe diese Bundweite paßt. Ganze achtzig Zentimeter. Verblüffend. Aber er hat nie knochig gewirkt, oder was meinst du? Er hat immer gemeint, daß er zu knochig ist, aber ich hab das nie gefunden.«

»Er hatte breite Schultern und einen kräftigen Brustkorb.«

»Er hat wirklich gut ausgesehen, nicht wahr?«

»Ja.«

»Auf seine Weise, meine ich. Er war nicht bildschön wie Craig oder so. Und trotzdem hab ich ihn so gern angeschaut. Er sah so gütig aus, mit Wangen wie ein Backenhörnchen und mit den blitzenden Augen. Er sah aus wie ein guter Mensch. Wirklich, so hat er ausgesehen. Sogar wenn er wütend war, hat er ausgesehen wie ein guter Mensch, der wütend geworden ist. Daran hab ich mich nie gewöhnen können.«

»Er war ein guter Mensch.«

Susan schien sie zu ignorieren. »Ich weiß noch, als ich ihn kennengelernt habe, da hab ich mir immer wieder gesagt: ›Was für ein lieber Mann, er ist doch wirklich ein lieber Mann, nicht?‹ Das hat damals so sexy gewirkt. Was ganz Seltenes und Ungewöhnliches.« Sie nahm sein Hemd von der Lehne des Schaukelstuhls und hielt es sich gegen die Brust, strich mit der Hand darüber. »Am Anfang hab ich's sogar rührend gefunden, wie loyal er Craig gegenüber war.«

»Craig war auch loyal.«

Susan streifte sie mit einem Blick. »Was sollen wir mit den Kleidern machen? Mir sind diese Sachen so verhaßt.«

Alice griff nach dem Hemd, aber Susan ließ es nicht los. Weil sie spürte, daß sie zu weit gegangen war, wurde Alice rot, gab sich aber Mühe, mit fester Stimme zu sprechen. »Soll ich nicht einfach alles einpacken? Was du nicht behalten willst, könnte ich doch in Kisten packen, und du könntest es seiner Mutter schicken. Vielleicht hätten die Kinder gern was davon.«

»Vielleicht.«

»Soll ich das machen?«

Mit einem langen Seufzer setzte Susan sich aufs Bett. »Weißt du noch, wie Denny und ich in Kalifornien Urlaub gemacht haben? Wir hatten beschlossen, mit dem Auto hinzufahren und zwei Wochen lang im Norden herumzureisen, bis Craig in L.A. entlassen wurde.«

Alice nickte.

»Hab ich dir erzählt, wie ich im Auto beinah ohnmächtig geworden wäre?«

Alice schüttelte den Kopf.

»Es war ziemlich weit oben im Norden, jedenfalls nördlich von

Santa Rosa, und wir waren im Osten der Küstenberge. Wir hatten sie kaum überquert, da wurde es furchtbar heiß. Ich weiß nicht, warum mir die Hitze so stark zugesetzt hat, aber ich hing wie betäubt im Auto. Ich brachte kaum die Augen auf und hab lauter dummes Zeug geredet. Denny verlor keinen Augenblick lang die Nerven. Er fuhr einfach weiter, machte leichte Konversation, bis wir an den Fluß kamen, an den nördlichen Arm von irgendeinem Fluß. Er hielt an, schaffte es irgendwie, daß ich ausstieg, und dann schleppte er mich das Ufer hinunter und ins Wasser, das sehr flach war. Er brachte mich dazu, mit den Knöcheln und den Handgelenken im Wasser eine Weile dazustehen. Nach fünf Minuten war ich wieder ganz da. Es war außerdem eine herrliche Stelle. Keine Bierdosen, wenn du dir das vorstellen kannst, keine McDonald's-Verpackungen. Wir haben die Zehen in den sandigen Grund gegraben und uns vom Wasser abkühlen lassen. Ich war hingerissen von Denny.« Nach einer Pause fuhr sie fort: »Später, als wir Richtung Süden gefahren sind, um Craig abzuholen, haben wir über irgendwas gelacht, und ich bin hysterisch geworden, richtig hysterisch. Ich konnte nicht aufhören zu lachen, und dann habe ich gleichzeitig geweint und gelacht. Wir fuhren durch irgendwelche Berge irgendwo im Norden von Santa Barbara. Es war später Nachmittag, und rings um uns ragten die Berge auf, mit dieser schönen Farbe, wie flüssiges Gold. Sie waren so schön, daß ich noch stärker lachen und weinen mußte, bis ich mich überhaupt nicht mehr einkriegen konnte. Ich hab gedacht, ich mach mir in die Hosen, und dadurch wurde es noch schlimmer mit mir. Denny hat sich bloß zu mir rübergebeugt, hat das Fenster aufgemacht und meinen Kopf buchstäblich hinausgestoßen. Er hat mich ungefähr zehn Kilometer lang dazu gezwungen, den Kopf aus dem Fenster zu halten, bis mich der Fahrtwind schließlich wieder zur Vernunft brachte. Und das hat geklappt, genau, wie er behauptet hatte.«

»Manchmal glaube ich, man kann über einen Menschen nichts Besseres sagen, als daß er weiß, was zu tun ist.«

»Dann haben wir Craig abgeholt. Junge, Junge, war der in einer grauenhaften Verfassung. Wenn ich an die Reise zurückdenke, dann immer nur an die ersten zwei Wochen und nicht an die Rückreise, obwohl wir da am Grand Canyon und in Taos Station ge-

macht hatten.« Und dann: »Herr im Himmel!« Sie verbarg das Gesicht mit den Händen. Alice fing damit an, die Sachen aus dem Schrank zu räumen – vor allem Hemden –, Stück für Stück. Sie faltete sie säuberlich und umständlich zusammen, als wolle sie gleich wieder damit aufhören, als tue sie im Grunde nichts Unwiderrufliches. Denny hatte herrliche weite Hemden gehabt, hauptsächlich Cowboyhemden aus Flanell und aus reiner, karierter Baumwolle. Ein Luxus. Fast dreißig – altgeliebte und geschätzte neue – stapelten sich auf dem Bett. Susan wischte sich die Augen und sagte: »Vielleicht hätte Noah gern ein paar davon.«
»Möchtest du, daß ich ihn anrufe?«
»Nein. Ich möchte ihn selber anrufen. Ich will das alles selber erledigen. Ich glaube, es ist eine Schande, daß ich es nicht tue.«
»Du tust doch so viel. Mehr als genug. Keiner von uns hat dir dabei geholfen, die Beerdigung in die Wege zu leiten.«
»Ach, das ist nicht der Rede wert. Ich glaub, das ist wie eine Rutsche, auf der man von allein nach unten kommt. Alles bestens geölt vom Bestattungsunternehmen. Mich schaudert, wenn ich daran denke. Ich hasse Heuchelei. Denny wäre vor Scham im Boden versunken.«
»Aber ihm tut's nicht weh, und seinen Eltern ist es wichtig.«
»Was soll ich sagen, wenn sie mir Geld anbieten?«
»Daß du ein bißchen was davon annimmst. Daß die Plattenfirma sich an den Kosten beteiligt hat.«
»Die Plattenfirma! Ha! Weißt du, daß die mich nicht mal angerufen haben?«
»Das wissen seine Eltern nicht.«
»Wenigstens bin ich froh darüber, daß sie glauben, die Band hätt's geschafft.«
»Das hat sie doch auch, wenigstens in gewisser Hinsicht. Ich meine, sie konnten doch davon leben.«
»Wenn du im letzten Jahr mal länger als fünf Minuten mit Craig Shellady geredet hättest, dann wüßtest du, was es heißt, es geschafft zu haben. Und damit hat er nicht gemeint, daß man davon leben kann, das kannst du mir glauben.«
»Aber Denny hat das doch anders gesehen, oder?«
Susan zuckte die Achseln und stieß sich das Haar aus dem Gesicht.

»Ich hab's schon mal gesagt, und ich werd's wieder sagen. Ich geb an allem Craig die Schuld. Ich verzeihe ihm nicht, und ich bin wütend, weil's mal wieder ich bin, die dann die Sauerei wegräumen darf!«

»Susan!«

»Ist mir egal.«

Alice schüttelte den Kopf. Der Ärger nagte an ihr, trotz des Stapels, den Susan aus Dennys Slips aufschichtete, trotz der geistesabwesendenen Streichelbewegung, mit der Susan jedes neue Paar auf dem Stapel glattstrich. Der Zwiespalt zwischen Mitgefühl und Verärgerung war so unangenehm, daß sie sich abwandte und aus dem Zimmer ging.

Als sie endlich in Alices Wohnung zurückkehrten – Alice hatte Susan überredet, wenigstens so lange bei ihr zu bleiben, bis die Kisten geliefert wurden –, war es fast vier Uhr morgens, aber Alice hatte trotzdem das Gefühl, daß sie noch nicht schlafen konnte. Das Saubermachen, für Susan ein Akt der Liebe und der Reinigung, war für Alice der reine Horror gewesen, obwohl die Schatten der jungen Männer aus den orangefarbenen Sesseln schließlich vertrieben waren. Susan ging zu Bett. In ihrer Unruhe ging Alice in die Küche und machte sich einen Kräutertee, von dem es hieß, er mache schläfrig. Auf der Vierundachtzigsten Straße ragten die Häuser in beiden Richtungen dunkel in die Dunkelheit. Von ihrem Fenster aus sah Alice nur ein Licht, hinter einer Milchglasscheibe; wahrscheinlich das Licht im Bad, das irgendwer für die Kinder angelassen hatte. Sogar die meisten Hauseingänge waren dunkel. Alice fragte sich, ob das Nachdenken über Dutzende oder Hunderte (wie viele Einwohner mochte die Vierundachtzigste Straße wohl haben?) von Schläfern ihr zum Schlaf verhelfen könne.

Ihr Blick saugte sich fest an den Fenstern gegenüber, die sie für Henry Mullets Fenster hielt, und wie durch Zauberei ging im mittleren das Licht an. Einen Augenblick später tauchte Henry Mullets Gesicht als Schattenriß im Licht auf, war dann wieder verschwunden. Alice hatte sehen können, daß er kein Hemd anhatte. Er sah wunderbar aus. Ganz und gar lebendig, wahrscheinlich unsterblich. Er tauchte wieder auf, immer noch ohne Hemd, und war wieder verschwunden. Sie hatte den Eindruck, er habe zu

ihr herübergeschaut. Ein paar Sekunden später klingelte das Telefon neben ihr. Es war Henry Mullet. »Was tun Sie denn, daß Sie so spät noch auf sind?«
»Ich kann noch nicht schlafen. Und Sie?«
Gegenüber kam er mit dem Telefon, das offenbar eine lange Schnur hatte, in Sicht und winkte. »Ich kann nicht mehr schlafen«, sagte er. »Leiden Sie öfter unter Schlaflosigkeit?«
»Ich glaub, ich hab mein Leben lang nie weniger als acht, neun Stunden geschlafen. Heute nacht ist es anders. Ich war noch gar nicht im Bett.«
»Eine beneidenswerte Frau.«
»Vielleicht. Alle meine Großeltern sind über achtzig und neunzig. Sie haben jahrelang geschlafen.«
»Koma?«
Alice lachte. »Nein! Seelenfrieden.« Gegenüber im Fenster lachte Henry – schweigend, aber herzhaft. Alice sagte: »Haben Sie das früher schon mal gemacht? Sie sind so nah und doch so weit fort.«
»Noch nie.«
Weil sie spürte, wie das Gespräch versickerte, fragte Alice: »Waren Sie heute am Strand?«
»Nein. Ich bin zur Arbeit gegangen. Sie nicht?«
»Doch, sicher.«
»Wo arbeiten Sie?«
»In der Public Library. Und Sie?«
»Im Botanischen Garten in Brooklyn. Haben Sie den ganzen Tag lang katalogisiert?«
»Woher wissen Sie das?«
»Heut war Montag. Ich hab heute auch katalogisiert.«
»Ich erfasse kleine Literaturzeitschriften.«
»Und ich Pflanzen vom chinesischen Festland.«
Vor Neid hielt Alice den Atem an. »Und was machen Sie mit denen, sobald Sie die katalogisiert haben?«
»Dann werden sie eingepflanzt.«
»Ich beneide Sie.«
»Das können Sie auch. Die Pflanzen waren ausgesprochen exotisch.«

»Sind Sie Botaniker?«
»Ja.«
»Ich wollte schon immer mal hinfahren, aber Brooklyn scheint so weit weg zu sein.«
»Das ist es auch. Ich bin am Überlegen, ob ich nicht dorthin ziehen soll, wegen der U-Bahn-Fahrt.«
Alice fragte sich, wie sie zu einem eleganten Abschluß finden sollte. Es war fast halb fünf, und obwohl sie ja nicht in drei Stunden arbeiten mußte, hatte sie plötzlich Angst vor dem Tag, der ihr bevorstand. Henry sagte: »Ich nehm Sie mal mit, wenn ich meinen freien Tag habe.«
»Das würde Ihnen nichts ausmachen?«
»Ich bin gern dort draußen.«
»Leider kann ich von der Bibliothek nicht dasselbe sagen.«
»Sind Sie jetzt müde?«
»Ehrlich gesagt, ja.«
»Dann gute Nacht.« Er winkte im Fenster, und vielleicht warf er ihr auch eine Kußhand zu. Dann wandte er sich ab, die Leitung war tot, und einen Augenblick später ging das Licht aus. Alice lächelte, als wäre es ihr gelungen, etwas Geheimes für sich zu retten.

Beim Trauergottesdienst um zwei Uhr nachmittags konzentrierte sich Alice vor allem auf die Fotografen, die sich um die besten Aufnahmepositionen rauften. Zwei, darunter die Frau, von der Alice sich gern einredete, sie sei von *Rolling Stone*, erkannten Susan, und als sie Alice neben ihr wahrnahmen, musterten sie unverhohlen Alices Gesicht, als wollten sie es sich einprägen, um es später beschreiben zu können. Aber vielleicht waren sie auch bloß neugierig. Die Geschichte hatte alles in allem nicht so viel Aufsehen erregt, wie Craig es sich gewünscht hätte. Rya saß zwischen Alice und Noah. Als sich die Kirche, Mount St. Ursula's (ausgewählt vom Bestattungsinstitut, weil sie ganz in der Nähe war), mit Schaulustigen füllte, sagte Rya: »Du, Noah und ich waren doch gestern in *Ain't Misbehavin'*.« »Wie war's?« Alice brachte es nicht fertig, Ryas Schuhe zu übersehen: spitz zulaufend, mit zehn Zentimeter hohen Absätzen und aus schwarzem Satin, obwohl Rya an-

dererseits dazu eines der dezentesten schwarzen Kostüme trug, die Alice je gesehen hatte.
»Hältst du es denn nicht für schrecklich, daß wir hingegangen sind?«
»Wieso denn? Ihr habt die Karten doch schon seit einer Ewigkeit.«
»Mir kam das schrecklich vor.«
»Mach dir keine Gedanken darüber. War's gut?«
»Wunderbar. Es kam sogar ein Song darin vor, der wie für Noah gemacht war. Über einen anderthalb Meter langen Joint.«
Alice kicherte kurz. Der Priester, vielleicht Pfarrer O'Brien, Pfarrer Angelini oder Pfarrer Becker – Alice las die Namen an den Beichtstühlen –, rauschte herein, im violetten, schwarz abgesetzten Meßgewand, begleitet von zwei kleinen Jungen. Es überraschte Alice, wie nervös der Anblick sie machte, wie hartnäckig die lutherischen Vorurteile ihrer Großeltern sich in ihr festgesetzt hatten. Statt dem Priester und den Ministranten zuzusehen, statt mit den Gläubigen niederzuknien, sich hinzusetzen und wieder aufzustehen, kauerte sie in einem Kompromiß zwischen Knien und Sitzen auf dem Rand der Bank und ließ den Blick schweifen. Ein Fotograf, ein schlaksiger, blasser und dunkel gekleideter Junge, der wohl kaum bei einer Zeitung oder Zeitschrift angestellt war, strich in der Kirche herum und schoß Blitzlichtaufnahmen vom Pfarrer, den kleinen Jungen, den (geschlossenen) Särgen, der Gemeinde, dem Buntglasfenster, dem Kruzifix. Neben Alice starrte auch Susan den Jungen an. Susan »war gefaßt«. Die Kirche war »ein Blumenmeer«. Es war nicht schwer, in Beerdigungsklischees zu denken. Alice dachte daran, daß der Pfarrer eine »Gitarrenmesse« vorgeschlagen hatte, und mußte wieder ein rauhes Kichern unterdrücken. Sie rief sich ins Gedächtnis, daß der Priester schließlich nicht dazu verpflichtet war, eine Totenmesse für Leute zu lesen, die nicht zu seiner Gemeinde gehört hatten. Sie dachte an den zusammengefalteten Zwanzigdollarschein in ihrer Tasche, den sie ihm nach dem Gottesdienst zustecken würde. Sie dachte an alles, was der Bestattungsunternehmer für sie getan hatte, und daran, was das kosten würde. In einem gelben Lichtstrahl aus dem Buntglasfenster leuchtete Susans Kupferhaar flammend auf. Rya

rutschte unbehaglich auf der Bank herum. Der junge Fotograf strich durch das Seitenschiff nach vorn, in eine Nische, wahrscheinlich Apsis, und schoß von der Seite her eine Aufnahme, die das Kruzifix, die heilige Ursula und die violett drapierten, in buntes Licht getauchten Särge umschloß. Noah, Ray und ein paar andere Männer, die Alice kaum kannte, standen auf und gingen nach vorn. Susan stieß einen so tiefen Seufzer aus, daß Alice spüren konnte, wie die Luft vibrierte.

Weil sie alle das Gefühl hatten, dies sei das letzte offizielle gemeinsame Essen, gingen sie in ein französisches Restaurant. Susan bestellte verschwenderisch. Alice hatte den deutlichen Eindruck, daß Susan sie alle vier nicht mehr als Stützen betrachtete. »Ray«, sagte sie, »ich will meine Schlüssel. Von dir auch, Noah. Hast du eine Kopie von Noahs Schlüsseln, Rya?« Rya nickte. »Die will ich auch. Und ich will von jedem von euch eine Liste mit den Namen aller Leute, denen ihr eure Schlüssel zu meiner Wohnung gegeben oder ausgeliehen habt, und zwar, so weit ihr euch zurückerinnern könnt.«
»Aber Susan, du hast doch die Schlö –«, fing Alice an. Susan warf ihr einen wütenden Blick zu.
Rya sagte: »Glaubst du denn –«
»Was glaubst *du* denn?«
Rya zuckte die Achseln. Noah sagte gar nichts. Susan erklärte: »Alice weiß, daß sie ihre Schlüssel behalten kann, und außerdem würde sie die niemals verleihen oder aus der Hand geben.« Mit der winzigen Gabel zog sie eine knoblauchduftende Schnecke aus dem Gehäuse und steckte sie sich in den Mund. Alice lief das Wasser im Mund zusammen. Rya fing an zu schniefen. Susan nahm sich die nächste Schnecke. »Jetzt wird bestimmt alles ganz anders«, sagte Rya. »Anders und schlechter.« Alice sagte: »Vielleicht nicht.« Susan warf ihr wieder einen wütenden Blick zu. »Ich meine«, ergänzte sie, »es ist ja schon anders und schlechter, aber –« Susan schien vor ihrer aller Augen zu wachsen, als ob Ryas Gejammer sie vor Zorn größer mache. Trotzdem sagte sie nichts, aß die Schnekken mit der gewohnten Manierlichkeit auf, tupfte die Buttersauce mit einer Brotkruste weg und wischte sich mit der weißen Serviette

die Lippen und die Finger ab. Sie war vor der Totenmesse noch weggegangen. Als Alice jetzt daran dachte, überlegte sie, ob Susan wohl bei Honey gewesen war, denn sie schien sie alle mit Honeys Augen zu sehen, Mutmaßungen über sie anzustellen. Immer wieder blieb ihr Blick an Noah und Ray hängen. Das löste in Alice als Reaktion den Wunsch aus, am liebsten alles auf dem Tisch aufzuessen. Der Kellner räumte ab.
Zusätzlich zu dem Filetsteak mit grünem Pfeffer für Susan und den goldbraunen Brathuhnscheiben in heller, glatter Sauce für Alice brachte er Kalbsmedaillons für Noah, Huhn Kiew für Rya und *Lapin à la moutarde* für Ray. Alle starrten den Kaninchenbraten an, als er Ray aufgetischt wurde. Das Tagesgemüse wurde auf ihre Teller verteilt. Nachdem der Kellner verschwunden war, griffen sie alle zum Besteck und fielen über das Essen her, als äßen sie, dachte Alice, Big Macs und Fritten vom Tablett. Sie stippte die Gabel in die Sauce, die das Huhn umschmeichelte, und kostete. Eine Blume, aromatisch und scharf, schien in ihrem Mund aufzugehen. Rya schniefte tief, wischte sich die Augen und stach mit der Gabel in die Hühnerfleischkugel auf ihrem Teller. Susan, die selten trank, goß sich das große Weinglas zum zweitenmal voll.
»Es war ein schöner Gottesdienst«, sagte Ray.
»Sprich nicht darüber«, befahl Susan.
»Ich will aber darüber sprechen«, fing er an, in seiner Rolle als weiser Mentor. »Wir sollten darüber sprechen. Es ist eine grauenhafte Geschichte.«
»Wir essen immer noch miteinander«, sagte Susan, »als wären sie bei einem Autounfall umgekommen oder an Lungenentzündung gestorben. Wir fallen uns dauernd in die Arme, wischen uns gegenseitig die Tränen ab, rufen uns an und sagen bedeutungsschwanger: ›Wie *geht's* dir, Liebes?‹«
Ray wurde rot.
»Wem hast du die Schlüssel zu meiner Wohnung gegeben?«
Ray löste einen Knochen aus dem Fleisch auf seinem Teller und legte ihn weg. Entrüstet? fragte sich Alice. Oder hatte er Angst? Ob ein geübter Beobachter wie Honey zu einer Schlußfolgerung käme oder sie nur vermuten würde? Ray sagte: »Das ist von dir

aus eine berechtigte Frage. Ich versuche, darüber nachzudenken. Ich hab einen Jungen vom Studio Midtown vor ein paar Wochen hingeschickt, um Noahs Baßgitarre abzuholen, aber er hat mir den Schlüssel am selben Tag zurückgegeben. Zimmerman hat den Schlüssel letzte Woche ein paar Tage lang gehabt. Ich gebe zu, daß das fahrlässig von mir war. Sonst fällt mir nichts ein. Aber hat Alice nicht irgendwas darüber gesagt, daß die Schlösser ausgetauscht worden sind?« Ray ließ den Ring an seinem Schlüsselbund aufschnappen und legte zwei Schlüssel auf den Tisch.

»An wen könntest du die Schlüssel sonst noch ausgeliehen haben?« Susan nahm die Schlüssel an sich.

»Wie ich schon gesagt habe. An niemanden.«

»Was hast du an jenem Abend gemacht? Wo warst du in der Stunde X?«

Ray blieb locker. »Mit Freunden zusammen.«

»Du glaubst nicht, daß irgend jemand aus deinem Freundeskreis versucht haben könnte, sich jemandem aus unserem Kreis aufzudrängen, oder?«

Behutsam gab Ray zur Antwort: »Kontakte hat es gegeben, das könnte man sagen. Aber kaum mehr als das.«

»Und du warst also mit Freunden zusammen.«

»Mit einem Freund, ja.«

»Mit wem?«

»Ich glaube nicht, daß du ihn kennst. Honey hat mit ihm gesprochen.«

»Na, wetten«, sagte Susan.

»Was willst du damit sagen?« Noah bemühte sich um einen sachlichen Ton.

»Du läßt doch deine Schlüssel dauernd herumliegen, nicht wahr, Noah? Einmal hast du sogar den ganzen Bund verloren, und Denny hat dir einen nagelneuen Satz zu unserer Wohnung gegeben.«

»Ich hab eine Menge von meinen Sachen dort aufbewahrt.«

»Hat das nicht alle Welt so gehalten?«

»In jeder Band –«

»Also, wer konnte an deine Schlüssel heran?«

Noah zuckte die Achseln. »Niemand, soweit ich weiß.«

»Aber du weißt es nicht genau! So was von Leichtsinn! Menschen in Gefahr zu bringen!«
»Wenn du –«
»Jedenfalls warst du dort an dem Abend, nicht wahr?«
»Wo?«
»In meiner Wohnung. An dem Abend, als Denny und Craig ›zu Tode gekommen sind‹, wie es so schön heißt.«
»Selbstverständlich nicht.« Noah stellte sich ihrem Blick.
»Wo also bist du gewesen?«
»Zu Hause. Ich hab Honey schon auf diese ganzen Fragen geantwortet, Susan.«
»Mit Rya zusammen?«
»Rya ist erst sehr spät nach Hause gekommen.«
»Du warst allein? Niemand da, der beschwören könnte, daß du wirklich zu Hause warst?«
»Na und? Wo warst du?« Das kam zu laut heraus, und die Gäste am Tisch hinter ihm zuckten leicht zusammen und beugten sich über ihre Teller. »Wo warst du? Ganz allein in den Wäldern?«
Susan zuckte lächelnd die Achseln.
Alice ging etwas schrill dazwischen. »Wo war ich? Ich hab im Bett gelegen und geschlafen. Keiner von uns hat ein unerschütterliches Alibi, falls du darauf hinauswillst. Für drei Viertel der Zeit hat das kein Mensch. Was also beweist das? Susan, ich glaube –«
Susan goß sich das Weinglas wieder voll. »Ich weiß, daß du im Bett warst. Ich weiß, daß du nichts damit zu tun gehabt hast.«
»Woher willst du das wissen? Das kannst du gar nicht wissen.«
»Und überhaupt bist du betrunken«, sagte Rya.
»Verfick dich«, sagte Susan. Mit einem bedeutungsvollen Blickwechsel um den Tisch herum standen Ray, Noah und Rya unisono auf, legten die Servietten auf den Tisch und wandten sich zum Gehen. Susan sagte: »Macht euch nicht die Mühe aufzuessen!« Alice sah, daß Ray auf den Oberkellner zuging. Sie spießte Noahs letztes Kalbsmedaillon auf und legte es sich auf den Teller. Susan atmete schwer. Die Gäste an den Tischen um sie herum waren entschlossen, sich ausschließlich um die eigenen Angelegenheiten zu kümmern. Alice hatte plötzlich stechende Kopf-

schmerzen. »Hey«, sagte sie. »Was ist denn eigentlich los! Das sind unsere besten Freunde!«
»Ich glaube, daß du nicht begreifst, was passiert ist.«
»Ich geb ja zu, daß es schwer ist, das Ganze zu kapieren.« Sie führte ein Stück Kalbfleisch zum Mund, atmete erst das Aroma ein und schob es sich dann auf die Zunge. Zitrone, Pfeffer, Petersilie, das zarte, milchige Fleisch, eine samtige, geheimnisvoll gewürzte Sauce. Susan sagte: »Du tust, als hätte sich nichts geändert, als wäre überhaupt nichts passiert. Was glaubst du denn, wo Denny und Craig sind? Und wie, glaubst du, sind sie wohl dorthin gekommen? Es ist aus damit, daß unsere Gruppe von Freunden sich gegenseitig stützt, sich tätschelt und abküßt und miteinander beim Essen sitzt.«
»Alle möglichen Leute hatten die Schlüssel! Honey scheint zu glauben... Du kannst mir jedenfalls nicht erzählen, daß Ray oder Noah oder Rya –«
»Genau das hat sich Denny auch immer gewünscht. Jede Menge Getätschel und Küßchen und Händchenhalten. Geborgen am Busen der Familie. Craig auf der einen Seite, ich auf der anderen, alle Arm in Arm.«
»Das schien dir nie was auszumachen.«
»Was weißt du schon?«
»Ich weiß jedenfalls, daß ich das nicht ertrage. Ich glaube, es ist besser, wenn ich jetzt auch gehe.«
»Wetten, daß du meinst, ich weine zu wenig? Daß ich ja so wunderbar tapfer bin? Genau das hat Dennys Mutter zu mir gesagt. Meine Mutter auch. In genau diesen Worten. Ob ich will, daß sie herkommt, und daß ich wunderbar tapfer bin. Und du meinst bestimmt, daß meine Reaktion auf Dennys Tod nach all den Jahren nicht richtig ist, daß ich ein richtiges Miststück bin, weil ich erkannt habe, daß meine Wohnung sogar nach alldem noch eine günstige Gelegenheit ist.«
»In New York ist jede Wohnung –«
»Wetten, daß du glaubst, mit mir stimmt was nicht? Du kannst bloß nicht mit dem Finger darauf zeigen. Ich mach alles so, wie es sich gehört, aber du bringst es einfach nicht fertig, mir das zu sagen. Du willst das nicht einmal denken. Du bist ein sehr loyaler

Mensch. Und du mußt bestimmt daran denken, wie du damals kaum gehen, kaum sprechen konntest, als Jim dich verlassen hatte, wie du nicht einmal deinen Namen schreiben konntest. Und wie du mich am Abend, nachdem du den Brief bekommen hattest, angerufen und gesagt hast, du versuchst, ihm zu antworten, aber deine Hand will nicht gehorchen, der Füller funktioniert nicht, und du kannst nicht mal seinen Namen oder deinen schreiben, nicht einmal einfache Wörter, wie ›ist‹ oder ›Sessel‹.«

»Ich hab mir überhaupt nichts dabei gedacht.«

»Weißt du, was meine Mutter getan hat, nachdem mein Vater gestorben war? Sie hat eine neue Wohnzimmereinrichtung gekauft! Du kannst mir ruhig glauben, daß das ein Schock für die Nachbarn war. Es war sogar ein Schock für mich. Am Tag nach der Beerdigung ging sie aus dem Haus und bestellte ein Ausziehsofa, einen aus einem Mammutstamm gebauten Tisch mit Glasplatte, einen superbequemen Sessel, neue Vorhänge und eine Stereoanlage.«

Wider Willen war auch Alice schockiert. »Dann hat sie eine Entrümpelungsfirma angerufen und den ganzen alten Krempel abholen lassen, den Sessel meines Vaters, seinen Plattenspieler, alles hat sie abholen und bei der Heilsarmee abgeben lassen.«

»Vielleicht war das für sie die einzige Möglichkeit, verzweifelt zu sein.«

»Vielleicht.«

»Gehen wir.«

»Ich hab noch keinen Nachtisch gehabt. Ich will Crêpes Suzette.«

»Wir können doch unterwegs noch was essen.«

»Ich will Crêpes Suzette!«

»Okay, Herzchen.« Plötzlich hätte Alice am liebsten den Kopf auf das beige Tischtuch gelegt oder sich auf der toastfarbenen Bank ausgestreckt. Wie sollte sie damit fertig werden? Es war sehr warm im Restaurant. Sie kam sich vor wie in der Falle und hatte gleichzeitig Angst davor, nach Hause zu gehen. Sie schaffte es nur mit Mühe, den Kopf aufrecht zu halten. »Warum hast du unsere Freunde weggejagt?« fragte sie schwach.

»Was wissen wir schon über unsere Freunde«, sagte Susan und gab dem Kellner ein Zeichen.

5

Susan wollte heute in der eigenen Wohnung übernachten, und Alice machte keinen Versuch, ihr das auszureden. Sie trennten sich an der West End Avenue, tauschten zaghafte, verhaltene Küsse auf die Wange aus. Die Abenddämmerung war noch licht und mit rosigen Streifen durchsetzt. Alice versuchte auf dem Heimweg Trost darin zu finden, lächelte Passanten zu, die ihr zugelächelt hatten, machte zu einem Portier, der sie auf das Wetter angesprochen hatte, ebenfalls eine Bemerkung über das Wetter. Wonach es sie verlangte, als sie ihr Haus erreicht hatte, war ein Anruf bei Jim Ellis: ihn weinend, weinend, weinend um seine Hilfe anzubetteln, ihn anzuflehen, daß er Mariana verlassen solle, darauf zu bestehen, daß alles wieder so würde wie vor drei Jahren. Schon während ihr diese Sehnsüchte durch den Kopf gingen, war ihr bewußt, daß sie ihre übliche Reaktion auf Kummer waren. War das nicht mit das Schlimmste von all dem Schlimmen, das er ihr durch sein Weggehen angetan hatte? Während sie ihre Wohnungstür aufschloß, die Tasche abstellte, die Jacke auszog, legte sie sich zurecht, was sie sagen könne, in welchem Ton sie sprechen solle (leicht, aber ernsthaft), wieviel Hilfsbedürftigkeit sie sich anmerken lassen dürfe (Müdigkeit, überanstrengte Loyalität). Energisch stöpselte sie das Telefon in der Küche aus, aber dann, nicht mehr ganz so energisch, ging sie ins Gästezimmer und holte seine Gedichte heraus, alte und neue, manche in seiner Handschrift und andere, aus Zeitschriften in der Bibliothek fotokopiert. Das war eine besonders feige Angewohnheit, und sie fühlte sich dabei nicht besser, sondern nur noch schlechter. Sie schaltete das Licht an, weil die Dämmerung fortschritt, und schlug die Mappe auf. »Chinesische Kastanien« lag obenauf, etwa ein Jahr alt. Darin verglich er seine Liebe zu Mariana mit einer stachligen Kastanienschale, ein Gedanke, bei dem Alice die Handflächen prickelten, während sie las. Natürlich war er mit ihr selbst zusammengewesen, als er – im fruchtbaren Garten von Doreen und Hugh – zum erstenmal Kastanien aufgelesen und sich an den Schalen gestochen hatte. Daß er in Kalifornien Kastanien auflas, war unwahrscheinlich, zumal er sich nie viel aus ländlichen Unternehmungen gemacht hatte. Bei der letzten Zeile, »und innen wohnt seidige Süße«, klingelte das Telefon. Sofort dachte Alice, das sei Susan, eine andere, nüchterne Susan, die ihre Freunde nicht mehr verdächtigte. Alice ging ins Schlafzimmer und nahm ab. Es war Henry Mullet.

»Was tun Sie gerade?« fragte er.

Gereizt gab Alice zur Antwort: »Ich lese Gedichte, die mein Exmann für seine zweite Frau geschrieben hat.«

»Klingt selbstzerstörerisch. Wie wär's statt dessen mit Kino?«

»Heute abend nicht.«

»Was werden Sie sich nach den Gedichten vornehmen, alte Briefe?«

»Das hab ich mir auch schon überlegt.«

»Ich glaub, es wär besser, wenn Sie sich einen Pullover überziehen, die Schlüssel einstecken und sich vor dem Haus mit mir treffen.«

»Heute abend nicht.«

»Es ist ein schöner Abend.«

»So selten ist das jetzt nicht mehr. Hören Sie, ich fühl mich wirklich scheußlich. Ich hab Kopfschmerzen –«

»Bin ich zu direkt?«

»Ich weiß nicht. Ich hab einen schlimmen Tag hinter mir. Ich hab für heute zu viel gegessen, zu viel getrunken und zu viel Stoff zum Nachdenken.«

»Wer redet denn vom Essen, Trinken oder Nachdenken. Legen Sie auf, nehmen Sie die Schlüssel und kommen Sie runter. Um halb zehn können Sie wieder bei Ihrem Exmann und seiner Frau sein.«

»Bitte, ich – na gut.«

Als sie auf die Straße trat, wartete er auf sie. Wortlos legte er die Arme um sie und hielt sie ganz fest. Wieder roch er herrlich, diesmal nach Waschmitteln und sauberer, warmer Haut. Nach ein paar Sekunden schloß sie ihn in die Arme und erwiderte den Druck. Als er im Begriff war, sie loszulassen, machte sie sich los und sagte: »Ja, das war ausgesprochen direkt. Was nun?«

»Ich hab immer noch Lust, ins Kino zu gehen.«

»Das wird für mich zu spät.«

»Arbeit und so?«
»Und ob.«
»Aber was machen Sie dann, wenn Sie wieder hineingehen? Sie gehen doch bestimmt nicht ins Bett.«
»Wahrscheinlich nicht.« Die Wohnung kam ihr wie eine trostlose Zelle vor, als sie jetzt daran dachte. »Machen wir eine Runde um den Block«, sagte sie. »Die Bäume am Riverside Drive riechen so gut.«
»Die Maiglöckchenbäume.«
»Heißen sie so?«
»Halesia carolina und so weiter.«
»Ach so, Sie sind ja Botaniker.«
»Und Sie sind Bibliothekarin.«
»Nicht gerade ein Traumberuf.«
»Dient jedenfalls mehr dem Bewahren als dem Schöpferischen.«
»Halten Sie sich für langweilig?« Sie sah ihn aufmerksam an.
»Nein. Sie sich denn?«
»Noch nicht. Aber ich mach mir Gedanken darüber.«
»Ich war drei Jahre in Taiwan und ein halbes Jahr in Japan.«
»Dann hab ich wohl das Monopol auf Langweiligkeit.«
»Ehrlich gesagt, dort hab ich das Gefühl gehabt, ich stumpfe ab. Im Ausland ist es in vielerlei Hinsicht langweiliger als zu Hause, sogar in einem Land wie Japan, das oft so vollkommen ist, vor allem für einen Botaniker. Ich hab's kaum erwarten können, nach Manhattan zu ziehen. Champagner und Satin, Sie wissen schon.«
»Ich hab davon gehört. Ich denke meistens in Begriffen wie Weißwein und Wolle.«
»Twenty-One Club? Elaine's? Zabar's? Lutèce?«
»Sie kennen Elaine auch? Sie ist höchstens seit einem Monat am Auskunftstresen im Bibliographiensaal.«
»Für Elaine tät ich mich ganz hinten anstellen.«
»*Tät* ich?«
»Wisconsin.«
»Minnesota. Wahrscheinlich haben Sie mich deshalb in die Arme geschlossen statt über den Haufen geschossen.«

»Kann schon sein.« Einen Augenblick später sagte er: »Wie lange ist das mit dem mutmaßlichen Ehemann her?«

»›Anmaßend‹ wäre das treffendere Wort. Zwei Jahre.«

»Und Sie lesen immer noch seine Gedichte?«

»Er schreibt immer noch welche. Übrigens fangen sie an, was zu taugen.« Sie überlegte, ob sie ihm von dem einen über den Winter erzählen sollte, aus dem *New Yorker*, ließ es aber bleiben. Henry sagte: »Vor zwei Jahren war ich eben von Taiwan nach Japan gekommen. Ich hab gedacht, das würde nie ein Ende nehmen.«

»Vor zwei Jahren hab ich auch gedacht, es würde nie ein Ende nehmen. Sind Sie während der ganzen Zeit nie zurückgekommen?«

»Kein einziges Mal.«

»Erstaunlich.«

»Das hab ich auch gedacht. Noch eine Runde?«

Alice atmete tief die erfrischende Luft ein. »Ja. Ich hab ganz vergessen, den Duft der Bäume einzuatmen.«

»Diesmal reden wir nicht. Wir schnuppern bloß, wie Hunde.«

Auf halbem Weg stieß er sie an und faßte sie dann um den Ellbogen. Als sie wieder vor ihrer Haustür ankamen, sagte er: »Na, was Gutes gerochen?«

»Alles mögliche. Aber ich hab die Gerüche nicht auseinanderhalten können. Erstaunlich wenig Schlechtes, und das so nah am Fluß. Ich finde es immer wieder verblüffend, wie gut man sich durch bloßes Einatmen fühlt.«

»Gehen Sie am Samstag mit mir zum Einatmen nach Brooklyn?«

»Um welche Zeit?«

Erst als sie sich zum Gehen wandte, ließ er ihren Ellbogen los.

Am Morgen, als sie die Kisten zur Post brachten, fragte sich Alice, warum sie wohl ihren Spaziergang mit Henry Mullet nicht erwähnte, ja nicht einmal mit dem Gedanken gespielt hatte, ihn zu erwähnen, obwohl sie jetzt schon seit fast einer Stunde mit Susan zusammen war und sie sich beide wieder einigermaßen vertrugen. Ein Botaniker hätte Susan interessiert. Falls sie Henry kennenlernen sollte, hätte Susan ihm bestimmt etwas Intelligentes zu sagen gehabt. Sie hätte es nicht nötig gehabt, Fragen zu stellen, nur damit ein Gespräch in Gang kam. Bestimmt hatte sie vor nicht allzu langer Zeit irgend etwas über asiatische Pflanzen oder japanische Gärten gelesen. Und doch, ebenso wie sie es nicht über sich brachte, ihren Eltern von Denny und Craig zu erzählen, brachte sie es nicht über sich, Susan von Henry Mullet zu erzählen. Die Kisten, sauber adressiert, rollten über das Förderband außer Sicht, und Susan stieß einen tiefen Seufzer aus. »Willst du was essen?«

»Durch das alles bin ich dauernd wie ausgehungert, aber ich geh besser zur Arbeit.«

»Soll ich dich hinfahren, bevor ich das Auto abstelle?«

»Du hast doch bestimmt keine Lust, durch die City zu fahren. Es gibt wahrscheinlich einen Totalstau.«

»Dann könnte ich das Auto ja endgültig abschaffen.«

»Ich frag mich, ob das noch nötig wäre. Ob danach nicht ganz Manhattan eine einzige Fußgängerzone wäre.«

Susan lächelte. Alice bekam einen Schreck, als ihr bewußt wurde, daß sie sich seit Tagen nicht mehr angelächelt hatten. Die Wärme, seit gestern abend erstickt, flammte wieder auf, wie immer. »Abendessen?« fragte sie.

»Ich kann mir vielleicht gerade noch zwei Becher Joghurt leisten, wenn du die Bananen mitbringst.«

»Bei dir?«

»Warum nicht?«

Mit dem breitesten Lächeln, das Alice gelingen wollte, sagte sie: »Also gegen sechs. Bananen. Laß mich am Fairway raus.« Sie stieg an der Bushaltestelle aus, und Susan rollte davon. Auf der Fahrt durch die Stadt stellte Alice die Tasche zwischen die Füße, trat kräftig auf den Schulterriemen und zählte mit beiden Händen ihre Freunde ab. Mit Laura, Sidney und Howard, die sie noch nie zu Hause besucht hatte, und Janet O'Connor in Minneapolis, die so viele Kinder hatte, daß sie nie zum Schreiben kam, brachte Alice es trotzdem nicht mal auf zwei Hände voll. Natürlich waren Denny und Craig so schnell nicht zu ersetzen, und es war schwer zu sagen, ob sie Jim Ellis noch einen Freund nennen konnte. Sonst war niemand da, kein Liebhaber aus der Zeit nach Jim, mit dem sie auch nur hätte telefonieren können. Es war ein großer Schock für sie, wie wenige es waren, und es war ein noch größerer Schock, daß sie ihr bis jetzt so zahlreich erschienen waren, ein Schatz von Freunden. Freilich hatte sie ihre ganze Kindheit mit ihren Eltern verbracht, hatte nie die gelegentlich gestellte, mitfühlende Frage verstanden: »Hättest du denn nicht gern Geschwister?« Damit sie Doreen und Hugh mit ihnen teilen mußte? Waren nicht sieben am Tisch, und an Feiertagen dazu noch Freunde, eine stattliche Zahl? Auf der Fahrt im Bus zur Fifth Avenue hatte Alice zum erstenmal im Leben das Gefühl, sie habe überhaupt keinen Menschen mehr. Sie versuchte zu denken, daß sie sich nicht von Susans Verdächtigungen gegen ihre Freunde beeinflussen zu lassen brauchte, aber schon als sie sich die nicht zu beantwortende Frage stellte, zu wem sie gehen könne, wenn es notwendig wäre, hatte sie das Gefühl, daß der Einfluß Wirkung zeigte. Die kurzen, fast unfreiwilligen Bilder vor dem geistigen Auge, wie Noah in einem Anfall von Eifersucht Craig umbrachte (und Denny, weil er im falschen Augenblick in die Wohnung zurückkam?), wie Ray die Schlüssel an Gangster auslieh und wie Rya Noah damit reizte, daß sie seinen besten Freund zu seinem Rivalen machte, brachten Alice völlig auf Distanz zu ihnen, ganz gleich, wie leid ihr das tat. Natürlich gab es Susan. Alice lächelte über den Reichtum dieser Freundschaft: über ihre Dauer, ihre Vertrautheit, über ihre Tröstlichkeit, über das Geschick, mit dem sie Susans Stachelschweinphasen meisterte, und über Susans Talent, Alices Quallenphasen in den Griff zu bekommen. Susan würde immer da sein, aber trotzdem... An der Bibliothek sprang sie aus dem Bus. Sie kam selten so spät, und als sie zu der prächtigen Fassade mit den aufflatternden Tauben und den ruhenden Löwen aufsah, fand sie den Anblick wunderschön. Susans Satz »Ein feste Burg, die Bücherei« fiel ihr wieder ein. In diesem Augenblick war ihr, als könnten ein Dutzend Bekanntschaften und ein schönes Gebäude so viel bedeuten wie eine wahre Freundschaft.

Als sie hineinging, war sie trotzdem alles andere als enttäuscht darüber, daß die heutige Arbeit – die Kartei auf Verluste zu überprüfen, als Vorbereitung für die Programmierung aller Bestände, mit der im Sommer begonnen werden sollte – sie mit Laura zusammenspannte, die Alice besonders gern mochte, vielleicht, weil Laura mit dreißig schon fast ganz grau war, so wie Alices Mutter, seit sich Alice an sie erinnern konnte. Und Laura war eine Plaudertasche. Der Anekdotenstrom über ihre Familie, ihre Freunde, ihre gemeinsamen Kollegen rief Alice wieder und wieder ins Bewußtsein, daß es viele Menschen gab, mit denen man Freundschaft schließen konnte. Lauras Klatschgeschichten wurden dadurch gemildert, daß sie bar jeder Gehässigkeit waren. Sie berichtete über jedes Ereignis mit warmer Objektivität und hatte ein grenzenloses Vergnügen am Geschehen und am Detail, als hätte sie Jahre bettlägerig in einem fensterlosen Zimmer zugebracht und entdeckte erst jetzt die dramatischen Möglichkeiten des Alltags. Ihr Singsang half Alice über den Tag hinweg.

Im Bus die Sixth Avenue hinauf war Alice zumute, als habe sie ihr Leben im Abrutschen aufgefangen, als halte sie es fest, wenn auch mit Mühe, und könne es mit ein bißchen Glück wieder nach oben bringen. Was bewies das Leben ihrer vier uralten Großeltern denn anderes als die Tatsache, daß das Leben immer irgendwie weiterging? Ob eine solche Krise wie jetzt sich nicht in sechzig Jahren fast unsichtbar ausnehmen würde? Wie eine von Lauras Anekdoten, an die sie sich kaum mehr erinnern konnte? Am Donnerstag setzte sich Roger Jenks zu ihnen. Alice kannte Roger so gut wie gar nicht, aber unter den Bibliothekaren genoß er einen merkwürdigen Ruf, und obwohl er ein netter Mensch war, wirkte es wie ein böses Omen, daß er sich zu ihnen setzte. Es war Roger gewesen, der im Vorjahr einen geistesgestörten Gewalttäter im großen Lesesaal niedergekämpft und ihn, in der Blutlache des Opfers, am Boden festgehalten hatte, bis die Wächter und ein Polizist hereinkamen. Es mochte nicht länger als eine Minute gedauert haben, aber Roger hatte hinterher ausgesehen wie ein wandelnder Leichnam. In der Bibliothek wurde nie über den Zwischenfall gesprochen, und weder von dem Opfer, dem beim Lesen in einer deutschen Grammatik von hinten Messerstiche in Schultern und Hals zugefügt worden waren, noch von dem Gewalttäter hatten sie je wieder etwas gehört. Man nahm allgemein an, das Opfer habe überlebt. »Hey«, sagte Laura, die Roger recht gut kannte, »ihr beide habt was gemeinsam. Ratet mal, was es ist.«

Alice traute sich nicht, eine Vermutung auszusprechen. Was

konnte es schon sein, außer vergossenem Blut? Sie setzte ein Lächeln auf und tat ihr Bestes. Sie hatte nicht gewußt, daß Laura Bescheid wußte.

»Falls du damit darauf anspielen willst, daß wir beide in der Falle der Bibliothekarslaufbahn sitzen«, sagte Roger, »das haben wir mit jedem hier gemeinsam.«

»Quatsch!« sagte Laura.

»Die Schuhgröße?« Roger hob die Füße und schaute auf die Sohlen seiner flachen Schnürschuhe. Sie hatten mindestens Größe achtundvierzig. Alice lachte.

»Nein. Kommst du nicht aus Minnesota, Roger?«

»Aus Bemidji.«

»Das ist nicht gerade viel, was wir da gemeinsam haben sollen!« rief Alice.

»Danke«, sagte Roger. »Das klingt ja ganz erleichtert.«

»Das war nicht meine Absicht. Wo sind Sie zur Schule gegangen?«

»In Iowa.«

»Oh.«

Roger legte die Ellbogen auf den Tisch und sah Alice an. »Aber vielleicht haben wir noch mehr gemeinsam als nur das.«

Ebenda erschien Sidney mit der Nachricht, Alice werde am Telefon verlangt. Widerstrebend stand Alice auf. Es war Ray. »Kannst du in der Mittagspause ins Studio Midtown kommen?« erkundigte er sich.

»Ich hab nur eine halbe Stunde. Ich weiß nicht. Laß mich überlegen.«

»Du mußt kommen.«

Alice ärgerte sich über diesen Ton. »Komm du doch hierher.«

»Das geht nicht. Ich bin hier als Aufpasser engagiert. Sie hält sich für einen großen Star. Wenn sie es wirklich wäre, würde sie sich nicht so anstellen.«

»Ray, ich hab mir diese Woche schon viel zu oft freigenommen. Ich komme nach der Arbeit.«

»Ich brauch dich früher.«

»Wozu?«

»Das sag ich dir, wenn du da bist. Ich bin im Studio –«

Alice hatte plötzlich die Vision, wie Laura, Sidney, Howard und jetzt auch noch Roger behaglich beim Essen saßen. Freundlich. Fröhlich. Ganz bestimmt nicht schuldbeladen. »Glaub ja nicht, daß ich komme!« bellte sie. »Ich hab auch einen Beruf. Das sind doch eine, anderthalb oder sogar zwei Stunden Fahrt, je nach Verkehr.«

»Eine halbe Stunde pro Weg, höchstens. Und ich muß dich nur ein paar Minuten lang sprechen.«

»Du erwartest von mir, daß ich den ganzen Weg zu Fuß gehe oder ein Taxi zahle, bloß für ein paar Minuten? Ich muß arbeiten!«

»Es ist wichtig!«

»Dann komm hierher. Wenn du das nicht schaffst, bin ich gegen halb sechs dort, in Ordnung?« In ihrer Verärgerung über seinen anmaßenden Ton konnte sie es nicht verhindern, daß sie ziemlich scharf klang.

»Wenn du doch bloß verstehen wolltest.«

»Ich werd da sein, eh du's merkst. Du hast doch gesagt, du bist dort angebunden. Ich komme gleich nach der Arbeit.« Als sie aufgelegt hatte, wurde ihr bewußt, daß er die Zimmernummer des Studios nicht genannt hatte, auch nicht den Namen des »Stars«. Aber im Studio würde man Ray kennen. Jeder kannte ihn.

Bis auf den Jungen in der Portierskabine, der sich nicht nur ungeheuer gelassen gab, sondern auch noch neu war. Und er wußte nicht, wie er gleichzeitig das Telefon bedienen und mit ihr reden sollte, und mitten im dritten Anruf, während er mit dem Finger über den Terminkalender wanderte, auf der Suche nach einem leeren Studio, fegte er alles von seinem Schreibtisch, die Kaffeetasse eingeschlossen. Wenigstens hatte Alice bei den Passanten in Erfahrung gebracht, daß er der einzige hier war, der überhaupt etwas wissen mochte. Alle anderen waren auf Botengängen oder beim Abendessen. Alice schaute auf die Uhr. Es war fast sechs. Ihr Weg von der Bibliothek hierher hatte aus einer Kette von Mißgriffen bestanden, die Zeit kosteten – ein Taxi, das im Stau steckenblieb und aus dem sie dann ausstieg, kurz bevor der Stau sich auflöste, Zusammenstöße mit Fußgängern, das Einbiegen in die falschen Straßen. Der Junge ließ vom Telefon ab, betrachtete die Schweinerei auf dem Fußboden und sagte: »Ach, Scheiße. Scheiße.«

»Wenn Sie bloß einen Augenblick lang nachdenken«, bettelte Alice, »dann fällt Ihnen bestimmt ein, wer Ray Reschley ist. Er kommt dauernd hierher. Er sorgt für die Tonmischung und so weiter.«

»Und für wen arbeitet er?«

»Das weiß ich nicht. Das hab ich Ihnen doch schon gesagt.«

»Das steht alles auf der Liste mit den Sängern und Gruppen.«

»Dann lesen Sie mir die Namen vor. Er hat gesagt, sie sei ein großer Star.«

»Das darf ich nicht.«

»Zeigen Sie mir, wo die Studios sind, und ich schau selber nach, okay?«

»Lady!«

»Ich werd schon niemanden stören.«

»Wenn's da Glasscheiben in den Türen gäbe, würden Sie die Leute schon dadurch stören, daß Sie hineinschauen. Deshalb gibt es keine Glasscheiben in den Türen.«

»Aber selbst wenn ich die Leute störe, dann doch nur einen Augenblick lang.«

»Hey, deshalb kommen die Leute doch her. Dafür *bezahlen* sie ja. Daß sie keinen Augenblick lang gestört werden.«

»Es ist ein Notfall.«

»Sagt wer?«

»Gibt es hier einen Geschäftsführer?«

Jetzt platzte dem Jungen der Kragen. »Der wird auch nicht gern gestört.«

»Hören Sie –« Alice wußte nicht recht, was sie tun sollte. Der versuchsweise aufgesetzte aggressive Ausdruck des Jungen wich einem Siegerlächeln, als Alice von der Kabine zurücktrat. Auch Alice lächelte, tat so, als wolle sie gehen, aber dann warf sie den Kopf zurück und schrie, so laut sie konnte: »RAY! RAY! RAY!«

Die Stimme versagte ihr. Der Junge in der Kabine stand unter Schock. Dennoch erschien kein Geschäftsführer in einer der geschlossenen Türen. Überhaupt nichts geschah – bis auf einen Lieferwagen, der gerade vorbeifuhr. Der Junge griff nach dem Telefon. Alice befühlte sich die Kehle und fragte sich, ob sie je wieder

sprechen könne. Nachdem der Junge zwei-, dreimal gewählt hatte, winkte er Alice heran. »Ich hab die Leute gefunden, mit denen er zusammen war. Als Toningenieur, stimmt's? Die Band ist nach Hause gegangen.«
»Ich will nicht zu der Band. Ich will zu Ray Reschley.«
»Hey, die sind alle nach Hause gegangen. Und jetzt gehen Sie auch nach Hause.«
»Kriegen Sie raus, wohin sie gegangen sind.«
Seine Hand kam noch nicht einmal in die Nähe des Hörers. »Er ist nach Hause gegangen.«
»Okay«, sagte Alice und wandte sich ab. Als der Junge sich nach unten beugte, um den Rest seiner Unterlagen aufzulesen, rannte sie um die Kabine herum und lief auf die geschlossenen Türen und das Treppenhaus zu. »Hey!« brüllte der Junge, aber nur einmal. Wahrscheinlich traute er sich nicht, die Kabine zu verlassen, vor allem weil er neu hier war.
Alice blieb zwischen zwei Türen stehen, den Blick auf eine dritte gerichtet, und wartete darauf, ob nicht jemand herauskam. Aber es erschien niemand. Schließlich machte sie die Tür zu ihrer Rechten auf und sah, daß der Raum – wie eine Höhle und völlig von der Umwelt abgeschnitten – leer war. Genauso stand es mit dem Raum zu ihrer Linken. Gegenüber aber warf ihr ein Mann mit einer Gitarre einen zornigen Blick zu, bevor sie die Tür wieder zubekam. Sie schlich sich zur Treppe. Es machte ihr angst, wie sie sich benahm. Es konnte doch nicht wirklich um einen Notfall gehen. Ray hatte auch nicht von einem Notfall gesprochen. Er hatte gewollt, daß sie herkam, aber er brauchte sie nicht unbedingt. Wenn er jemanden gebraucht hätte, dann hätte er doch bestimmt Noah angerufen oder irgendeinen Freund, den Alice nicht kannte und mit dem er in letzter Zeit viel öfter zusammengewesen war als mit ihr. Der Gedanke an ihr Auseinanderdriften wirkte beruhigend auf Alice. Auf dem Treppenabsatz blieb sie stehen und richtete sich auf. Aus einem Zimmer kam ein Gesicht, das sie wiedererkannte, und verschwand in einem anderen Raum, ohne daß ihr die Zeit blieb, sich an den Namen zu erinnern, geschweige denn, den Mann danach zu fragen, ob er Ray Reschley kenne. Die Leere des Flurs unter der hohen Decke machte sie nervös. Sie schaute auf die

Uhr. Es war drei nach sechs. Sie öffnete die nächste Tür. Dahinter übte, nach der extravaganten Aufmachung und dem Begleitpersonal zu schließen, eine Berühmtheit. Kein Ray. Fünf Akkorde schlugen dröhnend über ihr zusammen, ehe sie die Tür wieder geschlossen hatte. Danach war ihr klar, daß sie es nicht fertigbringen würde, auch nur eine weitere Tür zu öffnen. Allmählich fand sie dann den Gedanken immer überzeugender, daß Ray tatsächlich nach Hause gegangen war. Warum hätte der Junge lügen sollen? Ray war jetzt wahrscheinlich in seiner Wohnung und wunderte sich, wo Alice geblieben war. Es war wohl besser, auch nach Hause zu gehen und auf seinen Anruf zu warten. Oder bei ihm anzurufen. Da ging die Tür, auf die sie gerade geistesabwesend starrte, auf, und ein bekiffter Reggaemusiker kam herausgeschlendert. Wie sie es sich vorgenommen hatte, fragte Alice mit piepsiger Stimme: »Kennen Sie Ray Reschley?«

»Scheiße, Mann«, sagte der Reggaemusiker.

»Trotzdem vielen Dank«, sagte Alice.

Aber Ray war nicht zu Hause, oder er hatte das Telefon ausgestöpselt. Als sich schließlich der Auftragsdienst meldete, wurde Alice die Auskunft verweigert. Sie mußte an Roger Jenks denken, daran, daß sie ihn für ein böses Omen gehalten hatte, denn jetzt war sie etwas besorgt und hatte ein wenig das Gefühl, sie habe einen alten Freund verraten, um einen neuen zu gewinnen. Und Roger Jenks hatte nicht einmal mit ihnen zusammen zu Mittag gegessen.

Detective Honey wartete auf der sonnenüberfluteten Treppe auf sie, als sie am Freitag mit ihrem Erdnußbutter-Sandwich herauskam. Sie war irgendwie nicht darauf gefaßt gewesen, ihm im Freien zu begegnen, und erkannte ihn nicht gleich. Als er sie sah, nahm er die Sonnenbrille ab. Alice ließ das Sandwich beim Auswickeln fallen, und er hob es für sie auf. »Wieder ein schöner Tag«, sagte er. »Jetzt sind es fast schon zwei Wochen.« Sie lächelte, so gut es ging.

»Macht es Ihnen was aus, wenn ich Ihnen ein paar Minuten von Ihrer Mittagspause stehle?«

»Darf es das?«

»Darf es was?«
»Mir was ausmachen.«
Er lächelte höflich. »Nein«, sagte er. Er schlug das Notizbuch auf und bedeutete ihr mit einer Geste, sich zu setzen. Er war in Zivil, aber man sah ihm den Polizisten an. Alice betete, Laura möge nicht herauskommen.
»Wie ist es Ihnen ergangen?« fragte Honey.
Alice zuckte die Achseln.
»Ich hab Sie beim Trauergottesdienst gesehen.«
Alice hatte Honey gar nicht gesehen. »Ich hatte nicht erwartet, daß die Kirche voll wird, aber es sah ganz danach aus.«
»Mehr Freunde, als Sie gedacht hatten?«
»Wahrscheinlich.«
»Würden Sie sagen, daß eines der Opfer Mr. Mast näherstand als zum Beispiel Mr. Reschley? Oder vice versa?«
»Ich nehme an, daß Noah öfter mit ihnen zusammen war, weil sie miteinander gespielt haben, aber in der freien Zeit war Ray vielleicht öfter dort – nur, er hat meistens sehr viel zu tun.«
»Würden Sie sagen, daß Mr. Reschley in seinem Beruf Erfolg hat, daß er gut im Geschäft ist?«
»Ich habe den Eindruck, ja.«
»Und Mr. Mast?«
»Er ist wohl ein recht guter Baßgitarrist. Niemand hat ihn je abgeworben, aber falls es mal jemand versucht hat, wüßte ich es eh nicht.«
»Wie würden Sie Mr. Mast charakterisieren?«
»Er ist ein netter Mensch.«
»Könnten Sie sich etwas präziser ausdrücken?«
Alice hob den Blick, schirmte die Augen gegen die gleißende Sonne ab und schaute Honey ins Gesicht. Er sah nur neugierig aus, liebenswürdig. Sie dachte an Noahs Angewohnheit, wo er ging und stand, eine Tüte Dope oder ein paar Joints mit sich herumzuschleppen. Er machte das schon so lange, daß ihm wahrscheinlich gar nicht bewußt war, daß das verboten war. »Er ist sehr entspannt«, sagte sie, »großzügig, verläßlich, loyal.«
»Könnten Sie Mrs. Mast charakterisieren?«
»Harmlos.«

»Im Vergleich zu wem?«
Alice erschrak. Einen Augenblick lang hatte Honey etwas Lauerndes an sich, aber dann verbarg er sein Interesse. Alice zuckte die Achseln. »Nicht im Vergleich zu irgendwem, vielleicht im Vergleich dazu, wie sie wirkt. Sie trägt eine Menge Make-up und meistens ziemlich offenherzige schwarze Kleider.«
»Intelligent?«
»Ich weiß nicht.«
»Ihre Freundin?«
»Irgendwie schon.«
Honey setzte sich jetzt auch. »Ist Mr. Reschley Ihr Freund?«
Alice nickte.
»Sie kennen ihn seit einer Reihe von Jahren, glaube ich?«
»Fast sechzehn.«
»Sie kennen ihn länger als die anderen?«
Alice nickte.
»War Mr. Reschley je verheiratet?«
»Nein.«
»Hat Mr. Reschley irgendwelche ungewöhnlichen Neigungen?«
»Wirklich ungewöhnliche nicht.«
Honey schürzte die Lippen. »Ist Mr. Reschley homosexuell?«
Alice nickte.
»Ausschließlich?«
»Ja, soweit ich weiß.«
»Irgendwelche Beziehungen dieser Art zum Rest der Band?«
»Nein!«
»Haben Sie Mr. Reschleys homosexuelle Bekanntschaften je kennengelernt?«
»Nicht wirklich, nein.«
»Aber?«
»Einmal, als wir in einer Bar waren, habe ich einen Mann gesehen, mit dem er später ausgegangen ist. Aber ich habe ihn nicht richtig kennengelernt.«
»Name?«
»Lonnie Dingsbums. Von irgendwem sonst weiß ich nichts.«
Alice schaute auf die Uhr.

Honey beugte sich vor. »Das wollen wir jetzt vollkommen klarstellen, okay? Sie haben Mr. Reschleys gegenwärtige Freunde und Bekannten nie kennengelernt und wissen auch nichts über sie?«
»Ich habe keinen von ihnen je kennengelernt, und Ray spricht niemals über sie.«
»Nimmt Mr. Reschley irgendwelche Drogen?«
»Ich habe ihn nie dabei gesehen.« Aber natürlich hatte sie gesehen, wie er nach Joints griff, inhalierte, sie weiterreichte. Sie hatte sich selbst dasselbe tun sehen. Eine Lüge. Sie biß sich auf die Lippe.
»Haben Sie Mr. Reschley in den letzten Tagen gesehen?«
»Er hat mich gestern angerufen, aber ich habe ihn nicht gesehen. Ich wollte mich mit ihm treffen, aber er war schon weg.«
»Und seitdem haben Sie nichts mehr von ihm gehört?«
»Nein.«
»Haben Sie Mr. Reschley nach dem Vorfall häufiger gesehen als davor?«
»Ja.« Warum sollte sie der Frage ausweichen? »Er hat am meisten Umgang mit der Öffentlichkeit, und deshalb hat er sich um eine Menge Dinge gekümmert, die mit Zeitungen und Zeitschriften zu tun hatten. Das war sehr lieb von ihm.«
»Miss Gabriel und Mr. Reschley und die Masts und Sie sind also – wie würden Sie sagen? – enger zusammengerückt und haben sich gegenseitig unterstützt.«
»So würde ich das sagen.« Wieviel wußte er? War es nötig, daß er von jedem zornigen Wortwechsel erfuhr, von jeder Verdächtigung? Wogen fünf Minuten des Verdachts lange Jahre des Vertrauens auf? Honey unterdrückte ein Gähnen. Alice fragte sich, ob der Fall ihn langweile. Eine Formulierung aus den Sherlock-Holmes-Romanen, die sie früher einmal verschlungen hatte, fiel ihr ein: »Gegenstände des Interesses«. Gab es in diesem Fall Gegenstände des Interesses für Honey? War sie womöglich selbst ein »Gegenstand des Interesses« oder wurde fälschlich dafür gehalten von einem, der müde war, überarbeitet, unterbezahlt und geschlagen mit einer gewissen moralischen Blindheit? Würde er ihre Lügen gegen sie verwenden? Alice merkte, daß sie mit den Fingern in der Tasche die Serviette um den Sandwichrest zerfetzt hatte, den sie eingesteckt hatte, und daß sich im Gewebe ihres Rocks ein roter

Erdbeermarmeladenfleck auszubreiten begann. Sie nahm die Hand aus der Tasche und legte sie unauffällig auf den Fleck. Honey schaute weiter abwechselnd in sein Notizbuch und auf die Fifth Avenue hinaus. Ein Seufzer, vielleicht ein Gefährte des Gähnens, entfuhr ihm. Alice sagte: »Detective Honey, kommen Sie mit den Ermittlungen ganz gut voran?«

Als er lächelte, fand sie sich damit ab, daß er ihr nicht alles auf die Nase binden würde. »Gut genug«, sagte er. Er wollte sie ebensowenig ins Vertrauen ziehen wie sie ihn. Aber sie mußte ihm noch eine Frage stellen. »Glauben Sie, daß die Morde, wie soll ich sagen, anomal waren?«

Vielleicht begriff er besser als sie, worauf sie hinauswollte. »Ob ich glaube, daß andere in Gefahr sind, meinen Sie? Wie bei einem Komplott oder einem pathologischen Killer? Nein, zu diesem Zeitpunkt glaube ich das nicht.«

Die Wörter »Killer«, »Gefahr« und »pathologisch« entsetzten Alice. In so gewaltsamen Begriffen hatte sie noch nicht an das friedliche Stilleben vom vergangenen Samstag gedacht. Statt sie zu beruhigen, tropften Honeys Worte spürbar in Alice hinein wie Säure, die begann, an ihrem mittelwestlichen Sicherheitsgefühl zu fressen. Und er hatte, überlegte sie, nicht einfach nein gesagt oder »Natürlich nicht«. Er hatte gesagt: »Zu diesem Zeitpunkt glaube ich das nicht.« Ihr schauderte. Jetzt bemerkte er: »Schade, daß die Sonne weg ist. Sie wollen bestimmt wieder an die Arbeit.« Sie standen auf. »Vielen Dank, daß Sie sich Zeit genommen haben.«

»Gern geschehen«, sagte Alice und hatte plötzlich Angst davor, daß er ging, hatte sogar Angst vor den wenigen Metern im Freien, bis sie wieder in der Bibliothek war. Honey gab ihr die Hand. Es fiel ihr schwer, im angemessenen Augenblick loszulassen. Am Nachmittag versteckte sie sich im Labyrinth des Magazins, auf der Suche nach verschwundenen Büchern.

Seit Dienstag war sie Susan gegenüber sogar noch unsicherer geworden, vorsichtiger, aber auch hilfsbereiter; nicht fähig, den richtigen Grad von Vertrautheit abzuschätzen oder instinktiv zu treffen. Es kam ihr so vor, als genüge schon ein Hauch von Wunsch,

sie nicht mehr in der Nähe zu haben, damit sie verschwand, aber gleichzeitig kam es ihr oft so vor, als verziehe Susan das Gesicht über ihr Ungeschick oder mache, ganz sanft, den Vorschlag, sie solle gehen, und daß sie das erst begreife, wenn es schon zu spät war, behutsamer vorzugehen. Sie verbrachten viel Zeit miteinander, aßen jeden Abend in der einen oder der anderen Wohnung gemeinsam, spülten das Geschirr, machten einen Spaziergang im Zwielicht und besorgten jedesmal zum Abschluß ein Eis, kamen nach Hause zurück und lasen oder schalteten im Fernsehen von einem Kanal auf den anderen um. Es war die Art von Vertrautheit, nach der sich Alice gesehnt hatte, ein Miteinander wie das von zwei Füßen beim Gehen, und trotzdem war ihr auch ungewöhnlich unbehaglich zumute, weil es sie so schrecklich danach verlangte, alles richtig zu machen. Manchmal mußte Alice sie einfach anstarren, voller Bewunderung für dieses Haar wie flüssiges Kupfer, das so knapp über den Schultern aufhörte, für die kräftigen hohen Wangenknochen, den breiten Mund und die tiefliegenden Augen unter den starken, geschwungenen Brauen. Susan sagte, sie habe ländliche Vorfahren, und es stimmte – sie würde nie dünn aussehen. Breite Schultern, ausladende Hüften. Alice dachte wieder und wieder, daß Susan wirklich schön war. Am Freitag, als sie bei Alice waren und sich gerade die Salatsauce zureichten, hatte Alice plötzlich das Gefühl, alles gerate in Fluß, so wie es einem Autofahrer geht, wenn er glaubt, eine lange Kette aufgestauter Wagen gerate in Bewegung, bevor der Stau sich tatsächlich auflöst. In diesem Augenblick, ohne jeden erkennbaren Grund, verflog das Unbehagen, und sie waren einfach nur zwei Freundinnen, die am Küchentisch gemeinsam beim Essen saßen. Alice konnte ein Lächeln nicht unterdrücken, aber es war Susan, die zu reden begann. »Weißt du noch, wie ich Denny kennengelernt habe?« fragte sie.
»Natürlich. Du bist um drei Uhr morgens in mein Zimmer gestürmt und hast gesagt, du hast den Mann kennengelernt, den du heiraten wirst.«
»Hab ich das gesagt? Ganz so hellsichtig bin ich also doch nicht gewesen. Aber ich hab seit Tagen versucht, mich an den Namen des Jungen zu erinnern, mit dem ich an jenem Abend ausgegangen bin. Jerry Dingsbums.«

»Jerry McMann.«

»Jerry McMann! Richtig! Mir kommt's so vor, als hätte er den ganzen Abend damit zugebracht, über alle anderen Mädchen in der Bar zu reden, wie sie aussahen, was sie anhatten. Jedenfalls sind diese beiden Typen auf die Bühne gekommen und haben jede Menge Folk-Musik gesungen. Kingston Trio, das Übliche. Aber bei jedem Auftritt wiederholten sie zwei Lieder. ›Don't Think Twice, It's All Right‹ und ›That's What You Get for Lovin' Me‹. Ich war hingerissen. Mir war nicht mal mehr bewußt, was für ein Langweiliger Jerry war, und ich fand es herrlich, Denny und Craig zuzuschauen. Bei diesen beiden Liedern wirkten sie richtig gemein, und dann sangen sie was wie ›Early Morning Rain‹ und wirkten gar nicht mehr gemein, sondern gepeinigt. Wir sind stundenlang dort gesessen. Irgendwann beim letzten Auftritt haben sie den Oldie von Ian und Sylvia gesungen, ›Song for Canada‹, und da hab ich gleich gewußt, daß sie Kanadier sind. Denny war so haarig, als käme er direkt aus der Arktis, und Craig sah schlicht und einfach aufregend aus. Er hätte aus jedem fernen Land kommen können, das man nur schwer erreichen kann. Dann hat Jerry gesagt, wir sollten einen Riesenkrug mit Cocktails bestellen und die Sänger, die er flüchtig kannte, und die Mädchen vom Nebentisch, über die er pausenlos redete, einladen, uns Gesellschaft zu leisten. Das wirkte wie Magie, und komisch daran war nur, daß ich mir den Platz neben Craig sichern wollte, aber eins der Mädchen drängte sich einfach dazwischen und ergatterte sich den Stuhl, so daß ich mich von Denny nicht wegrühren konnte, der fast normal aussah und nicht wie im fortgeschrittenen Stadium irgendeiner romantischen Agonie. Als erstes sagte er zu mir: ›Ich hab dich von der Bühne aus beobachtet‹, und das klang natürlich aufregend und ausgebufft. Die beiden haben Jerry regelrecht auseinandergenommen, und das mit so viel Eleganz und Weltläufigkeit und so absolut grausam, daß ich es ganz wundervoll fand. In allem, was die beiden sagten, steckte eine sexuelle Andeutung, die uns schmeichelte und zum Lachen brachte und uns das Erwachsenwerden als möglich und wünschenswert erscheinen ließ. Ich bin mir sicher, daß ich geflachst und Witze gemacht habe, das gehörte ja dazu, aber innerlich wollte ich mich nur anlehnen und bin richtig dahingeschmolzen, und als Denny mir erzählt hat, er sei doch aus Minnesota, und als er so liebevoll von seiner Familie und den vielen anderen Kindern gesprochen hat, da wurde er irgendwie nicht weniger exotisch und grausam, er wurde einfach exotisch und grausam und vertraut und lieb und begehrenswert und erfahren, alles auf einmal. Wir haben Jerry in der Bar sitzenlassen, das hatte er ja wohl auch verdient, und sind in ihre Wohnung gegangen, die bis auf Matratzen auf dem Fußboden und ihre Schallplattensammlung nicht eingerichtet war, und natürlich hat Craig das Dope und den naturreinen Apfelsaft rausgeholt, und es gab Country Joe und Küsse auf den indischen Bettüberwürfen und Diskussionen darüber, ob das sexuelle Verlangen durch Marihuana verstärkt oder gedämpft werde, und dann kamen Freunde vorbei, um Musik zu machen, und das hat mich wirklich umgehauen – daß Freunde, Motorradfahrer, einfach um ein Uhr morgens vorbeischauen können. Wieder so etwas Exotisches! Ich hab ihm in der Haustür die Hand gegeben, aber es schien alles so schrecklich kompromißlos, es war nur möglich, Denny nie wiederzusehen oder ihm total zu verfallen.«

»Irgendwie bist du mir aber immer viel beherrschter vorgekommen: als ob du denkst, du kannst es diesem Typen ja mal erlauben, daß er mit dir ausgeht.«

»Hab ich so gewirkt?« Sie stieß sich vom Tisch ab.

»Und wieso habt ihr dann nie geheiratet? Mir kommt es unerheblich vor. Ich meine, es war immer so, als ob ihr auf eine Weise verheiratet wärt wie Jim und ich nicht, als ob uns nichts zusammenhalten und euch nichts trennen könnte.«

Susan fuhr sich mit den Händen durch das Haar im Nacken und zog es aus dem Kragen. »Wirklich? Ich hab euch immer bewundert, weil ihr euch vor der Öffentlichkeit zueinander bekannt habt, daß ihr euch kein Hintertürchen offengelassen habt. Ich hab mich immer gefragt, ob du und Jim und Noah und Rya, ob ihr freier wärt als ich oder erwachsener oder weniger mißtrauisch.«

»Oder unbedarfter. Ich glaube, im Rückblick wiegt es viel schwerer, daß ich geheiratet habe, als es das damals tat. Ich weiß nicht, wie das bei Noah und Rya ist, aber ich gebe ohne weiteres zu, daß meine Ehe einfach nur ein vergeblicher Versuch war, etwas zu haben, was ich nicht bekommen konnte. Ein krummer Nagel mehr in einem ausgesprochen wackligen Gestell.« Sie zuckte die Achseln.

Susan sah aus dem Fenster. »Ich glaube, Denny wäre dazu bereit gewesen. Seinem Rock-and-Roll-Image zum Trotz. Irgend etwas hat uns zurückgehalten.« Sie machte eine Pause, kippte den Stuhl auf die Hinterbeine. »Nein, etwas hat ihn zurückgehalten und mich etwas anderes. Fahren Ehefrauen zweimal im Jahr allein in Urlaub? Kommen und gehen Ehemänner, wie es ihnen paßt? Vorher glauben alle, daß sie eine freie, schöpferische Ehe führen werden, aber schafft das irgend jemand? Wenn ich je jemandem wie mir begegnet wäre, der verheiratet ist, hätte ich es mir vielleicht anders überlegt.«

»Aber du bist doch so ungeheuer häuslich. Du schaffst eine Atmosphäre, in der sich die Leute wohl fühlen. Bei mir habe ich das Gefühl, daß ich mich darauf spezialisiert habe, wie eine Säulenheilige zu leben.«

»Häuslich würde ich das nicht nennen. Nicht die Spur von häuslich. Kompetent, ja, oder geschäftstüchtig, aber auf keinen Fall häuslich.«

Alice öffnete den Mund zum Widerspruch oder wenigstens zu einem erstaunten Ausruf über Susans falsche Selbsteinschätzung, aber das Telefon klingelte. Susan, näher daran, griff danach. Nachdem sie einen Augenblick lang zugehört hatte, sah sie zu Alice auf und sagte: »Sie können Ray nicht finden. Er ist verschwunden.«

6

Es war Alice, die bei Noah anrief, halb darauf gefaßt, sie müsse ihm die schlechte Nachricht schonend beibringen, aber Noah begrüßte sie mit den Worten: »Eben komme ich aus dem Studio Midtown zurück. Ich habe mit fast allen Leuten gesprochen, die gestern dort waren. Keiner hat ihn mehr gesehen, seit die Band gegen fünf ihre Sachen zusammengepackt hat –«

»Warum hat man mir das nicht gesagt?« Alice konnte nicht verhindern, daß sie laut wurde.

»Und außerdem hab ich Murray angerufen. Er spielt in der Band die Baßgitarre. Er sagt, daß Ray nicht mit ihnen weggefahren ist und daß er ihn zum letztenmal gesehen hat, als Ray in das griechische Restaurant gegenüber vom Studio gegangen ist. Außerdem sind sie alle stinkesauer, weil sie ihn für morgen und übermorgen engagiert hatten.«

»Ich hab Ray für den verläßlichsten Menschen in ganz New York gehalten.«

»Ray sich selbst auch.«

Alice konnte im Hintergrund Ryas gedämpften Ausruf hören: »Sag ihr, daß –«, aber der Rest war unverständlich. Noah ignorierte Rya. Alice fragte: »Was sollst du mir sagen?« Aber Noah sprach schon weiter. »Die Polizei war heute nachmittag, nachdem er nicht im Studio erschienen war und niemand ihn erreichen konnte, bei ihm in der Wohnung. Keine Spur von Ray.«

»Was sollst du mir sagen?«

»Was?«

»Ich hab gehört, daß Rya gesagt hat, du sollst mir was sagen.«

»Hat sie das gesagt?«

»Komm schon, Noah.«

»Ich bin mir ganz sicher, daß mit ihm alles in Ordnung ist.«

»Wirklich?«

»Wir haben doch überhaupt keinen Anhaltspunkt dafür, daß ihm irgendwas passiert ist oder daß er die Stadt verlassen hat. Wahrscheinlich hat er gestern abend irgend jemand kennengelernt. Wenn da nicht die andere Geschichte wäre, würde kein Mensch einen Gedanken daran verschwenden.«

»Schon, aber wann hat er zum letztenmal einen Job sausenlassen? Das tut er doch nie. Und das ist der springende Punkt. Er hat mir oft erzählt, wie sorgfältig er Privatleben und Beruf voneinander trennt. Er hat immer gesagt, wenn er bloß irgend jemandem in der Musikbranche auf die Nase bindet, daß er schwul ist, kann er seinen Beruf vergessen. Er hat das ganz genau gewußt.«

»Ich weiß.«
»Und was hast du dann für eine Erklärung?«
»Keine. Mach dir keine Sorgen.« Er legte auf, ehe sie ihn noch einmal drängen konnte, er solle ihr doch sagen, was Rya gemeint habe. Susan kam aus dem Schlafzimmer, wo sie am Zweitapparat mitgehört hatte. Einen langen Augenblick sah sie Alice an, dann sagte sie: »Sieht nicht danach aus, als ob's leichter wird, was?«
»Hat nicht den Anschein. Ist Ray –«
»Was?«
Alice biß sich auf die Lippe. »Ist Ray dir in letzter Zeit irgendwie sonderbar vorgekommen?«
»Er ist schon seit einem Jahr sonderbar!« Ihr Ton war hart und abfällig, was Alice wider Willen schockierte und ihren Wunsch schwinden ließ, Susan anzuvertrauen, was sie diese Woche mit Ray erlebt hatte. »Bist du immer noch wütend auf alle?« Sie hatten seit dem Abend in dem Restaurant nicht mehr darüber gesprochen.
»Es geht doch nicht darum, ob ich wütend bin. Sei realistisch, Alice!«
Um einem Streit aus dem Weg zu gehen, fragte Alice: »Wie spät ist es?«
»Fast zwölf.«
»Gehst du morgen zur Arbeit?«
»Selbstverständlich! *Zut*! Wir haben gestern eine ganze Schiffsladung aus Paris hereinbekommen, *les jupes*, *les chaussures*, *les bleujeans*, *le diiisplay pour Madame et Monsieur*, *chop chop*.«
»Fast bin ich neidisch darauf, daß du zur Arbeit gehst.«
»Komm doch mit und setz dich zu mir hinter die Theke.«
Aber als sie am nächsten Morgen aufstanden, spät, und Susan gegen ihre Gewohnheit im Taxi davoneilte, damit sie aufschließen konnte, bevor das Personal kam, war keine Rede mehr davon, daß Alice sie begleiten solle. Alice dachte an Henry Mullet und ihre Verabredung. Ein ganzer Tag, wie schön auch immer, in irgendeinem Garten mit irgendeinem Mann? Henry sah ja recht gut aus, dachte sie, war nicht ohne Witz und Konversationstalent, aber er hatte nichts Überwältigendes an sich. Sie könnte eine Weile mit ihm ausgehen, könnte ihren Freunden mit pflichtschuldigem Re-

spekt von seinen Vorzügen erzählen, aber an irgendeinem Punkt würde ihr plötzlich klarwerden, daß sie sich nicht mehr mit ihm traf. Wenn Susan auch nur ein Wort darüber verloren hätte, sie solle mit in den Laden kommen, hätte Alice abgesagt, aber Susan hatte nichts gesagt. Alice seufzte und griff einen Augenblick vor dem verabredeten Zeitpunkt nach ihren Schlüsseln. Durchs Fenster sah sie, daß er schon draußen stand auf der Vierundachtzigsten Straße. Im Handumdrehen, ohne bestimmten Grund, war sie gegen ihn eingenommen.

Unterwegs, während sie zusammen ziemlich verklemmt zur U-Bahn gingen und dann im fast leeren Zug – es war ja Samstagmorgen – saßen, vermochte nichts ihre Stimmung zu ändern. Sogar mit dem angenehmen Geplänkel, das ihnen zuvor gelungen war, schien es auszusein, und Alice merkte, daß Henry dem Vormittag und, mein Gott, dem Nachmittag genauso mutlos und fast schon verzweifelt entgegensah wie sie. Er war mittelgroß. Alice hatte sich nie etwas aus mittelgroßen Männern gemacht. Jim Ellis war über eins achtzig und drahtig, mit blitzschnellen Reflexen und grenzenloser Energie. In der U-Bahn setzte er sich nie, ließ sich nie von der Fahrt zu einem Kleiderbündel zusammenschütteln, einem passiven Kleiderbündel. Und wenn man ihn ansah, erriet man nicht, was für Vorfahren er hatte. Man mußte sich einfach fragen, woher er das dunkle, dichte, gelockte Haar hatte, die tyrannische Adlernase und die auffälligen blauen Augen. Ein WASP, wie er im Buch stand und wie es den Namen seiner Vorfahren entsprach – von echt angelsächsisch-protestantischer Tradition –, aber Alice hatte ihn trotzdem für exotisch gehalten. Und er hielt sich selbst für exotisch. Henry Mullet aber sah ungefähr so exotisch aus wie Kartoffelbrei mit Hackbraten. Zwischen den Stationen fing sie ihr Spiegelbild im dunklen Fenster gegenüber ein. Wenigstens war sie schlank. Niemand konnte behaupten, sie habe keine hübsche Figur. Sie faßte sich mit einer Hand an ihre Haare. Sie hatte gute Hände, groß, langfingrig, wohlgeformt. Aber warum hatte sie nur eine weiße Bluse und – sie sah an sich hinunter – dazu grüne Hosen angezogen? Sie starrte ihr Spiegelbild an und zwang sich zur Aufrichtigkeit. Ja, sie sah adrett aus und dünn. Und verhärmt, prüde, ohne Schick, ganz und gar einunddreißig und durch und durch Bibliothekarin. Sie seufzte.

Henry sagte: »Wir gehen zum Museumseingang. Ein paar asiatische Obstbäume blühen noch, aber am schönsten ist jetzt der Flieder. Sie können ihn im ganzen Garten riechen. Interessieren Sie sich für heimische Pflanzen? In den letzten Jahren haben Botaniker und Gartenarchitekten die Sammlung heimischer Pflanzen neu angelegt. Die Öffentlichkeit hat keinen Zutritt, aber es ist einer meiner Lieblingsplätze im Garten. Und die Rosen fangen jetzt an, falls Sie Rosen mögen.«

»Wunderbar«, sagte Alice und brachte ein ganz ordentliches Lächeln zustande. Unfreiwillig mußte auch Henry seufzen. Alice fragte sich, ob er wohl hoffe, sie wisse nicht, wie sie das interpretieren solle. Als sie auf die Uhr sah, war es drei Viertel elf. Fast hätte sie laut aufgestöhnt. Erst eine Woche war vergangen, genau eine Woche. An der Station Grand Army Plaza griff Henry Mullet selbstvergessen nach ihrer Hand und stürmte mit ihr aus dem Zug. Er hatte einen physischen Zugriff, der Jim Ellis abging. Obwohl Jim ständig um einen herum war und das Verlangen wie Funken aus ihm sprühte, entweder das Verlangen, selbst etwas zu tun, oder, was weniger angenehm war, daß etwas für ihn getan werde, berührte er einen fast nie. Wenn er es tat, war es ein Streicheln, ein Stupsen oder sogar ein leichter Schlag, der einen streifte. Henry Mullet griff zu, hielt fest, trieb einen voran, war ein Beschützer im Straßenverkehr. Alice war sich nicht sicher, ob ihr das angenehm war.

Am Drehkreuz im schmiedeeisernen Tor wurde er nervös und fing an zu grinsen. Einigermaßen überrascht wurde Alice bewußt, daß er aufgeregt war. »Wohl lange nicht mehr hier gewesen?« zog sie ihn auf.

»Gehen wir dort hinüber, nach rechts. Wir kommen dann aus der anderen Richtung zurück. Ich war gestern hier, bis es dunkel wurde. Wieso?«

»Sie wirken ganz aufgeregt darüber, daß Sie wieder hier sind.«

»Wirklich?« Sein Blick wanderte die lange, repräsentative Promenade zum Brunnen entlang und dann wieder zu Alice zurück, mit einem warmen Lächeln. »Vielleicht bin ich's ja. Ich glaube schon, daß ich's bin. Schauen Sie. Das hier sind die asiatischen und die europäischen Holzäpfel. Die Gattung heißt *Malus*. Schöne Blüten.«

»Hmm«, sagte Alice höflich und betrat die Promenade, aber er wollte sie nicht loslassen. Obwohl er fest entschlossen war, sie auf dem Weg zu eskortieren, ihr die schönen Formen zu zeigen, zu denen die Bäume gezogen und zurechtgestutzt worden waren, konnte er es nicht lassen, an so gut wie jedem Baum haltzumachen und irgend etwas zu untersuchen – einen schwarzen Fleck, einen Tropfen Saft, einen Riß in der Rinde. Alice, die daran gewöhnt war, sich durch Museen und Parks treiben zu lassen, die Schönheit in einer Art von wandelnder Osmose in sich aufzunehmen, war am Anfang ungeduldig und stellte sich vor, wie sie eine Führung durch die Bibliothek veranstaltete und immer wieder stehenblieb, um beschädigte oder falsch beschriftete Karten aus der Kartei zu ziehen, aber nach wenigen Minuten fing er damit an, sie auf Insekten oder auf beginnende Schäden aufmerksam zu machen, die meisten davon altershalber, denn viele der Bäume hier hatten jetzt schon fünfzehn Jahre länger überlebt, als man eigentlich erwartet hatte. Er sah alles – nicht nur die Rotkehlchen und die Blauhäher, die Alice auch erkannt hätte, sondern auch zwei Fliegenschnäpper, einen Schwarm Pirole, einen Karmingimpel und ein Paar grüne, große Vögel, die aussahen wie Sittiche und tatsächlich Sittiche waren. »Sie fressen nicht hier«, sagte Henry. »Wir glauben, daß sie sich am Park Slope Obst und Gemüse zusammenstehlen. Es gibt noch ein zweites Paar im Garten.« Er sah Triebe und Blätter und Knospen am falschen Platz, er sah Spinnweben, die nur aufleuchteten, wenn sie der Sonnenstrahl aus einer bestimmten Richtung traf. Alice fiel auf, daß er nicht hinschauen konnte, ohne sich zu überlegen, was getan werden mußte, Dinge, denen nachzugehen war, aber ihr fiel auch auf, wie gern er hinschaute. Nachdem sie den unverkennbaren Vogelrufen und dem unterscheidbaren Knacken und Surren der Insekten gelauscht hatte, nachdem sie die vielen Kräutergattungen gemustert hatte, die Alice normalerweise für Unkraut gehalten hätte, nachdem sie um fast alle Bäume herumgegangen waren, nach oben, nach unten und in jede Richtung geschaut hatten, nah und fern, hatte Alice das Gefühl, sie habe noch nie zuvor einen echten Spaziergang gemacht. »Und das alles kann so mühelos und üppig überleben, mitten in der Stadt?«

»Warum nicht?«

Sie verließen die repräsentative Promenade und traten auf den weitläufigeren Rasen mit den Fliederbüschen, übersät von weißen, lavendelfarbenen und tiefroten Blüten. Alice hielt die Luft an, gleichermaßen gebannt vom Anblick und von dem lieblichen Duft.
»Der Botanische Garten«, fuhr Henry fort, »ist übrigens ein ziemlich gut funktionierendes Ökosystem.«
»Er ist ein Paradies.«
»Ja«, sagte Henry, »genau. Und für mich ist das Verblüffende, wie wenig Vandalismus es hier gibt. Manchmal pflückt jemand Blumen, aber niemand ritzt was in die Bäume, reißt Rinde ab oder verstümmelt sie. Und an manchen Tagen kann man hier spazierengehen, ohne jemandem zu begegnen. Keine Gärtner, keine Botaniker, keine Polizei, niemand, der einen davon abhalten könnte, etwas zu zerstören oder mit Farbe zu besprühen.« Er hielt sie am Arm und führte sie gemächlich um die Fliederbüsche (immer wieder blieb er dabei stehen, immer wieder erklärte er ihr den Duft, der die einzelnen Gattungen voneinander unterschied), zu den Rosen dahinter, die zu blühen begannen, und Alice genoß ihre gute Laune, spürte sich selbst am ganzen Körper warm und aufgehoben im Druck seines Griffs, in seinem detaillierten, aufmerksamen und leidenschaftlichen Wissen.
Sie hatte schon eine Zeitlang niemanden mehr getroffen, von dem so viel zu erfahren war, und sie hatte schon ganz vergessen gehabt, was für ein Genuß ein solcher Begleiter sein konnte.
Henry Mullet machte seine Sache gut. Zum Beispiel ließ er es nicht zu, daß sie vor den Pflanzen zurücktrat. Er brachte sie dazu, vor ihnen niederzuknien, sie einzuatmen, die winzigen Teilchen anzuschauen, die Blätter sacht umzudrehen, Insekten (Marienkäfer, Japanische Seidenspinner) auf den Finger zu setzen. Und außerdem war er nicht in das Reden verliebt, sondern in das, worüber er redete. Nach einer Weile war Alice jedesmal, wenn er irgend etwas genauer untersuchte, gespannt auf das, was er entdecken mochte, statt sich beim Warten zu langweilen. Und er sprach mit normaler Stimme, im Gegensatz zu Männern, die sie kennengelernt hatte – wohl im Gegensatz zu den meisten Männern –, die bei jedem Vortrag nach ungefähr drei Sätzen in den Ton eines Volksredners verfielen. Sie stellte sich vor, wie sie oft mit Henry zusammen hier-

herkam, als eine gute Freundin, als verläßliche Begleiterin zu jeder Jahreszeit, auch wenn sich zwischen ihnen nichts Aufregenderes abspielte. Im Verwaltungsgebäude begrüßte ihn jedermann mit einem Scherz, fragte, ob er sich auch die Schuhe abgewischt habe, ob Alice wirklich nicht seine Schwester oder seine Cousine sei, sondern tatsächlich eine Bekannte, ob er denn nicht wisse, daß man an seinem freien Tag auch was anderes tun könne, als zur Arbeit zu kommen. Die Frauen kamen zwar nicht hinter ihren Arbeitsplätzen hervor, um ihn zu begrüßen, aber alle sahen auf und lächelten ihm nachsichtig zu. Während er in sein Büro hinauflief, um ein paar Akten zu holen, sah Alice das Regal mit den Gartenratgebern durch und suchte für Doreen und Hugh einen über Kräuter und einen über Kleinobst aus. Die Frau hinter der Theke steckte die Bücher in eine Tüte und klammerte sie zu, ohne Alices Fünfdollarschein anzunehmen. »Ein herrlicher Tag«, sagte sie freundlich. »Hier.« Als Henry wiederkam, sprach die Frau lauter. »Jetzt müssen Sie ihn dazu überreden, daß er Sie in ein schönes Lokal zum Mittagessen einlädt.« Sie grinste. Quer durch den Raum rief eine andere Frau: »Glaubst du denn, daß er sich das leisten kann?«

Henry lachte. »Ich wollte mich eigentlich bei Ihnen einladen, Helen. Gegen zwei?«

»Da hätten Sie aber Pech, Dr. Mullet! Es sei denn, Sie mögen Cracker mit Erdnußbutter und Traubengelee wie meine Kinder.«

»Wir bringen den Wein mit! Sonst haben Sie alles im Haus?« Als er die Tür aufmachte und sie in das strahlende Sonnenlicht hinaustreten ließ, hatte Alice das Gefühl, sie habe Sonderrechte, und war zugleich beeindruckt. In der Bibliothek erntete sie höchstens einmal einen Gruß oder ein freundliches Lächeln. Vor den Leuten in der Verwaltung zitterte man, oder man sah auf sie herunter, man plänkelte nicht mit ihnen herum. Sie sagte: »Hier muß es Ihnen gut gefallen.«

»Wem würde es hier nicht gefallen? ›Was hier in diesem Wundergarten wächst, soll glücklich sein, gesegnet, und auf ewig.‹ Nach links. Ich zeige Ihnen die Bonsai-Sammlung.«

Und die Kakteen, die wie Felsgestein aussahen, den Bananenbaum, sein Beet mit Taglilien, den üppig wuchernden Garten mit den Kräutern, die bei Shakespeare vorkommen (wenn niemand herschaute, knipste er Blätter ab und hielt sie ihr unter die Nase), wieder die Fliederbüsche (»Ich kann mich einfach nicht von ihnen trennen!« rief Alice und atmete tief ein) und dann die Wildnis der heimischen Pflanzen, die einem ungepflegten Garten hinter dem Haus gar nicht so unähnlich war. Ökologie in Amerika war ein gutes Gesprächsthema, nichts Persönliches, das sie dazu hätte verleiten können, über Ray und Craig und Denny zu reden. Geschichten von ihren Eltern und deren riesigem Garten, von dem Apfelbaum und dem Birnbaum, die ihr Vater miteinander verpropft hatte, von den eingemachten Pfirsichen ihrer Großmutter Bovberg und von den eingelegten Peperoni ihrer Großmutter Gustavson, die ihr Vater auf Toast gleich glasweise aß; das alles schien auszureichen als Schlaglicht auf Alices Lebensgeschichte. Daraufhin erzählte er ihr, womit sich all die Skandinavier hatten abplagen müssen, als sie nach Minnesota kamen, wie sie den Boden mit der Axt aufbrechen und das brusthohe Gras abbrennen mußten. Alice hatte beim Gedanken an Landwirtschaft noch nie zuvor so viel Freude empfunden. Beim Essen redete er darüber, daß er sich besonders für chinesische Pflanzen interessiere und daß es ihm jetzt immer leichter falle, Gattungen des chinesischen Festlands zu bestimmen, die seit dreißig Jahren kein Mensch zu Gesicht bekommen habe, wenn überhaupt je. Es stellte sich heraus, daß er ein Visum für die Volksrepublik beantragt hatte. Plötzlich fragte er nach Jim Ellis, so heiße er doch? Er hatte eins seiner Gedichte in einer Anthologie entdeckt.

»›Ich nenne den Weg verfehlt‹?«

»So ähnlich.«

»Dieses Gedicht wird ziemlich oft in Anthologien aufgenommen. Es ist eine Villanella, so eine Art Hirtenlied. Ist Ihnen das aufgefallen?«

»Mir ist aufgefallen, daß sich die erste Zeile dauernd wiederholt. Ich hab's nicht verstanden.«

Alice machte den Mund auf, wahrscheinlich, um das Gedicht vorzutragen oder um es zu interpretieren. Es war eins ihrer Lieblingsgedichte, in ihrem Gedächtnis so köstlich wie eine Schale mit reifem Obst. Aber sie machte den Mund wieder zu, ohne die ersten pulsierenden Zeilen aufzusagen, weil sie plötzlich Angst hatte, sie wirke, als ob sie ihrem Exmann hörig sei. »Er hat es nach einem Streit mit mir geschrieben, aber sogar ich habe lange gebraucht, bis ich etwas damit anfangen konnte.«

»Hmm. Hat er viele Gedichte für Sie geschrieben?«

»Kein einziges. Trotzdem glaube ich manchmal, daß ich sozusagen das Sandkorn war, um das sich die Perle gebildet hat.«

»Kein einziges?«

»Nichts ›für Alice‹ oder ›für meine Frau‹. Nein.«

»Hat das Ihre Gefühle verletzt?«

Alice nahm die Gabel aus dem Salat und inspizierte das ölige, mit Parmesan bestreute Salatblatt, das sie aufgespießt hatte. »Offen gesagt, verletzte Gefühle waren ein solcher Normalzustand, daß mir das bestimmt gar nicht weiter aufgefallen ist.«

»Wie lange waren Sie verheiratet?«

»Verheiratet, vier Jahre. Fixiert, fast neun. Ich meine, ich auf ihn.«

»Immer noch?«

Alice zuckte die Achseln. »Und Sie? Irgendwelche Langzeit-Fixierungen?«

»Zwei kurze, eine lange. War aber nie verheiratet. Und von Fixierungen würde ich nicht sprechen. Ich bin nicht der Typ, der sich leicht fixieren läßt, jedenfalls nicht in Beziehungen, und vielleicht ist deshalb nichts daraus geworden. Entweder war ich auf dem Sprung nach Asien, oder ich hab die ganze Zeit in der Uni zugebracht. Ich bin chronisch vergeßlich, was Verabredungen anlangt.«

»Ich bin eher jemand, der so was chronisch nicht gut verdaut.«

»Ich hab mich aber gebessert. Einmal hätte ich mich beinahe verlobt. Dann, am Abend der Party, habe ich für ein Examen gebüffelt.«

»Aha, die Sorte Vergeßlichkeit?«

»Ich will mich gar nicht herausreden, aber es passiert mir wirklich nicht mehr so oft. Ich habe mich geändert. Ich glaube, ich bin bald so weit, daß ich in großem Stil nach Brooklyn ziehe.«

»Ich hab gedacht, Sie wollen nach China.« Sie stichelte nur, aber er schien es ernst zu nehmen und seufzte. Er antwortete: »Einmal bin ich direkt von der Post, wo ich den Antrag auf ein Reisestipendium aufgegeben hatte, zu einem Makler gegangen und hab mir Co-op-Wohnungen am Park Slope zeigen lassen, von denen Anteile zum Verkauf standen. Vielleicht werde ich alt – ich würde am liebsten alles gleichzeitig tun.«

Alice lächelte. Ein solcher Wunsch war in ihren Augen etwas viel Erfrischenderes als ein Anzeichen des Alters. »Ist es nicht komisch«, sagte sie, »wie die Menschen bei der ersten Verabredung persönliche Einzelheiten austauschen: So bin ich, das sind die Menschen, mit denen ich zu tun hatte, das habe ich ihnen angetan. Jedesmal, wenn ich damit anfange, kommt es mir wie ein Austauschritual vor. Ich frage mich, ob ich sogar von Mal zu Mal dieselben Sätze wiederhole.«

»Glauben Sie denn nicht, daß eine Verabredung eine ziemlich persönliche Angelegenheit ist?«

»Wenn es Ihnen meistens so geht, dann haben Sie Glück! Aber bei Ihnen geht es mir auch so.« Alice lächelte, dann wurde sie rot, voller Angst, sie habe auf mehr als eine beginnende Freundschaft angespielt. Aber eine von Henrys Stärken war offenbar Takt. Er lächelte, aber nur leicht, und vermied den Blickkontakt. Es war fast fünf, als sie das Restaurant verließen.

Obwohl er nach wie vor nichts Überwältigendes an sich hatte, war Henry anders als alle Männer, die sie sonst kannte. In seiner Aura aus Sicherheit und Begeisterungsfähigkeit ging sie wie unter einem Regenschirm, war sich unter anderem auch sicher, daß es Ray gutging und daß der Mord schon lange her war. Obwohl er selbst sie nicht faszinierte – zum Beispiel lag ihr nichts an seinen Geschichten über seine Familie in Wisconsin oder über seine Erlebnisse in der Grundschule –, waren in seiner Gesellschaft viele Dinge interessant, und wenn sich Alice auch im Vergleich mit ihm langweilig vorkam, schien sie Henry doch nicht anzuöden, so daß die vertraute Sorge, ob sie auch unterhaltsam genug sei, nicht an ihr nagte. Er redete über Bücher, die er gelesen hatte, und über Bücher, die sie beide kannten. Und es gab Bücher, die sie gelesen hatte und die er schon immer hatte lesen wollen. Während er in Asien gewesen war, kannte sie immerhin Mexiko, und er fragte sie voller Wißbegierde darüber aus. In seiner Art zu sprechen schwang ein lebhafter Sinn mit für die bevölkerte, geschäftige Welt. Das war ungeheuer angenehm, und als sie auf die U-Bahn zurück nach Manhattan warteten, ertappte sich Alice dabei, daß sie ihm einen Kuß auf die Wange gab. Henry drückte sie an den Schultern. An der Sechsundachtzigsten Straße hielten sie Händchen.

Und körperlicher Kontakt, das wurde ihr bewußt, hatte eine Eigendynamik, besonders bei Henry. »Was ist denn Taxonomie?« fragte sie. Seine Hand war rauh und trocken, größer als ihre. »Hat das was mit Linné zu tun oder mit, wie heißt er noch gleich – mit van Leeuwenhoek?«

»Sehr gut! In meinem Fall mit beiden. Linné war der Vater der botanischen Taxonomie, und van Leeuwenhoek hat das Mikroskop erfunden.«

»Sie stellen also fest, um was es sich jeweils handelt – so ungefähr?« Alice spürte, daß er den Griff wechselte, daß er seine Finger zwischen die ihren legte. Ohne es zu wollen, drückte sie seine Hand.

»Das klingt nicht, als ob Sie besonders beeindruckt wären.«

»Ich hab geglaubt, das alles wäre längst erledigt.«

»Bei Pflanzen, die in Mode sind, wie bei Rosen und Äpfeln, ist der größte Teil der Arbeit getan. Aber wir fangen erst an zu begreifen, wie vielfältig und wie komplex die Welt ist, vor allem die nichteuropäische Welt. Und daß diese Vielfalt jeden Tag kleiner wird.« Er sagte das mit einem wehmütigen Lächeln, und Alice überlegte sich, ob Botanik 1980 eine traurige Wissenschaft sei. Sie kamen zur West End Avenue. Alice hatte es versäumt, sich auf diesen Augenblick vorzubereiten, den Augenblick, in dem man auseinanderging oder nicht – ein schwieriger Augenblick bei jeder Verabredung wie dieser.

Henry sagte: »Gab es in Ihrer Familie große Mittagessen am Sonntag, als Sie ein Kind waren?«

Alice nickte.

»Immer um eins oder zwei?«

Alice lächelte.

»Wissen Sie noch, wie man dann am frühen Sonntagabend herumsaß, wenn das Hauptereignis des Tages vorüber war und es nichts mehr zu tun gab als die Hausaufgaben?«

Alice verzog das Gesicht.
»Gehen wir doch ins Kino.«
Alice ließ Henrys Hand los, hakte ihn unter und lenkte ihn auf die West End Avenue. Sie hatte ein bißchen Angst und fühlte sich ein bißchen beschwingt, zum einen, weil es so schien, als habe sie sich entschlossen, mit ihm zusammenzubleiben, und dann, weil es so schien, als habe sie sich entschlossen, ihrer Wohnung und den Verpflichtungen, die dort auf sie warteten, den Rücken zu kehren. Sie zitterte, und er fragte: »Kalt?«, aber sie gab keine Antwort.

Sie waren seit zwölf Stunden zusammen. Alice dachte, das konnte man praktisch mit drei normalen Verabredungen gleichsetzen oder auch mit einer Woche oder sogar zwei Wochen der Bekanntschaft. Als sie die West End Avenue überquerten, hatten sie nicht einmal in die Richtung von Alices Wohnung geblickt, und jetzt waren sie hier, in seinem Haus, seiner Wohnung, in seinem Schlafzimmer. Jedenfalls Alice. Henry war im Bad. Sie war ausgezogen und spürte immer noch den Druck auf den Lippen. Das war ganz überraschend gekommen. Seine körperlichen Vorzüge machten sich weiterhin bemerkbar. Zu den trockenen, kräftigen Händen paßten die heftige Umarmung und der suchende Mund – Alice fühlte sich wirklich geküßt, gewollt, begehrt. Sie glitt zwischen die sauberen geblümten Laken. Die Badezimmertür ging auf, Henry kam lächelnd heraus, schaltete das Licht aus und entledigte sich seiner Unterwäsche. Durch die plötzliche Dunkelheit unfähig, etwas zu sehen, streckte Alice lachend die Hand aus. »Im College hatte ich einen Freund, der hat immer das Licht ausgemacht, bevor er die Unterhosen auszog. Angeblich nur, weil er katholisch war.«
Henry griff nach ihrer wedelnden Hand. Fast konnte sie sein Gesicht erkennen. Er lachte nicht. »Nicht katholisch«, sagte er. Er küßte ihre Fingerspitzen und den Daumenballen. »Ich habe mich als Kind verbrannt. Manche Leute macht das verlegen.«
Alice machte es verlegen. Ihre Mundhöhle wurde ihr plötzlich bewußt, als wäre zuviel Speichel darin. Sie schluckte. Henry nahm die Hand, die er gerade geküßt hatte, und legte sie sich flach an seinen Körper. Alices Finger spürten das wellige Narbengewebe.

Das Mal war auf jeden Fall größer als ihre Hand. Sie sagte, ohne sich zu räuspern: »Macht es dich verlegen?«
Nach einer Pause gab Henry zur Antwort: »Ja.«
Henry hatte recht gehabt. Wenn das Licht angewesen wäre, hätte es Alice stärker erschreckt, aber mit der Hand auf seiner Seite, seiner linken Seite, spürte sie unter der verstümmelten Oberfläche festes, warmes Fleisch und die Schwingungen seiner Herzschläge. Sie konnte sein Gesicht jetzt deutlicher sehen und er auch das ihre, das war ihr bewußt. Sie spürte, daß sie zu lächeln begann. Henry legte die Arme um sie, und sie schmiegte sich hinein. Einen Augenblick später sagte sie: »Darf ich dich fragen, wie das passiert ist?«
»Natürlich. Mein Vetter hat mich um ein Lagerfeuer herumgejagt. Ich hatte eine Badehose an, und ich bin gestolpert und auf die Kohlen gefallen. Mein Vater war auf der anderen Seite der Lichtung, und meine Mutter, die dauernd gesagt hatte, wir sollten weg vom Feuer, stillte meine kleine Schwester, und deshalb hat es eine Weile gedauert, bis ich herausgeholt worden bin.« Er zuckte die Achseln. Sein Blick wanderte von ihrem Gesicht zu ihren Brüsten, gerundet im Mondlicht, und Alice erschauerte, plötzlich überkommen von Verlangen. Sofort nahm Henry sie in die Arme, küßte ihr Kinn, ihren Nacken, ihre Schultern und ihre Brust. Seine augenblickliche Erektion stieß gegen ihren Schenkel, ihre Hüfte, ihren Magen, ihr anderes Bein, jedesmal sengendheiß. Sie legte die Hände in sein Haar, tastete seine Schädelform ab, dann die Sehnen in seinem Nacken, dann die Schultermuskeln, die gut gepolsterten Schulterblätter, beide Seiten der Wirbelsäule. Den Rücken unter der Taille. Als sie zu seinen Hinterbacken kam, die groß und hart wirkten, Inseln unter ihren Handflächen, hielt er schon den Penis in der Hand und lenkte ihn auf sie zu, durch das Dickicht aus Haar. Sie spürte, wie er einmal anstieß und dann hineinglitt. Sie packte seine Hinterbacken und stöhnte tief auf. Sein Stöhnen erstickte in ihrem Nacken. Einen Augenblick lang regten sie sich nicht, als müßten sie staunen, und dann bewegte sich Alice gegen das Bett. Meistens sehnte sie sich nach harten, endlosen Stößen, aber Henry war am Anfang nur begierig, sie zu erkunden, mit geschmeidiger Langsamkeit, glitt feucht ein und aus, bis Alice das Gefühl hatte,

ihr eigener Körper sei flüssig. Als die Stöße kamen, waren sie wie kleine Schocks, denen sich Alice nicht entziehen konnte. Er hielt sie fest an sich gepreßt. Der letzte Schock brach über sie herein, dann, offenbar auch über ihn. Alice keuchte. Sie schloß die Augen und machte sie auf. Jetzt konnte sie alles im Zimmer ausmachen, das von der Straße her ziemlich erhellt wurde. Henry hob stöhnend den Kopf und legte seine Handflächen unter ihren Kopf. Sein Gesicht, das stellte Alice erleichtert fest, war ihr völlig vertraut. Mehr deshalb als wegen allem anderen küßte sie ihn zärtlich und schob ihm das Haar aus dem Gesicht.

Als sie aufwachte, war es noch dunkel, obwohl sie das Gefühl hatte, die Nacht sei schon fast vorbei. Neben ihr lag Henry Mullet; er schlief auf dem Rücken, die Arme über der Brust gekreuzt. Er schnarchte nicht, aber er mochte vorher geschnarcht haben. Vielleicht war sie davon aufgewacht. Alice empfand grenzenlose Zärtlichkeit für ihn.

Genau gleichzeitig mit dieser Empfindung kam die Erkenntnis, daß jetzt Sonntag war und daß sie bald wieder in ihre Wohnung mußte, zurück zu Susan, zurück zu den unüberwindlich großen Schwierigkeiten rund um Craig, Denny, Ray und Detective Honey. Der Besuch im Botanischen Garten und das Kino, beides scheinbar so gegenwärtig, waren in Wirklichkeit vorbei, und wie die Dinge vermutlich liefen, würde Henry beim nächstenmal allein dorthin zurückkehren, selbst wenn sie ihn dazu brächte, daß er für sie empfand wie sie für ihn. Als sie sich auf das Klobecken setzte, riß sie der Geruch seines Samens wieder hin, und sie brauchte einen Augenblick, einen langen Augenblick, um Ordnung in ihre Gedanken zu bringen. Aber auch danach blieben sie eher unsystematisch. Schon Henry allein, wie er in ihr geordnetes, zielstrebiges Leben eindrang, wäre ein vielschichtiges Problem gewesen. Sie staunte darüber, wie sie nur hatte vergessen können, was für ein Chaos der Anfang einer Liebesgeschichte mit sich brachte, und darüber, wie deutlich es ihr jetzt wieder einfiel – der wahnwitzige Kreislauf von Euphorie und Verzweiflung, Sehnsucht, Angst, Zufriedenheit, Verlangen; daß es unmöglich war, zu arbeiten, so wie immer zu leben, sich zu freuen an gewohnten Dingen wie Lesen oder Museumsbesuchen. Sie erinnerte sich daran,

wie sie beim letzten Mal, dem einzigen Mal nach ihrer Ehe, gedacht hatte, nichts daran sei gut, nicht einmal das Gefühl, lebendig zu sein, ungeheuer lebendig. Das heißt, sie hatte gar nicht gewußt, was sie eigentlich dabei empfand, außer diesem fürchterlichen Verlangen. Und jene Geschichte – George hatte er geheißen – hatte nicht einmal einen Monat gedauert.
Daß Henry jedoch auf ihren gegenwärtigen Lebenskreis stieß, war eine Komplikation von grauenhaften Ausmaßen. Vor allen Dingen: Sie hatte ihm nichts von Susan oder Craig oder Denny erzählt. Er wußte nicht einmal etwas von der Existenz dieser Menschen. Sie hatte sich als irgendeine beliebige Bibliothekarin präsentiert und damit den Anschein erweckt, sie verfüge über eine Art von Unschuld, an die sie doch selbst nicht mehr glaubte, und trotzdem, wie hätte sie sagen können: Du mußt was über mich erfahren; erst letzte Woche habe ich einen Mord entdeckt. Solch eine Erklärung wäre doch nur grotesk und abstoßend gewesen. Sie machte im dunklen Bad die Tür auf und schaute ins Zimmer. Henry hatte sich auf die Seite gedreht. Nichts hatte sich in den letzten zehn Minuten geändert: Sie empfand immer noch grenzenlose Zärtlichkeit für ihn. Sie schloß die Tür wieder. Sie hatte Henry vorgemacht, das wichtigste Ereignis in ihrem Leben sei gewesen, daß Jim Ellis sie verlassen hatte, aber sie sah jetzt deutlich, daß das nicht mehr stimmte. Im Dunkeln, im anonymen, kalt gekachelten Badezimmer eines Fremden war es ihr fast unmöglich, sich vorzustellen, sie sei im Haus gegenüber, gepaart mit Susan und so entschlossen, dieses Verbrechen zu überleben, wie eine Märchenprinzessin, die bis zum Sonnenuntergang sieben Säcke Gerste verlesen mußte. Ob eine solche Prinzessin noch einen zweiten Auftrag übernahm, die Aufgabe zum Beispiel, drei Ballen Stroh zu Gold zu spinnen, während die Gerste sich zu ihren Füßen häufte? Das war immerhin ein hilfreicher Gedanke.
Und es mußte nicht unbedingt an Henry Mullet liegen, daß sie den Boden unter den Füßen verloren hatte. Deutlich, wie durch den Sucher einer Kamera, konnte sie sehen, daß er ein netter Mann war, mit einem reichen Vorrat an Wissen und mit angenehmer Erfahrung im Bett, aber er hatte immer noch nichts Umwerfendes an sich, und doch hatte er sie umgeworfen. Was sie jetzt für ihn

empfand (sie holte kräftig Luft, als sie sich ihn vorstellte), war wie ein Kaninchen aus dem Hut gezaubert worden. Sie lehnte die warme Schulter gegen die kalten Kacheln, bis sie fröstelte, aber innerlich ruhig wurde und bereit war, sich anzuziehen und über die Straße zu gehen.

Sie hatte Henry gern, als sie um das Bett herumschlich. Er hatte sich unwillkürlich ausgestreckt und ihren Platz mit den Knien und Fäusten ausgefüllt. Sie setzte sich so leise wie möglich auf den äußersten Bettrand und tastete auf dem Boden nach ihrem Slip. Seine warme Hand glitt unter ihre Hinterbacke und elektrisierte sie, und sie fiel in das einladende Bett wie in eine Schale, den Slip zusammengeknüllt in der Hand. »Wo warst du?« flüsterte Henry. Sein Gesicht war hell vom Lichtschein der Straße. Seine Augen waren an den Innenwinkeln eingesunken, seine sachliche Nase ragte ihr entgegen, die Gipfelspitzen der Oberlippe verflachten sich zu Hügeln, wenn er lächelte, das Kinn saß kantig über der Grube. Wenn er nicht so ausgesehen hätte, ob sie dann entschlußkräftiger gewesen wäre? Ihr Körper schien sich von selbst an seinen zu schmiegen. Alice schloß die Augen und atmete schwer. »Im Bad«, sagte sie.

Ihre Entschlußkraft war völlig dahingeschwunden, als sie schließlich beide erwachten in dem Anblick der schon hochstehenden Sonne und der im Zimmer verstreuten Kleider. Zum Glück erkannte Alice in ihrer Sehnsucht, im Bett zu bleiben, eine altvertraute Anfechtung. Henry dagegen wirkte wie jemand, der gern aufsteht. »Was machen wir heute?« erkundigte er sich, während er sich ein T-Shirt überzog. Als er am Fußende des Bettes vorbeikam, war sein Hinterteil muskulös, beide Backen an den Flanken hohl. Alice dachte daran, wie groß sie ihr unter den Händen vorgekommen waren, und grinste. »Frühstück?« fragte Henry. »Eine Marathonvorstellung mit polnischen Filmen im Modern? Hast du ein Fahrrad?«

Alice warf die Decke zurück und stand auf. Unter seinem Blick fühlte sie sich groß und weichgliedrig, aber kein bißchen verschämt. »Was hättest du normalerweise heute gemacht?«

»Ich wär wahrscheinlich zur Arbeit gegangen. Im Mai sind wir immer eine Woche im Rückstand. Wenn ich dich ansehe, tut's mir leid, daß ich's scheußlich finde, sich am Morgen zu lieben.«

»Das findest du scheußlich?« Alice versuchte, sich seiner Umarmung zu entziehen.
»Jetzt nicht mehr.« Er flüsterte. »Ich hab geschlossene Räume schon immer scheußlich gefunden, Alice.«
»Ich glaube, dann solltest du zur Arbeit gehen.» Sie bemühte sich um ein Lächeln, das bloße Zuneigung und gute Laune zeigte, zwang sich, darauf zu verzichten, seinen glatten Rücken zu spüren, zwang sich, ihn wegzuschieben.
»Und was tust du dann?«
»Wieder zu Verstand kommen.«
»Untersteh dich.«
»Ruf mich heut abend an, dann sag ich's dir.« Sie setzte sich aufs Bett und schnallte die Sandalen zu.
»Alice.«
»Wenn du noch mal Alice sagst, bleib ich den ganzen Tag im Bett.«
»Warum nicht?«
»Weil du's scheußlich findest, im Bett zu bleiben. Wirklich.«
»Möchtest du kein Frühstück?« Alice schüttelte den Kopf.
»Gehst du dann mit mir zur U-Bahn?«
Als sie mit zwei Bagels und hundert Gramm Frischrahmkäse mit Schnittlauch von der U-Bahn-Station zurückkam, stand Noah vor ihrer Haustür, auf die Klingel zu ihrer Wohnung gelehnt. Er sah sie, bevor sie ihn begrüßen konnte. »Alice!« brüllte er.
»Scheiße, wo hast du gesteckt?«
»H und H heiße Bagels.« Sie schwenkte die Tüte.
»Die ganze Nacht? Uns war vor Sorge ganz schlecht! Rya hat Angst gehabt, mit hierherzukommen!«
»Ich hab mir gestern abend zwei Filme hintereinander angesehen.« Sie sagte das wie probehalber, versuchsweise.
»Warum hast du niemandem Bescheid gesagt? Susan hat pausenlos angerufen. Und dann hab ich pausenlos angerufen.«
»Warum ist niemand von euch einfach hergekommen?« Wenn er genau hingehört hätte, dann wäre ihm das leichte Zittern ihrer Stimme aufgefallen.
»Susan war hier, gegen zehn. Ich wollte später vorbeikommen, aber ich hab's nicht geschafft.«

»Ist irgend jemand auf die Idee gekommen, daß ich vielleicht allein sein will?« Selbstgerecht wurde sie lauter. »Daß ich mir vielleicht einen Haufen Filme ansehen will und hinterher das Telefon ausgestöpselt habe? Ich bin seit einer Woche nicht allein gewesen oder weg von dem Ganzen! Für mich ist es doch auch schwer!«

Dieser Gegenangriff hatte Erfolg. Noah legte den Arm um sie und geleitete sie behutsam in den Hauseingang. »Du mußt einfach was sagen, weißt du. Alle machen sich doch sofort Sorgen, vor allem, nachdem das mit Ray passiert ist.«

»Und was ist mit Ray passiert? Laß uns nach oben fahren.«

»Nichts Neues. Abgesehen davon, daß Honey sagt, er sei vielleicht in Miami gesichtet worden, auf dem Flughafen. Er hat mich gefragt, ob ich was über Freunde von Ray in Miami weiß.«

»Ging's ihm gut? War er mit jemandem zusammen?«

»Es ging ihm gut, falls es wirklich Ray war, und sie konnten nicht feststellen, ob er mit jemandem zusammen war.«

»Miami!«

»Vielleicht war er's ja nicht.« Noah trat aus dem Aufzug und knöpfte die Hemdtasche auf. Während Alice aufschloß, zwirbelte er den Joint geistesabwesend zwischen den Fingern, und sie waren kaum in der Wohnung, als er ihn anzündete. Alice gab ihm einen Aschenbecher. Alice hatte Noah schon immer gern angeschaut. Er war groß und dünn, hatte dunkles, dichtes Haar und regelmäßige Züge. Vor allem der Mund war geradlinig und vollkommen geformt, wie der Mund eines Pilgervaters, der im Ruf absoluter Integrität stand. Trotzdem hatte sie nie das Gefühl gehabt, sie sei besonders eng befreundet mit ihm, wie sie es doch allen anderen Mitgliedern der Gruppe gegenüber war, sogar Rya. Noah hatte etwas Zurückhaltendes oder schlicht Langweiliges an sich. Wahrscheinlich ging es ihm mit ihr genauso. Sie hatte sich sagen lassen, er sei ein guter, sogar ein ausgezeichneter Baßgitarrist mit kräftigem Griff beim Schlagen. Als Astrologie besonders Mode geworden war, hatte Craig ihn manchmal einen »Stier im Wandschrank« genannt. Mehr als einmal hatte sich Alice gefragt, ob die Drogen seinen Verstand zerstört hatten. Er war älter als die anderen, und schon vor zwölf Jahren, mit dreiundzwanzig, hatte Noah Marihuana geraucht wie manche Leute Zigaretten.

»Möchtest du ein Glas Saft, Noah?«

Ein Samenkorn fiel aus der Spitze des Joints. »Ich mach mir keine ganz so großen Sorgen mehr um ihn. Ray kann ganz gut auf sich aufpassen.«

»Noah, du weißt, daß das nicht stimmt. Denk doch an den Typen, der ihn vor ein paar Jahren zusammengeschlagen hat und zwei Wochen später zurückgekommen ist, und Ray hat ihn doch tatsächlich hereingelassen, und der Typ hatte ein Messer und hat irgendwas mitgenommen – was war's denn, Rays Tonbandgerät?«

»Stimmt.«

»Ich mach mir eher größere Sorgen, weil sie ihn in Miami gefunden haben. Mir wär's lieber, sie hätten ihn in Toronto oder in London entdeckt. Irgendwo, wo's englisch zugeht.«

»Sie haben ihn vielleicht gesehen. *Vielleicht.*«

»Okay.«

»Willst du nicht Susan anrufen und ihr sagen, daß du putzmunter bist?«

Als sie vom Telefon zurückkam, hatte es sich Noah auf der Couch bequem gemacht und die gestiefelten Füße auf das Fensterbrett gelegt. Alice stellte ein Glas Orangensaft vor ihn hin. Im Aschenbecher lag eine lange Kippe. Während sie ihn ansah, mußte Alice unwillkürlich an Henry Mullet denken; wie er sie geküßt hatte, fünf Minuten lang, bevor er in den Zug gestiegen war. Noahs Eheleben, das Alice eigentlich immer nur komisch gefunden hatte, fing plötzlich an, sie zu interessieren. Sie stellte sich Noah vor, so angeregt vor Verlangen, wie es Henry vor nicht einmal zwölf Stunden gewesen war. Er gewann an Tiefe, wie er so auf ihrer Couch saß.

»Eigentlich sollte ich dir ja erzählen –« Das war heraus, ehe es ihr bewußt wurde, aber als Noah ihr den Kopf zuwandte, beschloß sie, nicht weiterzureden. Wenn es nun mit Henry nicht weiterging? Es gab auch später noch Gelegenheit, ihn zu erwähnen. »Du sprichst also wieder mit Susan?«

»Ich hab nie aufgehört, mit ihr zu sprechen. Das beim Essen war nichts als eine miese Show. Ich nehm ihr überhaupt nichts übel. Rya war verletzt, aber du kennst doch Rya.«

Alice nickte. »Ich hab mich gefragt, wie ihr euch fühlt.«
»Mann, es ist schwer. Keiner hat behauptet, daß es leicht wär. Und Rya hat Shellady ziemlich nahegestanden.«
Alice machte mit dem Finger einen Kreis aus Orangensaft auf dem Tisch. »Doch nicht näher als du, Noah?«
»In letzter Zeit vielleicht schon. Ich weiß es nicht. Vielleicht in letzter Zeit.« Er wirkte beklommen.
»Noah –«
Er überraschte Alice dadurch, daß er sie erwartungsvoll, fast begierig ansah. Alice begriff, daß er vielleicht die ganze Woche über mit niemandem hatte richtig sprechen können. Sie bekam Angst, und dann, mit ihrem schlechten Gefühl für den richtigen Zeitpunkt, wartete sie zu lange ab. Noah wandte sich wieder dem Fenster zu. Schließlich fragte sie: »Noah, war da was zwischen Rya und Craig?«
Er machte den Mund auf und wieder zu, schaute weiter aus dem Fenster. Alices Gedanken strömten zu Henry Mullet zurück wie eine Welle in den Ozean. »Ja!« sagte Noah.
»Das kann ich nicht glauben.«
Noah zuckte die Achseln.
»Wie lange schon?«
Noah setzte sich auf, griff nach dem Orangensaft, schaute ihn an und ließ ihn dann hinuntergluckern. »Zu lange«, sagte er.
»Hat dich das denn nicht wahnsinnig gemacht?«
»Doch.«
»Warum hast du nichts dagegen unternommen?«
»Hab ich doch. Ich hab's jedenfalls versucht.«
»Und was ist passiert?«
»Erinnerst du dich an den alten Song von Jefferson Airplane, ›Triad‹? ›Why don't we go on as three‹ – Warum nicht zu dritt weitermachen...?« Er summte ein paar Takte. Alice nickte. Er zuckte die Achseln.
»Es muß dir sehr weh getan haben.«
»Irgendwie nicht. Sie waren sehr lieb zu mir.«
»Ach, Noah.«
»Shellady hatte da eine Theorie. Er hat gesagt, daß er und Rya so eine Phase der totalen Zähmung durchmachen müßten, daß das

unvermeidlich ist, wenn man mit jemand Neuem zusammen ist.« Alice nickte in heftiger Übereinstimmung, warf einen Blick auf die Uhr und überlegte, ob Henry wohl schon in Brooklyn angekommen war. Sie schaute aus dem Fenster. Es war ein schöner Tag für Brooklyn. Sie stellte sich vor, wie er aufgeregt am Tor stehen würde. »Er hat gemeint, wenn diese Phase erst mal vorbei wäre, dann könnten wir zu dritt weitermachen, das heißt, es gäb gar keine andere Wahl, weil keiner von uns es dann noch ohne die anderen beiden aushalten könnte.«

»Hast du das geglaubt?«

»Ich hätt's ohne Rya nicht ausgehalten, das ist ganz sicher.«

»Noah, das regt mich alles ganz schön auf.«

»Und vielleicht auch nicht ohne Shellady. Ich hab daran gedacht, mir 'nen anderen Job zu suchen, vielleicht irgendwo an der Westküste. Ich hab sogar Dale Nolan angerufen. Erinnerst du dich noch an ihn? Da lief nicht viel. Und sowieso«, er machte eine Pause. »Ich hatte Angst davor, umzuziehen.« Er sagte das mit einem Gesicht voller Scham, als ob, dachte Alice, ein richtiger Mann umgezogen wäre. »Scheiße«, sagte er. »Ich hab den Kerl geliebt. Du hast den Kerl auch geliebt. Wie hätte Rya ihn nicht lieben können? Und wie hat sie es gekonnt? Deshalb bin ich hiergeblieben. Es war alles so völlig unausweichlich. Ich denke an Shellady, und er kommt mir vor wie so ein strahlendes Licht. Früher oder später muß die Motte einfach nachgeben.«

»Das ist nicht wahr! Wir haben ihn nicht umkreist! Er war nicht die Sonne!«

»Meinst du?« Noah ließ den Kopf auf die Lehne der Couch zurückfallen. Er seufzte. Alice zitterten die Hände.

7

Alice haßte ihre Art, auf Dinge zu reagieren. Immerzu verblüfft und voller Achtung brachte sie es nie über sich, irgend etwas herauszubekommen oder auch nur zu begreifen, was man herausbekommen mußte. Als Noah gegangen war, stand Alice unter der Dusche und bereute ein ums andere Mal, daß sie bei ihrem Gespräch nicht nachgefaßt hatte: »Warum hast du nichts dagegen unternommen?« und »Hab ich doch« oder »Ich hab's versucht«. (Sie war so unaufmerksam, daß sie sich nicht einmal an den genauen Wortlaut seiner Antwort erinnern konnte.) Es wäre die natürlichste Sache der Welt gewesen, ihn zu fragen: Was hast du gemacht, wann hast du das gemacht? Hätte Honey nicht Daten und Uhrzeiten festgestellt, Einzelheiten über Noahs gegenwärtige Beziehung zu Rya, Alibis für den Abend und die Nacht des 9. Mai?
Für Alice, die demokratisch Gesinnte, war Honey ein Rätsel. Sie dachte, er könne in jedem den Mörder wittern, während sie nur fähig war zu spontaner Sympathie. Er war dazu ausgebildet, ein Urteil zu fällen, während Urteile das letzte waren, worauf sie sich verstand. Sobald jemand den Mund aufmachte, begriff sie dessen Standpunkt, und es fiel ihr schwer, Standpunkte zu bewerten oder zwischen ihnen zu wählen. Sie war eine Liberale, die bei den Vorwahlen der Demokraten ihre Stimme abgab, Adressen schrieb und von Zeit zu Zeit sogar auf Stimmenfang ging, aber sie hatte allmählich den Verdacht, daß ein lebendiges Staatswesen eine Toleranz wie die ihre in weiter Verbreitung eigentlich nicht verkraften könne. Sie fragte sich, was Henry wohl tun mochte. Die Schlafzimmertür ging auf. Es war Susan, die sagte: »Juhu! Hast du mich denn nicht rufen hören?«
Alice, einen Augenblick lang gelähmt vor Überraschung, schüttelte sich und lächelte. »Ich war unter der Dusche. Diese Paranoia ist zu scheußlich! Eben erst hat mir Noah den Sauhund gemacht, weil ich gestern abend nicht erreichbar war, und jedesmal, wenn die Tür aufgeht oder sich ein Vorhang bewegt, hört mein Herz auf zu schlagen.«
»Deins!«

»Fall bloß nicht gleich in Ohnmacht!« Alice gab ihrer Freundin einen Kuß auf die Wange, und Susan setzte sich aufs Bett. »Tut mir leid, daß ich gestern abend nicht angerufen habe. Ich kam vom Einkaufen, und da gab's im Kino *Breaking Away* und *Manhattan*, und ich konnte nicht widerstehen. Ich hab dran gedacht, dich anzurufen. Es tut mir leid. Und ich hab nicht gemerkt, daß die Telefone noch ausgestöpselt waren, als ich nach Hause kam. Ich war hundemüde.«

»Was hast du gestern den Tag über gemacht?«

»Ja, also«, Alice zog sich ein Kleid über den Kopf und biß sich auf die Lippe. »Ich war in Brooklyn im Botanischen Garten.«

»Ich hab gedacht, du willst zu mir in den Laden kommen. Ich hab den ganzen Tag nach dir Ausschau gehalten.«

»Wirklich? Als du nichts mehr darüber gesagt hast, hab ich eben gedacht, du hast es vergessen, und ich hab mir vorgestellt, wieviel du zu tun hast...« Sie brach zögernd ab, aber Susan sagte nichts. »Tut mir leid.« Aber obwohl sie sich zum millionstenmal über ihre Ungeschicklichkeit ärgerte, regte sich in Alice Groll. Hätte sie diese Stunden etwa nicht mit Henry verbringen sollen? Sie kämpfte dagegen an, kämpfte gleichermaßen dagegen an, aus einem Reflex heraus zu gestehen, wo sie gewesen war, wie sie ein neues »Interessengebiet« entdeckt hatte. Es wäre ein gutes Gesprächsthema gewesen – wie er war, wie er sich anzog, was für einen Beruf er hatte, wie alt er war und wie erfahren. »Hungrig?« fragte Alice und wandte sich in Richtung Küche. »Ich bin total ausgehungert.«

»Nein«, erwiderte Susan, die Beherrschtheit in Person, und dadurch war Alices eigene Reserviertheit schlagartig ausgelöscht. Sofort hätte Alice ihrer Freundin am liebsten die Bagels, den ganzen Frischrahmkäse aufgedrängt, dazu zwei Grapefruithälften und was sie sonst noch auftrieb – ein hartgekochtes Ei, eine Banane, Zuckerplätzchen, das Glas Artischockenherzen. Susan trank eine Tasse Tee und berichtete kühl von ihrer Arbeit. Ja, sie hatte die Fenster neu dekoriert, die Kleider waren hübsch, aber die Farben trist, vor allem Khaki, und sie waren noch teurer, als die Inhaber erwartet hatten. Baumwollene Noppenpullis für hundert Dollar, dünne weiße Pumphosen für fünfundachtzig. Jeanne, die neue

Verkäuferin, war schon wieder nicht zur Arbeit erschienen, und sie hatten eine Fünfzehnjährige dabei erwischt, wie sie sich mit einem französischen T-Shirt unter der Bluse aus dem Staub machen wollte. Alice sagte: »Die Grapefruit ist sehr lecker« und »Der Frischkäse ist der beste von Zabar« und hob einladend ihr Bagel hoch.

Obwohl sie alles ablehnte, lächelte Susan und sagte: »Weißt du noch, wie ich dich damals zu Dennys Eltern mitgenommen habe?«

»Seine Mutter hat extra zum Frühstück einen Kuchen gebakken.«

»Und an einem Abend standen fünf Platten mit Hühnchen auf dem Tisch, eine auf jeder Ecke und eine in der Mitte.«

»Und die Saucenschüssel war eine große Rührschüssel.«

»Und es gab zwei Riesenschüsseln mit Kartoffelbrei.«

»Darüber brauchst du mir nichts zu erzählen«, rief Alice. »Ich hab die Kartoffeln persönlich zu Brei gestampft.«

»Mrs. Minehart hat nie das betrieben, was man Cuisine nennen würde, aber ein ganzer Schrank war für Süßigkeiten und Gebäck reserviert. Glaubst du, daß ihn das verdorben hat?«

»Wen?«

»Denny.«

»Wieso hätte ihn das verderben sollen?«

Susan stieß sich im Stuhl zurück. »Alles hat so viel Spaß gemacht. Spaß und kein Ende. Ich glaub nicht, daß ich je alles gehört habe, was sie gemacht haben, diese Kinder. Ein Jahr lang hat Denny nach der Schule als Wurststopfer gejobbt. Anderthalb Stunden pro Tag hat er nach der Schule mit einem Handstopfer Würste gestopft, und jeden Freitag hat er einen großen Wurstring fürs Abendessen mit nach Hause gebracht. So ein prächtiger kleiner Brotverdiener war er! Und im Sommer hat er geangelt und Barsche und so zum Essen nach Hause gebracht. Er war sehr stolz darauf. Ich hab ihn all die vielen Jahre gekannt, und doch fielen ihm immer wieder Geschichten ein über das, was er als Kind so alles zustande gebracht hat. Er hat sie auch gut erzählt. Ich hab oft gedacht, daß ich alles bloß schlimmer gemacht habe, denn bevor er mich kennengelernt hat, da hat er seine Kindheit irgendwie akzeptiert, aber für mich war das alles so erstaunlich und aufregend, daß er sie nach einer Weile selbst als etwas Ungewöhnliches gesehen hat, als eine Art Goldenes Zeitalter. Er war später viel begeisterter darüber als am Anfang unserer Beziehung.«

»Es war doch auch interessant. Du hast für deine Reaktion nichts gekonnt. Und du hättest doch auch gar nicht anders reagieren wollen, oder? Man muß doch einfach man selber sein.«

»Aber was ist, wenn man mit dem eigenen Ich dem anderen schadet? Die Menschen haben so etwas Eigenes an sich, als wären sie auf etwas Bestimmtes festgelegt. Aber es ist doch offensichtlich oft so, wenn sie einen mit ihrer Art zum Wahnsinn treiben, daß man sie selber erst dazu gebracht hat, sich gerade so zu verhalten.«

»Aber wenn du versuchen würdest, den ganzen Tag lang diesen Wirrwarr zu entflechten, dann würdest du verrückt, und was noch schlimmer wäre: Alles, was du tätest, wäre falsch und voller Hemmungen.«

Nach einem Augenblick sagte Susan: »Ich glaube nicht, daß Denny das Leben seitdem je wieder so interessant gefunden hat wie vorher.«

»Seit wann? Und wann vorher?«

»Seit wir zusammen waren.«

»Ach, Unsinn.« Alice stand auf und fing energisch mit dem Abräumen an, um damit auszudrücken, daß sie mit dieser Unterstellung nicht einverstanden war.

»Ich mache mir keine Vorwürfe. Ich weiß, daß du es nicht leiden kannst, wenn ich mir Vorwürfe mache. Das ist eh bloß eine bequeme Ausrede. Ich nehm an, daß ich bloß damit sagen will, daß ich jedenfalls, wenn ich so eine Kindheit gehabt hätte, danach alles nur noch für einen blassen Abklatsch gehalten hätte.«

»Noah war heute morgen eine Dreiviertelstunde lang hier. Mir ist klargeworden, daß ich zum erstenmal richtig mit ihm geredet habe. Ist das nicht seltsam? Wir kennen uns jetzt seit zwölf –«

»Ich glaube, daß Denny eine traumhafte Kindheit hatte, die letzte Kindheit wie Tom Sawyer in der amerikanischen Geschichte.«

»Laß uns nach draußen gehen. Es ist wieder ein schöner Tag.«

»Warum willst du unbedingt das Thema wechseln?«

»Du klingst so, als ob du redest, weil du Depressionen hast –«

Susan schüttelte den Kopf. »Meine liebe Alice, du verblüffst mich. Wie sollte ich denn reden? Nach was sollte ich denn klingen? Wie sollte ich denn das alles sehen? Du wartest immer nur ab, bis du was Gutes über irgendwen oder irgendwas denken kannst, und dann etikettierst du das als die Wahrheit.«
Gleichermaßen getroffen von der Richtigkeit dieser Bemerkung wie von der Tatsache, daß Susan sie beobachtete und Folgerungen daraus zog, gab Alice keine Antwort. Sie dachte an Henry Mullet. Sie hatte in der letzten Nacht nicht viel geschlafen. Tränen brannten unter ihren Lidern. Susan fuhr fort: »Was hat Denny in den letzten fünf Jahren schon gehabt? Einen Beruf ohne Zukunft, eine Mietwohnung, ein paar hübsche Klamotten. Toll.«
»Einen Beruf, von dem er begeistert war, eine Frau, die er geliebt hat, eine Wohnung in New York City und Geld zum Ausgeben, wie er lustig war.«
»Das sagst du.«
»Das hat *er* gesagt. Und ich glaube nicht, daß er keine Zukunft in seinem Beruf gehabt hat. Er hat sich so viel erhofft.«
Susan zog eine Grimasse. »Weißt du, daß sein Vater ihn im Winter dazu gezwungen hat, ohne Handschuhe auf der Farm zu arbeiten, weil er nicht wollte, daß sein ältester Sohn je Gefallen an der Farmarbeit findet? Er wollte, daß Denny Arzt wird oder Anwalt oder Collegeprofessor. Denny hat das seinem Vater nie übelgenommen. Er hat nie jemandem etwas übelgenommen. Nicht einmal Craig.«
Ohne es zu wollen, rief Alice aus: »Er brauchte Craig ja auch gar nichts übelzunehmen. Das hast du für ihn getan!«
Susan zuckte die Achseln, griff in ihre Tasche und holte ein Päckchen Zigaretten heraus.
»Ich hab gar nicht gewußt, daß du wieder rauchst.«
Susan gab keine Antwort.
»Rauch doch nicht! Iß! Ich kauf dir zehn Pfund Schokolade. Du warst einfach unmenschlich, als du dir das Rauchen abgewöhnt hast.«
»Weißt du, in Minneapolis hab ich leidenschaftlich gern geraucht. Ich bin so gern mit Denny zu den Auftritten gegangen, hab an einem Tisch nah an der Bühne gesessen, ihm zugeschaut, Bier ge-

trunken und geraucht. Ich hab mir ein Päckchen Camel gekauft und ein Streichholzbriefchen und hab beides direkt vor mich auf den Tisch gelegt wie eine Zeitschrift oder so was. Freunde sind vorbeigekommen, haben sich an den Tisch gesetzt und sind wieder gegangen, Denny und Craig haben sich zwischen den Auftritten zu mir gesetzt, die Kellnerin hat mir dauernd nachgeschenkt, und ich saß da, bewunderte Denny und *rauchte*. Das war meine Hauptaktivität. Ich hab mich sicher gefühlt in der Gewißheit, daß Denny sein Geld kriegen, zusammenpacken, mich nach Hause bringen und vögeln würde, bis ich nicht mehr denken konnte. Ein Päckchen Zigaretten in der Hand, das war wirklich was Volles und Gewichtiges.«

»Du warst so fest entschlossen, es dir abzugewöhnen.«

»Warum sind wir denn nach Chicago gezogen? Und warum sind wir nach New York gezogen? Die Zeit war uns auf den Fersen. Jedesmal, wenn eine neue Gruppe mit einem großen Hit herauskam, hat Craig sich das Durchschnittsalter der Gruppe ausgerechnet.«

»Wir sind erwachsen geworden.«

Susan lächelte. »So weit würde ich nicht gehen. Wir haben alle keine Kinder.«

»Kannst du dir das vorstellen?« Alice wollte damit sagen: Kannst du dir etwa vorstellen, einem Fünfjährigen *davon* zu erzählen? »Niemand hat sich das je vorstellen können. Hältst du das nicht für merkwürdig?«

»Was?«

»Du und Jim, ihr wart fast fünf Jahre verheiratet. Wieso habt ihr keine Kinder bekommen? Oder nicht mal daran gedacht, soweit ich weiß.«

»Kinder in New York –«

»Ach, hör auf. New York ist voll von Kindern.«

»Ja, aber denk doch dran, was für ein scheußliches Leben sie führen. Mom muß überall mit dir hingehen, bis du ungefähr fünfzehn bist. Du bist immer drinnen, was bedeutet, hinter drei abgeschlossenen Sperriegeln, und wenn du draußen bist, bedeutet das, du bist mit fünfhundert anderen Kindern in einem staubigen Park. Keine Rede davon, durchs Haus zu tollen, den Kühlschrank offenzulassen und die Fliegentür hinter sich zuzuschlagen, wie wir das konnten. Wenn wir anderswo gelebt hätten, dann, glaub ich, hätten wir –«

»Wirklich?«

»Ich weiß es nicht. Ich hab nie darüber nachgedacht.«

»Mit siebenundzwanzig hast du nie darüber nachgedacht?«

»Was wäre denn noch für Kinder übriggeblieben? Immer nur Jim, Jim, Jim. Kannst du dir vorstellen, daß er Kindern zuliebe sein Leben geändert hätte? Daß er um sechs Uhr morgens aufgestanden wäre? Daß er zum Abendessen mit Hot dogs zufrieden gewesen wäre? Einmal, als wir seine Eltern besucht haben, kam seine Cousine mit ihrem Baby vorbei, und irgendwie ist das Kind auf Jims Schoß gekrabbelt. Er hat es überhaupt nicht festgehalten, und es ist ziemlich schnell ins Rutschen gekommen. Schließlich ist Jims Mutter aufgesprungen und hat das Kind aufgefangen, sonst wäre es heruntergefallen. Ich meine, er hatte gar nichts Böses im Sinn, er hat das Kind bloß gar nicht erst zur Kenntnis genommen!«

»Und du? Hast du denn nie Lust auf ein Baby gehabt?«

»Ich hatte Lust auf Jim! Was war da noch übrig, für Lust auf ein Kind?«

»Kommt dir das alles nicht reichlich seltsam vor? Unsere Lebensmuster haben sich vor zwölf Jahren geformt! Und nicht einmal *jetzt* hat sich etwas Grundsätzliches daran geändert!«

»Wir waren glücklich!«

Susans Augenbrauen gingen nach oben.

»Wenigstens waren wir immer auf dem Weg zum Glück. Ich hab immer geglaubt, daß sich irgendwann alles zwischen Jim und mir einrenken würde. Wenn er in der Nähe war, hatte ich jeden Augenblick das Gefühl, daß ich mich etwas Gefährlichem aussetze oder der Lächerlichkeit, aber ich hab gewußt, daß das vorbeigehen und dann alles anders werden würde.«

»Ja, und ich hab immer geglaubt, daß Craig eines Tages weggehen oder wenigstens lernen würde, ein eigenes Leben zu führen, und daß dann alles anders werden würde. Laß uns doch etwas unternehmen. Hast du die Herumhängerei denn nicht auch satt?«

Und irgend etwas an der Art, wie sie die Teetasse auf die Untertasse stellte und die Lider hob, rief Alice ins Gedächtnis, daß sie mit Susan zusammen war. Mit Susan! Niemand sonst war wie Susan, niemand dachte über die Dinge nach, wie Susan das tat. Etwas an ihrem Verstand war einzigartig, anziehend, aber undefinierbar und unzugänglich. Immer wieder hatte Alice das Gefühl, ihre Freundin habe etwas Unerreichbares, sogar Unbegreifliches an sich. Es war ihr schon wiederholte Male mißlungen, es auf einen Nenner zu bringen: Weiblichkeit, Reserviertheit, Integrität, sogar Selbstsucht, Selbständigkeit, Sicherheit, aber es war etwas Größeres, Geheimnisvolleres als alle diese Begriffe, und es war etwas, das Alice liebend gern selbst besessen hätte. Was für eine Gabe, was für ein Kunststück, unausgesetzt Neugier zu erregen. Alice legte liebevoll den Arm um Susans Taille und sagte: »Gehen wir doch zur Freiheitsstatue. Dort waren wir noch kein einziges Mal.«

Wie sich dann herausstellte, kamen sie nicht weiter als bis zum Stadtzentrum, wo sie einen Schaufensterbummel machten. Sie fingen beim Kaufhaus Bergdorf an und bummelten die Fifth Avenue hinunter, in die Auslagen vertieft. Hochhackige Sandaletten aus einer Art Krokodilleder mit einer winzigen goldenen Schnalle am schmalen Riemen, um Knöchel und Sehnen schmaler Fesseln zu betonen. Pralinés in Form von Blumen, die aus goldenen Schachteln quollen. Tischtücher, übersät mit aufgestickten Veilchen und applizierten Rosen. Baumwollshorts mit Aufschlag und adrette Röcke mit lebensecht aufgemalten Palmblättern, Tigerköpfen und Affengesichtern. Gebundene Bücher mit Schutzumschlägen, deren Motive so verrückt und ausgeflippt waren wie die Abbildungen auf Plattenhüllen. Enge weiße Röcke, hinten oder vorn hoch geschlitzt. »Ich glaub, wir sind nicht mehr auf dem laufenden«, sagte Susan lachend. In den glitzernden, sauberen Scheiben musterten sie ihr Haar und ihre Gesichter.

»Ich bin komplett neu eingekleidet ins College gekommen«, sagte Alice. »Sechs brave Wollkleider mit kurzen Ärmeln, eins davon lila mit grünen Querstreifen –«

»An das kann ich mich noch erinnern.«

»Zwei Paar Wollhosen mit weiten Hüften, eine golden, eine rot, weiß und blau kariert, mit diesen komischen Gürteln, die unten länger waren als oben –«

»Igitt.«
»Moment, das mußt du hören: dazu ein ärmelloser Wollpullover, auch golden, mit einer Wollstickerei in Grün und Blau auf der Brust. Ärmellos! Hüftlang –«
»So lang, daß der Gürtel verdeckt war.«
»Meterweise Perlen.«
»Ich hatte eine Kette aus Apfelkernen. Ich konnte sie sechsmal um den Hals wickeln und bekam sie immer noch über den Kopf. Ich hab die Apfelkerne für die herrlichsten Juwelen gehalten, die ich je gesehen hatte.«
»Um die habe ich dich glühend beneidet. Du hattest ganz entschieden mehr Stil als wir anderen.«
»Meine Lieblingsphase war die mit den indischen Baumwollfummeln. Wadenlang.«
»Strumpfhosen und Dr. Scholls Gesundheitssandalen.«
»Riesengroße Wollpullover.«
»In denen das Lanolin noch drin war, möglichst mit Stroh und Schafscheiße dran, zum Beweis, daß es wirklich Wolle war. Und Haare bis zum Saum des Pullovers.«
»Dein Haar war wunderbar lang.«
»Im Winter Seemannsjacken, unter denen der Pullover heraushing.«
»Das war eine gute Zeit für dich.« Alice lächelte beim Gedanken an Susans wie mit dem Bleistift gezogenen Mittelscheitel, an das weich über die Ohren gebürstete, hinten einmal verschlungene Haar, von einer einzigen Silberspange festgehalten. Oder im Nakken zu einem Zopf geflochten, der drei Finger dick war.
»Deine beste Zeit war die mit den Vierziger-Jahre-Kleidern aus den Trödelläden.«
»Mmm.« Alice nickte. »Ich hab immer noch den finsteren Verdacht, daß diese Kleider die ausgeflipptesten überhaupt sind und daß sie die Gezeiten der Mode überdauern werden, weil sie der Figur so schmeicheln.«
»Träum nur weiter.«
»Irre.« Alice hakte sich bei Susan ein und trat mit ihr über den Randstein der Vierundfünfzigsten Straße. Einen Augenblick später blieben sie vor einer Auslage stehen, in der glitzernde Einmach-

gläser mit Obst standen: Pfirsiche, Ananas, Kirschen, aber auch Kiwis, Mangofrüchte in den Farben des Sonnenuntergangs und limonenfarbene Quitten. Dahinter waren Kuchen aufgebaut, vor allem verschiedene Sorten von Schokoladenkuchen. Ein Schild in der Auslage pries fünfzehn verschiedene Kaffeesorten an. »Karottenkuchen ist auch aus der Mode«, sagte Susan mit einem spöttischen Seufzer.

»Gott sei Dank. Und Kleiefladen mit Honig und Rosinen.«

»Und Kräutertee zur mystischen Morgenerleuchtung.«

»Ich fand die Kleider himmlisch, aber das Essen gräßlich.«

»Schwarze Bohnen mit Reis, grüne Bohnen mit Reis, dicke Bohnen mit Reis.«

»Das Wasser nicht zu vergessen. Wenn man die Bohnen und den Reis aufgegessen hatte, schwamm unten in der Schüssel noch jede Menge Wasser. Brühe konnte man es wirklich nicht nennen.«

»Lecker, lecker.«

Inzwischen lachten sie. Die wenigen Passanten lächelten bei ihrem Anblick. Alice war erstaunt darüber, daß Dinge – sogar Dinge, die sie sich nicht leisten konnte oder gar nicht haben wollte – die Macht hatten, sie so gründlich aufzuheitern. »Was war denn damals deine Lieblingsspinnerei?«

»Oh, ganz eindeutig eine Naturkommune mit Radiosender. Kannst du dich nicht mehr daran erinnern? Ich glaube, es war zunächst Rays Idee, aber er und Denny und Craig haben ungefähr ein Jahr lang darüber geredet. Craig wollte eine Sendelizenz erwerben. Ein Gemüsebeet neben jedem Zelt, Hühner, Kühe, Petroleumlampen, bis wir uns einen Generator leisten konnten, alle Autos am Rand des Grundstücks abgestellt. Ich hatte den Plan, wie wir uns mit Pferden fortbewegen würden, schon fix und fertig. Und Ziegen wollten wir halten. Craig hatte in Kalifornien Leute kennengelernt, die in einem Tipi wohnten und Ziegen hielten, und um ein Haar hätte er uns eine Ziege nach New York schicken lassen.«

»Ja, das war toll. Und Jim hat sich eingebildet, er könnte ein völlig natürliches Schlafsystem einführen. Er wollte immer dann schlafen, wenn es dunkel war. Er hat geglaubt, daß man den Schlaf im Winter speichern kann, und weil sich das alles das Jahr über ausgleicht, ist man dann putzmunter und kerngesund. Wir wollten auf Strohmatten schlafen und vor dem Frühstück eine Stunde lang Yoga machen, und zum Frühstück hätte es natürlich nur Obst gegeben.«

»Das wollten wir auch«, sagte Susan. »Sie müssen darüber gesprochen haben.«

»Es war ein herrliches Hirngespinst. Aber trotzdem nicht meine Lieblingsidee.«

»Sondern?«

»Auf dem Landweg nach Nepal.«

»Dafür habt ihr doch sogar gespart, oder?«

»Zwei-, dreitausend Dollar.«

»Das war damals eine Menge Geld.«

»Wir konnten uns nicht schlüssig werden, ob per Landrover oder auf Eseln. Jim meinte, wenn man schon so was macht, dann muß man auch bis zum Äußersten gehen, sonst wäre es keine echte Erfahrung. Er hat immer gesagt, wenn man daran denkt, mit dem Esel zu reisen oder nur Obst zum Frühstück zu essen, dann hat man die moralische Verpflichtung, das auch zu tun, weil Kompromisse die Seele zerstören.«

»Warum habt ihr es dann nicht gemacht?«

»Ein paar Leute sind damals in Afghanistan überfallen worden. Ihr Esel hieß Willy, kurz für Willimakit – will he make it? –, weil Willy es schon schaffen würde. Einer ist dabei umgekommen. Aber im Grunde glaube ich, daß wir eben einfach nicht den Absprung geschafft haben, genau wie wir nie mit der Kommune angefangen haben.« Sie gingen ein paar Minuten lang schweigend weiter, und eine Welle der Trauer spülte gegen Alice an und verebbte wieder. Als sie wieder gelassen sprechen konnte, sagte sie: »Honey schien es zu überraschen, daß wir alle zusammen hierhergezogen sind. Ich nehme an, daß es ihm nie in den Sinn gekommen ist, mit seinen besten Kumpels so eine Kommune aufzumachen.«

»Dazu ist er kaum der Typ.«

»Sag ehrlich, hast du es damals nicht herrlich gefunden? Freundschaft war doch damals etwas so immens Riesiges, daß es einem vorkam, man könnte es überhaupt nie aufbrauchen oder abnützen. Immer war jemand da, mit dem man reden konnte, immer jemand, der interessant war, immer jemand, der deinen Partner mit anderen Augen sah, wenn der gerade schlechte Laune hatte.« »Immer jemand, bei dem man essen konnte, ohne vorher zu fragen, immer jemand, von dem man Platten und Bücher schnorren konnte.«

»Und die Kleider anziehen.«

»Und bei dem man sich ins Bett hauen konnte.«

»Und wo man sich keine Sorgen machen brauchte, ob man jemanden anfassen darf. Oder nicht anfaßt. Fehlt dir das nicht?«

Susan blieb stehen und sah sie nachdenklich an. »Nein, jetzt nicht. Es hat Spaß gemacht.« Sie ging weiter. »Alle wirkten damals so einzigartig und interessant. Ich glaube nicht, daß das jetzt noch stimmt.«

»Und vertraut. Besonders, interessant und vertraut. Ich hab immer geglaubt, daß es in einer großen Familie so sein muß, bloß daß man in einer großen Familie mit kleinen Brüdern und Schwestern oder Babys oder mit langweiligen Tanten behaftet ist, mit denen man respektvoll umgehen muß.«

»Ich glaube nicht, daß meine Mutter je ein Essen für sechs Leute gegeben hat, die sie wirklich leiden konnte. Ob das Verwandte waren oder Geschäftspartner meines Vaters oder Nachbarn oder was für Leute auch immer – nie sind sechs Leute zusammengekommen, die sie alle mochte, die mein Vater mochte und die sich auch untereinander mochten. Ich weiß noch, wie ich an unsere improvisierten Essen gedacht habe und mir sehr überlegen vorgekommen bin.«

»Ich hab gedacht, das würde nie zu Ende gehen. Ich hab geglaubt, ich müßte nie wieder mit jemandem essen, den ich nicht in- und auswendig kenne.« Alice lachte.

Susan hob wieder die Brauen. »Haben wir uns wirklich in- und auswendig gekannt? Ich hab einmal versucht, alles aufzuschreiben, was ich über Denny wußte, über seine Vorzüge und seine körperlichen Besonderheiten. Ich hab nicht viel mehr zustande gebracht als eine Personenbeschreibung, und auch die war ziemlich allgemein gehalten.«

Einundfünfzigste Straße. Sie gingen hinüber zur Ostseite der Fifth Avenue, damit sie an den Schaufenstern von Saks vorbeikamen.

Alice wurde mit einem kleinen Schrecken bewußt, daß sie seit vielleicht einer halben Stunde nicht an Henry Mullet gedacht hatte. Der Gedanke an ihn hatte jetzt etwas Ungewohntes, Fremdartiges. Einen Augenblick lang sogar eine Spur von Peinlichkeit. Sie hatte zu ihm gesagt, sie werde den Tag dazu verwenden, wieder zu Verstand zu kommen. Vielleicht war es ja wirklich so. Susan wies jetzt auf ein traumhaftes weißes Sommerkleid mit Biesen und Rüschen und Spitzeneinsätzen, aber Alices Aufmerksamkeit wanderte von dem Kleid zu Susan. Unbeweglich stand Alice vor ihr da, in absoluter Liebe und Vertrautheit. Plötzlich überkam sie die Erkenntnis oder das Gefühl der Erkenntnis, von nun ab könne kein Mann je mehr bewerkstelligen, als höchstens ihr Leben zu küssen oder ihre Phantasie, kein Mann würde je fertig werden mit all der Erfahrung, die sie inzwischen aufgehäuft hatte. Die Mühe, alles und jedes zu erklären – nicht einfach bloß Anekdoten zu erzählen, was ja eigentlich Spaß machte, sondern Gedankengänge aufzurollen, die sich über Jahre hinzogen, fest eingewurzelte Gewohnheiten der Wahrnehmung, die Mühe, sich zu rechtfertigen für eingefleischte Ansichten (allein der Gedanke an ein solches Gespräch langweilte sie) –, all das kam ihr so schwer und undankbar vor, wie Steine über ein steiniges Feld zu tragen. Waren nicht Ehen, die in reiferen Jahren geschlossen wurden, immer flacher als die anderen, verliefen eher parallel, als daß sich die Beteiligten einander annäherten? Und wäre nicht allein Susans Gegenwart schon eine Gewähr für diese Art von Flachheit, für einen Mangel an Konzentration auf den Mann, wodurch eine richtige Ehe vielleicht gar nicht erst möglich war? Kein Mann würde je mit so viel Recht über sie verfügen können wie Susan. Sie konnte es sich zumindest nicht vorstellen. Aber sie konnte sich trotzdem vorstellen, wie Henry sie küßte. Sie konnte vor dem inneren Auge sehen, wie sein Blick von ihren Augen zu ihren vom Mond beleuchteten Brüsten wanderte, und sie spürte sofort wieder, wie sie angesichts seines offensichtlichen Begehrens überschwemmt worden war von Verlangen und Erwartung. Sie schloß die Augen. Susan sagte: »Ich weiß nicht mal, ob mir der Rock und die Bluse besser gefallen als das Kleid, aber wenn Saks offen wäre, das weiß ich, dann würde ich hineingehen

und eine Monatsmiete für das eine oder andere ausgeben«, und beim Klang ihrer Stimme verwandelte sich Alices Erinnerung an den eigenen Körper in ein Bild von Susans Körper. Es war, als hätte sie sich schon früher Gedanken darüber gemacht, aber wirklich vorgestellt hatte sie es sich offensichtlich noch nie: Susans ausgeprägtes Kinn, ihr zurückgebeugter Kopf; wie sie Hals und Schultern entblößte, wie dann die Brüste anschwollen, die Alice plötzlich küssen, an denen sie sich festsaugen wollte. Susans Bauch, der noch nie ganz flach gewesen war, würde ihren Nabel umbranden wie Wasser zwischen den Gestaden der Hüften. Alice stellte sich vor, wie ihre Hand mittrieb. Und dann ihre Zunge –
»Schau dir das hier an«, sagte Susan, und Alice riß die Augen auf. Der Tagtraum war so überraschend gekommen und so vollkommen gewesen, daß er ihr kaum peinlich war, weil sie nicht das Gefühl hatte, sie habe ihn heraufbeschworen, sondern er habe sich nach langem Warten automatisch eingestellt. Vielleicht war der Mord daran schuld oder ihre Erregung durch Henry Mullet oder das Durcheinander der letzten Woche. Wichtiger war, daß er ihr als etwas Gutes erschien, als Ausdruck der Tiefe ihrer Freundschaft. »Hinreißend«, sagte sie. »Ich bin am Verhungern. Komm, wir schauen nach einem Lokal.«

Auf den Eingangsstufen zu Susans Apartmenthaus wartete Honey auf sie. »Schöner Abend«, sagte er, und das stimmte: Die Luft war so trocken, daß der Sonnenuntergang und das Schwinden des Lichts ganz ungetrübt und mild vor sich gingen, dunkler werdendes Blau, ungetrübt von Rosa, Orange oder Violett. »Ich hab gehofft, Sie hier anzutreffen.« Er ließ den Satz leicht ansteigen, damit sie Gelegenheit hatten, ihm auf elegante Weise mitzuteilen, wo sie gewesen waren. Wie üblich gab Alice Auskunft. »Wir waren im Zentrum, bloß zu einem Schaufensterbummel. Wir haben gegessen.« Sie brachte es nicht fertig, innezuhalten, und fügte hinzu: »Im New Japan, in der Sixth Avenue.« Jetzt hielt sie inne.
»Ich brauche ein paar Informationen«, sagte Honey.
»Kommen Sie doch mit nach oben«, sagte Susan, höflich, aber reserviert, als werde sie ihm zwar erlauben, sich zu setzen, ihm aber nichts anbieten.

»Es wird nicht lange dauern«, sagte er. Obwohl es ein Sonntag im Mai war, trug er die Krawatte ordentlich gebunden und die Jacke zugeknöpft. Susan schloß die Wohnungstür auf und ging voraus. Honey sah sich um. Alice merkte, daß er gar nicht anders konnte. Auch sie sah sich um. Er fragte: »Was wissen Sie über einen Mann namens Daniel oder David Brick?«

Alice sah Susan an, die so ahnungslos wirkte, wie Alice sich selbst vorkam. Susan zuckte die Achseln. »Nie von ihm gehört.«

»Groß, extrem mager, dunkles Zottelhaar, gelegentlich Ziegenbart, Tätowierungen auf« – er zog das Notizbuch zu Rate – »linkem Unterarm, Schmetterling, linkem Oberarm, Schlange, und rechter Hand, Musiknoten.«

Susan dachte einen Augenblick lang nach, den Blick quer durchs Zimmer auf die großen Vorderfenster gerichtet. Alice dachte ebenfalls nach, aber nur der Form halber. »Immer noch nichts«, sagte Susan.

Honey sah Alice an, die den Kopf schüttelte und dann erst wahrnahm, daß alle Pflanzen fort waren. Sie sah sich noch einmal um. Die einsachtzig hohe Fingeraralie, die riesigen Spinnenpflanzen in den Hängetöpfen, die Aloen, die Tränenden Herzen, die verschiedenen Efeuarten, die sich wie Vorhänge um die beiden Fenster drapiert hatten. Der Avocadobaum, die großen, die kleinen Pflanzen, die Ableger, die Bäume, alles fort. Honey las aus seinem Notizbuch vor: »Dave oder Dan Brick ist im Musikleben der City eine bekannte Persönlichkeit. Hat sich seit ungefähr sieben Jahren häufig in Musikkneipen aufgehalten, vor allen in solchen mit Popmusik. Beschäftigung nicht nachweisbar, Wohnsitz unbekannt, Alter zwischen dreißig und fünfunddreißig.« Er schaute zu ihnen auf. Sie schüttelten den Kopf. »Hat manchmal Gitarre bei sich und bezeichnet sich als Rockgitarristen, gehört aber keiner Band in der City an. Polizeiakte: 1967 in einer Drogensache verurteilt, ein Jahr Haft im Staatsgefängnis von Danbury, wegen guter Führung auf Bewährung entlassen. 1972 wegen Scheckbetrugs verhaftet, Antrag auf Strafmilderung, Geldstrafe. 1974, 1978 wegen Drogensachen festgenommen, aus Mangel an Beweisen auf freien Fuß gesetzt. Polizeibekannt wegen Waffenbesitzes trotz Vorstrafe. Haben Mr. Minehart oder Mr. Shellady je über so jemanden gesprochen, der sich an ihre Clique herangemacht und möglicherweise auch mal Besorgungen für sie erledigt hat?«

»Die beiden haben haufenweise Leute getroffen«, sagte Susan.

»Okay. Mal sehn«, fuhr Honey fort. »Eine Zeitlang liiert mit einer Sängerin namens Nina Slager, auch Nina Starlette.«

»Nina Starlette kommt mir bekannt vor«, warf Alice ein. »Ist das nicht so ein Patti-Smith-Verschnitt?«

»Es ist möglich, daß Denny und Craig mal in einer Veranstaltung aufgetreten sind, bei der sie auch gesungen hat, bei einem Festival oder so, aber Craig hat diese Art von Musik gehaßt. Er hätte kein Wort mit ihr gewechselt, und bestimmt hätte er mit ihrem Freund nichts zu tun haben wollen.«

»Ist es möglich, daß Mr. Reschley Miss Slager oder Mr. Brick gekannt hat?«

»Ray hat für viele Leute gearbeitet«, sagte Alice. »Vor ein paar Jahren hat er sich manchmal von Gruppen engagieren lassen, die Vorführaufnahmen machen wollten. Er hat die Mischung und die Produktion übernommen. Als etliche von diesen Gruppen unter Vertrag genommen wurden, bekam Ray einen guten Ruf bei den Schallplattenfirmen. Er war kein Snob wie Craig. Gut möglich, daß er für Nina Starlette gearbeitet hat, aber uns gegenüber hat er nie von ihr gesprochen. Falls er was für sie gearbeitet hat, kann es kein großer Erfolg für ihn gewesen sein.«

»Und Mr. Mast?«

Susan lachte. »Beim bloßen Anblick von jemand wie Nina Starlette wäre Noah in die entgegengesetzte Richtung gerannt. Noah hat was von einem Jungen vom Land an sich.«

»Mrs. Mast?«

»Rya war eine Zeitlang Sekretärin bei NBC. Sie hätte jeden aus der Branche kennenlernen können, aber von Nina Starlette oder diesem Mann da hat sie nie was erwähnt.«

Während Susan sprach, versuchte Alice sich darüber klarzuwerden, wie es eigentlich ohne die Pflanzen hier aussah. Susan hatte immer Pflanzen gehabt, sogar im Collegeheim. In den vier Jahren dort hatte Susans von der Universität gestellter Schreibtisch keine Schreibmaschine gekannt, sondern war ans Fenster geschoben und mit Grünzeug beladen worden. Sogar die Schubladen hatte Susan

herausgezogen und umgedreht, damit noch mehr Pflanzen Platz hatten. Und trotzdem wirkte die Wohnung jetzt nicht kahl, sondern genaugenommen... Honey unterbrach sie in ihrem Gedankengang. »Sie glauben also, daß zwischen Ihnen und David oder Daniel Brick keinerlei Möglichkeit einer Verbindung existiert?«
Susan schüttelte den Kopf, genau wie Alice.
Honey seufzte tief. Er sagte: »Brick ist gestern nacht wegen Glücksspiel verhaftet worden. Weil bekannt war, daß er sich im Rock-and-Roll-Milieu herumtrieb, war ich so frei, mir den Inhalt seiner Taschen anzusehen. An seinem Schlüsselring waren die Schlüssel zu Ihrer Wohnung.«
Alice spürte, wie sie unter dem Schock vibrierte. Susan war blaß geworden. »Jemand, von dem ich noch nie was gehört habe? Ein Vorbestrafter?«
»Ich fürchte ja. Wenn Sie wollen, können Sie aufs Revier kommen und einen Blick auf ihn werfen, nur um zu sehen, ob Sie ihn möglicherweise doch wiedererkennen. Übrigens, Mrs. Ellis, haben Sie die Schlösser zu Ihrer Wohnung auswechseln lassen?«
Alice schrak zusammen. »Sollte ich das tun?«
»Es wäre wohl das klügste.«
»Aber –«
Susan unterbrach sie. »Ist es nötig, daß er mich sieht?«
»Er wird gar nichts sehen, nicht mal wissen, daß ihn jemand anschaut. Sie könnten morgen früh kommen; bevor Sie zur Arbeit gehen, wäre ein günstiger Zeitpunkt.« Honey schlug das Notizbuch zu und bot Alice an, sie in ein Taxi zu setzen, falls sie nach Hause wolle. Durchs Fenster sah sie, daß es schon fast dunkel war. Alice umarmte Susan und gab ihr einen Gutenachtkuß. Auf der Straße hatte Honey wie mit Zauberhand innerhalb einer Minute ein Taxi für sie, und wie mit Zauberhand war er verschwunden, bevor sie auch nur daran dachte, ihn danach zu fragen, warum sie ihre Schlösser auswechseln lassen solle.

Als sie aufschloß, mußte sie unwillkürlich daran denken, wie grotesk es wäre, wenn man wüßte, daß ein Fremder die Schlüssel hatte, sie seit Monaten hatte, während man in all den Nächten selbstzufrieden hinter sich abgeschlossen hatte und voller Vertrauen zu Bett gegangen war. Ihre Wohnung war angenehm unordentlich, hatte gerade so viel lässiges Aufräumen nötig, wie es ihr Spaß machen würde, während sie zwischendurch Tee trank, ein Bad nahm, über Henry Mullet nachdachte oder das Gefühl ihrer besonderen Verbundenheit mit Susan genoß. Zu den unverhofften Folgeerscheinungen des Mordes gehörte eine neue Vertrautheit zwischen ihnen, anders als zuvor. Teilweise kam es daher, daß sie einfach mehr Zeit miteinander verbrachten, einmal, weil sie mußten – packen, saubermachen, Formalitäten erledigen –, aber auch freiwillig, zu Zeiten, da Alice mehr als froh darüber war, mit ihrer Anwesenheit, ihrem warmen, vertrauten Körper im Raum, irgendwie helfen zu können. Früher war Denny jener Körper gewesen. Zum anderen kam es daher, daß sich ihre Gespräche miteinander belebt hatten, wie Alice sich eingestand, durch die neuen Themen voller Dringlichkeit. Die abendlichen Unterhaltungen hatten etwas Faszinierendes, dem Alice kaum hätte widerstehen können, ähnlich wie damals vor zwei Jahren, aber nicht so erniedrigend. Worüber hatten sie in der Zwischenzeit gesprochen? Über Bücher? Filme? Freunde? Das Essen? Alice konnte sich kaum erinnern. Jetzt sprachen sie über ihr ganzes Leben, und es kam ihr vor, als wären sie auf der Suche nach etwas, nach einem Stück Wahrheit über die Lösung des Mordfalles hinaus, eine Lebenserkenntnis, wie man sie nur haben konnte, wenn man etwas so Rigoroses wie einen Mord begriff. Diese Wißbegierde verlieh jedem Wort, das sie wechselten, Gewicht. Alice spürte, daß man auch danach süchtig werden konnte. Außerdem brauchte Susan sie. Darin lag die größte Suchtgefahr. Zum erstenmal in den fast zwölf Jahren ihrer Freundschaft waren die Waagschalen so gut wie ausgeglichen. Vor allem im Gegensatz zu den letzten beiden Jahren hatte Alice jetzt etwas anzubieten, und obwohl sie im einzelnen oft nicht wußte, was sie zu bieten hatte und wann, so war ihr doch – besonders seit heute – klar, daß Susan es schätzte. Alice grinste vor Glück und war überrascht darüber, wie glücklich sie war. Am liebsten hätte sie zum Telefon gegriffen und es Susan erzählt, als der Apparat gerade klingelte. Alice lachte und wollte schon sagen: »Ich hab eben auch an dich gedacht. Hast du die Tür verbarrikadiert?« Aber es war Rya, nicht Susan. Rya rief Alice fast nie an,

außer während einer kurzen Phase der Vertraulichkeit gegen Thanksgiving im letzten Jahr.
»Ist es zu spät? Bist du im Bett?« fragte Rya.
»Nein, ich bin eben erst heimgekommen.«
»Ich hatte schon Angst, du schläfst schon. Ich vergeß dauernd, wie spät es ist, und ruf die Leute um ein, zwei Uhr morgens an. Wie spät ist es denn?«
»Kurz nach neun.«
»Nicht später?«
»Nein, nicht später.«
»Dann brauche ich mir um Noah keine Sorgen zu machen. Er hat gesagt, daß er nicht vor zehn nach Hause kommt. Ich hab angefangen, mir Sorgen um ihn zu machen, aber das brauch ich jetzt nicht mehr.«
»Was gibt's denn?«
»Können wir uns morgen abend auf einen Drink treffen? Ich möchte mit dir reden.«
»Klar, aber warum reden wir nicht jetzt? Du bist allein und ich auch.«
»Nicht am Telefon. Über so was kann man besser in einer Kneipe reden.«
»Ist alles in Ordnung?«
»Das weiß ich nicht. Deswegen will ich ja mit dir reden.«
»Mach wenigstens eine Andeutung.«
»Es geht um das, worüber du heute morgen mit Noah geredet hast.«
»Ah ja, also ein Gespräch unter vier Augen.« Alice wäre es lieber gewesen, wenn es sich bei dem zweiten Augenpaar nicht um das ihre gehandelt hätte.
»Du läßt mich doch nicht im Stich?«
»Natürlich nicht.« Alice verzog das Gesicht bei dem Gedanken, daß sie die Verabredung jetzt nicht einmal mehr ohne böse Absicht vergessen konnte.
Rya nannte eine Bar in der Achtundvierzigsten Straße, die für ihre Horsd'œuvres und ihre Geräuschkulisse bekannt war. Zähneknirschend verpflichtete sich Alice dazu, um Viertel nach fünf dort zu sein. Danach war das Telefon stur und stumm. Susan rief nicht an,

um ihr den schönen Tag ins Gedächtnis zu rufen oder um über Honey zu schwatzen, und Henry Mullet rief nicht an, um ihr zu erzählen, er habe den ganzen Tag an sie gedacht, damit sie ihm hätte eingestehen können, ihr sei es genauso gegangen. Beim näheren Nachdenken kam sie jedoch darauf, daß er möglicherweise überhaupt nicht viel an sie gedacht hatte. Er war nicht der Typ dafür. Sein Kopf würde sich uneingeschränkt auf die Bäume, Büsche und »Kräuterpflanzen« (Alice ließ das Wort auf der Zunge zergehen) konzentrieren. Das gehörte zu Henrys Vorzügen. Dem hartnäckig schweigenden Telefon zum Trotz ging Alice also lächelnd und vor sich hin summend in der Siebenzimmerwohnung herum und dachte über Henrys Vorzüge nach. Sie nahm ein Bad, im Bewußtsein, daß er anrufen würde, sobald sie in der Wanne lag (»Ich hab mir schon gedacht, daß du jetzt anrufst. Ich bin tropfnaß«), aber er rief nicht an. Auch nicht, als sie sich die Zähne putzte, sich das Gesicht eincremte und in den Schubladen und im Wäschekorb nach einer Schlafanzughose suchte. Sogar dann, als sie zu Bett ging und ihr Buch aufnahm, klingelte das Telefon nicht. Sie hob ab, um festzustellen, ob es tot war. Es war springlebendig. Endlich doch entmutigt, machte sie das Licht aus und richtete sich darauf ein, das Telefon zu vergessen.

Das Klingeln riß sie aus irgendeinem Traum, der eher eine erfühlte Situation als eine dramatische Geschichte war. Vielleicht eine Fahrt im Bus. Bei dem Geräusch fuhr sie hoch, fast verängstigt, abgesehen davon, daß ihr die Angst mehr im Blut und in den Knochen saß als in ihrem Kopf. Es war ein Schock. Sie nahm den Hörer ab und sagte irgend etwas Undeutliches. »Was war denn das?« fragte Henry Mullet.

»Das weiß ich nicht«, sagte Alice. »Sag du's mir. Wenn ich das Telefon abnehme, bevor ich wach bin, kommt immer irgendwas von ganz unten nach oben.«

»Bist du jetzt wach?« Seine Stimme klang tief und voll, so zärtlich, wie sich Alice das nur wünschen konnte.

»Ich glaub schon. Was hab ich denn eigentlich gesagt?«

Henry gluckste. Weil sie glaubte, er nehme sie gleich auf den Arm, wurde Alice ärgerlich, aber Henry sagte nur: »Laß den Quatsch. Du hast gesagt: ›Laß den Quatsch.‹«

»Ich glaube, ich habe von einem Bus geträumt.« Auf Ärger gefaßt, war Alice jetzt wie verzaubert. Jim Ellis hätte sie raten lassen und ihr das Gefühl gegeben, sie habe sich bloßgestellt. Sie sagte: »Hast du Schwestern?«

»Eine.«

»Aber du ziehst einen nicht auf.«

»Magst du's denn, wenn man dich aufzieht?«

»Ich kann's nicht ausstehen. Nur mein Großvater, der Vater meiner Mutter, darf das zur Not.«

»Was kannst du sonst noch nicht ausstehen?«

»Wenn man mir auf der Treppe einen Schrecken einjagt.«

Sie lachte.

»Gibt's denn jemand, der das zur Not darf? Vielleicht der andere Großvater?«

»Das darf überhaupt niemand, ob du's glaubst oder nicht, aber ich bin seit mindestens sechs, sieben Jahren nie vor einem Mann eine Treppe hinaufgestiegen.«

»Dann verspreche ich dir, daß ich dir nie auf der Treppe einen Schrecken einjagen werde.«

»Was soll ich dir versprechen?«

»Daß du am Mittwoch, wenn ich aus Brooklyn zurückkomme, bei mir zu Abend ißt.«

»Versprochen.«

»Ich ruf dich an, wenn ich nach Hause komme. Zwischen sieben und Viertel nach.«

Alice grinste. »Was soll ich mitbringen?«

»Was Köstliches und Ausgefallenes.«

»Ich werd die ganze Stadt durchstöbern.«

»Alice.« Daraus, wie er das sagte, schloß Alice, daß er den ganzen Tag an sie gedacht hatte, daß zwischen den Bäumen und Büschen und Kräuterpflanzen seine Gedanken zu ihr zurückgeflossen waren wie eine Welle zum Ozean. Die Haut auf ihren Unterarmen prickelte. Das tat ihr gut, aber natürlich hatte sie genausoviel an Susan gedacht wie an ihn. Mindestens. Für eine Freundschaft, sogar für eine Bettgeschichte unter Kumpeln, sah sie sich als geeignet an, aber für jemanden, der in diesem Ton Alice sagte? Henry sprach nicht weiter. Sie sagte: »Wie spät ist es?«

»Gegen elf.«
»Dann hab ich erst eine Dreiviertelstunde geschlafen.«
»Alice.« Wieder hielt er inne und konnte oder wollte nicht weitersprechen. Wenn sie alles so lange wie möglich vor sich her schob, vielleicht konnte sie dann den Gefahren, worin immer die bestehen mochten, aus dem Weg gehen. In ein paar Wochen oder Monaten hatte sie vielleicht mehr Zeit, sowohl für Susan als auch für Henry. In ein paar Monaten würde sich die Zeit für beide vielleicht sogar überlappen. Doch das konnte sie sich nicht vorstellen. Und sie hatte ihm ja bis jetzt noch nicht einmal gesagt, was der wichtigste Punkt über sie war, oder? Daß sie einen Mord entdeckt und ihn bei der Polizei gemeldet hatte, daß sie auf Fangfragen über ihre Beziehung zu den Opfern Antwort gegeben hatte und daß eins der Opfer mit ihr geschlafen hatte wie Henry auch. Alice mußte husten.
»Du kommst also?«
»Selbstverständlich.«
»Macht's dir was aus, daß ich dich geweckt habe?«
»Nicht wirk–«
»Ich hab's so haben wollen. Ich hab dich überraschen wollen, wenn du nicht darauf gefaßt bist.«
»Das hast du schon gestern nacht getan.«
»Mmmm. Gestern nacht.«
»Henry, hältst du dich für einen Romantiker?«
»Zunehmend ja. Und du?«
»Ich halte mich für die Quintessenz einer Bibliothekarin.«
»Da möcht ich darauf wetten. Gute Nacht, Alice.«
»Wirklich! Ich –«
Er legte auf und schnitt ihr das Wort ab mit offenkundiger Zärtlichkeit. Während Alice das Telefon zwischen den Händen wiegte und lächelte, schrillte die Türklingel.
Es war Ray mit einem Mann, genauer gesagt, einem Jungen, so um die Zwanzig. Er sah sehr anmutig aus und wirkte schüchtern. Alice wußte sofort, daß das einer von Rays »homosexuellen Bekanntschaften« war, vielleicht *der* homosexuelle Bekannte. Im Grunde überraschte sie das Auftauchen der beiden nicht. Ray hatte sich das Haar kurz schneiden lassen und trug eine Sonnenbrille. Alice bat ihn, sie abzunehmen. Der Junge, Jeff, hatte Hun-

ger. Er und Alice setzten sich an den Küchentisch, während Ray ihm ein Sandwich machte. Alice wußte nicht recht, was sie sagen sollte. Schließlich sagte Ray: »Warst du im Bett? Es tut mir leid, daß ich so spät gekommen bin.«

»Ich habe telefoniert. Aber du bist doch angeblich in Miami.«

Ray und Jeff wechselten einen Blick. »Sagt wer?«

»Detective Honey.«

»Was geht ihn das an?«

»Das weiß ich nicht ganz genau, aber als du am Freitag nicht zur Arbeit gekommen bist, hat die Polizei schließlich deine Wohnung durchsucht.«

»Was? Scheiße! Aber ich hab doch eine Nachricht im Studio Midtown hinterlassen, gottverflucht noch mal, daß ich nach Massachusetts muß. Ich hab dem neuen Jungen Bescheid gesagt und außerdem einen Zettel ans Schwarze Brett gehängt.«

»Keine Nachricht, und dann hat Honey zu Noah gesagt, daß du auf dem Flughafen in Miami gesehen worden bist und daß deine Begleiter polizeibekannt sind.«

»Wie hab ich denn ausgesehen?«

»Keine Ahnung. Ich habe nicht mit ihm gesprochen.«

Jeff war mit dem Sandwich fertig und kaute am letzten Bissen des Salatblatts, während Ray aufstand und ihm ein Glas Milch eingoß. Gedankenverloren machte er die Kühlschranktür zu, dann sagte er: »Glaubst du, sie haben einen Haftbefehl gegen mich?«

»Warum sollten sie einen Haftbefehl gegen dich haben?«

»Nicht weil ich was getan hätte. Ich hab die beiden nicht umgebracht. Ich war die ganze Nacht mit Jeff zusammen.« Jeff nickte.

»Ich glaub nicht, daß sie einen Haftbefehl haben. Ich glaube, Honey will uns bloß im Auge behalten.«

»Alice, kannst du uns für zwei Nächte aufnehmen? Nur für zwei. Heute und morgen. Danach haben wir ein anderes Quartier.«

»Wozu? Warum gehst du nicht in deine Wohnung! Oder hat Jeff etwa keine Wohnung?«

»Das geht nicht. Ich kann auch nicht zur Arbeit gehen, jedenfalls in den nächsten Tagen. Gegen Ende der Woche wird sich die Ge-

schichte erledigt haben, aber bis dahin muß ich mich woanders einquartieren.«
»Honey weiß, daß wir befreundet sind. Außerdem –«
»Ich mach mir keine Sorgen wegen Honey. Glaub mir, der steht ganz unten auf der Prioritätenliste. Bitte, Alice. Um der alten Zeiten willen. Ist das denn eine solche Staatsaffäre?«
Alice stützte die Stirn auf ihre Hand.
»Du hast massenhaft Platz. Wir werden dich bestimmt nicht stören. Du wirst gar nicht merken, daß wir da sind.«
»Laß uns verschwinden, Mann«, sagte Jeff, aber Ray brachte ihn zum Schweigen.
»Ich –«, sagte Alice.
»Ja, was? Sag schon.«
»Ich hab ein bißchen Angst, das ist alles.«
»Du brauchst keine Angst zu haben. Es ist keine Staatsaffäre. Du bekommst keinen Ärger, das verspreche ich dir.«
Alice setzte sich zurück und schaute Ray an. Er sah nicht gut aus. Der neue Haarschnitt betonte die runden Wangen und die bleiche Haut. Er griff sich nach dem Hemdkragen, um ihn glattzustreichen, und seine Finger waren schwammig und spitz. Er war ein ausgesprochen netter Mensch. Vielleicht wußte Jeff das zu schätzen. In jeder anderen Hinsicht paßten sie denkbar schlecht zusammen. Jeff hatte die Sandalen ausgezogen und es sich im Stuhl bequem gemacht, mit ausgestreckten Füßen. Die Füße waren schlank und durchgeformt, mit langen Zehen, hohem Spann und hohem Rist, wie der Fuß eines Donatello. Hinter der Anmut und all dem Gefallen, den er offensichtlich an sich selbst fand, spürte Alice, daß er, genau wie Ray, angespannt war und sich Sorgen machte. Sie sagte: »Darf ich fragen, wie alt Sie sind?«
Er warf Ray einen Blick zu. Als Ray die Achseln zuckte, sagte er: »Neunzehn.«
»Woher kommen Sie?«
»Er ist aus Tulsa, Oklahoma.«
»Wie lange sind Sie schon hier?«
»Willst du ihn durch die Mangel drehen, Alice? Willst du einen Brief von seinem Pfarrer sehen? Es ist doch bloß für zwei Nächte. So ein Theater.«

Alice wurde rot und richtete den Blick fest auf den Jungen. »Wann sind Sie hierhergekommen?«
Jeff zuckte die Achseln und machte den Mund auf, aber Ray kam ihm zuvor. »Sei doch nicht so biestig, Alice. Er ist mein Freund. Reicht das denn nicht?«
Alice hätte gern gesagt, wenn es ihm nicht passe, könnten sie ja gehen, aber sosehr sie sich auch anstrengte, sie brachte es nicht heraus. Wütend sprang sie auf und lief ins Wohnzimmer. Nachdem sie etwas Ordnung in ihre Gedanken gebracht hatte, ging sie langsam zurück. »Ray Reschley, du steckst in Schwierigkeiten, und du wirst mich mit hineinziehen. Du glaubst es vielleicht nicht, aber du wirst mich hineinziehen.«
»Was für Schwierigkeiten? Wir stecken überhaupt nicht in Schwierigkeiten, wir müssen nur eine Kleinigkeit in Ordnung bringen, und das dauert höchstens ein paar Tage. Ich verbürge mich dafür, daß du überhaupt nichts damit zu tun bekommst.« Ray sprach mit Schmeichelstimme. »Ich hab geglaubt, wir seien Freunde. Das ist doch eine solche Belanglosigkeit. Wir brauchen nur eine Unterkunft. Du wirst nicht mal merken, daß wir da sind, und auch sonst wird es niemand mitbekommen. Es gibt acht Millionen Adressen in der Stadt, Alice.«
»Ich bin skeptisch.« Alice schaute durchs Fenster in die blaue Dunkelheit.
»Wir gehen, wenn du das wirklich willst. Wenn du uns wirklich und tatsächlich nicht hier haben willst, gehen wir mit Vergnügen.« Alice sagte: »Ach, Scheiße! Okay. Bist du sauer, weil ich mich so angestellt habe?«
»Nie im Leben!« sagte Ray und grinste. Aus dem Grinsen schloß sie, in welch verzweifelter Lage die beiden waren, und sie hatte eine böse Vorahnung.
Am Morgen waren sie sogar schon verschwunden, bevor Alice aufgestanden war, und ihre Abwesenheit (sie hatten das Bett gemacht und ihr Frühstücksgeschirr gespült) war beruhigend. In was für Schwierigkeiten Ray auch stecken mochte, dachte sie, so mußte sie sich jetzt nicht unbedingt drum kümmern. Die höflichen Floskeln, die sie sich zurechtgelegt hatte, blieben ungesagt, und sie spürte einen Stich von Reue, als ihr bewußt wurde, was für eine un-

freundliche Gastgeberin sie war. Vielleicht hätte Ray allein kommen sollen? Aber nach dem ersten Blick auf Jeff war ihr klargeworden, daß Ray, der Einzelgänger, wie sie ihn gewohnt war, nicht der wahre Ray war. Die Komplikationen der Partnerschaft waren für ihn ein ebensolches Naturgesetz wie für jeden anderen Menschen. Aus Jeff war sie nicht recht schlau geworden, aber sie hoffte, daß er aus einer ordentlichen Familie stammte und daß seine Absichten ehrenhaft waren.

8

Rya war die Stellvertreterin des Werbeleiters einer neugegründeten Kabelfernseh-Gesellschaft. Zur Arbeit hatte sie das lange blonde Haar hochgesteckt, und sie trug eine blendendweiße Seidenbluse, einen engen schwarzen, vorn geschlitzten Rock und extrem hohe Absätze, auf denen sie, als sie Alice (flache Schuhe, weiter Leinenrock, rosa Baumwollbluse) zur Begrüßung entgegenkam, mit der Eleganz einer Tänzerin im Kino balancierte, so ungefähr wie Cyd Charisse. Alice fragte sich immer, was Rya im Büro wohl tun mochte. Alice lächelte.

»Was hältst du für besser«, sagte Rya, »eine Ecke oder einen Tisch mitten im Lokal?«

»Ich bin ganz entschieden für eine Nische.«

»Sind da nicht immer Wanzen? Es ist doch eine allgemein bekannte Tatsache, daß die meisten Nischen in den Restaurants von Manhattan vom FBI und vom CIA abgehört werden.«

»Hier ist eine«, sagte Alice, ging Rya voraus und belegte eine hohe, abgeschiedene Nische mit Beschlag, die schöne Knopfpolster aus schwarzem Leder zu bieten hatte.

Als Alices Teller mit Horsd'œuvres beladen war, beugte sich Rya über den Tisch und sagte: »Sag mir, was Noah dir gestern erzählt hat.«

»Hast du ihn danach gefragt?«

»Nein.«
»Woher weißt du dann, daß er mir irgend etwas erzählt hat?«
»Er war über eine Stunde bei dir.«
»Ja und? Bist du etwa eifersüchtig?«
Rya schüttelte den Kopf.
»Warum willst du dann wissen, worüber wir gesprochen haben?«
Sie dachte an Rya und Craig und Noah, wie sie »zu dritt weitermachten«. Sie ärgerte sich darüber. Und dazu kam noch, daß sie sich einfach nicht vorstellen konnte, woher die Frau, die ihr gegenübersaß, bei aller Hübschheit die Tiefe hätte hernehmen sollen, sowohl Craig als auch Noah zu genügen. Sie waren eigentlich Freundinnen, aber im Augenblick empfand Alice keinerlei freundschaftliche Gefühle.
»Du glaubst, ich will ihm bloß nachspionieren, aber das ist nicht so. Wenn Noah bei dir gewesen wäre, um mit dir zu schlafen, würde ich keine Fragen stellen und überhaupt nichts darüber hören wollen.«
Alice zuckte unwillkürlich die Achseln, obwohl sie eben in ein heißes, saftiges, mit Schweinefleisch gefülltes Nudelpastetchen biß.
»Ich muß wissen, was er zu dir gesagt hat, weil ich wissen muß, was eigentlich gespielt wird.«
»Niemand weiß, was gespielt wird. Das ist der springende Punkt. Gestern abend war der Kriminalbeamte bei Susan in der Wohnung und hat uns erzählt, daß ein Vorbestrafter, von dem wir noch nie was gehört hatten, die Schlüssel zu Susans Wohnung gehabt hat. Und –« Aber es war besser, nichts von Ray zu erwähnen. »Wer war das?«
»Einer namens Brick. David Brick. Er war mal der Freund von Nina Starlette.«
»Ich habe von ihr gehört.«
Alice zuckte wieder die Achseln. Es war schwer, für jemanden Mitgefühl aufzubringen, der ein Kinn wie Rya hatte. Es war ein bezauberndes Kinn, scharf und sauber geschwungen wie die Halslinie darunter, die Jahrzehnte ohne Makel versprach. Das Kinn machte ihr Gesicht reizvoll.
»Aber das ist trotzdem noch nicht alles. Ich meine, der Mord war

grausig und das alles.« Ryas Fingernägel, zinnoberrot, spießten einen Shrimpstoast von Alices überladenem Teller auf. »Macht dir das was aus? Aber ich weiß nicht einmal, was eigentlich zwischen Noah und mir gespielt wird. Hast du gewußt, daß wir nicht einmal mehr miteinander reden, wenn sonst niemand dabei ist?«

Alice schüttelte den Kopf.

»Wir haben seit einem halben Jahr nicht mehr miteinander gesprochen. Kannst du das glauben?«

Alice wischte sich die Finger an der Serviette ab und griff zum Löffel. »Nein«, sagte sie.

»Es ist aber wahr. In den ersten vier Wochen oder so hab ich versucht, ein Gespräch mit ihm anzufangen. Sogar über Kleinigkeiten wie das Essen und so. Er hat eine Wandtafel gekauft. Er schreibt Notizen für mich drauf, und ich schreibe dann die Antworten hin.«

Alice überlegte sich gut, was sie sagte. »Vielleicht hast du sein Vertrauen verspielt, Rya.«

»Ha!« rief die andere Frau und spießte triumphierend ein Nudelpastetchen auf. »Er hat dir erzählt, daß ich mit Craig geschlafen habe, nicht wahr?«

»Ich glaube, so viel kann ich zugeben, ja. Warum holst du dir keinen eigenen Teller?«

»Ich habe eigentlich gar keinen Hunger. Es ist aber nicht so, wie er gesagt hat. Wirklich, so ist es nicht.« Sie wurde rot. »Das heißt, so war es nicht.«

»Hast du mit ihm geschlafen?«

Rya schaute an die Decke. »Ja.«

»Fand Noah das gut?«

»Nein.«

»Dann sprechen die Tatsachen doch für sich, oder etwa nicht?«

»Craig war dran schuld.«

»Ach, Hühnerkacke. Soll ich dir etwas mitbringen? Ich bin gleich wieder da.«

Während sie sich vom vollgepackten Warmhaltetisch bediente, wurde Alice immer wütender. Wie hatte Rya bloß eine so dumme Kuh sein können? Wie hatte sie, Alice, sich bloß in eine derartig idiotische Geschichte verstricken können? Denn genau das war es unter anderem auch. Idiotisch. Nicht tragisch. Im Augenblick nicht einmal traurig. Wenn Leute die Schlüssel zu ihrer Wohnung an Exsträflinge verteilten, dann war das idiotisch. Wenn Leute wahllos miteinander ins Bett gingen und dabei langjährige persönliche und berufliche Beziehungen mit Füßen traten, dann war das idiotisch. Wenn Leute für Tausende von Dollar Kokain kauften und sich keine Gedanken darüber machten, wie sie das bezahlen sollten, dann war das ebenfalls idiotisch. Wenn man es zuließ, daß das eigene Leben ein solches Chaos wurde wie das Leben von Craig Shellady und jetzt auch allem Anschein nach das Leben von Ray Reschley, wie konnte einen dann noch überraschen, was auch immer passierte? Und Denny. Ein unschuldiger Zuschauer, ja, aber wenn man fünfzehn Jahre lang zugeschaut hatte, war bloße Unschuld die allergrößte Idiotie überhaupt. Alices Löffel wackelte, drei chinesische Nudelpastetchen flogen hinter dem Tisch auf den Boden. Sie legte den verfluchten Löffel weg und griff mit den Fingern zu. Rya war nicht die Schlimmste. Man konnte ihr die Blödheit nicht einmal übelnehmen. Sie hatte sie wahrscheinlich zur Hälfte geerbt, und die andere Hälfte war angelernt. Alice wandte den Kopf und schaute ins Lokal. Rya hatte die Orangenscheibe in ihrem Drink zwischen Daumen und Zeigefinger geklemmt. Sie zog sie heraus und steckte sich das Fruchtfleisch in den Mund. Du blöde verfickte Schnalle, dachte Alice. Sie packte eine Zusatzportion der Nudelpastetchen und noch mehr Shrimpstoast auf ihren Teller und stellte dann einen zweiten Teller unter den ihren. »Hier!« kläffte sie, setzte den leeren Teller vor Rya ab und ließ einen Stapel Essen darauf gleiten. »Leute bei mir in der Wohnung! Leute, die sich bei mir durchfressen!«

»Wer ist bei dir zu Hause?«

»Niemand. Vergiß es.« Alice aß, rasend vor Wut.

»Sei mir doch nicht böse.«

»Was soll ich denn dagegen machen? Du erzählst mir lauter Lügen.«

»Das sind keine Lügen.«

»Dann erklär mir das alles.«

»Wirst du dann böse?«

»Das kann dir doch egal sein.«
Rya schwieg.
»Vielleicht bin ich dir dann gar nicht böse.«
»Okay. Danke. Ich war, also –« Sie schaute wieder an die Decke. »Bin ich dir an dem Tag, an dem die beiden umgebracht worden sind, seltsam vorgekommen?«
»Nein.«
»Ich hab aber ein seltsames Gefühl gehabt. Denny hat mir leid getan, wirklich. Wir haben trotzdem nicht viel über ihn gesprochen. Und Craig hat mir nicht leid getan. Noah hat geglaubt, mir ist sterbenselend, aber in Wirklichkeit war ich unglaublich erleichtert.«
»Ich nehme dir nicht ab, daß du im Jahr 1980 Craig Shelladys weiße Sklavin gewesen bist. Das nehme ich dir einfach nicht ab.«
»Ich war doch nicht seine Sklavin oder so was.« Rya wirkte, als sei sie tatsächlich schockiert. »Ich hab mich aber trotzdem nicht aus der Beziehung lösen können. Und ich hab's gewollt. Ich hab Noah gesagt, daß ich es wollte. Er hat mir nicht geglaubt.«
»Warum hast du's nicht einfach gemacht?«
»Genau das hat Noah auch auf die Tafel geschrieben, aber es war viel schwieriger.«
»So was braucht man nur zu tun.«
»Warum sagen das die Leute immerzu? Man tut, was man tun will, Blabla. Wenn du schon von Hühnerkacke redest – das ist Hühnerkacke. Vor allem mußte ich doch an Noahs Job denken.«
»Noah hätte einen anderen Job gefunden.«
»1979? 1980? Es gibt keine anderen Jobs. Kein Mensch geht mehr auf Tournee, und die Schallplatten verkaufen sich schlecht. Außerdem hat Noah ohne Craig nie was aus sich machen können. Das weißt du doch.«
»Craig hat dir erzählt, daß er Noah aus der Band hinauswirft, wenn du nicht mit ihm schläfst? Das ist absolut mittelalterlich. Außerdem war Craig nicht so.«
»Ich sag ja gar nicht, daß er das gesagt hat. Ich hab mir bloß deswegen Sorgen gemacht.«
»Und was war sonst noch?«

»Ich hab Angst davor gehabt, wie Craig reagieren würde. Mir gegenüber. Ich meine, erinnerst du dich an Iris North?«
»Hast du geglaubt, daß er dich zusammenschlägt?«
Rya zuckte die Achseln.
»Hat er dich je geschlagen?«
Rya zuckte wieder die Achseln, dann nickte sie. »Einmal hat er mir ein blaues Auge verpaßt. Und er hat mich mit einer Zigarette verbrannt.« Sie knöpfte die Manschette auf und rollte den Ärmel hoch. Innen am Arm, über dem Ellbogen, war ein weißer Kreis vom Durchmesser einer Zigarette.
Alice zog scharf die Luft ein. »Hat er dir gedroht?«
Rya zuckte die Achseln.
»Hast du Noah davon erzählt?«
»Zum Teil. Das mit der Verbrennung hat er gewußt, und er hat gewußt, daß ich Angst hatte, aber er hat geglaubt, ich könne selber auf mich aufpassen.«
»Da muß doch etwas gewesen sein –«
»Das verstehst du nicht, Alice. Mir ist klar, daß ich irgendwie beknackt bin. Und Noah hat Scheiße im Hirn von dem vielen Dope, das hat er wirklich. Craig hat mehr gewußt als wir, jedenfalls als ich. Ich hab dauernd das Gefühl gehabt, er ist mir zwei Schritte voraus. Wenn ich bei ihm war und gern nach Hause gegangen wäre, hat er gesagt: ›Ich weiß, daß du nach Hause willst, das willst du doch? Es ist unerträglich für dich, hierherzukommen. Ich liebe dich, und du liebst mich nicht, und jetzt willst du nach Hause.‹«
Alice sah sie an.
»Er wurde irgendwie unheimlich, weißt du. Wütend auf alles, als ob alles, was passiert ist, bloß dazu da wäre, was über ihn zu beweisen, was Gutes oder was Schlechtes. Es war nicht so wie damals, als du mit ihm zusammen warst.« Alice lächelte kalt. »Jedenfalls hab ich mich mies gefühlt, wenn ich an sein Leben gedacht hab. Ich meine, er hat doch anscheinend so ein schreckliches Leben gehabt. Er hat mir leid getan. Er hat nicht geglaubt, daß ihn irgend jemand wirklich gern hat, vielleicht mal abgesehen von Denny, und er hat immer geglaubt, daß Susan versucht, seine Freundschaft mit Denny kaputtzumachen. Ich hab ihn anfangs furchtbar gern gehabt. Nach der langen Zeit mit Noah war es so aufregend,

mit ihm zusammenzusein. Er hatte immer was zu sagen, er hatte immer etwas vor. Er war gut im Bett. Du weißt das.«
Alice nickte.
»Ich nehm an, daß ich sogar geglaubt hab, ich liebe ihn. Ich hab's ihm jedenfalls gesagt. Und dann hatte ich Angst davor, das zurückzunehmen. Kannst du das verstehen?«
Alice nickte wieder.
»Er hat's geschafft, daß ich mir blöd vorgekommen bin. Ich konnte gar nichts machen. Ich hab nicht gewußt, was ich will. Ich hab gewollt, daß alles in Ordnung kommt, und ich nehm an, ich hab geglaubt, wir kämen nie von ihm los, und wenn ich mit ihm weitermachte, dann wäre alles wenigstens halbwegs in Ordnung. Ich hab versucht, Noah das alles zu sagen, aber er wollte nicht mit mir reden, und außerdem hab ich's nicht richtig erklären können. Jetzt habe ich es zum erstenmal richtig rausgekriegt.«
Alice wußte nicht, was sie sagen sollte. Sie schob den Teller weg, obwohl noch drei fritierte Currypastetchen und ein Shrimpstoast übrig waren. Sie streckte die Hand aus und legte sie dann auf die Ryas. Einen Augenblick später sagte sie: »Du hast ihn doch nicht etwa umgebracht, damit du von ihm loskommst, oder?«
Rya schüttelte den Kopf.
»Sag ja oder nein und schau mich dabei an.«
»Nein.« Sie schaute sie an dabei.
»Wer war es? Noah?«
»Vielleicht. Ich weiß es nicht. Ich hab gedacht, daß er vielleicht irgend etwas zu dir gesagt hat, etwas Aufschlußreiches. Ich hab in jener Nacht zu Hause angerufen. Er hat doch behauptet, er sei zu Hause gewesen. Es war gegen eins. Es hat sich niemand gemeldet, und unser Telefon kann man nicht ausstöpseln. Ich hab eine Todesangst.«
»Hast du Honey von dem Anruf erzählt?«
»Er hat mich nicht danach gefragt. Er hat mich nur gefragt, ob ich zu Hause war und wo ich gewesen bin.«
»Noah hat mir nichts dergleichen erzählt.«
»Was hat er dir erzählt?«
»Wirres Zeug. Ich glaube, er war durcheinander wegen deiner Beziehung zu Craig.«

Rya nickte.
»Das ist wirklich idiotisch.« Aber der Jähzorn, den sie empfunden hatte, war durch den Schock verraucht. Sie sagte: »Ich bestell dir noch einen Drink, okay?« Rya nickte.
Es dauerte lange, bis sie Rya los wurde, und als Alice nach Hause kam, war es fast dunkel. Sie erschrak, als zwei Gestalten unter der Feuertreppe an der Seitenwand hervortraten, aber es waren nur Ray und Jeff. Jeff trug Turnhosen. Seine Beine waren so wohlgeformt wie seine Füße.
»Du bist ja zeitig dran«, sagte Ray sarkastisch.
»Ihr habt doch nicht etwa auf mich gewartet?« rief Alice aus.
Ray schaute auf die Uhr. »Zwei Stunden, siebenunddreißig Minuten, zehn, nein, elf Sekunden.«
»Wieso habt ihr auf mich gewartet?«
»Keine Schlüssel.«
»Ich weiß, aber warum seid ihr nicht essen oder sonstwohin gegangen?«
»Alice, Herzchen, ich glaube, du bist schwer von Begriff. Wir wollen eine Weile aus dem Blickfeld verschwinden. Dazu gehört nicht unbedingt ein Essen im Automatenrestaurant oder Gebäck bei Zabar.«
Sie schloß ihnen auf. Sie wußte, daß er danach fragen würde, und er tat es auch. »Wie wär's also mit den Schlüsseln?«
»Es ist doch bloß noch eine Nacht.«
»Dann eben bloß für die eine Nacht.«
»Geht ihr heute noch mal weg?«
»Ja, allerdings.«
»Ich mache euch auf.«
»Es wird spät werden.«
»Ich bleibe auf.«
»Drei oder vier.«
»Dann stehe ich auf.«
»Hast du kein Vertrauen zu mir?«
»Ich geb die Schlüssel ungern aus der Hand.«
»Susan hat sie auch.«
»Das ist etwas anderes. Außerdem werde ich beim Gedanken an Susan noch vorsichtiger.«

»Bloß für heut nacht und morgen. Wir müssen heute nacht ein paarmal weg, und morgen wieder. Dann bist du nicht da, um uns aufzumachen.«
»Warum bleibt ihr dann nicht da?«
»Ich muß dieses Durcheinander in Ordnung bringen. Das heißt, daß ich mit Leuten reden muß.«
»Ruf sie an.«
»Komm schon, Alice.«
»Ich kann das nicht machen. Es richtet sich nicht gegen dich. Ich kann das einfach nicht machen. Ich lasse euch heute nacht herein. Für morgen müssen wir uns etwas ausdenken.«
»Alice –«
»Kommt, wir essen was.«
Ray verzog das Gesicht. Jeff hatte sich auf das Sofa fallen lassen, mit den Füßen auf dem Fenstersims. Er hatte die Augen geschlossen. Es war unangenehm, ihn um sich zu haben, dachte Alice. Er war wie ein kleiner Bruder von acht Jahren, der stumm hinter einem herzockelte und seine Spielsachen nicht dabeihatte. Sein Blick war leer oder nach innen gerichtet, reagierte auf jeden Fall nicht einmal auf Ray, der seinerseits Jeff beobachtete. Alice fragte sich, wie lange er und Ray schon zusammensein mochten. Sie verhielten sich wie ein aufeinander eingespieltes Paar. Nach dem Essen, als sie in der Badewanne lag, war sie sich plötzlich sicher, daß sie gegangen waren und ihre Schlüssel mitgenommen hatten, aber als sie sich den Bademantel überzog und mit dem nassen Haar herauskam, saßen sie sich im Wohnzimmer gegenüber. Ray las in einer Zeitschrift, die er aufgestöbert hatte, und Jeff starrte aus dem Fenster, die Arme über der Brust gekreuzt. Daß er so jungenhaft wirkte, gab ihm auch etwas Bedrohliches, als wären seine Wünsche und Motive dem Verständnis der Erwachsenen entzogen und von den Skrupeln der Erwachsenen unberührt. Alice hatte vorschlagen wollen, daß einer von ihnen dablieb, wenn der andere wegging, aber während sie die beiden anschaute, wurde ihr bewußt, daß Ray gehen würde. Obwohl sie sich nicht vorstellen konnte, daß Jeff tatsächlich etwas anstellte, schreckte sie davor zurück, mit ihm allein zu bleiben. Sie trocknete sich das Haar und kämmte es aus, und sie saßen ziemlich unbehaglich im Wohnzim-

mer herum, redeten so gut wie nichts. Vom Weggehen wurde nicht mehr gesprochen, und schließlich ging Alice zu Bett.

Als Alice aufstand, saßen sie beim Frühstück. Vor Alices Platz stand das Viertel einer Honigmelone und eine Tasse mit heißem Kaffee. Jeff saß am Fenster und hatte außer einem um die Lenden gewickelten Handtuch nichts an.

»Setz dich!« rief Ray. »Hier ist dein Kaffee. Wie hast du geschlafen? Was für eine herrliche Wohnung. Ich hab gedacht, bei den vielen Fenstern zur Straße ist es bestimmt laut, aber hier ist so gut wie gar kein Verkehr, nicht?«

Alice war auf der Hut. Sie schaute vom einen zum anderen und sagte: »Ihr wart letzte Nacht weg, stimmt's?«

»Ich glaube, einer von uns wird den Tag über hierbleiben, aber bis du nach Hause kommst, sind wir fort. Besten Dank dafür, daß du uns aufgenommen hast.«

»Wart ihr weg?« Sie sah Jeff an, der die Achseln zuckte.

Ray sagte: »Es gibt Leute, an die man nachts besser rankommt als tagsüber.«

»Sag mir, wie ihr hereingekommen seid, Ray. Ich hab die Klingel nicht gehört.«

Ray warf Jeff einen Blick zu. Jeff starrte auf die Straße hinaus. Jeff hustete, dann gähnte er. Ray sagte: »Wir wollten dich nicht wekken. Du hast schon so viel für uns getan. Wir sind erst nach fünf zurückgekommen. Das ist die schlimmste Zeit, wenn man geweckt wird, aber weiterschlafen will. Die Sonne war schon aufgegangen und so weiter.«

»Und wie seid ihr hereingekommen?«

»Wir, äh, wir haben uns deine Schlüssel ausgeliehen, als du im Bad warst.«

»Ray!«

Jeff drehte sich um und sah Alice unbewegt an. Das Ausleihen hatte er erledigt, sie sah es ihm an.

»Ist ja weiter nichts passiert«, tönte Ray. »Die Schlüssel sind wieder in deiner Handtasche. Es war wirklich besser so.«

»Wenn ich das gewußt –«

»Aber du hast es nicht gewußt, und du hast überhaupt nichts mitbekommen. Schau doch nach.«

»Nach dieser Geschichte hab ich wirklich Lust, überall nachzuschauen. Ich hab sogar Lust, mein Geld zu zählen.« Das galt Jeff. »Ich meine, ich weiß noch nicht einmal Ihren Nachnamen.«
»Johnson«, sagte Jeff.
Der sarkastische Ton machte sie wütend. Sie sprang auf. »Wer sind Sie überhaupt? Wissen Sie, was? Ich kann Sie überhaupt nicht ausstehen! Was tun Sie? Womit verdienen Sie Ihr Geld? Warum sind Sie so ungezogen?« Aber die eigentliche Beleidigung, die genaue, vernichtende Analyse seiner Persönlichkeit, die sie hatte anbringen wollen, war ihr entfallen, und sie hatte jetzt schon das Gefühl, sie sei gescheitert.
Mit neutraler Stimme sagte Ray: »Er ist Student. Parsons School of Design. Okay?«
»Mein ganzes Problem ist, daß ich jeden für so arglos halte wie mich. Ich hab wirklich eine Sauwut auf dich, Ray. Ich glaube, du hast unsere Freundschaft verraten und mein Vertrauen zu dir.«
»Mit unserer Freundschaft war's nicht so weit her, als wir dich darum gebeten haben, uns aufzunehmen.«
»Das ist etwas anderes –«
»Wirklich? Du hast Angst um dich gehabt, nicht um mich.«
»Hab ich dazu etwa keinen Grund?«
»Nicht, was mich betrifft. Ich hab dir nie was getan. Schau dir den Schreibtisch dort drin an. Wer hat den für dich –«
»Du weißt ja gar nicht, worüber du redest, Ray! Und obendrein bist du ein Vollidiot! Du benimmst dich, als ob wir alle noch in Minnesota leben würden, wo sich alles irgendwann zum Besten wendet! Wo dir kein Mensch was tut, nicht einmal die Irren! Scheiße, Ray!« Aber beim Blick in die beiden Augenpaare, das eine gleichgültig, das andere verängstigt, aber verschleiert, biß sie sich auf die nutzlose Zunge und stapfte in ihr Zimmer, um sich anzuziehen und zur Arbeit zu gehen.
Als sie ging, gab Ray ihr einen Abschiedskuß. Quer durchs Wohnzimmer sah Jeff sie fragend an. Als sie im Aufzug nach unten fuhr, inspizierte sie die Schlüssel, dann zählte sie ihr Geld. Es war noch da, die ganzen acht Dollar und siebenunddreißig Cent. Und die Kreditkarten auch. Trotzdem nahm sie sich, als sie zur Arbeit kam, einen Augenblick Zeit, um bei Parsons anzurufen und zu

fragen, ob dort ein Jeff Johnson eingeschrieben war. Das war er. Es gab ihn sogar dreimal.

An jenem Morgen kam Alice zu dem Schluß, daß die Sturzflut Henry Mullet im großen und ganzen über sie hinweggegangen sei. Obwohl sie hin und wieder kleine Schauer des Verlangens spürte, konnte sie an ihre Arbeit denken, mit Laura und Howard schwatzen, sich den Abend darauf mit Henry vorstellen (sie würde das weiße Gazekleid mit dem bestickten Ausschnitt im Folklorestil tragen, dazu den rosa-weißen Gürtel aus Mexiko, sie hatte die Himbeeren, die sie mitbringen wollte, am Broadway schon ausgemacht und sich versichern lassen, daß morgen eine neue Lieferung eintreffen werde), aber die Vorstellung war eher angenehm als aufreizend. Obwohl ihr klar war, daß dieser Schwebezustand nicht anhalten würde, genoß sie ihn.

Über Ray und Rya wollte sie gar nicht erst nachdenken. In der Bibliothek fühlte sie sich immer sicher hinter den Mauern (wie dick sie wohl waren, sechzig Zentimeter oder mehr?). Der Mord war inzwischen natürlich aus den Zeitungen verschwunden und damit auch die Chance, beim Kaffee oder beim Mittagessen beiläufig darauf zu sprechen zu kommen. Laura und Sidney und Howard ahnten noch immer nicht, daß sie in den Fall verwickelt war, sowenig wie Alices Eltern. Sie hatte noch einmal mit ihnen telefoniert, sie hatten vom Garten gesprochen und von der Knieoperation der Großmutter Bovberg, von dem Mikrowellenherd, der möglicherweise auf der Post verlorengegangen war, und von einer jungen Frau, die Alice in der High School gekannt hatte und die bei einem Autounfall ums Leben gekommen war. In der Bibliothek hatte Alice das Gefühl, sie sei abgeschnitten vom Rest ihres Lebens, mehr noch, daß sie auf immer und ewig die Gänge des Magazins durchqueren und immerzu die Fragen nach dem *Reader's Guide* beantworten würde, daß sie, unangefochten vom Tod, kleine Literaturzeitschriften durchsehen und deren Wichtigkeit für das Katalogisieren oder Nichtkatalogisieren bedenken würde. Sidney maulte häufig, er fühle sich wie in einer Falle, Laura träumte von Aufgaben im Ausland, aber Alice fühlte sich in ihrem Alltag geborgen wie auf einem Stück Treibholz, das sie aus allen Schwierigkeiten

hinaustragen und auf ein hohes Alter in voller Gesundheit zuschwemmen würde. Zu Hause machte sie sich Sorgen, bei der Arbeit summte sie vor sich hin.
Und der Dienstag war ein besonders angenehmer Tag, an dem sie eine klar umschriebene Aufgabe hatte, die ihre Aufmerksamkeit voll und ganz in Anspruch nahm. Am Vormittag erstellte sie eine lange Liste der weniger bekannten provinziellen Dichter Amerikas und der entsprechenden Sekundärliteratur, und nach dem Mittagessen machte sie sich selbst auf die Suche nach den Büchern im Magazin, weil ihre Assistentin sich krank gemeldet hatte. Normalerweise war es für Alice ein Greuel, im Magazin nach Büchern zu suchen, denn in den Anfängen der Bibliothek waren drei verschiedene Katalogsysteme benützt worden, so daß sich das Werk eines Autors über alle sieben Stockwerke verteilen konnte. Nach jedem Band mußte einzeln gesucht werden. Nach sechs Jahren wußte Alice immer noch nicht auf Anhieb, wo ein bestimmtes Buch stekken mochte. Das wußte so gut wie niemand. Aber heute störte sie das nicht. Es war ein guter Ausgleichssport. Sie ging von Regal zu Regal, von Stockwerk zu Stockwerk, machte das Licht an, suchte die Bücher heraus und machte das Licht wieder aus. Es war eine ergiebige Suche. Viele Bände waren noch nie ausgeliehen, anscheinend auch noch nie angerührt worden. Manche zerfielen ihr in den Händen. Andere, genauso alt, genausowenig benutzt, verrieten ihr Alter nur durch einen verblichenen Rücken und eine Staubschicht. Manche waren verlorengegangen, waren vor Jahren falsch eingeordnet worden von Bibliothekaren und Hilfskräften, die seit langem anderswo arbeiteten, geheiratet hatten oder schon Großeltern waren, den Beruf gewechselt hatten oder vielleicht gestorben waren. Es widerstrebte Alice, die Bücher neu einzuordnen; Fehler waren sichtbare Spuren der Vergangenheit, und sie war sentimental. Sie ordnete die Bücher neu ein.
Sie dachte an Henry, sie dachte an Susan, sie dachte an Rya und Jim und Noah und Ray und Jeff. Mit leicht umwölkten Gedanken ging sie von Regal zu Regal und von Stockwerk zu Stockwerk und summte vor sich hin. Als sie einen Bücherstapel auf ihrem Schreibtisch ablegte, entdeckte sie eine Nachricht von Susan: Sie habe das Auto geholt, um Besorgungen zu machen, und werde Alice um

fünf abholen. Wenn sie lieber mit dem Bus fahren wolle, solle sie anrufen. Alice schaute die Notiz lange an, weil sie seltsamerweise tatsächlich lieber mit dem Bus gefahren wäre. Als sie sich jedoch vorstellte, wie sie Susan anrief und ihr so etwas mitteilte (»Sei doch nicht albern! Der Bus ist bestimmt überfüllt! Wir können haltmachen bei –«), wurde ihr bewußt, daß das nicht ging. Und trotzdem wollte sie aus irgendeinem Grund nicht, daß Susan zur Bibliothek kam. Oder daß Honey hierherkam. Sie lebte in ständiger Angst davor, daß Honey wieder herkäme und sie auf der Treppe verhörte. Keiner von ihnen sollte hierherkommen! Sie waren in ihre Wohnung eingedrungen, und sie wollte nicht, daß auch nur einer von ihnen in der Kartei nach einem Buch suchte. Sie legte Susans Nachricht weg und griff nach der Liste mit den Dichtern. Natürlich waren sie unbekannt, dachte sie zornig. Keiner von ihnen taugte etwas. Als sie sich aufmachte, um nach den restlichen Werken (vergeudetes Papier, vergeudeter Platz) zu suchen, war sie auf die Dichter so wütend wie gestern abend auf Rya.

Um halb fünf hatten ihre Augen so viele Bücher und Namen und Zahlen überflogen, ihre Finger so viele miteinander verklebte Einbände und Seiten voneinander gelöst, daß sie kaum mehr denken oder noch etwas empfinden konnte. Mit müßigem Bedauern dachte sie an den Verfall des Materials, und sie sagte sich alle Klischees vor über das, was die Bibliothek brauchte. Sie zählte die Namen auf ihrer Liste und schätzte ab, wieviel Zeit sie morgen für ihre Suchaktion brauchen würde. Als sie hinter sich das Licht ausmachte, blitzte ein Stück Stoff auf, und ein Absatz verschwand hinter einem der weißen Metallregale. Es erschreckte sie, daß noch jemand, zweifellos eine Hilfskraft, sich in einem so unergiebigen Raum aufhielt. Wenn man es recht bedachte, war freilich in dieser Abteilung des Magazins jeder Raum gleich unergiebig, denn zumindest die ältesten Bücher waren nach Größe und Anschaffungsjahr geordnet statt nach Inhalt und Autor. Alice konnte nicht anders: Sie blieb stehen und hielt den Atem an. Sie horchte, ob sich Schritte entfernten. Keinerlei Geräusche. Sie ging den Mittelgang entlang auf die Treppe zum Stockwerk darunter zu. Sie konnte sich nicht daran hindern, daß sie sich zweimal umschaute. Kein Licht ging an. Niemand war zu sehen.

Im Stockwerk darunter traf sie ein paar Assistenten und nickte ihnen zu. Sie mußte zu dem dunklen Winkel ganz am Ende der dunklen Regalreihen. Sie würde nicht zögern, und sie würde auch kein Licht anmachen, bis auf das Licht über dem Regal, zu dem sie wollte. Nicht vor den Augen der jungen Angestellten. Aber es war seltsam, wie nervös sie war, wie unregelmäßig sie atmete. Als sie das Buch fand, nach dem sie suchte, legte sie die Hand darauf und blieb dann unwillkürlich lange davor stehen, starrte vollkommen reglos und lautlos auf den braunen Einband, hörte kein Geräusch. Sie schüttelte sich und zog dann das Buch aus dem Regal. Es war 16.45 Uhr. Vor der Verabredung mit Susan würde sie kein Buch mehr finden.

Sie dachte daran, Susan zu erzählen: »Neuerdings bin ich so was von paranoid! Ich hab geglaubt, daß mich jemand durch das Magazin verfolgt!« Sie stellte sich vor, wie sie bei dem bloßen Gedanken herzlich lachte, wie auch Susan lachen mußte. Sie dachte daran, wie Susan am Sonntag die Tür zu Alices Schlafzimmer aufgemacht hatte, so plötzlich wie – wie was? So plötzlich wie ein Autounfall, sonst fiel ihr nichts ein. Suzy Soderberg. Ja, Autounfälle, daran mußte sie denken. Nur noch ein letztes Buch. Es war ein Stockwerk tiefer. Als sie die Treppe herunterkam, sah sie, daß das ganze Stockwerk dunkel war. Die Hilfskräfte mußten das Licht ausgemacht haben, weil die Bibliothek heute abend nicht geöffnet hatte. Alice zitterte, aber sie zwang sich, den Mittelgang entlangzugehen und nur bei jedem dritten Schalter Licht zu machen. Das Buch, das letzte dieses Autors, stand so weit von der Treppe entfernt wie irgend möglich. Aber nah beim Aufzug! Aber sie mußte noch die Lichter ausmachen! Doch was sie hörte, waren nur ihre eigenen Schritte. Sie ging langsam und dachte daran, daß sie zu spät zu Susan kommen würde. Aber Susan konnte ja einen Parkplatz suchen. Das Buch stand nicht auf seinem Platz. Sie überlegte. Äußerst unwahrscheinlich, daß es ausgeliehen war. Falsch eingeordnet? Sie las die Titel der Bücher darüber und darunter, zur Rechten und zur Linken, aber sie horchte so angespannt, daß die Titel ihr nichts sagten. Sie hielt inne, machte die Augen zu, las wieder die Titel. Jetzt war es unmöglich, das schwere Atmen zu unterdrücken, nicht an Gruselfilme zu denken, in denen Männer sich von hinten heranschlichen und einem eins über den Kopf gaben, nicht an Kugeln zu denken, die von den Regalen abprallten, gegen die Regalböden knallten, in die Einbände und die Buchseiten einschlugen (und welche junge Angestellte war das gewesen, Karen Dingsbums, auf die vom Bryant Park aus geschossen worden war, während sie im dritten oder vierten Stock bei der Arbeit saß? Die Kugel war durchs Fenster gekommen und war durch Karens Haar hindurchgegangen), und dann an schlimmere Katastrophen – an Flammen, die nach oben schossen, minuten-, sekundenschnell sieben Stockwerke voller altem Papier verschlangen, schneller, als sie es bis zur Treppe schaffen konnte. Hatte sie Schritte gehört? Ein eindeutiges Geräusch, trapp, trapp, trapp. Alice wäre schier in Ohnmacht gefallen, aber das Geräusch wurde leiser und war dann verschwunden. Sie kam hinter dem Regal hervor und schaute den Gang entlang. Alle Lichter, die sie zuvor eingeschaltet hatte, waren dunkel.

Das Buch hatte sie noch immer nicht gefunden. Sie zwang sich, die Titel zu lesen. Es verlangte sie nach dem Aufzug. Fast hätte sie laut aufgestöhnt. Jemand konnte sie von hinten anfallen. Sie schnellte herum. Niemand. Nichts. Vielleicht würde es Jahre dauern, bis man sie fand. Sie schob sich langsam zum Ende des Regals und machte das Licht aus. Jetzt war das ganze Stockwerk dunkel. Sie konnte nichts sehen, aber auch jemand anders konnte das nicht. Sie kauerte sich neben das Regal, beschützt, und starrte den langen dunklen Mittelgang hinunter. Kein Geräusch, keine Bewegung bis auf den sich sammelnden Staub. Alice wartete.

Und dann kam sie seltsamerweise wieder zu sich, oder besser, die Furcht, die sie überschwemmt hatte, ebbte ab und ließ sie idiotisch zusammengekauert im Dunkeln zurück, hinter einem Bücherregal, zu spät dran für eine Verabredung. Sie stand auf, schüttelte sich das Haar zurecht, strich sich den Rock glatt und machte das Licht an. Es war zwei Minuten nach fünf. Sie hätte eher angenommen, es sei Mitternacht oder fünf Uhr morgens. Sie holte ein paarmal tief Luft und atmete heftig aus, als wolle sie so die letzten federleichten und doch erstickenden Staubschwaden des Anfalls wegpusten, dem sie nachgegeben hatte. Was für ein Anfall war das überhaupt gewesen? Als sie im Aufzug nach oben fuhr, dachte sie über die letzten Tage nach, und sie kamen ihr vor wie eine Kette von unkontrollierbaren Wutausbrüchen, Sehnsuchtsschüben und Ängsten, aneinandergereiht wie Perlen auf einer Schnur aus unkontrollierbarem Hunger. Wenn sie nicht an Henry dachte, nicht wütend war oder Angst hatte, dann dachte sie über die nächste Mahlzeit nach. Abends machte sie Pläne fürs Frühstück. Wenn sie mit anderen beim Essen saß, dann wollte sie das, was die anderen aßen, noch zum eigenen Essen dazu. Wenn sie und Susan sich unterhielten und nicht den Mord besprachen oder sich ins Gedächtnis riefen, dann sprachen sie über das Essen. Der Aufzug hielt im Erdgeschoß, die blechernen Türen gingen mit Gekreisch auf, und Alice stieg aus. Sogar der große Lesesaal war fast menschenleer. Wie immer erschien er Alice als zu grandios für die Menschen, die hier arbeiteten, als zu grandios für Referate über Autoren wie Sarah Orne Jewett und Nathan Hale, als zu grandios für Menschen überhaupt. Als sie jetzt hineinschaute, kam er ihr so fremdartig vor, daß er fast schon komisch wirkte. Sie ging durch die Schranke des Auskunftstresens zwischen den Lesesälen und schaute hinauf zu der Stelle, wo Männer einmal probiert hatten, das goldene Blattwerk aufzupolieren, ein ungeheuerliches und gefährliches Unternehmen, das die Kuratoren im modernen Zeitalter als nicht kostendeckend zurückgewiesen hatten. Die Stelle, an der es ausprobiert worden war, glänzte noch immer.

Susan wartete auf sie. Schon als sie die Autotür aufmachte, entschuldigte sich Alice für die Verspätung und erklärte, sie sei noch im Magazin gewesen. Schon als Alice einstieg, sagte Susan, sie sei eben erst gekommen, habe geglaubt, sie sei selbst verspätet, und warum sie das Auto überhaupt aus der Garage geholt habe, könne sie sich gar nicht mehr vorstellen, außer daß sie plötzlich Lust aufs Autofahren bekommen habe. Alice seufzte tief und wohlig auf bei dem Gedanken, daß wieder ein Arbeitstag hinter ihr lag. Susan drehte sich um und wollte rückwärts aus dem Parkplatz herausfahren. Es war jetzt doch gut, Susan zu sehen, war gut, nicht im Bus nach Hause fahren zu müssen. »Was wollen wir essen?« fragte Alice. »Und wieviel Prozent der Zeit bringe ich deiner Meinung nach damit zu, über das Essen zu reden?« Susan trat auf die

Bremse, als zu ihrer Linken unvermutet ein Motorrad auftauchte. »Scheiße«, sagte Susan. »Nie im Leben komm ich hier heraus.« Alice erzählte nichts von ihrer Panik im Magazin.

Schließlich kamen sie überein, das Auto abzustellen und sich dann ein Omelette zu machen mit Spinatsalat und einem Baguette von Zabar. Susan hatte gute Laune. Während Alice am Tisch saß, völlig zerschlagen und deshalb, wie sie glaubte, ungewöhnlich reserviert, wusch Susan dreimal hintereinander den Spinat und trocknete ihn ab, schnitt Zwiebel und Pilze für das Omelette klein und stampfte Knoblauchzehen in ein Butterstückchen für das Baguette. Sie arbeitete effektiv, aber ohne Anstrengung, interessierte sich mehr für das, worüber sie redete, wobei es um Denny ging, als für das, was sie machte. Alice dachte an ihre früheren Gespräche beim Kochen, wobei immer die Köchin die Führung übernommen hatte, während die Tischdeckerin nur zugehört und gelegentlich einen zustimmenden oder aufmunternden Laut ausgestoßen hatte, als Preis dafür, daß man kaum half. Meistens hatte das besonders viel Spaß gemacht. Susan sagte gerade: »Ich glaube, irgend etwas hat sich jetzt gelöst, obwohl ich nicht weiß, was oder warum. Denny fehlt mir schrecklich, und ich muß immerzu an ihn denken. Ich meine, ich muß im Laden weinen und ins Hinterzimmer gehen. Aber ich glaub jetzt eher dran, daß es irgendein Ziel gibt und daß ich auch irgendwie hinkomm. Weißt du, was ich meine?«
»Nicht genau.« Alice warf einen Blick aus dem Fenster, in der Hoffnung, sie könne wie durch ein Wunder einen Blick auf Henry Mullet erhaschen. Ihr zuverlässiges altes Ich war so gut wie gar nicht vorhanden; sie war seltsamerweise weit weg von Susan und vom vertrauten Zauber, der von Susans Gespräch ausging. Sie dachte wieder und wieder an die Panik zwischen den Bücherregalen, und die Sache kam ihr fast so furchterregend vor wie ein Angriff, der tatsächlich stattgefunden hatte. Die Angst hatte sie gelähmt, hatte es ihr unmöglich gemacht, nachzudenken oder zu handeln. Ihr einziger Instinkt war gewesen, sich hinzukauern, ihren Kopf zu schützen. Es war unerträglich, sich ein Leben vorzustellen, dessen Gefahren durch derartige Reaktionen ins Unermeßliche vergrößert wurden. Aber der Gedanke, einmal gedacht,

rutschte wieder weg. Sie war wie zerschlagen. »Wenn ich selbst wüßte, was ich meine, dann könnte ich es dir vielleicht sagen, aber ich weiß es nicht. Das ist der unheimlichste Gedanke überhaupt. Irgend etwas an unserem Leben hat mich wütend gemacht.« Susan schaute kurz hoch. »Es hatte nichts zu tun mit dem, was ich eigentlich hätte empfinden müssen. Es war wie ein winziger Stachel, der mir dauernd im Fleisch saß. Jedesmal, wenn ich an Denny oder an Craig oder an uns alle gedacht habe, hab ich den Stachel gespürt, wie er mir ins Fleisch ging, mich wütend und traurig zugleich gemacht hat. Weißt du, was ich meine?«

»Irgendwie schon.«

»Jetzt weiß ich, was das für ein Stachel ist, und ich bin ihn deshalb noch nicht los, aber jetzt kann ich ihn sehen, während er früher unsichtbar war. Jetzt kann ich sehen, daß der Stachel nur ein Teil von allem war, aber alles schien davon infiziert zu sein wie von Giftsumach oder irgend so einer giftigen Pflanze. Alles kam mir unmöglich vor, so wie wenn man einen Ausschlag am ganzen Körper hat, aber jetzt nicht mehr. Im Rückblick, meine ich. Wahrscheinlich ist es komisch, daß das so eine Wirkung auf mich haben soll – ich meine, daß ich es jetzt begreife, denn schließlich ist die Situation ja jetzt grundlegend anders, aber es ist eine solche Erleichterung, wenn man begriffen hat, wie etwas war, daß es eben *so* war und nicht anders.«

»Worüber redest du eigentlich?« Alice hatte ziemlich scharf gesprochen, aber Susan schien es nicht gemerkt zu haben.

»Was hat Craig dir letztes Jahr zu Weihnachten geschenkt?«

»Weißt du das nicht mehr? Eine Bluse von Halston.«

»Doch, das weiß ich noch. Und mir hat er eine Flasche *Joy*-Parfum geschenkt.«

»Ja und?«

»Weißt du noch, was er darüber erzählt hat, woher er das Geld hatte?«

»Sie hatten viele Konzerte zwischen Thanksgiving und Weihnachten, und der Typ in Bridgeport hat jedem hundert Dollar Trinkgeld gegeben, der besoffene Typ.«

»Das mit den vielen Auftritten stimmt, aber Craig hat das ganze Geld für Drogen ausgegeben. Nach Weihnachten hat mir Denny erzählt, daß er Craig am Wochenende davor tausend Dollar von unserem gemeinsamen Konto ›geliehen‹ hatte, damit er Schulden bezahlen konnte, die ihn in echte Schwierigkeiten gebracht hätten. Ich hab mich nicht getraut, danach zu fragen, was das für Schwierigkeiten waren, aber ich glaube nicht, daß es um Drogen ging. Abgesehen von der Tatsache, daß er die Schulden nur zum Teil bezahlt hat, denn Craig hatte das Geld am Heiligen Abend in der Tasche, und er war in der Stadt unterwegs, und den Rest weißt du.«

»Du liebe Zeit.«

»Jetzt macht mich das nicht mehr wütend.« Susan warf die Gemüse in die schäumende Butter. »Wirklich nicht mehr. Wir haben ihm noch mal dreihundert gegeben, und er hat die Schulden bezahlt. Freilich haben wir uns oft deshalb gestritten. Wir haben Craig eine Menge Geld geliehen, und gestern abend hab ich mich, nur versuchshalber, hingesetzt und es ausgerechnet, bloß das Bargeld, den Rest nach allem, was er uns geliehen oder zurückgezahlt hat. Ich bin auf 5700 Dollar gekommen. Gibst du mir bitte die Eier?«

Alice stand auf und brachte die Schüssel mit den zitronenfarbigen Eiern zum Herd. »Ich hab mir die Zahl lange angeschaut. Eine ganz schöne Menge Geld, nicht? Aber wir haben ihn dreizehn Jahre lang gekannt, und das macht bloß etwas über vierhundert im Jahr oder ungefähr achtfünfzig pro Woche. Geld für Zigaretten und Bier. Und dafür hätten wir's auch ausgegeben, wenn wir es ihm nicht geliehen hätten. Soll ich es wenden?« Susan klang immer noch munter. Alice hatte sie noch nie mit so viel Gelassenheit über Craig sprechen hören. »Ja, ich mag's, wenn's durch ist.«

Eine Pause entstand, als Susan das Omelette über den Pfannenrand hob und es dann vorsichtig umdrehte. »Herrlich«, sagte Alice.

»Ich hab in all den Jahren gedacht, daß ich das Geld geradesogut hätte verbrennen können, aber als ich es zusammengezählt hatte und mir die Zahl anschaute, ist mir klargeworden, daß es mir überhaupt nicht wichtig war.«

»Es war eben ein Symbol für deine Rivalität mit Craig. Ich meine, Denny hat ihm etwas gegeben, das dir gehörte –«

»Nein, darüber habe ich auch nachgedacht.« Sie fuhr mit einem Küchenmesser durch die dampfende Eiermasse und halbierte sie. Sie bückte sich und nahm das Brot aus dem Backofen. Alice langte über den Tisch nach dem Salat, hätte gern heftig den Kopf geschüttelt, damit er klar wurde, damit sie ihre Aufmerksamkeit mit Schrauben und Nägeln an dem festmachen konnte, was Susan sagte. Vielleicht bewirkte die Panik eine chemische Veränderung im Gehirn, eine Auflösung des kortikalen Gewebes. Susan zog sich den Stuhl heran und setzte sich.

»Weißt du, Denny war nicht völlig blind gegenüber Craig. Und er konnte auch wütend werden, obwohl das nie jemand außer mir mitbekommen hat. Ungefähr ein halbes Jahr, nachdem wir uns kennengelernt hatten, ist etwas passiert, das ich mir hätte merken sollen. Wir haben zu dritt zu Abend gegessen. Nein, wir waren zu viert. Craig war mit dieser Chinesin zusammen, deren Vater bei der Botschaft war, kannst du dich an sie erinnern?«

»Helen Huang.«

»Stimmt. Wir saßen also zu viert beim Essen. Craig hatte damals das einzige Auto, und er fragte mich, ob ich es am nächsten Tag brauche. Ich wollte irgendwas sagen, da hat er mich noch mal gefragt, diesmal fast kläffend. Denny hat nicht richtig zugehört, aber Helen hat mich angeschaut. Ich glaube, es ist mir sogar gelungen, so was wie ›ich‹ herauszubringen, aber Craig hat mich unterbrochen und gesagt: ›Scheiße, Susan, brauchst du nun das Scheißauto oder nicht? Und falls du's brauchen solltest, dann sorg diesmal dafür, daß du das Scheißbenzin nachfüllen läßt.‹ Ich muß scharf eingeatmet haben oder irgend so was, denn Denny, der neben mir saß, hat aufgeschaut und mit warnender Stimme ›Susan!‹ gesagt. Ich hatte die ganze Zeit die Gabel in der Hand, weil ich mit dem Essen anfangen wollte, und ich hab einfach die Gabel in der Faust herumgedreht und Denny in den Arm gestochen. Sofort hat es geblutet. Ich wollte, daß es blutet. Wir sind aufgesprungen, haben uns angeschrien, sind ins Schlafzimmer gerannt und haben geheult, und alles war hochdramatisch, und Helen, die in einer sehr konservativen chinesischen Familie aufgewachsen ist, war am Boden zerstört. Damals kam mir das alles sehr leidenschaftlich und aufregend vor, und ich hab geweint, wenn auch nicht soviel wie

Denny, und vor allem deshalb, weil es mir gutgetan hat, das alles wegzuschwemmen, du weißt schon, und es gab eine melodramatische Versöhnung, und es sah so aus, als ob es bloß zwischen Denny und mir gegärt hätte. Aber das war nicht so. Ich hätte darauf achten sollen.«

An irgend etwas über diese Szene konnte sich Alice vage erinnern, aber das Bild, das sie sich jetzt davon machte, war viel lebendiger und überlagerte die Erinnerung. Die Gabel, die sich in Susans Hand drehte, sich in Dennys Arm grub, das Blut, das herausströmte (oder wahrscheinlich tröpfelte). Das war vollkommen glaubhaft, und von Reue war sicher nicht die Rede gewesen. Susan war schließlich ein sehr pragmatischer Mensch und neigte wenig dazu, etwas zu bereuen. Alice sagte: »Hast du –«

»Ein paar Jahre später ist was Ähnliches passiert, als sie den ganzen Sommer lang lauter neue Lieder geprobt hatten. Kein Mensch hatte Geld, nicht einmal du.«

Alice fragte sich, ob sie immer den Eindruck erweckt habe, sie hätte Geld, und ob sie großzügig genug damit umgegangen sei.

»Sie haben Tag für Tag geprobt, den ganzen Tag lang, und Denny war wütend auf Craig, weil er irgendwas nicht richtig sang oder bei was anderem falsch einsetzte und dann Denny die Schuld daran gab, wenn es schlecht klang. Den ganzen Tag lang war er reizend und nachsichtig zu Craig, weil es sinnlos war, sich mit Craig anzulegen, und dann kam er nach Hause und brüllte die Katzen an oder mich, und einmal hat er die Glasscheibe in der Hintertür zertreten, aber das war ihm so peinlich, daß er wochenlang behauptet hat, das sei der Wind gewesen, und als er mir dann gestanden hat, daß er es doch war, hat er geweint. Ich weiß nicht, warum ich nicht –«

»Aber was lernst du daraus, daß du das alles wieder aufwärmst?«

»Das weiß ich nicht, aber hör zu. Im letzten Herbst bin ich einmal spät nach Hause gekommen. Ich weiß noch, daß ich schrecklich schlecht gelaunt war, weil Monsieur und Madame den ganzen Tag lang dagewesen waren, aber nur herumgesessen oder die Verkäuferinnen geärgert hatten und Blabla. Denny schaute sich irgendein Footballspiel im Fernsehen an, und als ich heimkam, sah ich, daß er sechs Bier getrunken hatte. Ich war froh, daß ich zu Hause war, und er war froh, daß ich da war, aber wir fingen an, herumzublödeln, und er fing damit an, an meinen Kleidern herumzufummeln, was er sonst nie machte und was ich nicht ausstehen konnte. Ich hab ihn gebeten, das zu lassen, und das hätte er auch getan, wäre er nicht betrunken gewesen, und wir wären ins Bett gegangen, hätten gevögelt, uns ordentlich ausgeschlafen und uns vollkommen wohl gefühlt, aber statt dessen ist er wütend geworden, hat mich an der Bluse gepackt und sie mutwillig aufgerissen, so daß alle Knöpfe abgesprungen sind. Ich hab ja gewußt, daß er blau war, deshalb wollte ich bloß sauer tun und es damit gut sein lassen, aber dann hat er gesagt: ›Du *bist* ein eiskaltes Miststück‹, einfach so, nicht als ob er darüber nachgedacht hätte, sondern als ob er mit jemand darüber gesprochen hätte. Solche Wörter sahen ihm nicht ähnlich. Er hat mir nie Schimpfwörter angehängt, nicht einmal, wenn wir wirklich eine Wut aufeinander hatten, und jetzt warf er mir die Schimpfwörter von jemand anders, Craigs Schimpfwörter, an den Kopf, und auf einmal sah ich vor mir, wie sie über mich sprachen, ich sah alles vor mir, bis zurück zum Anfang, und das hat mich um den Verstand gebracht.«

»Aber natürlich haben sie über dich gesprochen. Du und ich haben doch auch immer über die beiden gesprochen.« Das Essen war weg, sogar das Brot. Alice schaute zum Kühlschrank und fragte sich, was dort zum Nachtisch stehen mochte.

»Aber wir haben nie über Denny und mich gesprochen, nicht wirklich. Oder? Du weißt nicht, was für ein Liebhaber er ist. Ich spreche doch nicht über unsere Probleme oder über unsere Kräche, oder tu ich das?«

Alice schüttelte den Kopf.

»Weißt du, von mir aus war das eine bewußte Entscheidung.«

»Du warst sehr diskret, aber das heißt nicht, daß ich mir nicht etliches zusammengereimt habe.«

»Was du dir zusammengereimt hast, das geht nur dich etwas an.«

Alice nickte und dachte an Gelegenheiten, zahllose Gelegenheiten, bei denen sie sich zartfühlend an etwas herangetastet hatte, Vertraulichkeiten herausgefordert hatte, falls es nötig gewesen wäre, ins Vertrauen gezogen zu werden. Es war zwischen ihnen zu einem solchen Muster geworden, daß sie es im geheimen »Stochern mit der Gabel« nannte, weil sie das meistens beim Essen getan hatte. Sie sagte: »Und was für einen Schluß ziehst du daraus? Was hast du damals für wahr gehalten, das du heute nicht mehr für wahr hältst?«

»Ich hab Angst, daß du lachst. Ich hab's damals nie zu dir gesagt, weil ich mir jedesmal, wenn ich's laut ausgesprochen hab, blöd vorgekommen bin.«

»Was also war's?«

»Damals hab ich geglaubt, daß Craig irgendwie Macht über uns hat. Und als wir uns dauernd mit Astrologie beschäftigt haben, da dachte ich schon, es liegt daran, daß er ein Doppelter Skorpion war. Später hab ich nicht mehr gewußt, warum, aber es ist mir so vorgekommen, als ob er uns manipuliert, vor allem Denny. Manchmal war Denny einfach nur ein Geschöpf von Craig.«

»Gestern abend –« Aber Alice hielt inne, ehe sie preisgab, was Rya zum selben Thema geäußert hatte. Sie sagte: »Und was hältst du jetzt für wahr?«

»Daß er auch nur ein Mensch war. Ein ziemlich anziehender Mensch, der meistens seinen Kopf durchgesetzt hat, aber auch nur ein Mensch.«

»Das ist deine Offenbarung?«

»Klingt nicht nach viel, oder?«

»Nicht besonders.«

»Jetzt weißt du wenigstens, wie fest ich an die andere Geschichte geglaubt habe.«

»Meine Liebe, du hättest mit ihm schlafen sollen. Dann hättest du gewußt, daß er zwar anziehend, aber in keiner Weise omnipotent war.«

Susan lachte. Als ihr bewußt wurde, was sie gesagt hatte, fing Alice selber zu lachen an. »Ja, stimmt!« rief sie. Lachend saßen sie in den Stühlen. Als sie jedoch ins Bad ging, die Tür hinter sich zumachte und sich auf den kalten Sitz setzte, verging Alice das Lachen, und sie fing zu zittern an, wahrscheinlich, weil der Sitz so kalt war, dachte sie. Sie war fertig, wusch sich die Hände, wusch sie noch einmal. Sie wusch sich mit ganz heißem Wasser das Gesicht, aber sie zitterte immer noch. Ihr klapperten sogar die Zähne.

Sie schaute in den Spiegel, konzentrierte sich auf ihr Gesicht, ohne es wirklich wahrzunehmen, dachte aber nicht nach über die Geschichten, die Susan ihr erzählt hatte. Einen Augenblick später zog sie sich aus und stellte die Dusche an, sehr heiß. Fünf Minuten lang ließ sie das Wasser über den Kopf, den Bauch und den Rücken laufen; dann war das Zittern vorbei. Sie schmiegte sich in den wärmsten Bademantel. Als sie wieder in die Küche kam, war Susan mit dem Abwasch fertig. Sie saß am Tisch und rauchte eine Zigarette. Es war ihre dritte, was aus dem Aschenbecher hervorging, und auch sie lachte nicht mehr. Alice sagte: »Ich hab zwei vollkommen verrückte Tage hinter mir. Ich komm nicht mehr mit. Wenn ich morgen früh aufwache, weiß ich wahrscheinlich nicht einmal mehr, daß du hiergewesen bist.« Susan lächelte, ohne auch nur einen Zahn sehen zu lassen. »Es hat Spaß gemacht«, sagte sie. »Heute habe ich keine Lust, nach Hause zu gehen.«
»Es ist noch hell. Trotzdem möchte ich gern ins Bett.«
»Das sehe ich.« Sie lächelte wieder, auf diese seltsame, wehmütige und kaum kameradschaftliche Weise.
Alice räusperte sich. »Ich ruf dich morgen an. Im Laden. Wir machen was aus.«
Susan stand auf, stand tatsächlich auf, drückte die Zigarette sorgfältig und gedankenverloren aus. »Früher hab ich immer gedacht, daß ich dir jederzeit willkommen bin, wenn ich bleiben möchte.«
»Das wärst du mir auch, wenn ich jetzt überhaupt jemanden gern in der Nähe hätte. Das weißt du.«
Susan zuckte die Achseln, war aber schon halb aus der Tür. Alice machte sie hinter ihr zu und lehnte sich dann lange dagegen. Eine Weile später, als es ganz dunkel geworden war, zog sie Jeans an, griff nach den Schlüsseln und ging über die Straße. Als Henry Mullet ihr aufmachte (grinsend, wie sie erleichtert feststellte), sagte sie: »Macht's dir was aus, daß ich ein bißchen zu früh dran bin?«

9

Es war ausgesprochen angenehm, dachte Alice, in der ausgesprochen abgeschotteten Wohnung von jemand anderem aufzuwachen und zu wissen, daß man wieder hierher zurückkehren würde, am Abend desselben Tages noch, ohne eine Einladung herauskitzeln zu müssen, ohne jedes seiner Worte, jeden Blick auf die Goldwaage zu legen, damit man herausbekam, ob man auch willkommen war. Henry war am Morgen sachlich, fröhlich und sah gut aus. Die Sonnenstrahlen färbten seine Wohnung wie Platin. Sie wankte nackt ins Bad und entdeckte, daß er neben der Dusche ein sauberes, gelbes Handtuch, einen geblümten Waschlappen und ein neues Stück Seife für sie zurechtgelegt hatte. Sie ging unter die Dusche, wozu sie sonst am Morgen meistens keine Zeit hatte, und kam hellwach darunter hervor, ein Gefühl, das sich sonst meistens erst nach einer Stunde des Arbeitstages bei ihr einstellte. Sie war in der Nacht nur einmal wach geworden, hatte in der Dunkelheit an Susan denken müssen, wobei ihr schlecht geworden war. Während sie sich über dem Waschbecken das Gesicht wusch und Henrys Zahnbürste benutzte, neigte sie dazu, ihre Reaktion für fiebrig zu halten, ausgelöst von ihrer Vertrautheit mit Susan oder von den Achterbahngefühlen der letzten Tage. Henry nahm sie in die Arme, als sie aus dem Bad kam. »Ich hab die Art so gern, wie du nackt herumläufst«, sagte er.

»Schamlos, ich geb's zu. Ich muß aber auch zugeben, daß ich mich schon mal gefragt habe, ob du mich womöglich gesehen hast, wie ich in voller Pracht mit blankem Hintern in meiner Wohnung herumgelaufen bin. Ich glaube, das ist die Strafe dafür, wenn man sich in New York mit Nachbarn anfreundet.«

»Das hab ich noch nie gesehen, aber ich werde bestimmt die Augen offenhalten.«

»Ich hab irgendwie den Verdacht, daß du das gar nicht nötig haben wirst.«

Henry gluckste vergnügt. Er hatte Kaffee gekocht. Das Geschirr von gestern abend, das neben der Spüle gestanden hatte, war abgewaschen. Eine runde, kühle, goldene Grapefruit, am Pol rosig angehaucht, prangte mitten auf dem Küchentisch wie ein Blumenstrauß. Zwei Plätze waren mit gefalteten Papierservietten und Grapefruitlöffeln gedeckt. Susan schien einen Erdteil weit fort zu sein. »Ich hab nicht viel im Haus«, sagte Henry. »Ich esse zum Frühstück immer das gleiche, und ich kann mir nicht vorstellen, daß dir das auch schmeckt.«

»Was ist das denn?«

»Grape-Nut.«

»Ich mag Grape-Nuts-Müsli.«

»Ohne Milch. Ich mag keine Milch und hab keinen Tropfen im Haus.«

»Du machst Witze.«

Wie zur Demonstration schüttete er die Körnerflocken in eine Schüssel und mahlte sie Löffel für Löffel zwischen den Zähnen. Alice sagte: »So hat das römische Heer die Zähne verloren, weißt du«, aber ihr fröstelte vor Vergnügen. Sie war wieder hingerissen von ihm, und das konnte den ganzen Tag lang so bleiben, so wie wenn man sich Hunger holte für ein großes Essen, das einem sicher war. »Schneid die Grapefruit durch«, sagte er. »Ich hab gestern eine gegessen, und sie sind sehr süß.«

»Ich sag nicht, was mir auf der Zunge liegt.«

»Was denn?«

»Statt dessen sag ich, daß ich dich mit dem größten Vergnügen zum Frühstück verspeisen könnte.«

»Ich dich auch.« Er griff über den Tisch nach ihrer Hand und küßte ihre Finger der Reihe nach.

»Danke schön. Wie spät ist es übrigens?«

»Halb sieben.«

»Das soll wohl ein Witz sein.«

»Ganz und gar nicht. Ich muß um sieben im Zug sitzen.«

»Ich glaube nicht, daß ich in meinem ganzen Leben um halb sieben auch nur einmal so klar bei Bewußtsein war.«

»Hältst du das für Liebe?«

Alice sprach in leichtem Ton, weil es ihr leid tat, daß er darauf zu sprechen gekommen war. »Nein. In dieser Hinsicht ist mein Bewußtsein kein bißchen klar.«

Henry mahlte weiter.

»Das macht dir doch nichts aus?«
»Weiß ich nicht. Jedenfalls fühle ich mich gut.«
»Ich mich auch.«
Als Henry zur Arbeit ging und Alice in ihre Wohnung, um sich umzuziehen, schien es so, als hätten sie einen ganzen müßig verbrachten Sonntagvormittag in einen Zeitraum hineingepackt, der normalerweise nicht einmal zu Alices Alltag gehörte.
Um zwölf kam eine Kollegin aus dem Lesesaal zu ihr in den Katalograum der Periodika und sagte ihr, am Ausleihepult warte ein Mann auf sie. Unwillkürlich dachte sie, das könne nur Henry sein, aber ihr breites Lächeln schwand, als sie sah, daß Detective Honey am Pult lehnte und mit professionellem Blick die Handbibliothek musterte. Er paßte nicht ins Bild, sah aus, als fühle er sich bloßen Wörterbüchern und Nachschlagewerken überlegen. Verärgert fuhr ihn Alice an: »Es sind Leute hier, die darauf warten, daß sie das Pult benutzen können. Wir sollten nach draußen gehen.«
Trotzdem lächelte Honey. Offensichtlich nahm er ihren Ton nicht zur Kenntnis. »Wie geht es Ihnen?«
»Gehen wir auf die Treppe hinaus.« Und dann: »Wenn Sie's schon wissen wollen, es macht mich fuchtig, wenn Sie hierherkommen.«
»Ich habe nur ein paar Fragen.«
»Gut.« Auf der Treppe kreuzte Alice die Arme vor der Brust und lächelte höflich.
Honey schlug das Notizbuch auf. »Erstens, Sie fragen sich wahrscheinlich, was mit Mr. Reschley ist.« Alice nickte. »Wir haben ihn immer noch nicht erreicht, aber wir sind ziemlich sicher, daß er sich in Miami aufhält oder daß er gestern morgen dort war. Zusätzlich dazu, daß er auf dem Flughafen mit an Sicherheit grenzender Wahrscheinlichkeit erkannt worden ist, wurde gemeldet, daß er in einer Bar und auf der Straße in der Begleitung eines Mannes gesehen wurde, der, sagen wir mal, kein Unbekannter in diesen Kreisen ist.« Alice wagte kein Wort zu sagen, aber sie hob die Brauen. Honey fuhr fort: »Solange wir wissen, wo er sich aufhält, haben wir im Augenblick keinen Grund, uns mit ihm in Verbindung zu setzen.«
»Oh«, sagte Alice.

»Wonach ich Sie fragen muß, hat jedenfalls mehr mit zwei anderen Freunden von Ihnen zu tun. Erstens mit Mr. Mast.«

»Und mit wem sonst?«

Honey lächelte. »Eins nach dem anderen, okay?«

Alice zuckte die Achseln und setzte sich auf die Treppe. Honey ging neben ihr in die Hocke.

»Wie lange kennen Sie die Masts, Mrs. Ellis?«

»Noah seit etwa zwölf Jahren, Rya seit etwa sechs.«

»Würden Sie sagen, daß Sie die beiden sehr gut kennen?«

»Ich war viel mit ihnen zusammen, aber ich war mit Noah nie besonders eng befreundet, und zwischen Rya und mir gibt's Höhen und Tiefen.«

»Trauen Sie sich zu, ein Urteil darüber abzugeben, was das für Menschen sind? Sie zu charakterisieren?«

»Haben wir das nicht schon besprochen?«

»Mich interessiert, was Sie jetzt dazu zu sagen haben.«

»Rya arbeitet in der Werbeabteilung einer Kabelfernseh-Gesellschaft. Ich weiß nicht genau, was sie da macht, aber aus ihren Kleidern und ihrem Benehmen schließe ich, daß sie ziemlich gut verdient. Sie war früher Empfangsdame und Sekretärin bei NBC.«

»Ich weiß über Mrs. Masts berufliche Laufbahn Bescheid.«

»Noah hat sich als Musiker nie ernsthaft außerhalb der Band umgetan, schon gar nicht ohne Craig. Er ist ein recht durchschnittlicher Junge aus dem Mittelwesten.«

»Und was ist das?«

Alice räusperte sich. »Ich glaub, ich will damit sagen, daß er an der Oberfläche genauso reagiert wie darunter. Was man ihm ansieht, ist auch schon alles!«

»War das immer so bei Mr. Mast?«

»Ja.«

»Und es gilt weiterhin?« Er sah sie ganz aus der Nähe an. Alice verlagerte das Gewicht und schaute nach unten, mit zwei Gefühlen zur gleichen Zeit: daß dies bloße Taktik sei und daß er ihr gefolgt sein mußte. Sie drehte sich um und starrte die Fassade der Bibliothek an. Den ganzen Vormittag über war sie im Magazin etwas nervös gewesen. Sie hatte sich mehr als nötig am Schreibtisch zu schaffen gemacht und Sidney angeboten, seine Schicht am

Pult im Lesesaal zu übernehmen, denn wirklich sicher war man nur im Durchgangsverkehr. Sogar die Fassade wirkte jetzt anders auf sie, nicht mehr wie eine feste Burg, sondern wie eine Membran. Die vielen Türen flogen dauernd auf. Jeder konnte hinein. Genau das hatte der Direktor nach dem Überfall im Lesesaal gesagt: Sie dürften nicht vergessen, daß die Bibliothek eine öffentliche Einrichtung mitten in New York sei, auf ihre Weise genauso zugänglich wie die U-Bahn oder die Busbahnhöfe. Sie dachte an Roger Jenks, der seine staatsbürgerliche Pflicht getan hatte. Sie dachte an ihre Freunde. Irgendwie hatte sich der Square Dance neu formiert, und sie stand jetzt im Mittelpunkt, wo sie noch nie gestanden hatte. In den vergangenen zwölf Jahren war Craig der Mittelpunkt gewesen, Craig, dessen Charme, Energie und Ehrgeiz dem Leben aller anderen ein Muster und eine Richtung gegeben hatten. Jetzt, da er tot war, hatte es Alice aus der Peripherie fortgerissen, an der sie sich vollkommen wohl gefühlt hatte, und es war beängstigend, wie sich alle um sie drehten und um sie herumwirbelten.

Honeys Geduld hatte etwas Unmenschliches. Er schaute einem Mann ein paar Stufen weiter unten zu, der Geige spielte. Ein Passant warf einen Fünfdollarschein in den offenen Geigenkasten. Sie dachte an Ray und Jeff und an Rya und Noah und natürlich an Susan. Wo lag ihre Verantwortung? Mit welchem Bündel von Informationen machte sie am wenigsten falsch? Denn es lag auf der Hand, daß Honey ohne ein solches Bündel nicht gehen würde. Was würde er am wahrscheinlichsten auch aus anderer Quelle erfahren? Sie sah auf das trügerische Bollwerk der Bibliothek und seufzte. Honey rückte näher an sie heran. Es war unheimlich, wie er nicht ihre Gedanken, sondern ihre Gefühle lesen konnte. Sie sagte: »Ich glaube, ich muß Ihnen etwas sagen.« Honey schlug eine neue Seite in seinem Notizbuch auf, und Alice berichtete ihm, was Noah am Sonntag zu ihr gesagt hatte und was Rya am Montag zu ihr gesagt hatte, ließ auch das Detail mit dem Anruf nicht aus, bei dem sich niemand gemeldet hatte. Sie erzählte ihm nichts über Noahs Drogenkonsum, aber sie hatte den Verdacht, darüber wisse er ohnehin schon Bescheid. Sie hatte beim Reden ein seltsames Gefühl, ein fast körperliches Gefühl, immer weiter abzurutschen.

Angst und Befreiung, Scham und Erleichterung, alles zur gleichen Zeit. Als sie zu Ende war, brannte ihr Gesicht.

Honey wirkte so gut wie unbewegt. Als sie ausgeredet hatte, wartete er hoffnungsvoll ab, ob nicht noch mehr käme, mit einem halben Lächeln, als hätte sie die Schlußpointe ausgelassen. Alice sagte: »Das ist alles, was ich weiß. Das ist der neueste Stand.«

»Kommt Ihnen das denn nicht verdächtig vor, Mrs. Ellis?«

»Ich nehme an, ich müßte dazu ja sagen.«

»Warum?«

»Mir kommt das alles so gefühlsbeladen vor.«

»Glauben Sie, daß solche Gefühle zu einem Mord führen können?«

»Glauben Sie das nicht?«

»Vielleicht. Aber Liebe führt nicht immer zur Ehe, wenn der Verliebte nicht der Typ ist, der unbedingt heiraten will.«

»Uns ist das alles so neu, oder jedenfalls mir, daß ich jetzt unmöglich damit anfangen kann, Ihnen gegenüber darüber zu spekulieren, ob Noah oder Rya der Typ sind, der unbedingt morden will.«

»Und Ihre anderen Freunde?«

»Nein«, fauchte sie, »keiner von ihnen.«

Honey schlug das Notizbuch zu. Er sagte: »Haben Sie Ihre Schlüssel irgend jemand gegeben, Mrs. Ellis?«

»Nur Susan.«

»Miss Gabriel hat freien Zugang zu Ihrem Wohnsitz?«

»Sie ist die einzige.«

»Aber sie hat freien Zugang, Schlüssel zum Hauseingang, Fahrstuhlschlüssel, Wohnungsschlüssel?«

»Es gibt keinen Fahrstuhlschlüssel.«

»Es war sehr vertrauensselig von Ihnen, die Schlüssel aus der Hand zu geben.«

»Sie würde sie nie jemand anderem anvertrauen.«

»Wahrscheinlich nicht.«

»Sie glauben wohl, daß ich die Schlüssel zurückverlangen sollte!«

Alice sagte das voller Vorwurf.

»Es ist eine allgemeine Regel, Mrs. Ellis, daß es ausgesprochen

unklug ist, Schlüssel zu verleihen, wie Ihnen Ihre jüngste Erfahrung ja gezeigt haben muß.«
»Sie ist meine beste Freundin!«
Honey steckte das Notizbuch ein. Sie verabschiedeten sich mit den üblichen Förmlichkeiten, und Alice wollte zurück an die Arbeit. Der Kriminalbeamte ging rasch die Treppe hinunter. Sein kräftiger Oberkörper beulte die Nähte und Schlitze des Jacketts aus. Alice machte den Mund auf. Warum konnte sie nicht einfach alle ihre Ängste loswerden, wie sie alle ihre Verdächtigungen gegen Rya und Noah losgeworden war? Obwohl sie das Vertrauen der beiden mißbraucht hatte und das ungewohnte Gefühl, Geheimnisse auszuplaudern, irgendwie erniedrigend war, so hatte es doch auch etwas Verführerisches. Wenn sie ihm gegenüber auspackte, ihre Angst, ihre Verwirrung, würde er vielleicht die Sicherheit, die in seiner Macht lag, auf sie ausweiten. Aber er war schon unten, ohne sich noch einmal umzudrehen. Es ging nicht, daß sie ihm nachrief. Die Bibliothek. Ein Hausmeister, den sie nicht kannte, steckte gerade Keile unter die Türen, damit die Brise hineinkonnte.

Den ganzen Nachmittag stellte sich Alice vor, wie sie sich Henry anvertraute. Nicht im Bett, auch nicht förmlich, beim Kaffee in seinem Wohnzimmer, sondern in seiner winzigen Küche, beim Geschirrspülen oder am Frühstückstisch, in einer Pause zwischen dem romantischen Abendessen und dem romantischen Ins-Bett-Gehen, ein hermetisch abgeschlossenes Intervall, das weder das eine noch das andere beeinträchtigte. Sie stellte sich vor, wie sie tat, was sie noch nie getan hatte – wie sie den Schauplatz des Mordes beschrieb, das stille Chaos, den Geruch, ihre Empfindungen, dieses Gefühl, daß sie ruhig, aber genau neben sich gewesen war, während sie auf die Überbleibsel von Craig – ihr Liebhaber für kurze Zeit – und von Denny starrte, seinem Freund. Ihrem Freund. Dann würde sie Ray beschreiben, was er für sie gebaut, wie er mit ihr gesprochen hatte, daß sie aus derselben Stadt stammten, am selben Stand auf dem Marktplatz billige Süßigkeiten gekauft und die Sommer im selben Freibad verbracht hatten. Ray würde sie sehr sorgfältig beschreiben, damit Henry allein aus der

Beschreibung erfuhr, was Ray getan und nicht getan hatte und wozu er fähig war. Dann, genauso sorgfältig, aber natürlich nicht genauso ausführlich, würde sie Noah und Rya charakterisieren, was sie früher von ihnen gehalten hatte und was sie jetzt von ihnen hielt. Vielleicht erkannte Henry in dem Bruch zwischen vorher und nachher schon die Wahrheit über die beiden. Natürlich würde sie detailliert von Denny und Craig berichten, und ausnahmsweise würde sie Denny nicht kleiner machen zugunsten von Craig. Vielleicht würde sie ihm sogar von Susan erzählen. Sie würde alles vor ihm ausbreiten, und ihre Geschichte würde so genau, so detailliert und so vollständig ausfallen, daß Henrys klarer, geschulter Blick (der Blick, der auf fünf Meter Entfernung ein Spinnennetz ausmachen konnte) sehen würde, was sie selbst nicht sah. Beim Gedanken daran, daß sie ihm davon erzählte, hämmerte ihr Herz, und die Haut auf ihren Unterarmen sträubte sich. Sie wußte nicht, ob sie das erregte oder entsetzte. Zweifellos beides. Aber schließlich erregte und entsetzte sie Henry selbst auch, das hieß, da war Henry, gutmütig und gutaussehend, und da war sie, erregt und entsetzt. Sie machte früher Schluß mit der Arbeit und ging die Fifth Avenue hinauf, entschlossen, sich ein neues Kleid zu kaufen, ließ die Fingerspitzen über die erhabenen Buchstaben auf der Master-Kreditkarte in ihrer Tasche gleiten, die sie der Verkäuferin hinhalten wollte, sobald sie ein passendes Gewand für den Abend entdeckt hatte. Zweimal glaubte sie, sie sehe Susan, und zwang sich, die Gestalt so lange anzustarren, bis sie sich als die Gestalt einer Fremden entpuppte. Lauter Fremde. Was für eine spürbare Erleichterung.

Schließlich stand sie in dem weißen Kleid mit dem mexikanischen Gürtel bei ihm vor der Tür, die Himbeeren in der einen, die Sahne in der anderen Hand. Henry machte die Tür auf in einem Gebrodel von Rindfleischdüften und nahm sie so überstürzt in die Arme, daß sie nicht dazu kam, etwas zu sagen. Dann aß er eine Himbeere, die eine, die sie für ihn ganz oben auf der Schicht balanciert hatte. »Soviel wir essen können«, sagte sie, »und besonders schöne. Mir ist ja klar, daß Himbeeren nichts besonders Ausgefallenes sind, aber so viele davon schon.« Noch im Reden, noch bevor sie etwas abgestellt oder den ersten Schluck Champagner getrunken hatte, war deutlich, daß Henry eine Wohnung hatte, in der es schwierig werden würde, von Dingen wie Mord und Verdacht zu sprechen. Es war eine Wohnung, in der es einem am leichtesten fiel, sich von Henry hinreißen zu lassen.

Henry roch nach Hamamelis, nach Babypuder, nach der Wäscherei, die seine Hemden wusch, nach Shampoo und nach Fleischbrühe. Er hatte Rosmarin zwischen den Händen zerrieben und den Knoblauch mit dem hölzernen Kochlöffel zerstampft, den er in der Hand hielt. Die Luft war angefüllt mit seiner Gegenwart und vertrieb alles andere. Es machte ihr immer Spaß, wie die Wohnungen von Leuten auf deren Lebensweise schließen ließen, aber Henrys Wohnung war keine belanglose Ansammlung von Büchern, Krimskrams und Kleidern. Sie schien nur ihm zu gehören, ausschließlich ihm.

Er zog Alice zum Herd und zeigte ihr das köchelnde Fleisch. Daneben standen aufgereiht der Brie, das pfeilförmige Brot, der knakkige Kopf Brokkoli, feucht beperlt, ein Berg Brotkrumen, ihre Schale mit Himbeeren, die er abgestellt hatte, und dicke Sahne mit der Farbe von Sonnenstrahlen. Unfähig, das alles (einschließlich Henry) auf einmal in sich aufzunehmen und sich, winzig geworden, hineinfallen zu lassen, stand Alice einfach nur da, mit hängenden Armen, halb bewußtlos, während sie dachte, sie müsse etwas sagen, aber zum Sprechen nicht fähig war. Sie wollte nichts von Liebe sagen, aber eine Bemerkung darüber stand vor Tür und Tor. Er drückte ihr ein Glas Champagner in die Hand, und sie trank einen beißenden Schluck. »Ich bin froh, daß du da bist«, sagte Henry.

»Ich auch.«

»Eigentlich ist es wie ein Wunder, daß du da bist, wenn du mich recht verstehst.«

»Genau das hätte ich über dich gesagt, wenn mir nicht deine bloße Gegenwart schon den Grips geraubt hätte.« Henry wurde rot, unterdrückte ein Grinsen und beugte sich über den Brokkoli. »Auf die Gefahr hin, daß ich dich verunsichere«, sagte er, »will ich dir sagen, daß ich noch nie jemand gekannt habe, der so eine verwirrende Mischung von Zurückhaltung und Offenheit an sich hat. Du kannst so absolut verschwiegen sein, daß du einen kaputtmachst.«

Alice trank einen Schluck Champagner. Die Angst und das Verlangen stiegen in ihr auf, aus ein und derselben Quelle. Sich ihm an den Hals zu werfen, ihn zu verführen – beides war unwiderstehlich. »Wie weit ist das Essen? Was muß noch mit dem Fleisch geschehen?«

»Es muß noch eine Weile köcheln. Ich muß wirklich nur noch den Brokkoli schneiden. Er muß noch nicht ins Wasser.«

»Dann laß uns ins Bett gehen.«

Henry legte das Messer weg und band die Küchenschürze ab.

Alice war danach, zum Bett zu kriechen, aber in Wahrheit schritt sie recht leichtfüßig über den Boden, Luft, Türrahmen und Möbel wichen zu beiden Seiten zurück, wie Wellen, die sich brechen. Henrys Hand auf ihrem Rücken machte den mexikanischen Gürtel los. Er fiel klirrend auf die Schwelle zum Schlafzimmer. Die Rippen der Daunendecke breiteten sich über das Bett aus wie ein gepflügtes Feld, und Alice hatte das Gefühl, in ihrem weißen Kleid pflanze sie sich darin ein und überwuchere es wie die Blütendolden der Wilden Möhre. Henrys Hände glitten unter die Träger, und der weiße Batist rutschte über ihre Brüste. Die Nippel waren steif vor Erwartung, aber Henry berührte sie nicht. Statt dessen legte er die Hände auf ihre Hinterbacken, unter die Strumpfhose, die er abschälte, ein Bein nach dem anderen. Sie stand auf, und das Kleid fiel zu Boden. Sie konnte spüren, wie ihre Vagina feucht wurde und anschwoll, spürte den Raum darin, der meistens gefühllos war. Sie stöhnte. Dennoch drehte Henry sie nicht zu sich herum, kam auch nicht von vorn auf sie zu. Er sah sie von hinten an, ihren Nacken, ihr Rückgrat, das Muskelgewebe zur Taille hinunter, die gerundet vorspringenden Hüften. Unter seinem Blick sah auch sie das alles. Eine lange Zeit regten sie sich überhaupt nicht. Vor dem offenen Fenster bellte ein Hund und wurde gereizt zum Schweigen gebracht, sausten Autos vorbei. Als sie sich umdrehte, um ihn anzusehen, war er ganz auf sie konzentriert. Im Hals schlug sichtbar sein Puls. Alice streckte einen Finger aus, um das Pochen zu spüren. Manchmal schreckte sie vor dem Fleisch eines Mannes zurück: Es kam ihr taub vor in seiner Festigkeit, als könne nur ein Stich bis zu den Nerven vordringen, als könne nur ein Schlag die Schwingungen in Bewegung setzen, die der Mann wie von weither verspüren mochte. Henry aber brachte sie nicht in Versuchung, ihm weh

zu tun; es war ihr in Wahrheit kaum möglich, ihn zu berühren, so explosiv wirkte er, so aufgeladen mit Neuronen.
Es erschien ihr ungefährlich, nach seiner Hand zu greifen, mit den Fingern über die Knöchel und die Vertiefungen zu streichen. Sie zitterte, und er zog sie enger an sich. »Alice«, sagte er. Sie verschloß ihm den Mund mit einem Kuß. Es war ein Kuß, von dem sie nicht ablassen wollte, der kein Ende nehmen sollte. Als seine Hände über ihre Haut glitten und sie zum Schmelzen brachten, war es wie eine Ergänzung zu dem Kuß. Als sich seine Brust an ihren Brüsten rieb und die Nippel zum Glühen brachte, war das eine Steigerung ihrer Gier nach den Bewegungen seines Mundes und seiner Zunge. Als er eindrang in den Raum, der sich geöffnet hatte, und ihn zu weiten und zu erkunden schien, war das immer noch eine Ergänzung zu dem Mund, von dem sie kaum einen Augenblick ablassen konnte, um Atem zu holen. Stöhnend tauchte er immer wieder in sie ein. Alice wand sich unter ihm, als wolle sie ihm entkommen, aber Henry preßte sich so fest auf sie, daß kein Entkommen möglich war. In ihr wurde er größer, und sie begriff, daß er kam, spürte seine Feuchtigkeit und kam mit einem starken Erschauern selbst. Sofort schloß sie die Augen, voller Angst davor, etwas anderes zu sehen als zuvor, mit weniger Verlangen, weniger Entzücken.
Es war unmöglich, jetzt zu Mordgeschichten überzugehen. Sie saßen an Henrys hübsch gedecktem Eßtisch, Henry im Bademantel und Alice in einem Hemd von ihm. Das Siedfleisch war köstlich, der Brokkoli etwas zu weich, obwohl Alice dazu nichts sagte.
»So hab ich mir das nicht vorgestellt«, sagte Alice. »Ich meine, ich hab das Kleid doch erst vor einer Stunde angezogen. Ich hätte es vor dem Ausziehen ja wenigstens noch bekleckern können.«
Henry grinste genauso wie sie. »Ich schon. Ich hab schon kühn davon geträumt. Du solltest meine Liste sehen: Tisch decken, Fleisch aufsetzen, Tür aufmachen, es auf dem Boden im Wohnzimmer treiben, Brokkoli waschen. Steht alles drauf.«
»Ja, bestimmt!« Jetzt? Wie fing man so was an? Kann ich mit dir reden? Aber sie *redete* ja mit ihm.
Er legte ihr noch einen Brokkolistengel auf den Teller, dann ging er in die Küche, um die zweite Flasche Champagner zu holen. Alice

schaute sich im Zimmer um, auf der Suche nach etwas, was ihr vielleicht den Anfang erleichterte. Die farblosen, unscheinbaren Möbel, vielleicht gebraucht gekauft und ohne jeden Blick für Form, wurden gerettet durch die kühne Wandbemalung, cremefarben und schieferblau abgesetzt, und durch die Fülle getrockneter und aufgezogener Präparate, die alle Wände und jede Stellfläche überzogen. Viele davon, das sah sie, waren alt, stammten vielleicht aus dem Nachlaß eines Arztes oder Botanikers. Andere hatte Henry selbst gemacht. Wo weder Pflanzen noch Schmetterlinge hingen, waren Zeichnungen von Blumen, Farnen, Insekten, Spinnen und Vögeln. Genau über Alices Kopf hing sogar ein handkolorierter Kupferstich einer Kragenente, von einem Spot herausgehoben: offensichtlich das Prachtstück in Henrys Sammlung. Die nicht signierten Zeichnungen, ein bißchen steif, aber nicht schlecht, waren wohl von Henry selbst, wie Alice vermutete. Sie war versucht, aufzustehen und sie sich aus der Nähe anzuschauen, aber sie hatte auch Angst, neugierig zu wirken und Henry zu verunsichern. Das Gefühl, von so vielen Dingen umgeben zu sein, gefiel ihr. Es vermittelte ihr die angenehme Empfindung unerschöpflicher Möglichkeiten. Sie blieb sitzen und aß das Röschen des Brokkolistengels. Eigentlich verabscheute sie Krimskrams. Zwischen ihr und Jim Ellis war das ein besonders wunder Punkt gewesen. Er sammelte alles und brachte es nach Hause mit, um Gedichte darüber zu schreiben, er ging lieber durch Nebenstraßen als durch Hauptstraßen, weil er den dort aufgereihten Mülltonnen nicht widerstehen konnte, und sein Faible für Haushaltsauflösungen mußte streng überwacht werden. Seine Anschuldigung, Alice sei mit Leib und Seele Bibliothekarin, stimmte insoweit, als Alices Traumhaus jede Menge eingebaute Wandschränke und Schubladen hatte, ähnlich wie in der Kartei einer Bibliothek, und keinerlei Oberflächen, auf denen man etwas abstellen konnte. Trotzdem gefielen ihr Henrys Objekte. Sie wirkten, als wären sie ihm entwachsen, waren Ausdruck seiner selbst. Jims Objekte hatten gewirkt, als verlangten sie danach, daß er ihnen Ausdruck verlieh. Sie stand auf und wanderte um den Tisch herum, hätte am liebsten ihre Einsicht laut ausgerufen. Sie hatte geglaubt, sie sei längst nicht mehr fähig zu Einsichten über Jim Ellis. Sie kam sich intelligent vor und wesentlich freier von ihrer Ehe. Sie trat ans

Fenster und schaute hinaus. Auf der Straße war es noch hell, aber die Schatten der Bäume im Riverside Park erstreckten sich schon mindestens über die Hälfte der Straße. Eine alte Frau aus dem Mietshaus neben dem, wo Alice wohnte, bummelte mit ihrem Hund um die Ecke, einem winzigen, rattenähnlichen Tier mit Knopfaugen. Der Portier im Riverside-Drive-Haus nahm etwas von einem Lieferanten entgegen, und eine Frau mit einer Einkaufstüte und mit baumelnder Handtasche eilte nach Hause, die Augen auf den Boden gerichtet. Die Aussicht hatte etwas leicht Deprimierendes an sich. Und Alice konnte in die eigenen Fenster hineinschauen. Obwohl sich das Licht der untergehenden Sonne in den Scheiben spiegelte, konnte sie ihren runden Küchentisch erkennen, ihren rechteckigen Eßtisch und eine Ecke der Waschmaschine in der Waschküche. Auch das war deprimierend. Sie wandte sich mit einem Seufzer wieder Henrys vom Beruf geprägter Zuflucht zu. Da ist etwas, das du noch nicht über mich weißt? Da ist etwas, das ich dir gern erzählen möchte?

In der Küche knallte der Korken, und allein schon Henrys Anblick, die schäumende Flasche in der Hand, die Füße nackt und knochig auf dem Parkettboden, der Bademantel blaßblau im Kontrast zur gebräunten Haut, hob ihre Lebensgeister. Später, dachte sie, später würde der richtige Zeitpunkt schon kommen. Es war beängstigend, wie ihre Verzauberung aus ihr herauszuströmen schien, als fließe Tinte ins Wasser, verfärbe alles, verdecke alles. Sie dachte daran, wie Rya gesagt hatte, sie habe Craig ihre Liebe gestanden und sich dann davor gefürchtet, das Geständnis zurückzunehmen. War es Jim Ellis mit ihr so ergangen? »Lieber Himmel, Henry«, sagte sie. »Wo hast du bloß all das Zeug her?« In der Dämmerung gingen sie wieder ins Bett, nahmen den Champagner und den Rest der Himbeeren mit, ließen die Gabeln auf den Tellern liegen, die halbvollen Wassergläser stehen, sogar die Schüssel mit Sahne, die ausgepreßten Zitronenhälften, das Butterstückchen und in der Küche die aufgestöpselten Kräuterfläschchen. Henry gelang es wenigstens, die Lichter auszumachen. Alice blieb dicht bei ihm, so daß sich ihre Körper immer berührten. Jetzt war es an der Zeit. Sie mußten nicht sofort miteinander schlafen. »Hen –«, fing sie an. Er hörte nicht zu.

»Weißt du, was ich heute herausgefunden habe?« sagte er. »Daß Scheiße und Scheidung aus derselben indoeuropäischen Wurzel stammen. Kein Witz. Außerdem unterscheiden, Schienbein, Ski, Schild, Schiedsrichter und Schauer.«

»Das ist doch frei erfunden, Henry.«

»Nein, es stimmt wirklich. Das Wort bedeutet zerschneiden oder trennen. Und nach allem, was wir wissen, ist das Scheißen in erster Linie ein Prozeß der Trennung.«

»Henry, ich möchte dir –«

»Alice, ich liebe dich.« Er sprach schnell, während sie ihn nicht anschaute. Ihr klaffte der Mund auf. Sie sagte: »Es geht doch erst seit Samstag. Du weißt doch gar nichts über mich.« Aber gegen ihre Absicht kam das weder schroff noch sachlich heraus.

»Ich hab mich am Sonntagmorgen in dich verliebt.«

»Ach, Henry. Hör auf. Ich katalogisiere Bücher. Ich versteh mich nicht darauf, mich richtig anzuziehen. Ich rede zuviel über meinen ersten Mann. Meine Hobbys haben nichts Kreatives. Ich war nicht klug genug für ein Medizinstudium, nicht mal für Jura hat es gelangt.«

»Du kannst mir das nicht ausreden.«

»Ich weiß nicht, ob ich das erwidern kann.«

»Das gehört zu dem, was ich an dir liebe. Du denkst über alles nach. Ich tu einfach was, etwa so wie ein Lokomotivführer. Da sind die Schienen, die Maschine wird angeheizt, und schon bin ich unterwegs, fresse die Kilometer, schau nie nach links oder rechts, schau kaum mal aus dem Fenster. Ich liebe es, wie du ißt, wie du redest, wenn du mit mir am Tisch sitzt. Du nimmst einen Bissen, dann setzt du dich zurück und kaust, dann schluckst du und nimmst dir den nächsten Bissen. Ich sag was zu dir, und ich sehe, wie du zuhörst und darüber nachdenkst, du hebst einen Finger, als ob du mich um Ruhe bitten willst, und dann sagst du was sehr Überlegtes. Als ich in der Oberstufe der High School war, hat mich meine Mutter gezwungen, alles mit Stäbchen zu essen, weil ich so schnell gegessen habe. Sogar die Geburtstagstorte. An meinem achtzehnten Geburtstag habe ich die Geburtstagstorte mit Stäbchen gegessen. Ich konnte nach einer Weile so gut mit ihnen umgehen, daß ich auch mit ihnen zu schnell gegessen habe.«

»Aber ich weiß nicht, ob ich das erwidern kann.«
»Aber wenn du es weißt, dann wirst du es erwidern.«
»Aber wenn ich es niemals wissen werde? Das macht mir angst.«
»Du wirst es wissen.«
»Das klingt sehr selbstsicher.«
»Eine meiner anziehenden Tugenden.«
»Ja, ja, du hast ja recht.« Alice atmete schwer. Henry schob ihr das Haar aus der Stirn und küßte sie heftig.

Es war eine jener langen Nächte, in denen man geweckt wird vom Verlangen, miteinander schläft, wieder einschläft, gegeneinanderstößt und wieder vor Verlangen wach wird. Als Alice die Augen aufmachte und sie offenblieben, war es noch dunkel. Henry war in sie verliebt. In der ganzen Wohnung stand Essen herum. Alice stand so vorsichtig wie möglich auf und ging ins Wohnzimmer. Es kam ihr so vor, als wäre sie schon seit zehn Jahren in Henrys Wohnung zu Hause. Es war zehn nach drei. Sie hatte die besten Absichten, den Tisch abzuräumen und das Essen wegzustellen, stand aber müßig am Fenster, ohne den Versuch zu unternehmen, Ordnung in ihre Gedanken zu bringen, denn das wäre unmöglich gewesen, sondern in dem Versuch, sie nacheinander zu denken. Der Mond, der über und hinter Henrys Haus gestanden haben mußte, schien mit durchdringender Weiße auf die Fenster ihrer Wohnung, sogar in sie hinein. Sie konnte jede Menge von Gegenständen ausmachen, einschließlich der Sandalen, die sie bei der Arbeit getragen und die sie auf dem Küchenboden abgestreift hatte, als sie die Himbeeren wusch. Aus diesem Blickwinkel, im Vollmond, stand ihre Wohnung weit offen. Das war beunruhigend, aber nicht annähernd so beunruhigend wie Henrys Liebeserklärung. Die Chance einer Freundschaft mit ihm, daß er ihr einen guten Rat geben, mit konzentriertem Blick das Durcheinander ihrer Ahnungslosigkeit durchschauen konnte, schien jetzt hoffnungslos entlegen. Wenn sie mit ihm sprach, würde er auf ihr Haar oder auf ihre Brüste schauen. Ratschläge würde er ihr zu schnell und zu enthusiastisch geben, unter dem Einfluß seines heftigen neuen Gefühls und dem Wunsch, es zu beschützen. Es ging nicht darum, ob er sich Mühe gab. Henry würde sich große Mühe geben, gelassen und objektiv zu bleiben, aber nach Alices nicht sehr reicher Erfahrung konnten Liebhaber oft auch Gegner sein statt Freunde. Dazu kam noch ihr ungehorsames Selbst, das zwar beim Denken einen gewissen Durchblick haben, unter der Last der Liebe des anderen panisch und zögerlich reagieren konnte, aber nur, wenn der Liebhaber nicht im selben Zimmer war. Sie war dazu verdammt, bei der ersten besten Gelegenheit Henrys Gefühl zu erwidern. Ob es nun an Henry lag oder nicht, daß sie fasziniert war, fasziniert war sie auf jeden Fall, und sicher war, daß sie jedesmal, wenn sie daran dachte, wie Henry tatsächlich gesagt hatte: »Alice, ich liebe dich«, vor Wonne erschauerte. Und da war noch etwas. Sie konnte nicht wissen, ob Henry etwas an ihr liebte, das Bestand haben würde, ein Stück ihres Wesens, das immer zu ihr gehören würde, oder ob er nur den Gefühlszustand liebte, in den sie die jüngsten Ereignisse versetzt hatten. Sie und Henry hatten mindestens seit einem Jahr lang im selben Abschnitt der Straße gewohnt, ohne daß sie ihm je zuvor aufgefallen wäre. Vielleicht war der Mord eine Art Isotop, das sie vorübergehend sichtbar machte, dann aber an Lebenskraft verlieren und dahinschwinden würde. Sie war in den letzten zehn Tagen in vielerlei Hinsicht anders als sonst gewesen – gefühlsbetonter, ängstlicher, weniger routiniert, aber sie war sicher, daß mit dem Verblassen der Erlebnisse auch die Farbe verblassen würde, die sie ihr gegeben hatten. Vielleicht wäre Henry enttäuscht von der farbloseren Alice, der Alice, die wirklich in der Bibliothek arbeitete, Museen besuchte, alle vierzehn Tage mit ihren Eltern telefonierte und ganze Tage damit zubrachte, über Bücher und Mahlzeiten nachzudenken.

Und was dachte sie über Henry?

In ihrer Wohnung bewegte sich etwas. Überrascht richtete sie sich auf und lehnte sich gegen die Fensterscheibe. Kein Zweifel, in ihrer Wohnung hatte sich etwas bewegt, etwas Weißes hatte sich über den Boden bewegt, vom Eßzimmer in die Küche. Was immer das auch gewesen sein mochte, es kam nicht mehr ins Blickfeld des Fensters, und Alice sah es nicht noch einmal. Ihr Körper war kalt geworden und war jetzt überzogen von einer Gänsehaut. Etwas war in ihrer Wohnung! Jemand, genauer gesagt. Jemand in einem weißen Hemd, das im Mondlicht aufblitzte. Sie schaute der Reihe nach in alle Fenster, erst in die Waschküche, dann ins Wohnzimmer, dann ins Eßzimmer, dann in die Küche. Wer immer in der Wohnung sein mochte, er zeigte sich nicht wieder – aber etwas war seltsam: die Sandalen. Die Sandalen, die mitten auf dem Küchenboden gestanden hatten, lagen auf der Seite und ein Stück auseinander. Wer immer es sein mochte, war darüber gestolpert und hatte sie zur Seite getreten. Alice legte die Hand auf den Fensterrahmen und hielt sich daran fest. Die Uhr auf Henrys Couchtisch zeigte 3.25 Uhr an. Alice löste den Blick von der Uhr und schaute wieder in die dunklen Fenster gegenüber. Sie behielt sie lange Zeit im Auge. Kein Licht, keine Bewegung, aber auch im Hauseingang erschien niemand, dem einzigen Ausgang außer der Feuertreppe.

Nachdem sie eine Weile lang hinübergestarrt hatte, kam ihr das, was sie gesehen hatte, unmöglich vor, und sie konnte sich nicht mehr daran erinnern, wo die Sandalen wirklich gestanden hatten. Sie zwang sich, noch einmal ins Küchenfenster zu schauen, ob dort etwas Weißes aufblitzte, aber der Mond war gewandert und spiegelte sich jetzt im Fenster. Sie sah schnell zur Uhr und bereute es sofort, überzeugt davon, daß sie etwas versäumt habe. Die Haustür ging auf, und Alice holte tief Luft, aber es war nur ein Mann, der über ihr wohnte und den sie ein halbes dutzendmal mit seiner Frau gesehen hatte. Außerdem trug er einen dunklen Anzug und hatte ein Übernachtungsköfferchen dabei. Sie sehnte sich danach, ins Bett zurückzuschlüpfen und sich an Henrys Rücken zu kuscheln, sich ihre Wohnung und alles, was darin war, aus dem Kopf zu schlagen, aber das Gefühl, daß die Szene noch nicht zu Ende war, hielt sie am Fenster fest. Irgend etwas würde sich tun, oben oder unten. Sie lehnte die Ellbogen gegen die Scheibe und gähnte, dann zwang sie sich, noch einmal nach dem bleichen Umriß der Sandalen Ausschau zu halten, damit der Schock sie aufweckte, aber sie sah nichts. Wie konnten die da drüben wissen, daß sie nicht zu Hause war? Das wußte niemand außer Henry.

Unweigerlich wurde die Reglosigkeit gegenüber langweilig, und Alices Konzentration ließ nach. Die Häuser in der Peripherie veränderten ihre Form, wuchsen erst und schrumpften dann. Die

Hornhäute ihrer Augen waren wie ausgetrocknet. Sie schloß einen Moment lang die Augen und machte sie wieder auf, ohne zu wissen, wie lange sie es versäumt hatte, die Wohnung zu beobachten. Als sie die Augen aufschlug, begriff sie. Der nächtliche Besuch war ganz eindeutig Susan, der einzige Mensch mit Schlüsseln zu ihrer Wohnung. Es war fast hell. Sie war eingeschlafen. Sie drehte sich zur Uhr um, auf der es fünf nach fünf war, atmete vor Erleichterung tief durch und fing damit an, den Tisch abzuräumen.

Um halb elf rief sie Susan im Laden an und versuchte ihr das Eingeständnis zu entlocken, sie sei nachts in ihre Wohnung gekommen und dort geblieben, habe Ausschau nach ihr gehalten, irgend etwas in der Art. Aber Susan war kühl und unschuldig, und um elf neigte Alice, die sich über den Tresen des Lesesaals beugte, dazu, die auseinanderliegenden Sandalen für die Ausgeburt von zuwenig Schlaf, von zuviel Champagner oder eine Sinnestäuschung durch das Mondlicht zu halten. Neben ihrem Ellenbogen klingelte das Telefon, und als sie abnahm, fragte Ryas Stimme nach ihr. »Ich bin dran, Rya. Was gibt's denn?«

»Alice.«

»Was ist denn, Rya? Weinst du?«

»Dieser Typ, dieser Kriminalbeamte, war bei uns, und sie haben Noah mitgenommen. Festgenommen. Er hat mich vom Revier aus angerufen.« Sie schniefte.

Alice gab mitfühlende Laute von sich, hatte aber Angst davor, etwas zu sagen, weil sich ihre Lebensgeister augenblicklich gehoben hatten. Dann fiel ihr die Frage ein: »Was werfen die ihm denn vor?«

»Ich bin mir nicht sicher«, flüsterte Rya, »aber ich glaube, es handelt sich um Mord.« Alice konnte sie kaum hören, aber trotzdem brachten die Worte ihre Haut zum Kribbeln. Sie sagte: »Sie brauchen Beweise. Sie haben doch bestimmt überhaupt keine Beweise.«

»Sie hatten schon was. Gestern war Honey bei mir im Büro und hat mich gefragt, ob ich in jener Nacht versucht hätte, zu Hause anzurufen.«

Alice wurde rot. Honey mußte von ihr direkt zu Rya gegangen sein. »Das ist ein ziemlich schwacher Beweis.«

»Da ist noch was. Sie haben mir nicht gesagt, was das war. Jedenfalls wird er verlegt, aber vielleicht erlaubt Honey dir, daß du ihn besuchst, und Noah wird dich bestimmt sehen wollen. Ich glaube nicht, daß er mich sehen will.«

»Wieso denn ich? Ich seh nicht ein, warum mich das mehr angehen soll als sonst jemanden.«

»Bitte?«

»Ich will nicht, Rya. Ich will einfach nicht. Und ich bin mir sowieso sicher, daß sie mir gar nicht erlauben würden, ihn zu besuchen. Sie wollen nie, daß sich die Leute über ihre Alibis absprechen.«

»Vielleicht hat Noah gar kein Alibi. Aber bitte! Mir fällt sonst niemand ein.«

»Ich denk drüber nach.«

»Wie bin ich bloß da hineingeraten?«

»Das frag ich mich jeden Tag, Rya.«

»Rufst du mich an?«

»Sobald ich darüber nachgedacht habe. Aber ich bin mir sicher, daß sie es nicht erlauben werden.«

Sie hatte recht. Auf dem Zwanzigsten Revier wollten sie ihr nicht einmal sagen, wo Noah war, und Honey war nicht da und würde heute nicht mehr zurückkommen. Alice versuchte sich vorzustellen, wie Honey seine Autorität ausübte, eine Festnahme vornahm, die Handschellen zuschnappen ließ. Das fiel ihr leicht. Das hätte er ihr antun können oder Susan, jedermann. Er hatte es Noah angetan. Das war eine Erleichterung. Selbst wenn er verurteilt werden sollte, und das war bei der Art von Belastungsmaterial, über das Rya verfügte, unwahrscheinlich, war er bestimmt in etwa zehn Jahren wieder draußen. Gute Führung würde sich bei Noah von selbst einstellen, und nach allem, was man wußte, gab es in den Gefängnissen jede Menge Dope. Sie würden ihn bestimmt nicht in eine Anstalt wie Attica schicken; er war harmlos. Das würde sie selbst bezeugen. Er könnte im Gefängnis eine Band gründen, könnte sich ein soziales Gewissen zulegen. So schlimm würde es schon nicht werden. Alle Welt glaubte, im Gefängnis sei das Leben zu Ende, aber in Wirklichkeit war es einfach ein neues Leben, mit anderen Interessen, anderen Sorgen. Noah könnte ganz gut damit zurechtkommen, besser als zum Beispiel Susan. Sie bedankte sich bei dem Beamten am Tresen, hinterließ eine Nachricht für Honey und ging hinaus. Es war wieder ein schöner Tag, sie holte tief Luft und bog ab in Richtung Park. Henry war in sie verliebt, er konnte sich heute nicht mit ihr treffen, aber am Samstag hatten sie den ganzen Tag für sich. Am Central Park West (die Ampel schaltete um, Alice trat auf die Straße) war sie so niedergeschlagen, daß sie kaum mehr atmen konnte. Sie dachte daran, sich mitten auf die Straße zu legen, so plötzlich, daß die entgegenkommenden Autos nicht mehr bremsen konnten, bevor sie Zeit hatte, darüber nachzudenken oder irgend etwas davon spürte. Aber natürlich überschritt sie den Bordstein, ohne auch nur aus dem Rhythmus zu geraten, und ihre Schritte trugen sie zum Columbus Circle, wo sie sich etwas zu essen besorgen konnte. Sie dachte an die letzten zehn, zwölf Tage: Alice – überschwemmt von einem Gedankenstrom, verängstigt, zornig, aufgeregt, aber lebendig. Jetzt kam sie sich tot vor, gedankenleer, eine wandelnde Gelähmte, alle Gefühle, alle Sorgen so bewegungslos wie ein Motor mit blockierten Gängen. Sie kaufte einen Hot dog mit Sauerkraut und ging die Neunundfünfzigste Straße hinunter.

10

Als sie zur gewohnten Zeit in ihre Wohnung zurückkam, war Susan da, mit einer Tüte voller Lebensmittel. Sie war noch gar nicht in der Wohnung, wie Alice auffiel, sondern erst in der Diele, als wäre sie eben angekommen. Susan wirkte, als sei sie am Übersprudeln, zeigte Alice, was sie zum Essen gekauft hatte, rief, wie hungrig sie sei, machte ihr Komplimente über Rock und Bluse, staunte darüber, wie sich das gute Wetter halte. »Hast du das mit Noah gehört?« fragte Alice, aber Susan ging ihr voraus, und Alice konnte ihr Gesicht nicht sehen.

»Rya hat mich angerufen. Sie hat gesagt, daß du hingehst und ihn besuchst. Ich hab ihr gesagt, sie soll herkommen, aber sie hat gesagt, daß sie das erst nach dem Essen schafft.«

»Ich hab ihn nicht besuchen können. Ich hab nicht mal Honey zu Gesicht bekommen.«

»Dazu mache ich eine Hollandaise.«

»Glaubst du, daß er's getan hat?«

»Nein.«

Alice bekam wieder Angst. »Ich war den ganzen Nachmittag lang schrecklich deprimiert.« Sie ließ die Stimme am Ende des Satzes leicht ansteigen, um Susan zu ermutigen, ihr anzuvertrauen, daß es ihr genauso gegangen sei. Susan sagte nur: »Tatsächlich?«

»Du etwa nicht?«

»Müßte ich deprimiert sein?«

»Ein Freund von uns ist festgenommen worden!«

»Ehrlich gesagt, deprimiert mich das kein bißchen. Das ist unerheblich. Früher oder später wird er wieder draußen sein. Honey weiß offenbar nicht, was er tut, und das deprimiert mich ziemlich, aber um Noah mache ich mir keine Sorgen. Er war in letzter Zeit nicht bei Verstand. Etwas Konkretes, etwas Handfestes von außen kann ihm nur guttun. Die Leute sind immer ganz glücklich, wenn sie tatsächlich wie Opfer dastehen.«

»Aber was ist, wenn er es getan hat?«

»Ausgeschlossen.«

»Rya denkt anders darüber.«

»Rya hat Noahs Charakter schon immer eine Menge Gewalttätigkeit zugeschrieben, über die er einfach nicht verfügt. Hier, wasch das!« Sie reichte Alice eine Packung Hühnerbrust. Alice riß die Verpackung ab. »So viel Selbstsicherheit hätte er nie aufgebracht, schon gar nicht Craig gegenüber.« Sie wälzte die gewaschenen Bruststücke in Mehl. Alice pochte der Schädel vor Kopfschmerzen. Sie setzte sich.

Susan sprach weiter. »Ich hab eine Menge Dinge herausgefunden. Ich weiß jetzt, warum sie es nie ganz geschafft haben.«

»Was hat denn das mit dem Ganzen zu tun?«

»Ich bin überzeugt davon, daß sie nicht umgebracht worden wären, wenn sie so viel Erfolg gehabt hätten, wie sich das Craig immer gewünscht hat. Ich habe viel darüber nachgedacht, über den Zusammenhang zwischen ihrer Ermordung und dem genauen Grad ihres Erfolgs. Ich bin mir sicher, daß es weder ein Zufall war noch etwas Unausweichbares, aber vielleicht war es unvermeidlich.«

»Ich hab's so satt, darüber zu reden und darüber nachzudenken.«

»Weil deine Gedanken das reine Chaos sind. Wenn du –«

»Weil ich es nicht ertragen kann, daß es passiert ist!«

Susan sah sie an, dann machte sie weiter mit dem Anbraten der Hühnerbrüste. Es war Alices Lieblingsrezept, eins, das Jim Ellis ihr beigebracht und das sie an Susan weitergegeben hatte. Ausgebeinte Hühnerbrüste, in Mehl gewälzt und in Butter gebraten, dann übergossen mit einer Sauce aus Sahne, dem Bratfond und Zitronensaft. Ganz einfach. Susan wollte sie bestechen. In der Tüte steckte außerdem noch Schokoladengebäck von Zabar, für das Alice eine besondere Schwäche hatte. Alice schloß die Augen. Kurz darauf hörte sie, wie ein Glas auf dem Tisch klirrte, und schlug die Augen vor einem Glas Weißwein auf. Sie trank einen Schluck. Susan hob das letzte goldbraune Fleischstück aus der Pfanne und drehte das Gas ab. Dann wandte sie sich Alice zu, die Hände auf den Hüften. »Offenbar glaubst du, daß mir das überhaupt nichts bedeutet.«

»Das habe ich nicht unterstellen wollen. Es tut mir leid, wenn ich –«

»Dennys Mutter ruft mich fast jeden Tag an. Ob ich die Kleider abgeschickt habe? Die Kleider sind angekommen. Ob ich mich dafür interessiere, wer was davon bekommt, ob ich nicht auch etwas haben will, alte Briefe von mir an Denny sind noch da, all die Kleinigkeiten, aber meistens will sie oder eins der Geschwister es bloß noch einmal hören. Sie können es nicht glauben. Ich kann's ja auch nicht glauben. Es sickert ganz langsam in mich ein, während ich darüber nachdenke, warum das geschehen ist und was dazu geführt haben könnte. Es ist nicht einfach ein Typ von der Straße hereingekommen und hat sie niedergeschossen. Was auch immer geschehen ist, es war der Gipfelpunkt irgendeiner Entwicklung.«

»Ja, ich –«
»Es ist nicht verrückt oder sinnlos, das ist der springende Punkt! Alles hat darauf hingeführt, Schritt für Schritt, vollkommen logisch. Jedes Detail ist wichtig. Und es ist nicht bloß wichtig in bezug auf das, was geschehen ist, es ist wichtig für mich, für meinen Seelenfrieden, damit ich danach weiterleben kann. Ich bin diejenige, die wissen muß, warum es geschehen ist, ich bin diejenige, die darüber nachdenken muß. Ich kann's kaum erwarten, daß Honey den Abschlußbericht schreibt!«
»Ehrlich gesagt, als Rya mich heute angerufen und mir erzählt hat, daß sie Noah festgenommen haben, da war ich fast glücklich. Es war unerträglich, darüber glücklich zu sein oder mich gut zu fühlen, weil Noah es getan hat oder weil sie wenigstens denken, daß es Noah war. Ich war mir so sicher gewesen, daß das Ergebnis der Ermittlungen schlimmer ausfallen würde. Viel schlimmer. Und es kam mir fast gelegen, daß es Noah gewesen sein soll. Verstehst du, was ich meine? Wenn's Noah gewesen wäre, könnte ich's überleben.«
»Und bei wem könntest du es nicht überleben?«
Alice sah ihre Freundin mit festem Blick an. »Als, äh, als Honey zum erstenmal mit mir geredet hat, nachdem ich die beiden gefunden hatte, da hab ich geglaubt, daß ich es gewesen sein könnte. Ich hab geglaubt, daß er mich von allem überzeugen kann.« Sie lachte, Susan nicht. Alice begann zu essen.
Sekunden später räusperte sich Susan und sagte: »Ich glaube, das erste Jahr, nachdem wir hierhergezogen waren, war das schlimmste. Damals hab ich's für toll gehalten, aber wenn ich mich jetzt daran erinnere, sehe ich nichts vor mir, als daß wir im Wohnzimmer herumgesessen sind, mit den schmierigen Typen von der Plattenfirma, und eine Werbekampagne geplant haben. Craig und Denny waren schrecklich enthusiastisch. Craig saß den Typen praktisch auf dem Schoß und starrte ihnen ins Gesicht. Mit Denny war es nicht viel besser. Es gab die Eagles an der Westküste, dann nur noch unsere Jungs, zwei Bands, die darum wetteiferten, die größten im Land zu sein. Obwohl er die Eagles überhaupt nicht kannte, nannte sie Craig immer beim Vornamen, wenn er von ihnen sprach. Mir war das zuwider, und ich habe ihn deshalb

aufgezogen, aber er konnte es nicht lassen. Einmal hab ich gesagt: ›Keiner von den Eagles redet euch mit dem Vornamen an!‹ Aber er hat nicht mit der Wimper gezuckt, hat nur gesagt: ›Bis Weihnachten ist es soweit.‹«

»Die Plattenfirma hat ihnen so viel Mut gemacht. Konnten sie da was dafür, daß sie sich Hoffnungen gemacht haben?«

Susan schaute düster drein. »Und dann wurden die Konzerte immer kleiner. O ja, erst war es das Bottom Line und so weiter, und die Plattenfirma hat die Verträge ausgehandelt, aber dann waren es Musikkneipen in New Rochelle, Auftritte vor den Provinzlern, dann Kleinstädte in Connecticut und Pennsylvania, wo die Jungs selber für sich werben mußten. Damals war jedermann klar, daß die gute alte Dinah aus den Hitparaden verschwunden war, nicht mal mehr unter den ersten hundert wurde sie genannt, und das Album war sowieso nur auf Platz neunundsechzig gekommen, bevor es total absackte. Aber es war ja egal, mit dem nächsten würden sie allen einheizen. Beim Abendessen erfanden sie neue Songs. Denny hatte einen Block neben dem Bett, damit er Zeilen für Songs notieren konnte. Sie bekifften sich, sie bekifften sich nicht, sie besoffen sich, sie besoffen sich nicht, sie komponierten selber, und sie gingen miteinander, mit Noah und sogar mit Ray, auf Ideenjagd. Denny übte pausenlos neue Begleitrefrains, bloß *stammten die von den Platten anderer Gruppen*! Er übte sie und bekam sie hin, aber sie waren nicht neu, sie waren nichts Eigenes. Mir war dauernd schlecht. Wenn sie zur Tür hereinkamen, wurde mir die Brust eng, und ich bekam Herzklopfen, oder ich hätte am liebsten gekotzt, aus lauter Angst, was sie jetzt wieder sagen würden. Ich hab nie zwei Menschen erlebt, die sich so viele Hoffnungen gemacht haben!

Und dann war die Plattenfirma gemein zu Craig, er hat den Vertrag gekündigt, und die Aufnahmen für das zweite Album waren noch nicht einmal abgeschlossen. Aber natürlich konnten sie bei einer anderen Gesellschaft unterkommen, kein Problem, all diese Typen hatten Interesse, alle diese Typen hatten schon Kontakt mit ihnen aufgenommen, bloß war es wie verhext. Niemand war da. Ganz gleich, was sie machten, wie hart sie arbeiteten, niemand wollte wieder eine Platte mit ihnen machen. Es war wie in alten

Filmen, wenn jemand sagte, ich werd dafür sorgen, daß du in dieser Stadt nie wieder einen Job bekommst. Erst konnte ich es nicht glauben. Und die beiden konnten es überhaupt nie glauben. Oder falls sie es glaubten, taten sie so, als wäre es tatsächlich Hexerei. Craig hat immer gedacht, es könne sich jeden Augenblick ändern. Es kam bloß auf den richtigen Zug an, schon durch was Simples wie das richtige Hemd beim nächsten Auftritt könne sich alles ändern. Am richtigen Nachmittag mit dem richtigen Typen in Studio Midtown ins Gespräch kommen, ein guter Einfall für einen Songtext, bloß eine Zeile, etwas, das wirklich Biß hatte. Craig hat immer geglaubt, es liege bloß an einer Kleinigkeit, daß er draußen war, und wenn er bloß dahinterkäme, dann wäre er wieder im Geschäft. Und es ging nicht bloß um die Musikbranche, es war der Kosmos, das Glück, das Karma. Alles konnte ihn wieder ins Geschäft bringen, zum Beispiel vegetarische Ernährung, und alles konnte es ihm verderben, zum Beispiel vegetarische Ernährung.«

»Ich weiß noch, wie er Vegetarier wurde.«

»Scheiße, darüber haben wir so was von endlos geredet. Es war ja schlecht von ihm, das Fleisch von Tieren zu essen, es war böse. Sein ganzer Organismus war infiziert, er lebte in einer vergifteten Sphäre. Aber dann hat er es sich anders überlegt. Zum Rock and Roll gehört ein gewisses Maß an destruktiver Energie, und die bekam man nur, wenn man Fleisch aß. Er hat geglaubt, wenn er sein Wesen vollkommen dem Geist des Rock and Roll anpaßt, würde er damit verschmelzen und wieder einen Plattenvertrag bekommen.«

»In dem Punkt war er ein bißchen verrückt.«

»Er hat geglaubt, daß er nur noch einen Schritt davon entfernt ist. Monate, Jahre sind hingegangen, aber er war immer noch nur einen Schritt davon entfernt. Bevor ich in die Adirondacks gefahren bin, ging es in einem der letzten Gespräche zwischen Denny und ihm, die ich gehört habe, darum, daß es richtig gewesen war, den ersten Vertrag zu kündigen, daß sie es nicht zulassen durften, wie diese Scheißkerle ihn behandelten, als ob es erst gestern gewesen wäre und nicht vor fünf Jahren. Ich habe richtig eine Gänsehaut bekommen.«

»Craig war eindeutig ein bißchen monoman.«
Susan ging wieder dazu über, Artischockenblätter in die Hollandaise zu tauchen und die Blätter auszulutschen. Alice atmete schwer. Aber Susan war noch nicht zu Ende. »Ich nehme ihnen trotzdem nichts mehr übel«, sagte sie. »In all den Jahren hab ich's ihnen übelgenommen, daß sie die falsche Musik machten, die falschen Refrains probierten und schlechte Songs schrieben. Und natürlich hab ich ihnen übelgenommen, daß sie auf alles so unerschütterlich reagierten. Daß sie jedesmal so ein Theater machten, wenn sie auf einer Party einem Produzenten über den Weg liefen oder jemanden kennenlernten, der ihnen vielleicht helfen konnte. Craig hatte eine Art, bestimmte Namen auszusprechen, immer Vornamen, die ein sicheres Signal dafür war, daß er auf diesen Menschen rechnete, daß er von ihm begeistert war. Es endete immer damit, daß sich dieser Mensch schließlich doch als Scheißer entpuppte. Ich weiß nicht, was schlimmer war, die Hoffnung oder die Enttäuschung. Und selbst als ich mir geschworen hatte, mich einfach nicht mehr darum zu kümmern, war es wie Wasser um mich herum, das stieg und fiel. Ich konnte nie darauf schwören, daß ich nicht naß wurde.«
»Du malst das in so lebhaften Farben aus! Ich weiß doch, daß sie hoch hinauswollten. Jim wollte auch, daß der *New Yorker* seine Gedichte druckt –« Sie ließ den Satz skeptisch in der Luft hängen.
»Du warst nicht da, du warst nicht dabei. Du hast dein eigenes Leben geführt. Außerdem war das nur für unsere vier Wände bestimmt. Glaubst du, Craig Shellady hätte seinen Mißerfolg auf der Straße ausposaunt? Vor allem dann, als Jim ein Gedicht im *New Yorker* unterbrachte und Ray so gut ins Geschäft mit bekannteren Bands kam?« Sie schob die Schale mit den ausgelutschten Artischockenblättern weg und redete weiter. »Aber jetzt begreife ich, daß sie gar nichts dafür konnten! Sie hatten den Höhepunkt der Welle für ihren Musikstil verpaßt, und schon als wir hierhergekommen sind, waren die Zeiten vorbei, wo von jeder guten Band Platten gemacht wurden. Alles schrumpfte, und sie kamen nicht mehr ins Geschäft. Es war ein historischer Prozeß! Inflation! Öl! Geschmackswandel! Was hat's also genützt, daß sie gut waren und sich den Erfolg mehr wünschten als das Leben?«

»Und warum soll sie das umgebracht haben?«
»Das kannst du nicht verstehen. Sogar die Luft in der Wohnung war dick. Es war, als ob du durch Mayonnaise gehst, als ob du versuchst, Mayonnaise zu atmen. Craig war immerzu da. Ich hab Denny dazu gebracht, mir zu versprechen, daß er einen Abend oder einen Vormittag lang nicht darüber redet, aber Craig hat ihn so lange bearbeitet, bis er nachgab. Mit Denny zu reden, das war, als ob Craig mit sich selbst redete, und ich war schon so lange da, daß ich nicht einmal vorhanden war.« Sie schraken zusammen, als es unten klingelte, und der Wirbel von Ryas überreiztem Auftritt hinderte Susan am Weitersprechen, worüber Alice ziemlich erleichtert war. Rya hatte einen Koffer dabei. »Ich kann nicht lange bleiben«, sagte sie. »Ich habe den letzten Flug nach Houston gebucht.« Sie reckte das Kinn vor. »Ich muß einfach weg von hier. Noah will nicht mit mir reden. Ich halte das nicht aus. Und außerdem hat Detective Honey gesagt, daß ich meine Eltern eine Woche lang besuchen darf, und ich hab den Flug gekriegt. Es war der letzte freie Platz bis Samstag, also hab ich gedacht, es ist das beste, ihn zu buchen. Noah wird morgen nachmittag angeklagt oder vorgeführt oder irgend so etwas. Findet ihr das scheußlich von mir?«
Susan stand auf und fing damit an, das Geschirr in die Spüle zu räumen. Alice sagte: »Ich hab gedacht, du hättest seit einem halben Jahr nicht mehr mit deinen Eltern gesprochen.«
»Ich hab sie heute morgen angerufen. Meinem Daddy wäre es sowieso lieber, wenn ich nach Hause käme.«
»Und was ist mit deiner Arbeit?« Susan sagte das kühl, als mißbilligte sie Ryas Verhalten. Alice mißbilligte es nicht.
»Sie haben mir Urlaub gegeben. David hat sich wunderbar benommen. Er hat sogar angeboten, Noah einen Anwalt zu besorgen.«
»Warum sollst du nicht fliegen?« sagte Susan. »Warum zum Teufel nicht?«
»Das Wetter wird bestimmt ganz gräßlich, und unter normalen Umständen würde ich natürlich lieber bei Noah bleiben, aber er will mich nicht sehen. Ich weiß nicht, wozu es gut sein sollte, wenn ich hierbleibe.«

Alice zuckte die Achseln.
»Ich muß das Flugzeug kriegen. Auf der West End Avenue bekomme ich wahrscheinlich ein Taxi.«
»Welcher Flughafen?«
»Kennedy, aber ich muß jetzt wirklich gehen. Es ist schon spät.«
Susan wischte sich die Hände an einem Geschirrtuch ab, und dann waren beide fort.

Als es sich Alice zum erstenmal erlaubte, über den möglichen Besuch in der gestrigen Nacht nachzudenken, war es mitten in der Nacht; sie wachte auf und konnte sich nicht dagegen wehren. Und da, während sie versuchte, sich den genauen Umriß und die Art der Weiße ins Gedächtnis zu rufen, die sie durch das Fenster entdeckt hatte – durch das Fenster der Waschküche –, strömte die volle Erkenntnis, daß Susan für die Morde verantwortlich war, in ihr Bewußtsein. Es war nicht so, daß Denny mit Craig zusammen ermordet worden war, sondern es war Craig, der mit Denny zusammen ermordet wurde. In Dennys Wohnung war Denny das mutmaßliche Opfer. Das Wissen kam so geschmeidig, glich so sehr einer verjährten Angelegenheit, daß Alice sich streckte, umdrehte und sich die Decke neu zurechtzog, bevor sie darauf reagierte, bevor ihr übel wurde, sie zu zittern anfing, sich im Bett wälzte und schwitzte. Sie warf die Decke zurück und ging ins Bad.
Dies hinunterzuwürgen war, wie wenn man ein ganzes hartgekochtes Ei schluckt, ein übergroßes in der Schale. Lieber hätte sie alles andere getan, an alles andere gedacht (an Hugh und Doreen, ihre vier Geschwister, Henry, Noah, die unbekannten Dichter, daran, ob auf ihrem Kreditkartenkonto noch Geld genug war, jede Menge neue Kleider zu kaufen), als das zu schlucken. Sie stand am Badezimmerfenster und schaute auf die leere Straße hinaus.
Das Wahnwitzige daran war, daß es ihrer Bewunderung für Susan keinen Abbruch tat. Es war nicht so, wie wenn man entdeckt, daß irgendein neuer Freund den Vietnamkrieg bis zum Ende gutgeheißen hat oder die Schwarzen im Ernst für minderwertig hält. Und es kam ihr so vor, als ob nichts aus ihrer Erkenntnis sie dazu bewegen könne, sich aus dieser Freundschaft zurückzuziehen. Konnte

sich ein Baum aus eigener Willenskraft entwurzeln, Wurzelstrang um Wurzelstrang? Was hatte Susan gesagt – daß Noah nicht über die Charakterstärke verfügt hatte, sich gegen Craig zu stellen? Hatte Susan darüber verfügt? Sie hatte das hartgekochte Ei erst halb geschluckt, als sie das Licht anmachte und unter die Dusche ging. Noch dämmerte der Morgen nicht. Sie sehnte sich nach der Bibliothek.

Während sich das Wasser über sie ergoß, stellte sie sich ein kleines Haus mit Innenhof vor, zwei kleine Zimmer, aufeinandergestockt, mit einer Leiter dazwischen, die sie hinter sich hochziehen konnte, wenn sie oben war. Dicke, schilffarbene Teppiche auf dem Boden, leuchtende geblümte Tapeten, knäuelweise Wolle zum Stricken, Stoffballen zum Nähen, Bücher zum Lesen, Symphonien, Streichquartette, Konzerte, Sonaten, Kantaten, Oratorien zum Hören, irgendeine Arbeit, bei der man nichts denken mußte, zum Beispiel Nummernschilder prägen, und um sie herum die Bibliothek wie ein undurchdringlicher dichter Wald.

Als sie unter der Dusche hervorkam, schaute sie zu Henrys Wohnung hinüber. Er hatte nicht angerufen, nachdem Susan gegangen war. Sie hatte gewußt, daß er nicht anrufen würde, und jetzt funktionierte die Telepathie nicht wie sonst. Kein Licht ging an; wahrscheinlich schlief er und stärkte sich für das Pfropfen oder Stutzen von Bäumen oder etwas gleichermaßen Schuldloses. Sie ging nackt ins Schlafzimmer und griff zum Telefon, stellte es aber dann wieder hin. Erst jetzt begann sie, sich nach den Einzelheiten von Susans Tat zu fragen, nach der praktischen Seite der Tat. Alice war dort gewesen, sie war sogar herumgegangen, aber benommen, hatte nur das Tableau gesehen, unfähig, die Szene zu begreifen. Kein Wunder, daß Honey die Geduld mit ihr verloren hatte. Sie dachte an Susan ihm gegenüber, selbstsicher, unbeeindruckt. Ob es Honey so leichtfiel wie Alice, sich vorzustellen, wie Susan die Einzelheiten ihres Plans ausführte: die Waffe kaufte, Benzin für das Auto besorgte, ihre Ankunft und ihre Abfahrt mit all dem Kommen und Gehen in der Stadt verschleierte, ihre Vertrautheit mit der Wohnung und den Gewohnheiten von Denny und Craig als ihre tödlichste Waffe einsetzte. Oder war das eine Vision, die sich nur einstellte, weil sie ihre Freundin seit Jahren erlebt, weil sie mit angesehen hatte, wie ordentlich und wie geduldig sie an alles heranging, was für geschickte Finger sie hatte und wie sie Pläne machte, stets präzis und ohne Hast, ohne Nervosität, unberührt von Frustration oder Langeweile, so daß sie eine komplizierte Naht zwei- oder dreimal wieder auftrennte und immer noch vor sich hin summen konnte, so daß sie fast das ganze Schaufenster mit Kleidern dekorieren, es sich dann anders überlegen und ganz neu gestalten konnte, ohne daß sie am liebsten die Scheibe eingeschmissen hätte. Und war es tatsächlich möglich, daß Susan eine solche Waffe gekauft, in die Hand genommen und schließlich abgefeuert hatte, eine Waffe, mit der die Verwüstung angerichtet worden war, die Alice vorgefunden hatte? Alice versuchte sich vorzustellen, wie sich das schwarze, eckige Ding in ihrer Hand anfühlte, aber sie konnte es nicht. In Susans Hand? Ja. Susans Hände waren so groß wie die ihren und breiter, kräftiger, obwohl man vielleicht gar nicht besonders kräftig sein mußte, um zu schießen – vielleicht genügte die Absicht dazu.

Sie setzte sich auf das Bett, dann ließ sie sich zurückfallen und dachte an die letzte Party, die sie in ebendieser Wohnung gegeben hatte. Wo sie auch hingeschaut hatte, sie hatte ein vertrautes Gesicht gesehen. Susan, Denny, Craig, Ray, Noah, Rya, im Zimmer verteilt wie reife Pfirsiche, ein Reichtum, zum Wohlfühlen, ansehnlich, interessant. Craig hatte ihr Narzissen mitgebracht, aus dem Park oder einem Privatgarten geklaut, aber gelb und wohlriechend. Denny hatte sie in den Hintern gepufft. War auch nur einer der anderen weniger für sie verloren als die Toten? Sie hatte das Gefühl, in eine Zukunft ohne Freunde gerissen zu werden, wie in einem Sog, gegen ihren Willen, fast wie damals, als sie zum erstenmal begriffen hatte, daß Jim sie Marianas wegen verlassen würde, nur daß es im jetzigen Fall keine Aussicht auf Linderung gab, keine Wunde, die von der Zeit geheilt werden konnte. Die jetzigen Schwierigkeiten waren zäher und dauerhafter, und sie gaben ihr das Gefühl, sie sei dadurch älter geworden als damals durch bloßen Betrug, älter auf Dauer. Aber was machte das schon aus? Das haßte sie so an sich, dieses Meer der Selbstversenkung, aus dem ihre Intelligenz nur manchmal auftauchte, wie ein Periskop. Nach einer langen dumpfen Pause stand sie auf und zog sich an.

Sie ließen sie immer noch nicht zu Noah. Die unbekannten Beamten im Zwanzigsten Revier wußten nicht einmal, wo er war, oder behaupteten jedenfalls, sie wüßten es nicht. Sie meinten, Honey werde sich mit ihr in Verbindung setzen. Sie hinterließ ihren Namen und ihre Telefonnummer.

Bei der Arbeit war sie nicht unglücklich. Sie war sicher, daß das Beweismaterial gegen Noah, wie sehr es Honey auch ablenken mochte, zu einer Verurteilung nicht ausreichte. Gegen Susan gab es keine Beweise, nur dieses Gefühl von Alice, die Ausgeburt verwirrender Gespräche und Halluzinationen um drei Uhr morgens. Jedesmal, wenn sie an die Szene dachte, an das Motiv, an die Gelegenheit, sprach nichts gegen Susan, wurde ihr keine Tatsache zum Verhängnis, gab es keinen Anhaltspunkt, an dem sich die Bruchstücke kristallisiert hätten. Obwohl Alices Überzeugung, Susan sei schuldig, unerschütterlich blieb, trug das alles dazu bei, es ihr leichter zu machen. Nach der Arbeit lief ihr an der Kreuzung zwischen der Vierundachtzigsten Straße und der West End Avenue Henry über den Weg, und er umarmte sie wie selbstverständlich und küßte sie mit vollkommenem Selbstvertrauen, als erwarte er, daß seine Küsse erwünscht seien. Das waren sie auch, aber nur mit Rückblick. Sie spürte, daß ihm ihre Kälte auffiel und daß er beschloß, das zu ignorieren. Zum Ausgleich legte sie den Arm um seine Taille, war aber entschlossen, nicht mit ihm in seine Wohnung zu gehen. Dort wäre sie unfähig gewesen, überhaupt etwas zu denken.

»Ich wollte dich gestern abend anrufen, aber wir mußten ein Stück von einem Baum abholzen. Es war ein Riesenbaum, und wir mußten warten, bis die meisten Besucher fort waren. Ich bin erst um eins nach Hause gekommen. Deine Fenster waren dunkel, so friedlich, daß ich's nicht übers Herz gebracht habe. Aber wart nur den November ab. Von neun bis fünf, ich schwöre, und jede Menge freie Tage, an denen wir das Land erkunden und Pflanzen bestimmen können.«

»Ob das im November noch wichtig ist? Es ist lange hin bis November.«

»Im November wird das Leben oder Tod für dich bedeuten, meine

Liebe. Ist dir denn nicht aufgefallen, daß ich wie ein Schmarotzerpilz bin?«
»Du hast vor, mich zu überwuchern?« Trotz ihrer Verstimmung mußte Alice lachen. »Widerwärtig.« Aber sie widerstand dem Druck, mit dem er sie auf die silbrig-gläserne Eingangstür zu seinem Haus zuschob. Auch das fiel ihm auf, aber er zögerte nur einen Sekundenbruchteil, bevor er weiterging, auf das staubige Grün des Parks zu.
»Und wie war deine Woche? Du hast mir gefehlt. Die Iris beginnen zu blühen.«
»Haben sie dich an mich erinnert?«
»Alles erinnert mich an dich.«
Jetzt blieb sie stehen. Auch Henry blieb stehen, freundlich, zärtlich, hinreißend. Entschlossen sagte Alice: »Geht es, daß wir uns etwa eine Woche lang nicht sehen?« Aber während sie das sagte, überwältigte sie das Verlangen, und sie spürte ihren Puls im Hals und in den Schläfen pochen. »Warum hast du eine solche Wirkung auf mich?«
»Was für eine Wirkung ist das?«
»Darauf gebe ich keine Antwort. Ich habe das nicht sagen wollen.«
Er wandte sich ihr zu und strich ihr mit der offenen Hand unter ihr Haar, über ihre Wange und über ihr Ohr. »Was für eine Wirkung?«
»Eines Tages wirst du unerträglich werden, Henry. Du lehnst dich an mich an, du kommandierst mich herum. Ich bin das Alleinsein gewöhnt. Ich bin gern allein, ich brauche massenhaft Luft um mich herum. Und außer diesem Leben habe ich noch ein anderes, das mich ganz ausfüllt!«
Henrys Hand rutschte weg. Alice kam der Gedanke, ob sie wohl so entgeistert aussah, wie sie sich fühlte. Er wandte sich ab, sagte: »Ich rufe dich nachher an«, und ging die Straße hinunter. Sofort und unvermeidlich erneuerten sich Alices Sehnsucht und Verlangen, wie das Wiedereinsetzen von Musik nach einer Pause. Sie lief ihm nach und packte ihn beim Ellbogen. »Henry, hör zu. Ich will nicht darüber reden, weil ich nicht garantieren kann, was ich sage, aber die Wirkung ist heftiges Verlangen. Sobald ich dich sehe, vergehe ich vor Sehnsucht danach, mit dir zusammenzusein.«

»Hast du schon gegessen?« Seine Stimme klang neutral, vorsichtig, und der Gegensatz versetzte Alice einen Stich, obwohl sie das gar nicht wollte. »Nein, gehen wir doch!« sagte sie strahlend und unaufrichtig. Sie konnte spüren, wie die Schotten, die den Mord von Henry, von ihrer Arbeit und von ihren Eltern trennten, rissig und durchlässig wurden, und zwar auf eine Weise, wie sie es nicht erwartet hatte. Sie umklammerte Henrys Arm fester. Warum erzählte sie ihm nicht die ganze Geschichte? Warum sagte sie nicht: Ich muß dir was anvertrauen, Henry, oder: Hör dir das bitte an? Sie mußte nicht mit einem makellosen Satz anfangen, es war schließlich keine Stilistikübung. Aber schon die entlegene Möglichkeit, darüber zu sprechen, schien ihr den Hals zuzuschnüren und ihr die Luft abzudrücken. Henry ging eilig in Richtung Broadway. Sie sagte: »Henry, ich bin im Begriff, mich in dich zu verlieben. Ich reagiere immer ganz unmöglich, wenn ich mich verliebe.« Das hatte sie nicht sagen wollen, weil es vielleicht gar nicht stimmte, und als er auf die ersehnte Weise reagierte, sich losmachte, den Arm um sie legte, mit einem warmen Lächeln, und sie aufs Haar küßte, war sie so gereizt, daß sie ihn regelrecht unausstehlich fand. Während sie zum Broadway abbogen, brach sie aus Frustration in Tränen aus. Henry stellte sie an der Kreuzung ab und musterte sie besitzergreifend. »Du bist ja total fertig«, sagte er. »Ich gehe zu Zabar und hole was zum Essen. Du rührst dich nicht vom Fleck. Dann gehen wir zu mir in die Wohnung, essen was und gehen alles der Reihe nach durch, in Ordnung?« Da war ihr Stichwort. Sie nickte. Henry verschwand hinter den immer vielversprechenden Türen des Feinkostgeschäfts, und Alice stand zwischen den Abendspaziergängern und Passanten. Die Zukunft spulte sich vor ihren Augen so deutlich ab wie die Bildfolgen eines Films. Henry würde irgendwie weiterleiten zu Honey, und das würde natürlich dazu führen, daß das Räderwerk der Justiz in Gang kam. Sie würde keine Entscheidungen treffen müssen – sie würden nur über Möglichkeiten und Nuancen, über Theorien und Wahrscheinlichkeiten sprechen. Was für eine Erleichterung würde das sein. Es war jetzt schon eine Erleichterung, auch nur daran zu denken. Alle gingen langsamer, wenn sie bei Zabar vorbeikamen, wenn nicht, um die Sonderangebote zu betrachten oder die Frau, die rote Nudeln durch die Maschine drehte, dann, um den Schokoladenkuchen mit den Augen zu verschlingen, den die neu eröffnete Bäckereiabteilung ausstellte. Niemand schien mehr von dem schönen Wetter Notiz zu nehmen, vielleicht weil es unmerklich von schön auf langweilig umgeschlagen war. Alice bückte sich und wischte sich am Rocksaum die Augen ab und wünschte sich dabei, sie wäre jemand, der stets ein Taschentuch oder wenigstens ein zerknülltes Kleenex bei sich hatte. Und da kam vom Süden her Susan näher, ein freudiges Lächeln des Erkennens schon im Gesicht. Alice glaubte, sie könne im Laden Henrys Kopf am Ende einer langen Schlange vor der Kasse ausmachen. Sie hoffte, daß die fünf Leute vor ihm alle den Korb voll hatten mit Kleinigkeiten. Sie hob den Arm und winkte Susan zu. Susan küßte sie. »Hast du Noah gesehen? Ich hab dich heute nachmittag ein paarmal angerufen, aber du warst nicht an deinem Platz.«

»Nein, sie haben es mir nicht erlaubt. Immerhin habe ich mit Honey gesprochen.« Das sagte sie ziemlich schnell.

»Was ist denn los? Sie können ihn doch nicht einfach dortbehalten.«

»Er ist heute nachmittag unter Anklage gestellt worden.« Jedenfalls hatte Rya das gesagt.

»Wird er gegen Kaution entlassen? Hat er einen Anwalt? Kennt er einen Anwalt?« Susan machte keine Anstalten zu weichen, und es wurde Alice klar, daß sie wohl annahm, sie würden gemeinsam nach Hause gehen. Henry war zum Glück in der Schlange noch nicht viel weiter nach vorn gerückt.

»Danach habe ich nicht gefragt. Und ich weiß nicht mehr genau, ob Rya gesagt hat, daß ihr Chef ihm einen Anwalt besorgt oder ihm das bloß angeboten hat. Vielleicht sollten wir ihn anrufen. Wie heißt er mit Nachnamen.«

»Das darfst du mich nicht fragen. Levine? Loewy?«

»Was ist sie bloß für ein Miststück!« rief Alice. Vor Henry standen noch zwei Leute. Er hob seinen Korb und stellte ihn weiter nach vorn. Der Korb war voll beladen. Sachen im Wert von vielleicht fünfzig Dollar.

»Ich glaube, wir sollten sie anrufen und dazu überreden, daß sie zurückkommt.«

»Lohnt sich das? Wir hätten sie dauernd auf dem Hals.«
»Trotzdem –«
Henry näherte sich der Kasse. »Hör mal«, sagte Alice, nahm Susan beim Arm und zog sie weg von Zabar. »Da ist noch mehr. Hier sind zu viele Leute. Geh mit mir die Straße hinunter.« Sie schaute schnell zurück. Henry stand an der Bäckertheke und deutete auf Brötchen und Croissants. Sie seufzte. Im nächsten Augenblick würde er auf der Straße stehen und nach ihr Ausschau halten. Sie schob Susan die Einundachtzigste Straße entlang. »Was ist denn«, sagte Susan. »Was willst du? Ich muß heute abend arbeiten. Ich wollte bei Zabar etwas Käse kaufen.«
»Nein, hör mir doch zu. Wir kommen wieder her. Komm mit, wir gehen nur um den Block herum. Ich muß dir was sagen.« Sie schaute sich um. Kein aus Liebe aufgebrachter Henry folgte ihnen. Sie sagte: »Es ist aufgeklärt. Er hat es getan. Er hat gestanden, und Honey ist überzeugt davon.«
»Du machst wohl Witze.«
Alice sah Susan prüfend ins Gesicht, versuchte den genauen Grad von Überraschung und Jubel aufzuspüren. Die andere Frau war gleichmütig. Alice setzte sie unter Druck. »Ich mache keine Witze. Und Honey sagt, er hat eindeutige Beweise.«
»Ich kann es nicht glauben.«
Wirklich? dachte Alice. Aber Ungläubigkeit war etwas, das Susan häufig zum Ausdruck brachte. »Ich auch nicht, ehrlich gesagt«, sagte sie.
»Aber warum hat er dann gestanden?«
Alice hüstelte und tat so, als dächte sie an Noah, bereitete sich in Wirklichkeit aber auf die nächste Lüge vor. »Vielleicht ist das nur ein Versuchsballon. Vielleicht denkt er, daß er dadurch aus irgendeiner Klemme herauskommt. Aber vielleicht hat er's ja getan. Es wäre möglich.«
»Möglich, daß er sich gegen Craig gestellt hat?« Susan lächelte. »Abgründe stecken in jedem, glaubst du das nicht auch? Oberflächlich betrachtet, wirkt es unwahrscheinlich, ja, aber wer kann das wirklich beurteilen?«
»Er hat sich nie gegen Craig gestellt. In den zwölf Jahren, in denen sie zusammen gespielt haben, hat er sich immer nur Befehle geben

lassen, sogar dann, wenn sie widersprüchlich waren oder falsch oder der reine Hohn oder dumm. Er hat sich nie mit Craig gestritten, nicht einmal das.«

Alice zwang sich, mit Überzeugungskraft zu sprechen. »Das könnte sich aufgestaut haben. Jedenfalls glaubt Honey, daß er es getan hat.«

»Er ist überzeugt davon?«

Alice suchte vergeblich nach etwas Verräterischem in Susans Gesicht, horchte nach einem entlarvenden Unterton. Weder Erleichterung noch keimende Freude. »Was sollen wir jetzt tun?«

»Was meinst du damit?« fragte Susan. »Für mich sieht es danach aus, als hätten wir es hinter uns, etwas zu tun.«

Sie waren in die Zweiundachtzigste Straße abgebogen und gingen zurück zum Broadway und zu Zabar. »Wart hier auf mich«, sagte Susan. »Dann kannst du mich nachher zum Laden begleiten. Möchtest du auch was?« Alice schüttelte den Kopf. Henry war schon lange fort oder vielleicht auch erst seit kurzem, aber halb versetzt war so beleidigend wie ganz versetzt, oder etwa nicht?

Sie sah auf ihre Schuhe hinunter, Schnürschuhe, die Senkel zusammengeknotet, wo sie durchgerissen waren, und schon beim Hinschauen schien sie weit darüber hinauszuwachsen. Sie schaute auf, fixierte den Blick auf das Schaufenster von Zabar, dann wandte sie den Kopf und schaute über die Straße. Alles war kleiner, schärfer geworden, und Alice staunte darüber, daß sie keine Angst hatte, nur wild und heftig aufgebracht war. Ein Mann stieß sie an, hübsch angezogen, teuer angezogen: enge Jeans und ein importiertes Baumwollhemd von der Art, wie Susan sie verkaufte. Alice hätte ihn am liebsten vernichtet. Sie sah ihm nach, wie er in die Einundachtzigste Straße abbog und in der Menge verschwand, und hätte am liebsten gebrüllt: »Was hat Sie denn gebissen? Können Sie sich nicht entschuldigen? Saukerl!« Ihre Wut schien sie vom Boden hochzuheben. Sie schloß die Augen und legte die Hand auf den Kopf. Sie schwitzte am Haaransatz und atmete schwer. Sie fragte sich, warum der Zorn die Menschen nicht einfach auseinanderbrach, aufplatzen ließ wie Feigen, zum Explodieren brachte. Neben ihrem Ellbogen sagte Susan: »Du siehst furchtbar aus. Mach das doch auf und trink einen Schluck.« Sie drückte Alice eine große, kalte Flasche in die Hand, moussierenden Apfelwein. Alice drückte sich die Flasche gegen die Stirn. Alles nahm wieder normale Dimensionen an. »Ist dir heiß?« fragte sie. »Ich finde dieses Wetter einfach scheußlich. Vielleicht brüte ich irgendwas aus.« Sie schloß die Augen und holte noch einmal tief Luft, während Susan mit dem Schraubverschluß der Flasche kämpfte. »Ich bin bestimmt krank. Es muß die Grippe sein. Wir haben ein seltsames Leben geführt. Offensichtlich macht einen das anfälliger.« Susan gab ihr die Flasche, und sie setzte sie an die Lippen. Das Prickeln der Kohlensäure war ein Schock, war köstlich und abstoßend, alles in einem. Ein Funke von Panik, der sich in ihr entzündet hatte, war für den Augenblick erstickt. Nach einem langen Schluck wischte sie sich den Mund ab und gab Susan die Flasche zurück. Susan hielt ihr ein Stück Brie hin, dann eine große, reife Erdbeere. Susan, vertraut, liebevoll, tüchtig, Susan, die zu lieben eine Gewohnheit war. Alice aß die Erdbeere, dann noch ein Stück Brie, diesmal auf einem Cracker. »Geht's besser?« fragte Susan. »Viel besser.« »Komm doch mit mir in den Laden. Da ist es hübsch und kühl, und alles ist neu. Manchmal glaube ich, das ist das einzig Gute an dem Laden, daß nichts schon irgend jemand gehört.«

II

Die drei Verkäuferinnen bei Chops hatten alle etwas von Susans friedlicher Ausstrahlung an sich. Wie Susan waren sie attraktiv, aber nicht so, wie es der Mode entsprach. Jane war zwar schlank, hatte aber breite Schultern und ausladende Hüften. Karen war klein und rund, Louie hatte die weit auseinanderstehenden Augen und seltsam geformten Zähne von Leuten aus dem Bergwerksgebiet in Westvirginia. Und doch waren sie alle exquisit gekleidet und anmutig, als ob die Ladenbesitzer an ihnen beweisen wollten, daß sich jeder durch Kleider von Chops in den idealen New Yorker verwandeln könne. Die Mädchen waren ungeheuer höflich, nicht

nur zu den Kunden, sondern auch zu Alice, zu Susan und zueinander. Ihr Privatleben konnte man sich nicht vorstellen, und Chops, mit den weißen Wänden, dem dunklen Holz, dem neutralen Teppichboden, der sich über die Treppen in die Umkleidekabinen und auf die verschiedenen Ebenen der Schaufensterdekoration ergoß, schien außerhalb jeder Form eines Privatlebens zu existieren. Die Kunden kamen lächelnd herein und ließen den Blick dabei schon über die ausgestellten Kleider schweifen. Sie stießen leise Rufe über die angenehm kühle Luft aus, und sie schienen sich angesichts der neuen Möglichkeiten, die Chops ihnen anbot, sichtlich zu entspannen. Die Spiegel waren an der Südwand und versilberten die Luft. Das alles wirkte auch auf Alice. Sie fühlte sich nicht mehr krank, hatte nicht einmal mehr Angst. Sie machte es sich in einem Sessel hinter dem Tresen bequem und beobachtete die Kunden, wie sie hereingeschlendert kamen, Kleider anprobierten und wieder hinausschlenderten. Man hielt die Leute dabei im Auge, ließ sie aber in Ruhe, damit sie ihrer Eitelkeit unbehelligt frönen konnten.
Susan, die Urheberin dieser geordneten Welt, zeigte sich von ihrer besten Seite. Sie drapierte Kleider auf Bügel, faltete und stapelte Pullover so, daß Rot, Blau, Grün und Gelb sich schillernd voneinander abhoben und dadurch den Blick auf diese teure Ecke des Ladens lenkten. Sie beglückwünschte Kunden zu ihrer Wahl, aber nur, wenn sie wenigstens etwas Geschmack bewiesen hatten, bedankte sich bei Jane und Karen, wenn sie sich um schwierige Kunden gekümmert hatten, entschuldigte sich sofort, als ein zu hoher Rechnungsbetrag reklamiert wurde, und bedankte sich beim Kunden dafür, daß er zurückgekommen sei und sie darauf aufmerksam gemacht habe. Sie saugte Staub, sie sah nach der Buchführung; sie zeigte Alice neue Entwürfe, von denen sie glaubte, sie könnten Alice gefallen oder staunen machen über den hohen Preis.
Für so jemanden, dachte Alice, mußte ein Leben, wie Craig es führte, natürlich unerträglich werden. Susan schaute zu ihr herüber, und Alice stieß einen überbetonten Seufzer der Erleichterung aus. Susan lächelte. Und wenn man unfreiwillig mit einem solchen Leben zu tun hatte, dann mußte die Angst, davon aufgesaugt zu werden, ein Dauerzustand sein, oder nicht? Eine Tat, die dieser Möglichkeit ein Ende setzte, war zumindest verständlich.

Und jetzt waren sie gerettet. Noah war sowieso kaputt. Selbst wenn er nicht freikam (und warum sollte er nicht freikommen, unschuldig, wie er war?), war es möglich, daß das Gefängnis ihm gut bekam. Dort konnte er ein neues Leben anfangen. Bei guter Führung konnte er mit fünfundvierzig wieder draußen sein. Mit fünfundvierzig war man inzwischen noch nicht einmal in den mittleren Jahren. Aber er würde freigesprochen werden, dessen war Alice sich sicher. Und damit wäre dann alles ausgestanden. Jeden Tag geschahen neue Morde. Sobald Honey einen Verdächtigen eingeliefert hatte, würde er sich einer anderen Aufgabe zuwenden. Es war nur ein Impuls gewesen, der Alices Gedankengänge und ihre analytischen Überlegungen leerlaufen ließ, jenseits des praktischen Nutzens. Das Rätsel war gelöst, und jeder, wie es dem Leben im New York von 1980 entsprach, konnte haben, was er wollte. Sie schaute quer durch den Raum. Was sie wollte, war, daß Susan in den kommenden Monaten und Jahren ihr Leben in die Hand nahm. Die Angst vor Susan, die sie in dieser Woche gehabt hatte, der kurze Blick auf Susan, den sie in ihrer Wohnung erhascht zu haben glaubte, das hatte daher gerührt, daß ihr Wissen von dem Mord an die Oberfläche getrieben war, und die Anpassung an die Tatsachen, die sich seltsamerweise im physischen Bereich abgespielt hatte, war ihr nicht besonders schwergefallen. Susan verschwand im Hinterzimmer des Ladens und kam mit einer großen Schachtel wieder. Als sie die Schachtel aufmachte, quollen weiße Blusen heraus, Gaze, Spitze, Luxus. Der Geruch von Baumwolle wehte zu Alice herüber. Als Susan die Blusen herausnahm und auf Bügeln zuknöpfte, stand Alice auf und ging zu ihr hinüber.

Alice steckte ihre Karte in den Geldautomaten der Citybank und stellte fest, daß sie bis zu hundert Dollar abheben konnte. Sie ließ sich hundert geben. Hinter ihr starrte Susan in Richtung Zentrum. Alice lächelte und steckte das Geld ein. »So«, sagte sie, »jetzt gehen wir zu dir nach Hause und ziehen uns um.«
»Wozu denn das? Es ist nach neun.«
»Du wirst schon sehen. Überlaß das mir.« Susan machte sich vollkommen fügsam auf den Weg und klapperte dabei mit ihren Clogs auf dem Pflaster. Alice nahm die Hand von Susans Ellbogen und

legte ihr den Arm um die Taille. »Ich bin am Verhungern«, sagte sie. »Ich lade dich zum Essen ein. Ich hab's satt, so zu leben, als ob ich eine Bibliothekarin wäre.« Der Mund tat ihr vor Hunger weh.

Nachdem sie bei Gallagher angerufen und sich dann vergewissert hatte, daß Susan unter der Dusche war, wählte Alice Henrys Nummer. Ausnahmsweise meldete er sich. Sie ließ seinen lockeren, verführerischen Ton einen Augenblick lang in ihrem Ohr widerhallen, weil sie wußte, daß er beim Klang ihrer Stimme umschlagen würde. »Hi!« rief sie.

»Oh«, sagte Henry.

»Du glaubst, daß ich dich versetzt habe, stimmt's?«

»Das kann man wohl sagen.«

Alice holte tief Luft. »Mir ist schlecht geworden, oder besser, ich hab gewußt, daß mir schlecht werden würde, und ich mußte nach einem Lokal suchen, wo ich mich übergeben konnte. Als ich wiederkam, warst du weg.«

»Geht's dir jetzt wieder gut?«

»Als ich was gefunden hatte, mußte ich mich dann doch nicht übergeben. Warum hast du denn nicht einen Augenblick lang auf mich gewartet?«

»Hab ich.«

»Henry –«

»Möchtest du herüberkommen?«

»Ja, aber das geht nicht. Ich bin bei einer Freundin, und wir müssen gleich noch mal weg.«

»Schön. Ich rufe dich wieder an.«

»Henry –«

»Ich muß jetzt Schluß machen.«

»Ich denke an dich.«

»Schön.« Er legte auf. Die Dusche lief nicht mehr. Alice legte den Hörer auf. »Wer war das?« fragte Susan, die plötzlich hinter ihr stand.

»Ich hab bei Gallagher angerufen«, gab Alice zur Antwort. »Ich hab einen Tisch bestellt.«

Susan grinste. »Komische Art, einen Tisch zu bestellen.« Alice grinste zurück.

Es gab wirklich nicht viel zu sagen. Die Taxifahrt, die Plätze, die sie einnahmen, die ersten Wortwechsel mit der Kellnerin über die Drinks und das Essen, das alles war wie ein geselliges Schweigen. Alices Lebensgeister stiegen auf beängstigende Weise oder wurden aufgedreht wie die Lautstärke eines Fernsehapparats. Das ist das Wahre, dachte Alice und wippte leicht im Stuhl. Das Gefühl, sie habe zu Susan eine neue Beziehung entwickelt, war seit dem Nachmittag kräftig gewachsen und war jetzt so sperrig geworden, daß kein Platz mehr war für ihre sonstige Unbefangenheit im Gespräch. Henry vor Zabar stehenzulassen, Susan so erfolglos anzubohren, daß es sie in ihren Überzeugungen irgendwie bestätigte, den Abend bei Chops zu verbringen, hier zu sitzen – jeder Augenblick war beladen mit gewichtiger Bedeutung, so daß all das, was dazu geführt hatte, nicht mehr zu verstehen war. Diese Intensität bestätigte ihre Vermutung, dies sei es also, während ihr Wissen, daß es also *dies* war, die Farbe jedes einzelnen Augenblicks noch verstärkte, auch die des jetzigen. Susan sagte: »Mein Vater hat immer geglaubt, das einzige gute Essen sei ein Steakessen. Medium-Steak mit Salz und Pfeffer, gebackene Kartoffel mit Butter und Salz und Pfeffer, drei Salatblätter und ein Tomatenschnitz mit Öl und Essig und Salz und Pfeffer.« Sie gluckste.

»Die Cuisine des Mittelwestens«, sagte Alice. Über das Essen konnten sie sich ewig unterhalten. »Im letzten Sommer sind ein paar chinesische Würdenträger zu Besuch in Rochester gewesen, und meine Mutter hat mir die Speisekarte für das Essen geschickt, das für sie gegeben wurde. Roastbeef, Schinken, Brokkoli, Kartoffelgratin, Maiskolben, hausgemachtes Eis und Schokoladenkuchen. Sie müssen Tage auf dem Klo verbracht haben.«

»Da kommt es ja.« Vorgewärmte, ovale Teller mit dunklem, wohlriechendem Steak wurden vor ihnen abgestellt. Das Fleisch, das sie gleich essen würden, einfach, vertraut, schmackhaft, erfüllte Alice mit einem Gefühl von Reichtum im Überfluß. Sie drückte mit der Gabel darauf, und Saft spritzte heraus. Susan aß einen Bissen. »Es ist köstlich«, sagte sie. Und das war es auch. Alice bestellte eine Flasche Wein und goß zwei Gläser bis zum Rand voll. Susan lächelte leicht. Vielleicht des Geldes wegen oder wegen des Weins oder des Fleisches wegen hatte Alice das angenehme Gefühl, sie sei sich selber unähnlich, weniger eingeschränkt, größer, fähig, sich im Lokal umzuschauen, das Essen zu beurteilen, ihre Wünsche gegenüber der Kellnerin auszusprechen. Susan, in ihrem adretten weißen Kleid, das Haar mit einem Kamm hinten gehalten, wirkte wie eine makellose Kostbarkeit. Daß ihre Zuneigung oder sogar Liebe gegenseitig war, schien erstaunlich. Es gibt Männer, dachte Alice, die es nie fassen können, wieviel Glück sie mit ihren Ehefrauen haben, was es für ein Glück ist, solche Frauen in den Armen zu halten oder mit ihnen zusammen zu wohnen. Alice hätte nie eine solche Frau sein können, aber Susan war so. Denny hatte sie bestimmt so eingeschätzt. Susan sagte: »Als ich noch in die Grundschule ging, wohnte weiter unten in unserer Straße eine Familie. Ich konnte die kleine Tochter nicht besonders leiden, aber die Mutter brachte die besten Kuchen auf den Tisch. Sie hatten immer ganz ausgefallene Farben – Orange mit blauem Guß, Rosa mit grünem Guß. Ein Kind durfte den Kuchenteig färben, ein zweites Kind den Guß, und ein drittes durfte die Verzierungen machen, und immer waren sie überzogen mit zerschnittenen Weingummis, oder der Teig war voller Rosinen oder so. Ich konnte es nicht fassen, daß meine Mutter immer an Schokoladenkuchen mit Schokoladenglasur festhielt oder an weißem Kuchen mit weißer Glasur.«

»Susan –«

»Hmm?« Es war ein höflicher Laut, wie von weither, der Alice davon abhalten sollte, etwas Wichtiges zur Sprache zu bringen. Alice fügte sich und erzählte von den rosa und weiß gefärbten Kuchen im Schachbrettmuster, die ihre Großmutter an ihren Geburtstagen für sie gebacken hatte, aber ihr neues Verständnis von Susan und ihr neues Gefühl für sie drängten aus ihr heraus. Ausnahmsweise mit Erfolg, ausnahmsweise mit geschärfter Wahrnehmung und dazu schnell, wahrscheinlich zum erstenmal überhaupt, hatte sie das Wesentliche ihrer Gespräche seit den Morden erfaßt. Und das trotz ihrer Achterbahngefühle und ihrer üblichen Angst, das Falsche zu tun und zu denken. Sie warf Susan einen Blick zu und begriff, daß sie das Wissen selbst sonderbarerweise nicht anwiderte, so wie einen die Tode in *Hamlet* oder *Macbeth* nicht anwiderten. Im Rückblick sah es so aus, als sei Craig im selben Maß wie

Susan ein Werkzeug gewesen, das zu seinem und zu Dennys Ende beigetragen hatte. Hatte er nicht jedes Risiko mit Drogen, mit Motorrädern, mit Geld anscheinend bewußt gesucht, war nicht jedesmal, wenn er davonkam, Glück oder die Güte anderer Menschen der Grund dafür gewesen? Und Denny, der Craigs Schwächen so genau erkannt hatte wie jeder von ihnen, war nie auch nur einen Schritt zurückgewichen, hatte nie auch nur versucht, den Knoten des Bandes zu lösen, das sie so eng aneinanderfesselte. Daß sie es jetzt *wußte*, war dennoch irgendwie berauschend, obwohl Susan darüber vielleicht anderer Meinung war. Sie schnitten, spießten auf und aßen. Alice trank ihr Glas leer und schenkte es wieder voll. Sie goß Susan nach. Susan rührte saure Sahne und Butter in ihre gebackene Kartoffel und drückte sie dann zusammen, damit sie warm blieb. Sie sagte: »In den letzten Tagen sind alle diese Kindheitserinnerungen über mich hereingebrochen. Ich glaube nicht, daß ich weiß, wie ich ohne Denny ein erwachsener Mensch sein kann.«

»Nach Jim ging es mir auch ein bißchen so, und ich war fast einundzwanzig, als ich ihn kennengelernt habe.«

»Ich denke oft an die Farm meiner Großeltern. An der Spüle war ein Pumpenschwengel. Wie kann ich alt genug für so etwas werden? Ich habe mit Sarah einen Sommer dort verbracht, als meine Mutter rheumatisches Fieber hatte. Wir sind die ganze Zeit in den Drainagegräben herumgewatet. Als ich gestern nacht nicht einschlafen konnte, habe ich versucht, die Gegenstände zu zählen, mit denen meine Großeltern im Verlauf eines einzigen Tages in Berührung gekommen sind. Alles, worüber sie redeten, hatte mit Gewicht zu tun: wieviel die Schweine zunahmen, wieviel Liter Milch die Kühe gaben, wie viele Tonnen Futter sie brauchen würden oder schon verbraucht hatten. Wenn das Wetter schlecht war, sagte meine Großmutter immer, die Luft sei so schwer, daß man sie nicht mit der Mistgabel heben könne. Und meine Großmutter war schwer. Man konnte sie immer hören, wenn sie im ersten Stock war, konnte hören, wie sie von Zimmer zu Zimmer ging. Und sie hat immer geseufzt, wenn sie die Treppe hinaufgehen oder auch nur aus einem Sessel aufstehen mußte. Mein Großvater war dünn, aber seine Werkzeuge waren schwer, seine Kleider waren schwer, seine Stiefel waren schwer. Ich nehme an, das klingt unangenehm, aber alles war ausgesprochen körperlich und hatte viel Substanz. Was viel wog, war wertvoll.« Susan drückte die Kartoffel auseinander.

Ein Mann kam herein, der von hinten wie Henry aussah, aber nicht Henry war. Alices Herz machte einen Sprung, aber nur einen, und das nur, dachte sie, weil es für sie eine so groteske Vorstellung war, daß sich Henry und Susan kennenlernen könnten. Sie hatte den ganzen Abend nicht an Henry gedacht, und als sie jetzt an ihn dachte, blieb die übliche sexuelle Vibration einer angeschlagenen Glocke aus, ging unter in ihrer gegenwärtigen Begeisterung für Susan. Für beide hatte sie nicht genug Energie, dachte sie. Wie sie jetzt hier saß, wirkte Henry wie ein Phantasiegebilde; daß sie mit ihm geschlafen, mit ihm gegessen und den Wunsch gehabt hatte, sich ihm anzuvertrauen, erschien ihr jetzt als abwegig und hirnrissig. Ihre Leidenschaft für ihn, in ihrer Erinnerung eine Tatsache, kein Gefühl, war ziemlich peinlich, hatte nichts mit ihr zu tun, war ein Blitz aus heiterem Himmel. Sie rutschte unbehaglich auf dem Stuhl herum. Es war beruhigend, Susan anzuschauen, aber das gemahnte sie zugleich an die Gefahr, in der ihre Freundschaft steckte. Sie war allein schon durch die Umstände gefährdet, trotz Honeys Unfähigkeit und der Beweise gegen Noah, wie immer die auch aussehen mochten. Und es war möglich, daß Susan sich bloßstellte, ohne es zu wollen. Alice sagte: »Hast du noch einmal darüber nachgedacht, aus deiner Wohnung auszuziehen? Oder vielleicht sogar aus der Stadt wegzuziehen? Wir sind seit sechs Jahren hier, und weiß Gott, ich sitze fest in der Falle Besoldungsstufe zwei für Bibliothekare. Ich möchte furchtbar gern in einer Universitätsbibliothek arbeiten, und du, mit deinem Geschmack und deiner Erfahrung, nach dir würde sich jedes Kaufhaus in der Provinz die Finger lecken. Weißt du, wir sind jetzt nicht mehr berufslos, nicht einmal mehr Anfängerinnen.« Susan machte kein aufnahmebereites Gesicht, aber Alice sprach weiter. »Jetzt werden wir doch nur ausgebeutet. Wir könnten fast überall mehr verdienen und billiger leben.«

»Ich habe nicht ans Umziehen gedacht.«

»Du mußt doch nicht am Schauplatz eines Verbrechens wohnen!«
»Ich möchte das Thema lieber abschließen.«
»Selbstverständlich.« Das zweite Glas Wein war fast leer. Alice trank aus und bestellte noch eine Flasche.
»Willst du mich betrunken machen? Mich überreden, daß ich mit dir zusammenlebe, ohne den Segen der Kirche?«
»Macht man das so? Jedenfalls will ich mich betrunken machen.«
»Wozu?«
»Ich weiß nicht.« Alice lächelte. »Wie ich schon sagte, ich hab's satt, so ein farbloses Bibliothekarinnenleben zu führen. Ich habe keine Schulden, ich esse massenhaft Obst, ich gehe jeden Abend nach Hause und lese. Es ist ein Höhepunkt in meinem Leben, wenn ich mir im Bleecker Street Cinema alte Filme mit Linkstendenz anschaue. Ich hab noch nie was verschwendet, nicht mal einen freien Nachmittag. Das hier ist New York: Es ist höchste Zeit, daß ich mal was Kostspieliges tue. Ich hab's satt, mir immer nur billiges Zeug zu leisten und jeden Nickel zu zählen. Ich hab's satt, mich vor den Abgründen zu fürchten, weißt du? Ja, man muß vorsichtig sein, wenn man mit siebzehntausend im Jahr allein in Manhattan leben will, aber ich war ja vorsichtig, immerzu und ständig vorsichtig. Niemand außer mir ist vorsichtig gewesen. Jetzt werde ich eine Weile lang nicht mehr vorsichtig sein.«
»Und deshalb willst du dich betrinken?«
»Ziemlich abgedroschen, stimmt's? Weißt du, was? Als ich Jim kennengelernt habe, da hatte er nicht das mindeste Talent, sich zu amüsieren. Er war aus einer superfrommen Presbyterianerfamilie: nicht tanzen, nicht trinken, nicht Karten spielen. So war die ganze Mischpoke.« Susan lächelte. »Und kein Jiddisch. Jedenfalls war er entschlossen, ein schlechter Mensch zu werden. Er fing zu rauchen an, er fing an, Bier und Gin und dann Whiskey zu trinken, er hat Dope geraucht und LSD genommen. Ich hab mehr über Sex gewußt als er, aber das ging auch nur bis zur Taille. Ich fand das urkomisch. Es hat trotzdem funktioniert. Jetzt hat er Spaß am Leben. Wetten, daß er nur noch Spaß am Leben hat? Er hat mich in mehr als nur der einen Hinsicht hinter sich zurückgelassen.«

»Warum glaubst du immer, daß er was Besseres gefunden hat?«
»Weil er glaubt, daß er etwas Besseres gefunden hat.«
»Ist dir denn nicht klar, daß er einfach die nächste Zweiundzwanzigjährige gefunden hat? Jetzt ist sie also vierundzwanzig. Ich gebe ihr allerhöchstens noch vier Jahre.«
»Das hast du immer gesagt, aber man braucht sie doch bloß anzuschauen. Sie sieht mehr oder weniger aus wie Sophia Loren.«
»Also wird die nächste wie jemand anders aussehen. Er mag Zweiundzwanzigjährige. Er war verrückt nach dir, als du zweiundzwanzig warst.«
»War er das?«
»Ja!«
»Davon hab ich nie was gemerkt.«
»Ich schon.«
»Hast du mir das je gesagt?«
»Immer und immer wieder.«
»Warum weiß ich es dann nicht mehr? Ich kann mich nur daran erinnern, daß ich seine Sklavin war. Er war verrückt nach mir?«
»Ja! Ich werd's nie fassen können, wie du dir über das, was du glaubst, so sicher bist, daß es die einzige Realität für dich wird. Es ist, als ob du überhaupt kein Gefühl hättest für andere Möglichkeiten.«
»Was meinst du damit, bin ich engstirnig oder selbstbewußt?«
»Keins von beiden. Du bist nur sehr loyal, sowohl gegenüber Menschen als auch gegenüber Meinungen.«
»Den falschen Meinungen?«
»Manchmal. Ich glaube, das mit Jim ist ein ideales Beispiel.«
Alice überlegte, dann sagte sie: »Aber was glaubst du, warum hab ich dann nie richtig begriffen, was doch auf der Hand lag? Ich bin mir immer vorgekommen wie Jims Handlanger. Ein ganz ordentlicher Kumpel, aber nicht der Mittelpunkt seiner Aufmerksamkeit.«
Susan gabelte einen Mundvoll Erbsen auf, sah die Erbsen an und legte sie auf den Teller zurück. »Zum Teil liegt's daran, glaube ich, daß sie alle so waren. Sie waren alle zweiundzwanzig, genau wie wir. Wenn man etwas unbedingt haben wollte, war's das beste, es zu ignorieren, weißt du?« Alice nickte. »Und Jim schien auf Mäd-

chen viel versessener zu sein als alle anderen. Das hab ich immer gedacht. Deshalb hat er dauernd so herumgezappelt – es war, als ob er sich kaum beherrschen könnte.«

»Hast du mir das je gesagt?«

»Etwas in der Art, aber du hast nicht zuhören wollen oder hast nicht zugehört. Du warst felsenfest davon überzeugt, daß diese Frau die Liebe seines Lebens sei.«

»Er auch!«

»Erst, als du ihm das eingeredet hattest.«

»Ach, Hühnerkacke!«

Susan beugte sich vor. »Jetzt hör mal! Es gab einen Punkt, an dem Jim bereit war, seine große Leidenschaft so oder so auszuleben. Er konnte alles dafür aufgeben, er konnte aber auch das Richtige tun und die Leidenschaft opfern. Ich glaube, ihn haben beide Möglichkeiten gereizt.« Sie zögerte, sah Alice an und aß die Erbsen, die noch auf der Gabel lagen. Einen Augenblick später sagte sie: »Aber in dir hatte sich die Idee, daß das die Liebe seines Lebens sei, so festgesetzt, daß du es ihm schwergemacht hast, nicht alles für sie aufzugeben.«

»Du glaubst nicht, daß er das gewollt hat?«

»Erst nicht. Dann ist ihm ganz schön eingeheizt worden.«

»Ich kann das nicht glauben! Als er wiederkam, war er so pflichtbewußt und traurig.«

»Aber ich bin mir sicher, daß er wiedergekommen ist, weil er sich wirklich unschlüssig war, weil er sich nicht darüber klarwerden konnte, welche Frau oder welches Leben besser war. Und dann warst du so überzeugt davon, daß er dich verlassen würde, und er mußte es durchziehen.«

»Ja, schon, ich war überzeugt, aber das war das Ergebnis meiner Beobachtungen. Ich wollte nicht, daß es so ausgeht.«

»Das ist offensichtlich. Ich glaube nicht, daß du das neurotische Bedürfnis nach einer gescheiterten Ehe gehabt hast, und ich glaube, wir haben alle darunter gelitten, daß wir uns so früh im Leben an Partner gebunden haben. Ich glaube, wir haben aus unserer Unwissenheit heraus Verhaltensmuster festgelegt, und dann war es fast unmöglich, sie zu durchbrechen, selbst dann, als wir es gemerkt haben. Ich meine, nachdem du es dir angewöhnt hattest, ihn anzugreifen, damit er dir deine Zuneigung zeigt, wie hätte er sich da einfach umdrehen und dir seine Zuneigung zeigen können, ohne sich geschlagen zu geben?«

Alice war schockiert und sprachlos, aber nicht ganz und gar verstimmt. Wenn sie auch dumm gewesen war und jemanden verjagt hatte, den sie brauchte und an dem sie hing – wenigstens war sie begehrenswert gewesen.

Susan fuhr fort: »Ich bin sicher, daß er dich deshalb anruft. Ich glaube nicht, daß er das wirklich herablassend meint. Ich glaube, daß er sich manchmal wirklich danach sehnt, dich wiederzuhaben. Es muß manchmal schwer sein, mit jemandem zu leben, der acht Jahre jünger ist, glaubst du nicht auch?«

»Als die Beatles kamen, war sie erst sieben.«

»Unheimlich, hmm?«

»Und Jim ist verrückt nach den Beatles.« Alice steckte den letzten Bissen Steak in den Mund und kaute darauf herum. Es war scharf und köstlich, voll von dem Gefühlschaos, das sie durchmachte, während sie aß. Dazu gehörte die erfreuliche Vorstellung, daß sie sich, was den Mord anlangte, hartnäckig im Irrtum befand und Honey recht hatte. Außer ihrer blinden Überzeugung bewies nichts, daß es Susan gewesen war. Sie aß, als mache sie sich einen Knoten ins Taschentuch, als wolle sie sicherstellen, daß jedes künftige Steak sie wieder eintauche in diese Erkenntnis. Lange Zeit sagte sie nichts, dann fragte sie: »Und was für Verhaltensmuster haben du und Denny festgelegt? Ihr wart ja sogar noch jünger als wir.«

Susan seufzte. »Ich glaube, ich habe ihn immer herausgefordert, es als Musiker zu schaffen. Ich glaube nicht, daß ich ihm je die Chance gegeben habe, auf elegante Weise die Branche zu wechseln, oder auch nur eine Chance, Craig nicht in Schutz zu nehmen. Ich hab's zugelassen, daß ich der Südpol war und Craig der Nordpol. Denny blieb nichts anderes übrig, als zwischen uns hin- und herzupendeln. Ein Dreiecksverhältnis war nicht möglich.« Sie lächelte wehmütig. »Das glaube ich wenigstens, wenn ich mich stark fühle. Wenn ich mich nicht stark fühle, dann sehe ich uns alle drei blind im Kreis herumpaddeln wie Hunde, und jedesmal, wenn einer auf den anderen trifft, versuchen wir, auf den Rücken des anderen zu klettern, wer das auch sein mag, um frische Luft zu schnappen.«

»Kennen wir denn überhaupt Beziehungen, die nicht zum Horror entartet sind?«

»In unserer Generation?«

»Ja. Ich weiß nicht, was meine Eltern und meine Großeltern machen.«

»Vielleicht machen sie gar nichts. Vielleicht ist das der springende Punkt.«

»Aber ich bin glücklich.«

»Wirklich?«

Alice sagte: »Unsere Freundschaft ist nicht zum Horror entartet, oder was glaubst du? Vielleicht hätten wir beide heiraten sollen. Ich liebe dich.«

Susan lächelte zustimmend, aber sie schien sich wie immer zurückzuziehen, bevor die Vertraulichkeiten losbrachen. Alice hätte sie gern umarmt.

Das Taxi setzte Susan nach Mitternacht ab; Alice traute sich nicht, auf die Uhr zu schauen, als sie in ihrer Wohnung ankam. Es lag am Wein, daß sie um sechs die Augen aufmachte und nicht mehr zubekam, aber sie fühlte sich nicht schlecht, nicht einmal desorientiert. Sie wachte auf in dem Bewußtsein, daß alles geregelt war. Vor zwei Wochen war der Mord unter ihnen allen explodiert wie eine Landmine und hatte sie durch die Luft gewirbelt. Jetzt waren sie alle da angekommen, wo Alice sie haben wollte – Noah möglicherweise im Dauerurlaub, Rya müßig bei ihren Eltern, Susan sicher in ihrer Wohnung und Alice sicher mit Susan zusammen. Die Zeit, als Henrys Gegenwart sie abgelenkt hatte, wenn auch nur eine Woche lang, war anstrengend gewesen. Sie begriff, daß sich seit Jims Zeiten die Dinge verändert hatten – obwohl sie genug Zeit und Energie für Verabredungen hatte, war einfach kein Platz für jemand, der sie so in Anspruch nahm wie Henry. Sie schaute aus dem Bad auf seine drei stillen Fenster, empfand einen Augenblick lang ein angenehmes Bedauern, dann wandte sie sich ab und summte vor sich hin. Sie fühlte sich ungewöhnlich munter, so frisch wie die kühle, trockene Luft von Westen her. Sie ging ins

Schlafzimmer und machte die Schranktür auf. Dort hing ein Sommerkleid aus Musselin, frisch gereinigt, das sie sich für eine Verabredung mit Henry aufgespart hatte. Sie riß mit beiden Händen die Plastikhülle ab, nahm es vom Bügel und schlüpfte hinein. Es paßte besser als letztes Jahr. Sie schloß die Schranktür wieder, nahm einen frischen Slip aus der Kommode und zog ihn über; dann machte sie das Bett und drehte die beiden Spinnenpflanzen vor den Fenstern um, was sie ungefähr jeden Monat machte, aber verglichen mit dem neuen, makellos kahlen Anblick von Susans Wohnung, wirkten sie armselig und altmodisch. Wahrscheinlich hätte auch Henry nur Verachtung dafür übrig gehabt. Sie ging in die Waschküche und holte den Staubwedel. In genau diesem Augenblick klingelte es unten an der Haustür, und sie ließ den Staubwedel fallen, aber sie spürte keine Andeutung von Gefahr, obwohl es noch nicht einmal sieben Uhr morgens war. Sie drückte den Knopf der Sprechanlage und fragte: »Wer ist es?«, dann: »Wer ist denn da?«

Nichts. Im College hatten die anderen einem manchmal dumme Streiche gespielt – an der Tür geklingelt, wenn sie wußten, daß man gerade unter der Dusche gewesen war. Wieder das Klingeln. Alice zögerte sekundenlang, dann drückte sie kräftig auf den Sprechknopf. »WER IST DA?« wollte sie wissen.

Ein Stöhnen antwortete ihr.

Ihr Widerstreben, irgend etwas zu tun, auch nur zur Kenntnis zu nehmen, daß sie hinuntergehen und nachsehen sollte, was los war, stellte sich sofort und heftig ein. Sie hatte das Gefühl, nun werde sie schon wieder in etwas hineingezogen. Was sie für einen Faden um ihr Handgelenk gehalten hatte, war in Wirklichkeit ein Strick um ihre Taille oder um ihren Hals. Instinktiv wollte sie sich dagegen wehren. Statt dessen schloß sie eine Hand um den Griff des Staubwedels, packte ihn wie eine Keule und machte die Tür auf. Nichts. Aus Angst vor der leeren Aufzugskabine stieg sie die Treppe hinunter. Es war kälter, als sie gedacht hatte, und sie fröstelte. Der Aufzug fuhr an ihr vorbei, nach oben. Sie ging vorsichtig, aber stetig die Treppe hinunter, den Staubwedel erhoben. Der letzte Treppenabsatz. Sie beugte sich über das Geländer und starrte in den winzigen Flur. Nichts. Aber es konnte ja auch nichts da sein. Es war draußen geklingelt worden. Sie schlich auf die Innentür zu, zugleich darum bemüht, etwas zu sehen und nichts zu sehen. Sie holte tief Luft, dann sah sie den Wermutbruder. Ein Wermutbruder auf der Schwelle. Sie richtete sich auf und legte den Staubwedel weg, dann klopfte sie kräftig gegen das Fenster, im Glauben, sie drücke damit aus, daß sie ihm nicht helfen werde. Der Wermutbruder, der sich zurückgelehnt hatte, richtete sich auf und wandte sich ihr zu. Sie konnte sehen, daß etwas mit ihm nicht stimmte, und überlegte, ob sie nicht doch die Tür aufmachen und ihn hereinlassen solle. Er bewegte sich sehr langsam, und sie wartete ab, ein bißchen entgeistert. Und dann war es gar kein Wermutbruder. Es war Ray, und sein Gesicht und seine Schulter waren blutüberströmt. Sie zog die Tür auf, und er glitt langsam herein und schien sich dabei aufzulösen. Dann lag er mit geschlossenen Augen zu ihren Füßen. Er war überall voller Blut, und Alice spürte, wie sie vor Unglauben erstarrte, genau wie vor vierzehn Tagen. Aber dann stampfte sie mit dem Fuß auf, sagte erbittert: »Blöde Kuh!« Sie packte den Staubwedel noch fester, trat vorsichtig über Ray hinweg und schaute zur Tür hinaus, die Straße auf und ab. Niemand. Außer Gefahr, legte sie den Staubwedel weg und beugte sich über Ray. Sie knöpfte sein Hemd auf, bekam dabei unvorstellbar viel Blut an die Finger und legte die Hand auf sein Herz. Es schlug noch. Danach knöpfte sie das Hemd ganz auf und schaute seine Brust an, um zu sehen, ob das Blut von dort kam. Doch obwohl die Brust und der Bauch von Prellungen verfärbt waren, war dort keine offene Wunde. Dann mußte es aus dem Gesicht kommen. Sie schluckte schwer und setzte sich auf die Hacken zurück. Frisch, im Sonnenlicht und an der Luft, wirkte es gar nicht wie Blut, roch es nicht wie damals vor vierzehn Tagen. Sie wischte sich mit dem Ellbogen den Schweiß von der Stirn, schaute sich dann vorsichtig Rays Gesicht an. Die geschlossenen Lider wirkten unversehrt, würden aber bald grün und blau werden. Die Nase war übel zugerichtet, und der Kiefer war gebrochen. Etwas Blut war aus dem Mund gekommen, und sie sah einen kleinen Riß in der Unterlippe. Doch das meiste Blut war aus dem Ohr geflossen. Dann beugte sie sich hinaus und klingelte nach dem Hausmeister. Nachdem sie ihren Namen genannt und ihm so klar, wie sie

konnte, gesagt hatte, er solle zum Hauseingang kommen, legte sie die Hand wieder unter Rays Hemd, saß eine Dreiviertelstunde neben ihm und fühlte nach seinem Herzschlag, bis der Notarztwagen kam. Vom Krankenhaus aus rief sie Detective Honey an, dann ging sie dorthin, wo Ray behandelt wurde. Er war jetzt bei Bewußtsein, und sie nahm seine Hand. Der Arzt und die Schwester arbeiteten sachlich, ohne Panik. Alice schloß daraus, daß er nicht in Lebensgefahr war, und lächelte ihn an. Eine zweite Schwester kam heran, mit Formularen, die Alice ausfüllen sollte, und der Arzt sagte ihr, Ray müsse mindestens einen Tag lang zur Beobachtung hierbleiben. Alice schaute Ray an, der erleichtert aussah, dann setzte sie sich auf einen Stuhl in der Nähe und füllte die Formulare aus. Sie waren erstaunlich umfangreich. Sie gab an, Ray sei krankenversichert, obwohl sie das nicht wußte. Aber das konnte in Ordnung gebracht werden, wenn es ihm besserging. Schließlich kam der Stationsarzt zu ihr herüber und setzte sich zu ihr.
»Miss Ellis«, sagte er.
»Mrs. Ellis.«
»Sind Sie mit Mr. Reschley verlobt oder so?«
»Nein. Wir sind schon lange befreundet. Wir stammen aus derselben Stadt. Ich gehe davon aus, daß es schlimmer aussieht, als es ist?«
»Das stimmt nicht ganz, aber er ist nicht in Lebensgefahr. Mrs. Ellis, ich, äh, ich habe –«
»Was fehlt ihm außer den Prellungen und den Schnittwunden?«
»Darüber kann Dr. Lee mit Ihnen sprechen, aber ich wollte Ihnen sagen, daß ich –«
»Worüber? Wer ist Dr. Lee?«
»Dr. Lee ist Hals-Nasen-Ohren-Arzt hier am Krankenhaus. Er müßte gleich wieder hier sein. Aber außerdem habe ich die Polizei angerufen, Mrs. Ellis.«
»Na und? Ich habe die Polizei selbst schon angerufen. Aber sagen Sie mir, warum sie Dr. Lee geholt haben.« Alice sagte das scharf, aber sie scheute davor zurück, es zu hören. Der Stationsarzt sah sich um, dann packte er sein Klemmbrett fester. Schließlich sagte er: »Mr. Reschleys rechtes Trommelfell ist mit einem spitzen Gegenstand mehrere Male durchstochen worden, Miss Ellis.« Alice

schaute weg von ihm, hinüber zu den Schwestern, dann sah sie wieder den Arzt an. Selber hatte er ziemlich abstehende Ohren, dachte sie. Sie leckte sich die Lippen, dann fragte sie: »Tut das sehr weh, Herr Doktor?«
Der Stationsarzt nickte.

12

Detective Honey war viel schroffer als sonst. Ausnahmsweise wirkte er aufgebracht, verärgert über Alice und ihre Freunde. Wann hatte es zum erstenmal geklingelt? Wie lange hatte es gedauert, bis sie unten gewesen war? Hatte sie irgend jemanden auf der Straße gesehen, gleich, wie flüchtig? Hatte Mr. Reschley irgend etwas gesagt? War Mr. Reschley irgendwann bei Bewußtsein gewesen? Alice gab einsilbige Antworten; Honey ließ ihr nicht die Zeit zu etwas anderem. Schließlich sagte er: »Gibt es irgendeinen Grund, warum Mr. Reschley vor Ihrer Haustür deponiert worden ist?«
Es war unmöglich, nicht wahrheitsgemäß zu antworten. »Ich weiß es nicht genau, abgesehen davon, daß er am Anfang der Woche bei mir gewohnt hat.«
»Als die Ermittlungsbehörden davon ausgingen, Mr. Reschley sei nicht in der Stadt?«
Alice nickte.
»Mrs. Ellis, Sie haben mich nicht darüber informiert, daß Sie Mr. Reschley diese Woche gesehen haben.«
»Sie haben mich nicht danach gefragt.«
Honeys Brauen senkten sich. »Mrs. Ellis, ich brauche Ihnen nicht zu erzählen, daß Sie sich strafbar machen, wenn Sie die Ermittlungsbehörden irreführen. Sie wissen, daß das strafbar ist. Ich will etwas Persönliches mit Ihnen besprechen.« Jemand war auf sie zugekommen. Honey schaute auf, mit finsterem Blick. Eilig verschwand der Mann. »Mir ist schon früher klargeworden, Mrs. Ellis, daß Sie in dieser Sache nicht besonders zur Mitarbeit bereit

sind. Im Rückblick auf die vergangenen zwei Wochen fällt mir auf, daß Sie sich an den Ermittlungen nur widerstrebend beteiligt haben, auch wenn Sie den Eindruck erweckten, daß Sie mitarbeiten. Beruflich betrachtet, ist ein solches Widerstreben weder besonders ungewöhnlich noch besonders hinderlich, und deshalb habe ich es bis jetzt übersehen. Zuerst habe ich geglaubt, das Problem liegt bei mir, daß Sie vielleicht einem anderen Beamten gegenüber mit mehr Begeisterung mitgearbeitet hätten.«

»Es gab keinen Haftbefehl gegen Ray. Woher sollte ich wissen, daß die Geschichte über Ray in Miami nicht bloß ein Trick von Ihnen war? Ich gehe davon aus, daß Sie wissen, was Sie tun.«

Honey überhörte das. »Wissen Sie, was ein Gewaltverbrechen ist, Mrs. Ellis? Unter anderem ist ein Gewaltverbrechen der Auslöser für eine Kette von Ereignissen und ein Zeichen, daß das Gleichgewicht, auf das ein soziales Netz sich eingependelt hat, gestört ist. Das Verbrechen ist eine Veränderung, und die Veränderung kommt immer plötzlich und greift tief, trifft jedes Mitglied des Netzes auf unvorhergesehene und häufig gewaltsame Weise. Manchmal tötet der Mörder wieder, andere Male kommt es einfach wieder zu Gewalttaten, durch andere Täter. Noch etwas trifft jedesmal zu. Die von der Gewalttat Betroffenen, ob sie schuldig sind oder nicht, gehen immer davon aus, daß sie wissen, was abläuft, daß sie vorhersagen können, was geschehen wird, daß sie fähig sind, sich ein eigenes Urteil über das zu bilden, was zu tun ist, während sie in neun von zehn Fällen nichts wissen, nichts tun können und auch nichts tun sollten. Am Ende wird der ermittelnde Beamte, der von Berufs wegen versuchen muß, den Überblick zu behalten, durch die Ahnungslosigkeit und das Vertrauen der Betroffenen blockiert und behindert, und es kommt zu Gewalttaten, zu denen es vielleicht nie gekommen wäre, und noch jemand wird verletzt oder umgebracht. Verstehen Sie mich?«

Die gemaßregelte Alice fauchte ihn an: »Geben Sie mir etwa die Schuld an diesem Überfall?«

»Sollte ich das denn?«

»Was soll ich also tun?«

»Sie sollen mir alles sagen, was Sie wissen. Sie sollen verstehen, daß Sie durch die Ermittlung nur gewinnen können, nicht verlieren. Sie sollen Vorsichtsmaßnahmen für Ihre Sicherheit treffen, zum Beispiel Ihre Schlösser austauschen lassen, und Sie sollen verstehen, daß Ihre Beziehung zu jedem Ihrer Bekannten sich auf eine Weise verändert hat, die Sie nicht mal erraten können.« Er sah auf die Uhr. Trotz ihres aggressiven Tons fühlte sie sich wie vor den Kopf geschlagen.

»Und jetzt, Mrs. Ellis, gibt es noch irgend etwas über Ihre Aktivitäten oder über die Aktivitäten Ihrer Freunde, was Sie mir nicht gesagt haben?«

»Wollen Sie etwas über Jeff Johnson wissen, Rays Freund? Er war mit Ray bei mir in der Wohnung.«

»Ich habe mit Mr. Johnson gesprochen, allerdings nicht in dieser Angelegenheit.« Honey trug etwas in sein Notizbuch ein. »Noch etwas?«

Alice schüttelte den Kopf.

»Haben Sie meine Ausführungen über Aufrichtigkeit verstanden, Alice?«

Alice nickte. Mit einem Seufzer stand Honey auf und rief nach dem Arzt, der sagte, Ray sei wahrscheinlich am Spätnachmittag zu sprechen, und einen Augenblick später war der Kriminalbeamte fort. Kurze Zeit saß Alice reglos da, den Kopf an die Wand gelehnt.

Als sie in ihre Wohnung kam, klingelte schon das Telefon. In der Annahme, es sei Honey, nahm Alice mit spitzen Fingern ab. Es war die Stimme von Jim Ellis, tief, rauchig, auf Ewigkeit vertraut.

»Alice?« fragte er. »Was ist los? Ich hab gehofft, daß du mich anrufst.«

»Es tut mir leid, ich –«

»Hier bei uns ist nichts darüber gebracht worden, und in der *Times* hab ich auch nichts gefunden. Wer hat es getan? Haben sie schon jemanden gefunden?«

»Es ist erst heute morgen passiert. Es war scheußlich. Überall Blut, das heißt, das Blut ist immer noch da. Ich bin noch nicht einmal dazu gekommen, mich umzuziehen. Kann ich –«

»Alice, worüber redest du? Der Mord ist doch schon zwei Wochen her.«

»Ach so! Es tut mir leid –«

»Worüber redest du?«
»Ich habe Ray heute morgen zusammengeschlagen vor meiner Haustür gefunden. Sie haben ihm mit voller Absicht das Trommelfell durchstoßen, viele Male. Die Ärzte fürchten –«
»Wer hat ihm das Trommelfell durchstoßen?«
»Er hat noch nicht reden können. Ich bin mir nicht sicher. Am Anfang der Woche war er mit einem seltsamen Jungen zusammen. Ein ganz gefühlloser Typ. Durch ihn muß er an das Kokain herangekommen sein, da bin ich mir sicher, aber ich habe noch nicht mit Ray darüber gesprochen. Er war bewußtlos.« Ihr versagte die Stimme. Sie hörte, wie Jim rauchte. Schließlich sagte er: »Leg nicht auf, aber zieh dich erst mal um und hol dir was zu trinken, was du gerade da hast.«
»Etwas Brandy.«
»Gut, hol dir den. Ich bleib dran. Laß dir Zeit.«
Alice legte den Hörer hin und tat wie geheißen. Fünf Minuten später war sie wieder am Telefon und setzte sich hin, mit einer Tasse voll bitterem, dunstigem Schnaps. Als sie den Hörer aufnahm, sagte Jim: »Jetzt hol zweimal tief Luft und erzähl mir, was passiert ist.«
»Die zweite Neuigkeit ist, daß sie Noah verhaftet haben.«
»Noah!«
»Ja.«
»Noah Mast hat tatsächlich Denny und Craig umgebracht, hat tatsächlich Craig umgebracht? Hatte das auch etwas mit dem Kokain zu tun? Was ist denn bei euch eigentlich los?«
»Craig hat mit Rya geschlafen.«
»Dieses Miststück!«
»Es ist nicht eindeutig geklärt, wie freiwillig das von ihr aus war. Du kennst doch Craig. Manchmal war's leichter, das zu tun, was er wollte, als das, was man selber wollte.«
»Aber es ist doch überhaupt nicht plausibel, daß er auch Denny umgebracht hat. Und wie paßt Ray ins Bild?«
»Ich weiß nicht, ob er ins Bild paßt. Er ist der einzige, der ein Alibi hat, aber auch der einzige mit einem echten Motiv. Er hat den Jungs das Kokain beschafft. Zehntausend Dollar wert. Soweit wir wissen, war es nicht bezahlt.«

»Und wo ist es?«
»Das ist die große Preisfrage. Wenigstens bin ich mir sicher, daß Ray es nicht weiß und daß ich es nicht weiß. Und daß Susan es nicht weiß.«
»Verdammte Scheiße, was ist bei euch eigentlich los? Was ist denn in alle gefahren?«
»Wenn ich das bloß wüßte. Mir ist völlig klar, wie grotesk das alles ist, das kannst du mir glauben.«
Sie wartete darauf, daß er danach fragte, wie Susan ins Bild paßte, aber zu ihrer Erleichterung fragte er das nicht. Er sagte: »Wie fühlst du dich?«
»Das weiß ich nicht. Wie in einem einzigen Wirbel. Als ob ich mich wieder und wieder um mich selber drehe und gleich herunterfalle und mir das Genick breche. Ich möchte nicht darüber sprechen.«
»Susan –«
»Wie geht's dir?«
»Mir?« bellte er.
»Dir! Deiner Familie! Mariana!« Sie sagte es ganz leicht, ohne auch nur den Anflug eines Stotterns.
»Ach, bestens. Uns geht's bestens. Ich hab mir bloß schreckliche Sorgen gemacht. New York ist ein Dreckloch, weißt du. Das merkst du erst, wenn du weit fort bist. Ich hab Craig gesagt –«
»Ich weiß nicht recht. Wir hatten schönes Wetter, und überall sind Blumen.«
»Ihr hättet –«
»In Kalifornien passiert nie was Groteskes, stimmt's?«
»Das ist nicht der springende Punkt. Wenn du erst mal weg bist, bekommst du eine andere Perspektive.«
»Perspektive! Perspektive ist, wenn man glaubt, daß sich Parallelen treffen!«
»Warum bist du wütend?«
»Du bist doch ein richtiges Ekel! Du warst nicht hier, du weißt nicht, was sich abspielt, und trotzdem hast du massenhaft Meinungen darüber auf Lager –«
»Alice –«
»Und warum sprichst du meinen Namen immer so herablassend

und so mitfühlend aus, als müßte ich schonend wieder zu Verstand gebracht werden?«
»Laß uns doch jetzt nicht streiten.«
»Doch, laß uns streiten! Ray oder Denny und Craig können wir sowieso nicht helfen. Laß uns lieber streiten.«
»Es tut mir leid, wenn meine Stimme so klingt, aber jedesmal, wenn ich mit dir spreche, habe ich das Gefühl, daß ich aufpassen muß.«
»Wieso?«
»Weil sonst etwas passieren könnte.«
»Was sollte schon passieren? Wirklich, was könnte passieren? Es ist ja schon passiert. Unsere Beziehung ist vor zwei Jahren gelöst worden.«
»Das meine ich nicht.«
»Was meinst du dann? Daß ich den Verstand verliere oder Selbstmord begehe oder sonstwas?«
»Ich glaube, das ist eine Diskussion, die wir zu einem angemesseneren Zeitpunkt führen sollten.«
Alice stellte sich vor, wie sich Jim und Mariana Sorgen um sie machten. Daß er auswich, verriet ihr, daß sie sich Sorgen gemacht hatten, daß sie sich an der Sorge um sie aufgegeilt hatten. Falls sie Selbstmord beginge, bekäme ihre Ehe echte dramatische Größe. Sie sagte: »Ich habe kein einziges Mal an Selbstmord gedacht, nicht einmal an dem Tag, an dem du mich ohne ein Wort verlassen hast. Deswegen wollte ich mich noch lange nicht töten!«
»Ich bin mir sicher –«
»Weißt du, George Sand hat immer Angst davor gehabt, einer ihrer Liebhaber könne in ihren Armen sterben, tatsächlich vor Freude darüber sterben, daß er ihr Liebhaber war.«
»Du mußt zugeben, daß du immer sehr –«
»Sehr was?«
Er wog die Worte ab. »Sehr manisch reagiert hast. Du warst ausgesprochen abhängig.«
»Ja, das war ich.«
Die Sonne hinter Alice warf ihren Schatten auf das gelb und grün gemusterte Tischtuch. Sie fragte sich, was als nächstes gesagt werden würde und wer es sagen würde. Sie hörte, daß Jim irgend

etwas aß. Danach seufzte er ein paarmal. Alice sagte: »Hast du mich geliebt? Diesmal werde ich dir glauben.« Und ob Mariana jetzt mithörte?
Jim sagte: »Ja, ich habe dich sehr geliebt.« Er sagte es schwerfällig und aufrichtig. Sie glaubte ihm, möglicherweise zum erstenmal.
»Und warum hat dann unsere Ehe nicht gehalten?«
»Ich glaube, weil ich das Gefühl hatte, daß ich meine Liebe in ein Faß ohne Boden schöpfe. Du hast sie nicht zu schätzen gewußt.«
»Ich habe dich zu schätzen gewußt.«
»Aber du warst auch die große Liebende, die Gebende. Nur du.«
Alice zuckte zusammen. »Das hat Susan auch gesagt. Wir haben gestern abend über dich gesprochen.«
»Susan –«
»Wie geht es eigentlich Mariana? Du hast mir keine Antwort gegeben.«
»Sie ist wieder schwanger. Sie ist in der Kirche.«
Bei der Erwähnung von Religion im Leben von James Calvin Ellis gingen Alices Augenbrauen nach oben, aber sie sagte nur: »Wann soll das Baby kommen?«
»Mitte Januar.«
»Ist sie tatsächlich in der Kirche?« Alice lachte.
»Was ist daran komisch?«
»Beispielsweise, daß heute Samstag ist. Und ich habe immer geglaubt, daß sie bei jedem unserer Gespräche mithört. Ich hab dich nie angerufen oder mit dir gesprochen, ohne daß ich mir vorgestellt habe, daß sie am Zweitapparat ist, ganz still und leise.«
»Ich glaube nicht, daß sie je dabei war, wenn wir miteinander gesprochen haben, bis auf das letzte Mal, als du wegen der Sache mit den beiden angerufen hast.«
»Verzeihst du mir, daß ich mir das vorgestellt habe?«
»Verzeihst du mir, daß ich mir Sorgen gemacht habe, weil ich dachte, du könntest Selbstmord begehen?«
»Hältst du das für gleichwertige Beleidigungen?«
»Müssen sie unbedingt gleich schlimm sein?«
»Nein, ich glaube nicht.«
»Ich verzeihe dir.«

»Ich dir auch.« Dann sagte sie: »Darf ich was sagen, das möglicherweise auch beleidigend ist?«

»Warum nicht?«

»Ich kann mir euch zwei nicht als Eltern vorstellen, nur als Akteure in einer großen Leidenschaft oder als kalifornische Sybariten, so richtige Genießertypen.«

»Wir sind sehr häuslich. Das erinnert mich übrigens ziemlich oft an deine Eltern. Mehr als an meine.«

»Was für ein Baby wünschst du dir?«

»Ein gesundes.«

»War das mit dem anderen schlimm?«

»Sehr.«

»Mir hat das wirklich leid getan, obwohl ich nicht gewußt habe, wie ich dir das sagen soll.«

»Danke.«

»Möchtest du jetzt Schluß machen?«

»Ich müßte.« Alice schaute auf die Uhr. »Ich muß noch ein paar Anrufe machen. Hier ist alles ein heilloses Durcheinander.«

»Laß mich wissen, was mit Ray ist. Bist du in Gefahr?«

»Natürlich nicht. Das Ganze betrifft mich überhaupt nicht, ich hab bloß das Pech, daneben zu stehen. Der Kriminalbeamte glaubt, ich sollte meine Schlösser auswechseln lassen, aber ich sehe nicht ein –«

»Mach das. Hör auf ihn. Ruf einen Schlüsseldienst an, der Tag und Nacht arbeitet. Ich schick dir das Geld.«

»Darum geht es nicht. Glaubst du wirklich, ich sollte das machen? Niemand hat meine Schlüssel, außer –«

»Mach es trotzdem.«

»Okay.« Mit dem angenehmen Gefühl gegenseitiger Zuneigung legte Alice auf. Henrys Fenster gegenüber lagen im Schatten und waren leer.

Der Schlosser sagte, er komme gegen zwei. Um halb fünf klingelte er und weckte Alice aus tiefem, traumlosem Schlaf ohne Zeitgefühl. Als sie sich gegen die Wand lehnte und versuchte, sich zusammenzureißen, sagte er: »Hey, ich bin der Schlosser, Mann. Ich soll Ihre Schlösser austauschen.«

»Okay.« Aber sie brauchte eine Ewigkeit, um die Schlösser, die sie hatte, aufzukriegen. Ihre angeschwollenen Finger schienen immer wieder abzurutschen, ohne daß sich etwas rührte. Sie legte das Gesicht in die Hände und gönnte sich eine Pause. Dann war er da, hinter der Tür, und klopfte. Alice biß sich auf die Lippe und machte schließlich auf. »Ich hab geschlafen«, erklärte sie ihm. Alles, was ihm noch fehlte, um seinen Aufzug als letzter der Hippies im Endstadium zu komplettieren, war ein Hundemischling an einem Bindfaden. Nach Alices Schätzung hatte er sich das Haar seit drei Monaten nicht mehr gewaschen und seit sechs Monaten nicht mehr gekämmt. Er griff nach seinem Werkzeugkasten, und sie trat zurück, damit er hereinkommen konnte.

»War hier ein Raubüberfall oder so was?« erkundigte er sich, während er in die Hocke ging und irgendwas abschraubte.

»Genaugenommen, nein. Ein paar Leute haben Nachschlüssel.«

»Schöne Scheiße«, erwiderte er.

»Ja, das hab ich mir auch sagen lassen.«

»Wollen Sie, daß ich bloß die Zuhaltungen austausche, oder wollen Sie was ganz Neues haben? Ich hab da so Babys aus Frankreich. Die sitzen weiter in der Mitte von der Tür und sehen häßlich aus, aber die knackt keiner. Wie wär's damit?«

»Was kostet das?«

»Regulär einen Hunderter, aber ich hab bei der letzten Lieferung Sonderrabatt bekommen. Neunundachtzig fünfzig.«

»Das klingt ziemlich teuer.«

»Hey, haben Sie ein Glas Wasser oder so? Ich bin am Draufgehen.«

»Klar.«

Als sie mit dem Wasser zurückkam, saß er auf der Couch, die Füße auf dem Fenstersims. »Scheiße«, sagte er. »Das ist ja toll. New York hat das tollste Wasser überhaupt, wissen Sie. Da gab's mal einen Typen, der's verkauft hat. Verfickt noch mal, was hab ich geackert. Raten Sie mal, seit wann ich bei der Arbeit bin.«

»Keine Ahnung.«

»Ich bin total kaputt. Gestern gegen Mittag hab ich angefangen, und seitdem hab ich kein Bett mehr gesehen. Das ist ein toller

Dauerjob, wissen Sie. Mit der richtigen Verfassung können Sie das Tag und Nacht machen. Erst kommen die Junkies und brechen ein, dann kommen die Bullen, und dann kommen wir. Und Junkies schlafen nie.«

»Davon bin ich überzeugt.«

»Manche Typen berechnen Extrakosten für Nachtarbeit, aber ich mache das nicht. Ich berechne Extrakosten für die Geschäftszeiten, weil ich da am liebsten schlafe.«

»So ein französisches Schloß wäre wahrscheinlich ganz gut, aber ich müßte Ihnen einen Scheck geben.«

»Keine Schecks. Machen Sie Witze, Mann?«

»Ich hab nicht soviel Bargeld.«

»Tut mir leid, Lady.«

»Wieviel würde es kosten, die Zuhaltung auszuwechseln?«

»Um die zwanzig, aber das mach ich nicht. Das Schloß ist fünfzig Jahre alt. Das hält es nicht mehr aus.«

»Was könnten Sie sonst machen?«

»Ich kann ein Schloß vom selben Typ anbringen. Wär nicht so sicher wie das andere Zeug, das ich dabeihabe, aber da könnte man einen zweiten Riegel dranmachen, der was taugt.«

»Wieviel würde das kosten?«

»Fünfzig, sechzig.«

»Sie wollen wirklich keinen Scheck annehmen?«

»Sie wollen wohl, daß mir das Finanzamt über den Hals kommt?«

»Warum gehen Sie nicht an die Arbeit, und ich geh weg und versuche, das Bargeld für Sie aufzutreiben?«

Er machte ein widerborstiges Gesicht, dann zuckte er die Achseln.

»Na ja –«

»Nein, vergessen Sie's. Nett, daß Sie gekommen sind. Ich muß noch mal darüber nachdenken.«

»Jetzt hören Sie, Lady. Ich nehm einen Scheck, okay?« Aber je bereitwilliger er wurde, desto entschlossener wurde Alice, es nicht mehr machen zu lassen. »Nein. Ich will das nicht. Ich weiß sowieso nicht, wie ich jenen ganz bestimmten Menschen daran hindern soll, meine Schlüssel zu haben, also würde es gar nichts nützen. Die reine Geldverschwendung. Lassen wir alles beim alten, okay?«

»Das ist Ihre Sache, Mann.«
»Stimmt.« Sie streckte die Hand nach seinem Glas aus, und er stand auf. »Ich habe zehn Dollar. Schrauben Sie für zehn Dollar das Schloß wieder an?«
»Ja, warum nicht.«
»Ist es dann wie vorher?«
»Hey, Lady! Das Ding ist fünfzig Jahre alt!«
»Okay, vergessen Sie's.« Sie gab ihm zehn Dollar, und er schraubte das Schloß wieder an. Als er weg war, ging sie in die Küche und hielt Ausschau nach etwas Eßbarem. Anscheinend war nichts mehr da.

Um die Abendessenszeit ging Alice zu Susan. Sie brachte einen Schokoladenkuchen mit Schokoraspeln mit. Sie war fest entschlossen, zur Sprache zu bringen, daß sie mit dem Gedanken spielte, ihre Schlösser auswechseln zu lassen, fragte aber statt dessen: »Hast du Ray sehen dürfen?«
Susan schüttelte den Kopf. »Heute haben sie ihn den ganzen Tag lang betäubt, aber sie glauben, daß es morgen besser aussieht. Honey war da, als ich hinkam, aber ich weiß nicht, ob er mit Ray gesprochen hat.«
»Ich glaube, er denkt, daß wir in das Ganze hineingeraten sind, weil wir unvorsichtig waren. Er hat mir heut morgen eine Strafpredigt gehalten.«
»Zur mir war er höflich.« Susan zuckte die Achseln. »Ich bin immer in Versuchung zu glauben, daß er nicht weiß, was er tut.«
Alice dachte: Gott sei Dank! Und sagte: »Was möchtest du zum Abendessen?«
»Kuchen.«
»Mir ist nach Popcorn.«
»Und eine Sechserpackung Coke.«
»Klingt köstlich.« Sie setzte sich an den Tisch. »Ehrlich, Susan, glaubst du, daß Ray wieder in Ordnung kommt? Ich hab diesen Dr. Lee überhaupt nicht zu Gesicht bekommen, geschweige, daß ich mit ihm gesprochen hätte.«
»Das muß dieser Asiate gewesen sein. Ich hab tatsächlich mit ihm gesprochen. Ich hab ihm erzählt, Ray wär mein Bruder.«

»Ich hab im Krankenhaus behauptet, daß er bis zum Stehkragen versichert ist.«
»Sie glauben, daß er in diesem Ohr einen bleibenden Hörschaden behält. Das andere ist allerdings unversehrt.«
»Kein absolutes Gehör mehr.«
»Ich hab vergessen, danach zu fragen. Ich weiß es nicht. Ich glaube nicht, daß es ist wie bei den Augen. Ich glaube nicht, daß man zwei braucht, die gemeinsam dafür sorgen.«
»Trotzdem, die Ohren sind sein Lebensunterhalt.«
»Ich bin mir ganz sicher, daß der, der's getan hat, genau über diese Tatsache Bescheid gewußt hat.«
»Hast du Angst?«
»Nein.«
»Ich will meine –« Aber Alice konnte nicht weitersprechen. Sie würde es später erwähnen, wenn ihr eine Möglichkeit eingefallen war, die nicht wirkte wie ein Mangel an Vertrauen. Sie sagte: »Jim hat heute auch angerufen. Er glaubt, daß wir alle den Verstand verloren haben.«
»Und wie war es sonst?«
»Na ja, das Telefon hat weder Funken geschlagen noch vibriert. Er klang irgendwie schwerfällig. Ich hab mich sogar daran erinnert, wie er nach dem Unterricht nach Hause kam und mir das Ganze Schlag um Schlag verpaßte: wie Deedee in der vordersten Bank etwas gegen Ellipsen hatte und wie Mark an der Wand das ganze Gedicht in siebensilbige Zeilen umschreiben wollte. Langweilig.« Sie sah auf, in Susans Augen. »Ich mag dich jetzt sowieso lieber als ihn, und du bist hier, und er ist dort.«
»Und?«
»Und du hast recht gehabt. Er hat gesagt, mich zu lieben, das sei gewesen, wie wenn man ein Faß ohne Boden vollschöpfen will.«
»Ich glaube, daß du die Wahrheit nie begriffen hast, daß Jim ein wenig zurückhaltend, vielleicht sogar zu schüchtern war, seine Zuneigung auszudrücken, während dir so etwas ausgesprochen leichtfällt.«
»Das kann sein.«
»Essen wir doch ein Stück Kuchen.« So würden sie weitermachen, war Alice versucht zu denken, auf jeden Fall für den Rest des

Abends und vielleicht jahrelang, möglicherweise weiterhin in verschiedenen Wohnungen, aber sie würden so eng zusammenleben wie ein Paar Schuhe. Bald, irgendwann im Verlauf der nächsten zehn Minuten, würde das Gespräch des heutigen Abends Wurzeln schlagen. Erst würden sie zwei, drei Themen anschlagen und dann als langweilig oder erschöpft verwerfen. Dazu würde es ganz automatisch kommen, ob es nun um den Kuchen ging, die Zeitung, die offen auf dem Boden lag, oder einen Nachbarn, der gerade über die Straße ging. Aber dann war es unvermeidlich, daß ein Thema Wurzeln schlug, wuchs, sich verästelte und sich zum Gespräch für einen ganzen Abend entfaltete. Susan rollte sich auf die Seite und zog den Kulturteil der letzten Sonntagszeitung unter dem Couchtisch hervor. Alice lächelte und ging zum Sessel gegenüber von Susan. Waren sie nicht ein Gespann fürs Leben, mit fester Anstellung, genug Geld, ohne Verpflichtungen, konnte es so nicht jahrelang bleiben, auf eine Weise, wie eine Ehe nicht halten konnte? Unangestrengt, ohne die Wechselbäder des Verlangens, ohne Interpretationsfehler oder das Ausbalancieren von Ansprüchen, wie Ehen es erforderlich machten? Die Menschen lebten die Leidenschaft zu Hause aus und suchten sich ihre Vertrauten außerhalb, während es doch umgekehrt viel besser funktioniert hätte. Alice griff nach dem Literaturteil und überflog die Lyrikrezensionen. Susan sagte: »Im Cloisters ist ein Konzert mit mittelalterlicher Consort-Musik. Eintritt frei. Um acht.«

»Das wäre schön.«

»Lange Busfahrt.«

»Stimmt.«

Wie aufs Stichwort machten sie es sich beide noch bequemer in den Sesseln.

»Ich gehe sowieso am liebsten zu Weihnachten ins Cloisters.« Und hier würden sie also Weihnachten verbringen, dachte Alice voller Hoffnung, nur würden dann die Fenster geschlossen sein, und sie würden Hosen und Pullover anhaben. Von jetzt bis dahin, was für ein Reichtum an Zeit! Sie setzte sich auf und warf die Zeitung auf den Boden. »Glaubst du nicht auch, daß die Zeit jetzt anders vergeht als vor drei oder vier Jahren?«

»Wie meinst du das?« Susans Augen wanderten weiter über den Veranstaltungskalender.
»Ich weiß noch, was für einen großen Eindruck es auf mich gemacht hat, als wir hierhergezogen und seit dem College schon vier ganze Jahre vergangen waren, für Noah sogar fünf. Jetzt wohne ich schon genausolang in meiner Wohnung, wie ich in Minneapolis gelebt habe, aber die beiden Erfahrungen lassen sich überhaupt nicht miteinander vergleichen. Trotz allem sind die Jahre hier viel glatter abgelaufen.«
»Ich weiß, was du meinst. Damals war es so, daß jede Jahreszeit über einen hereinbrach wie eine große Welle am Strand. Allein schon das Vergehen der Zeit hat einen überwältigt und verändert. Du hast recht, so ist es jetzt nicht mehr. Ich konnte mir vorstellen, wie ich mich in dreißig Jahren umschaue und mich frage, wo das alles geblieben ist.«
»Es ist ein anderes Gefühl. Es scheint nirgends mehr hinzuführen. In der Bibliothek arbeitet eine Frau, die vor ein paar Jahren ein Kind bekommen hat. Manchmal bringt sie den Jungen mit. Das kommt mir immer ganz sonderbar vor, denn es ist eindeutig, daß er wächst, daß er gehen und sprechen lernt, Kinderhalbschuhe trägt und Shorts mit Hosenschlitz, aber die Mutter wirkt unveränderlich. Nicht einmal ihr Haar wächst so, daß man es sehen könnte.«
»Vielleicht ist das so, wenn man erwachsen ist.« Susan setzte sich auf. »Vielleicht ist das die einzige Wahrheit über das Erwachsensein, daß in einem selbst die Zeit stehenbleibt.«
»Das ist doch irgendwie schön.«
»Glaubst du?« Susan warf die Zeitung auf den Boden und griff nach dem Kuchenteller. Nachdem sie ein paar Bissen von dem glasierten Rechteck weggegabelt hatte, sagte sie: »Mir macht das angst. Wenn du über die Brandung weg bist, ist das Meer vielleicht ganz glatt, aber unergründlich. Es macht mir sogar angst, darüber zu reden. Ich möchte, daß die Jahreszeiten, die Weihnachtsfeste, die Geburtstage und Schuljahre sich so summieren wie in unserer Kindheit.«
»Ich weiß, was du meinst, aber die Gelassenheit ist mir trotzdem lieber.«

Susan seufzte, griff nach der Zeitung, warf sie wieder auf den Boden. »Ich nehme an, ich weiß einfach nicht, was ich denken soll, denn was mich an Craig am meisten zur Weißglut gebracht hat, waren seine ständig wieder aufbrechenden pubertären Hoffnungen. Er hat immer gedacht, daß sie sich früher oder später erfüllen würden. *Ich* war diejenige, die ihm immer wieder gesagt hat, er soll doch endlich erwachsen werden. Und leider habe ich das auch zu Denny gesagt.«
Alice wartete gespannt, aber Susan sprach nicht weiter. Alice schaute ihr über die Schulter. Sie las einen Artikel über Videorecorder mit Bildplatte im Vergleich zu Recordern mit Videobändern. Alice lächelte. Susans Fernsehapparat, ein Schwarzweißgerät mit dreißiger Bildschirm und kaputter Antenne, wurde so selten benutzt, daß sie immer überrascht waren, wenn sie ihn anstellten und er tatsächlich funktionierte. Sie griff nach der Zeitschrift und schlug erst die Rezepte, dann die Modeseiten und schließlich das literarische Kreuzworträtsel auf. Susan sagte: »Glaubst du, daß ich Denny geliebt habe?«
»Was?«
»Hast du den Eindruck gehabt, daß ich Denny geliebt habe? Haben wir ausgesehen wie Menschen, die sich lieben?«
»Ja. Ihr *habt* euch geliebt.«
»Ich weiß es wirklich nicht. Ich kann mich nicht dran erinnern. Einerseits habe ich furchtbar gern mit ihm geschlafen. Alles daran war für mich schön – im Bett mit ihm reden und sich lieben und neben ihm schlafen. Er war sehr gut im Bett, vom Anfang bis zum Ende. Ich meine, er hat nicht nur gewußt, was zu tun war, er war so voller Verlangen, und sein Verlangen hat sich so anziehend, so natürlich ausgedrückt. Ich habe versucht, mir vorzustellen, wie er war, aber es gibt keine Ausdrücke, die das einfangen könnten. Er war selbstbewußt und leidenschaftlich und mochte meinen Körper. Ich war auch gern mit ihm zusammen, wenn wir allein waren, und manchmal auch, wenn Craig da war. Ich habe lange geglaubt, wenn wir sein berufliches Problem lösen könnten, dann wäre alles bestens. Es war ein Problem, aber eingekapselt, das man irgendwie in den Griff bekommen konnte. Später habe ich das anders gesehen, aber zuerst war es nur wie so ein Nachtrag, den man von der

allgemeinen Vollkommenheit abtrennen konnte. Aber neben meiner Liebe zu ihm, neben dem Gefühl der Dauer, neben meiner Unfähigkeit, andere Männer anzusehen und zu begehren, war immer die felsenfeste Überzeugung, daß es so einfach nicht weitergehen konnte. Es war eher instinktiv und irrational, deshalb habe ich nicht viel darauf gegeben oder es jedenfalls versucht, aber diese Überzeugung war von Anfang an da, wie ein siamesischer Zwilling meiner Liebe zu ihm. Ich glaube, ich habe zwölf Jahre lang jeden Tag mit dem Gedanken gespielt, einfach wegzugehen. Wenn wir uns darüber stritten, ob wir Milch kaufen sollten, habe ich mir gesagt: Das ist unerträglich, nicht auszuhalten, ich packe meine Sachen. Und gleichzeitig habe ich sein Lieblingsessen vorbereitet oder ihm ein kleines Geschenk gekauft, um das wiedergutzumachen. Ich begreife nicht, wie es möglich war, daß ich zur gleichen Zeit zwei Gewißheiten hatte, die sich gegenseitig ausschlossen.«
»Ambivalenz –«
»Glaubst du, daß es das war? Bloß eine Art von widerstreitenden Gefühlen, mit denen nur ich mich rumschlug, nicht wir beide?«
»Hast du je mit ihm darüber gesprochen?«
»Ich glaube nicht, daß man über so etwas mit Männern spricht. Hättest du denn mit Jim darüber gesprochen?«
»Glaub mir, es wäre eine Erleichterung für uns beide gewesen, wenn ich auch nur einen Augenblick lang nicht so sicher in meinen Gefühlen zu ihm gewesen wäre.«
»Du bist schrecklich absolut.« Sie sagte das so, als ob das wirklich etwas Schreckliches wäre.
Alice wollte nicht empfindlich reagieren. Sie lachte. »Ich halte mich für den Inbegriff eines Jammerlappens.«
»Nie im Leben! Du weißt nicht, wie du einem manchmal angst machen kannst.«
»Dann eben der Inbegriff eines Schreckgespensts. Du magst recht haben mit meiner Absolutheit, aber vielleicht bin ich in Wirklichkeit absolut unterwürfig, wild entschlossen zur Unterwürfigkeit, geradezu militant.«
»Du denkst an Jim, aber ich glaube nicht, daß du wirklich so gewesen bist.«
Alice sagte: »Weißt du, ich liebe dich wirklich. Ich liebe unsere

Freundschaft. Ich kann mir nicht vorstellen, was ich ohne dich anfangen sollte.«
Susan lächelte, aber sofort lief ein Schatten über ihr Gesicht, und Alice kam es so vor, als wäre Susans Haut bestimmt kalt, wenn man sie berührte. Einen Augenblick später sagte sie: »Aber hast du geglaubt, daß Denny und ich uns geliebt haben?«
»Ja. Ich war mir dessen so sicher, daß ich nie darüber nachgedacht habe.«
»Wenn ich nur ein Videoband hätte, zwölf Jahre lang, ohne Auslassung, oder wenigstens ein Tonband. Wenn ich einen Schritt zurücktreten und uns beiden zuschauen könnte, dann wüßte ich vielleicht, was sich abgespielt hat.«
»Ich hätte eine bessere Augenzeugin sein müssen.« Sie dachte an Henry und fügte hinzu: »Wie lernt man es, etwas wahrzunehmen?«
»Du hast ja schließlich dein eigenes Leben gelebt.«
»Aber mir ist zumute, als ob mir der Blick immer teilweise oder sogar ganz durch einen Spiegel verstellt wäre.«
»Und mir ist zumute, als ob mir der Blick immer teilweise getrübt wäre durch einen Nebel aus Ärger.«
»Wäre es nicht herrlich, klarsehen zu können? Etwas genau zu wissen, wenigstens ein einziges Mal.«
»Meinst du?« Susan hob den Nachrichtenüberblick der Woche auf und zog sich damit aufs Sofa zurück. Alice stand auf, um Popcorn zu machen.
Alice war vor elf gegangen, weil sie noch immer nicht in Susans Wohnung übernachten wollte, und saß jetzt nackt und frisch gebadet in ihrer dunklen Küche bei einem Glas Milch. Unbeteiligt, aber interessiert, fast wie eine Wissenschaftlerin, dachte sie über die Tatsache nach, daß der Mord geschehen und daß Susan die Mörderin war. Es bewegte sie fast überhaupt nicht mehr. Donnerstag nacht hatte sie geglaubt, die Überraschung werde nie weichen, daß sie, auch wenn sie das nicht wollte, Susan nie wieder anschauen könne, ohne die Nähe der beiden Leichen zu spüren. Aber offensichtlich hatte sie ihre Fähigkeit, sich moralisch zu entrüsten, überschätzt. Betrunkene Autofahrer, die Menschen zu Tode fuhren, und Miethaie, die sie in den Nachrichten sah, em-

pörten sie mehr. Ihre ganze Erziehung und ihre ganze Ausbildung hatten sie darauf vorbereitet, sich von dieser Untat abgestoßen zu fühlen: Susan hat zwei Menschen das Leben genommen, zwei Menschen, die Alice gut gekannt und geschätzt hatte. Trotzdem wußte Alice, daß ihre Zuneigung zu ihrer Freundin und ihre Vorfreude auf dauerhafte, angenehme Vertrautheit stärker waren denn je. Am gestrigen Abend hätte sie Susan zu Chops zurückschicken und mit Henry weggehen können, aber sie hatte es nicht getan. Obwohl sie einen Augenblick lang verwirrt gewesen war, hatte sie sich in ihren Handlungen doch überhaupt nicht verwirren lassen. Ein Teil von ihr hatte sich höflich, vorsichtig und konventionell verhalten wollen, aber ihr übriges Ich hatte einfach gehandelt. Alice lächelte.

In Henrys Wohnung gingen die Lichter an, eins, zwei, drei. Er tauchte nicht auf, aber das Wissen, daß er dort war, erfüllte sie so jäh mit Sehnsucht und Verlangen, daß sich ihr die Kehle zusammenzog. Sie saß ruhig in der Küche, schaute hinüber, hielt nach ihm Ausschau, aber er tauchte nicht auf, nicht einmal sein buschiger Haarschopf. Offensichtlich interessierte er sich nicht für ihre Wohnung. Nach wenigen Minuten gingen die Lichter aus, eins, zwei, drei. Alice hätte am liebsten geweint. Die Intensität ihres Gefühls überraschte sie, löschte alles aus, was sie erst einen Augenblick zuvor gedacht hatte. Der Abend mit Susan und die an ihr nagende Sorge um Ray verblaßten zur Bedeutungslosigkeit neben der Tatsache, daß Henry ihr nicht einmal einen flüchtigen Blick aus dem Fenster gegönnt hatte, daß er nicht einmal nachgeschaut hatte, ob ihre Fenster dunkel waren. Einen Augenblick lang glaubte sie, sie werde sich nicht trauen, zu ihm hinüberzugehen. Es war fast zwölf, er war bestimmt schon im Bett, aber noch während sie das dachte, kämpfte sie schon mit ihren Jeans und suchte nach einer lässig wirkenden, aber hübschen Bluse. Die Schlüssel? Die Schlüssel? Die Schlüssel lagen auf dem Eßzimmertisch. Brauchte sie sonst noch etwas? Sie lief ins Schlafzimmer zurück wegen der Gummisandalen und war Augenblicke später auf der Straße.

Wieder eine wohlriechende Nacht, aber wärmer. Der dreiundzwanzigste Mai. Irgendwann in der vorigen Woche, im Reigen der sich gleichenden, idealen Tage, war die Grenze zum Sommer überschritten worden. Sommer in New York. Das hatte fast etwas Bedrohliches. Aber die Brise vom Fluß her, obwohl warm, war trocken und erfrischend und gemahnte nicht an Blumen, sondern an Gemüsegärten – Tomaten, Zucchini, Gurken. Ihre Finger fanden den Knopf neben dem Namen »H. Mullet« und drückten darauf.

Henry hatte seinen Frotteebademantel an, fest und züchtig in der Taille zugebunden. Er trat nicht aus dem Türrahmen, als sie aus dem Aufzug kam, und er begrüßte sie nicht. Die Aufzugtüren gingen hinter ihr zu, und das Schweigen zwischen ihnen wurde nur durch das Surren des Getriebes und die klackenden Kabel unterbrochen. Zum erstenmal fiel ihr ein, daß vielleicht jemand bei ihm in der Wohnung war. Sie hatte nicht die Zeit, diesen Punkt klarzustellen. Wenn eine arglose, neugierige Stimme »Henry?« rufen sollte, konnte sie...

»Was gibt's denn?« fragte Henry. Ernst und verschlossen war sein Gesicht nicht so hübsch, wie sie es in Erinnerung hatte, wirkte nicht jung, sondern eher, wie sie die Väter ihre Freundinnen in Erinnerung hatte, aus ihrer Kindheit, ein Gesicht, wie es Henry in Brooklyn haben würde, wenn er kleine Töchter hatte. Sie sagte: »Ich hab gesehen, wie deine Lichter an- und ausgegangen sind. Ich wollte zu dir.«

Er wartete darauf, daß sie weitersprach, offensichtlich entschlossen, ihr nicht zu helfen, und offensichtlich verärgert.

Unfähig, sich selbst zu helfen, sagte sie: »Bist mir wohl böse?«, und ihre Stimme klang, als sei sie selbst gereizt, obwohl sie nicht glaubte, daß sie auch nur die Spur gereizt sei.

Henry zog mit einem zornigen Ruck den Gürtel enger zusammen und sagte dann: »Ich war irritiert, aber nicht lange.«

»Was willst du damit sagen?« Entgeistert spürte Alice die Härte ihres Tons, aber die Stimme schien ihr zu entgleiten, unerreichbar. Die Hand, die sie sich hätte über den Mund legen sollen, fuhr aggressiv in die Jeanstasche.

Henry sagte: »Ich verstehe dich nicht. Gestern läufst du mir auf der Straße davon, dann rufst du mich an, während ich gerade beim

Essen bin, bloß um mir für den Abend einen Korb zu geben, und jetzt kommst du um Mitternacht anmarschiert und schaust mich böse an. Das kann ich nicht verstehen.«

»Ich starre dich nicht böse an!«

»Doch, das tust du.«

»Erzähl mir nicht, was ich tue!« Endlich ließ sie den Mund zuschnappen, fest vor der unkontrollierbaren Zunge. Wenn sie Glück hatte, würde Henry tief Luft holen und alles zwischen ihnen von vorn beginnen lassen, sie in seine verlockende Wohnung einladen und aus ihr herausholen, warum sie so verstimmt war. Ja, er sah alt aus, aber wunderbar. Warm und solide und gekränkt. Oben auf dem Kopf stand ein Haarbüschel senkrecht ab, blonde Barthaare glänzten auf Kinn und Wange. Es war möglich, daß sie ihn liebte.

Er lächelte nicht und trat keinen Schritt zurück, was als Einladung schon ausgereicht hätte. Die simpelste, beiläufigste Frage hätte schon dazu getaugt, ein Gespräch anzufangen, aber sein Mund blieb verschlossen. Sie sagte: »Ich weiß, was ich tue! Ich schaue dich nicht böse an!« Wörter, die sich irgendwie aus ihrem Wortwechsel ergeben, aber nichts mit ihren Gedanken zu tun hatten. Henrys Gesichtsausdruck wurde sichtlich distanzierter. An der Veränderung erkannte sie, wie aufnahmefähig er einen Augenblick zuvor gewesen war, wie banal die versöhnlichen Worte, wenn es nur die richtigen gewesen wären, hätten ausfallen können, als sie aus dem Aufzug kam. Vom Ärger über sie war er umgeschwenkt zu der Meinung, sie sei ungezogen. Er wich einen Schritt zurück. Entsetzt blieb Alice reglos stehen, den bösen Blick, denn sie räumte jetzt ein, daß es ein solcher war, immer noch wie festgegipst im Gesicht. Ein Mann, der hart arbeitete, seinen Beruf leidenschaftlich liebte, ein interessanter Gesprächspartner war, zuverlässig, wunderbar im Bett. Die Tür fiel vor ihrer Nase zu, und sie hörte, wie er barfuß durch den kurzen Flur ging, wie die Bettfedern knackten. Sie drehte sich um, drückte den Kopf für den Aufzug und dachte an Susan, mußte dann eine Zeitlang warten, während sie auf ihr Spiegelbild in dem gerippten Glas starrte, das die leere Dunkelheit des Aufzugschachts zurückwarf.

13

Am Morgen teilte ihnen Ray durch mit Draht geflickte Kiefer mit, er werde seinen Co-op-Anteil an der Wohnung verkaufen und nach Minnesota zurückgehen. Sein Vater wollte ins Geschäft mit der Sonnenenergie kommen. Und das interessierte Ray. Beim Sprechen zuckte er vor Schmerzen zusammen. Sie hatten sich links von ihm gesetzt. »Ich hab schon seit einem Monat darüber nachgedacht«, sagte er. »Durch diese Geschichte bin ich mir endgültig darüber klargeworden.«

Susan war nur widerstrebend mitgekommen, und Alice merkte, daß Rays Verletzungen nur wenig dazu beitrugen, Susans Ärger zu lindern. Auf Rays Ankündigung reagierte sie mit einem Auflachen.

»Was ist daran so komisch?«

»Willst du ein nettes Mädchen heiraten und ein friedliches Leben führen? Ach, hör doch auf.«

»Das ist unwahrscheinlich, aber nicht ausgeschlossen.«

»Wird dir die alte Clique nicht fehlen?«

»Noah und Alice werden mir fehlen.«

»Das ist nicht unsere alte Clique.«

»Ich weiß es nicht. Darüber habe ich noch nicht nachgedacht.«

»Die Leidenschaft, die Gefahr –«

Er drückte sich vorsichtig aus. »Ich weiß nicht, was mir fehlen wird. Ich weiß gar nichts. Ich muß etwas anderes ausprobieren. Weißt du denn nicht, daß wir alle an dem Punkt angekommen sind, wo jede Alternative einen Kompromiß bedeutet? Das dort wäre jedenfalls besser als das hier. Und außerdem geht es dich nichts an.«

»Ray«, frage Alice. »Brauchst du ein paar Zeitschriften?«

Ray zuckte die Achseln. Alice beugte sich zu Susan hinüber und griff nach ihrer Hand. »Unten ist ein Kiosk.« Sie hob die Augenbrauen. Susan schaute finster drein, aber dann nickte sie. Ray sagte: »In der Nachttischschublade ist Geld«, aber Susan ging hinaus, ohne das Geld mitzunehmen. Bevor die Tür zischend zuging, hörten sie das Klacken ihrer Absätze im Gang, dann war alles still.

Ray wälzte sich unter Schmerzen im Bett herum und zuckte zusammen. Alice sagte: »Ich hätte sie nicht mitbringen sollen. Tut mir leid.«

Ray hob die Hand und ließ sie fallen.

»Brauchst du irgendwas von draußen? Ich kann heute abend vielleicht noch mal herkommen.«

Ray hob wieder die Hand, ließ sie wieder fallen, und dann, einen Augenblick später, schaltete er den Fernsehapparat ein, probierte zwei, drei Kanäle aus und schaltete das Gerät wieder ab. Endlich sagte er: »Alice, es ist mir schrecklich, daß du in diese Geschichte verwickelt worden bist. Besonders, nachdem du gesagt hast –«

»Besser vor meiner Haustür als vor der eines Fremden.«

»Was mich anlangt, schon.«

»Das ist okay. Ich bin bloß froh –«

»Es ist nicht okay.«

Er war im Begriff, etwas Scheußliches oder Schreckliches zu erzählen. Alice seufzte. Und richtig, er sagte: »Mein Exfreund Jeff hat die Schlüssel zu deiner Wohnung nachmachen lassen. Er hat sie mir gegeben, aber ich bin mir nicht sicher, ob er nicht einen Satz für sich behalten hat.«

»Warum hätte er das tun sollen? Ich habe nichts Wertvolles.«

»Ich bin mir sicher, daß es nichts weiter bedeutet. Ich hätte gar nichts sagen sollen. Es ist nicht gut, wenn die Schlüssel zu einer Wohnung in der Gegend herumschwirren, das ist alles.«

»Ich kann die Schlösser auswechseln lassen.«

»Ja, das könntest du.«

»Ich hatte es sowieso vor.«

»Und warum?«

»Ich weiß es nicht. Ich nehme an, ich sehe Gespenster. Seit dieser Geschichte sehe ich Gespenster. Letzte Wochen habe ich geglaubt, daß mich jemand in der Bibliothek durch die Regalreihen verfolgt, und später habe ich geglaubt, daß ich – äh –, daß ich Spuren davon sehe, wie jemand in meiner Wohnung war, als ich nicht zu Hause übernachtet habe.«

»In welcher Nacht war das?«

»Ich weiß nicht recht. Irgendeine Nacht. Mittwoch, nehme ich an.«

»Was für Spuren?«
»Nichts Besonderes. Meine Schuhe standen anders da, als ich es in Erinnerung gehabt hatte. Es war blöd von mir.«
»Nein, das war nicht blöd. Das war ich. Ich war Mittwoch nacht in deiner Wohnung. Ich habe mir mit dem Nachschlüssel aufgeschlossen.«
»Wozu?«
»Ich wollte mir was ausleihen, aber das hattest du mitgenommen.«
»Was hast du dir ausleihen wollen, Ray?«
»Ich hab's mir ja nicht ausgeliehen, niemand ist dabei zu Schaden gekommen, und Jeff ist draußen geblieben. Deshalb laß uns das Ganze doch einfach vergessen, okay?«
»Ich will's aber nicht vergessen! Was hast du gewollt, worum du mich nicht bitten konntest?«
Mit der gesunden Hand schob Ray die Decke zurück und zog sie dann wieder über sich. Alice rief: »Tu nicht so geheimnisvoll! Wenn da was läuft, und noch dazu in meiner Wohnung, habe ich ein Recht, es zu wissen!«
»Ich wollte deinen Schlüssel zu Susans Wohnung. Du weißt doch noch, daß sie uns dazu gezwungen hat, ihr die unsrigen sofort zurückzugeben, und ich konnte nichts dagegen machen.«
»Wozu hast du die Schlüssel zu Susans Wohnung gewollt?«
»Na ja, ehrlich gesagt, ich wollte mal hingehen, während sie bei der Arbeit ist, und nach etwas suchen.«
»Nach dem Kokain?« Ray nickte. »Ich mußte einfach Gewißheit darüber haben, daß die Polizei es gefunden hatte. Selber nachzuschauen war die einzige Möglichkeit.«
»Aber ich hatte meine Schlüssel dabei, du hast also nicht nachschauen können, und das hat irgend etwas damit zu tun, daß du zusammengeschlagen worden bist, nicht wahr?«
»Zwei Typen wollen entweder ihre Drogen oder ihr Geld.«
»Ray, wie bist du bloß in so was hineingeraten?«
»Damals ist mir das vorgekommen wie ein gutes Geschäft. Alle waren hell begeistert.« Sein Mund verzog sich zu einer Lächelgrimasse mit zusammengebissenen Zähnen.
»Und was willst du jetzt machen?«

»Ich bekomme wahrscheinlich eine Menge Geld für den Co-op-Anteil. Ich habe ihn vor vier Jahren gekauft, und das Pärchen, das unter mir wohnt, kennt jemand, der sich dafür interessiert.«
»Ob sie so lange warten werden? Ich meine die Leute, die ihr Geld wollen?«
»Sie kennen einen Immobilienmakler.«
»Oh.«
Die Tür ging auf, und Susan kam herein. Sie hatte je ein Exemplar von *Esquire*, *Gentlemen's Quarterly* und *People* unter dem Arm. Sie legte die Zeitschriften auf den Nachttisch. Sie atmete schwer. »Ray –«, fing sie an.
Alice stand auf. »Es ist wahrscheinlich besser, wenn wir gehen!«
»Setz dich«, sagte Susan. »Was ich zu sagen habe, werde ich auf jeden Fall sagen.« Ray sah sie angstvoll an. Die Schimpfkanonade hatte sie sich offenbar zurechtgelegt und in die richtige Form gebracht, während sie die Zeitschriften holte. Ray drehte den Kopf zur Seite, zuckte vor Schmerz zusammen und legte ihn langsam wieder so hin wie vorher. »Ich –«, fing Susan an. »Ach, scheiß was drauf!« Sie griff nach ihrer Tasche und stürmte aus dem Zimmer. Als Alice sie einholte, sagte Susan: »Gibt's hier in der Nähe irgendein gutes Restaurant?«, und Alice hatte das Gefühl, sie sei noch einmal davongekommen.
Sie bestellte Wein zu ihrem Shrimpssalat, und als der Wein kam, golden und feucht beschlagen, war sie angerührt von der ästhetischen Vollkommenheit des grünen Gerichts auf dem cremefarbenen Tischtuch. Aber sobald sie mit dem Essen begonnen hatte, begriff sie, daß es ein Fehler gewesen war, dies zu bestellen, denn alles in ihr sträubte sich dagegen. Es lag nicht an ihrem Magen; ihr war weder übel noch hatte sie Schmerzen. Doch in ihrem Kreislauf und in ihrem Kopf wechselten sich so widersprüchliche Empfindungen ab – Hochgefühl und Erschöpfung –, daß ihr die Hände zitterten und die Lippen beim Essen zuckten. Sie war ausgehungert. Sie konnte nicht essen. Susan fragte: »Mit dir ist doch nichts los?«
»Es war ein groteskes Wochenende.«
»Milde ausgedrückt.«

»Ich bin froh, daß du Ray nicht ausgeschimpft hast. Es ist zwar dein gutes Recht –«

»Madame mußte gestern höchstpersönlich eine Kundin bedienen. Madame war mehr als schockiert. Es war eine schlanke Frau mit grauen Haaren, die schon in Größe vierunddreißig förmlich ertrank, und sie kam aus der Kabine und überreichte Madame einen Stapel Sachen mit der Aufforderung, nach kleineren Größen zu suchen, und während Madame noch mit ihrem Englisch kämpfte, um nein zu sagen, ohne sich das Geschäft zu verderben, ging die Frau in die Kabine zurück und überreichte Madame noch ein Ensemble, das sie nicht haben wollte, und sagte, damit könne sich Madame die Mühe sparen, das sei scheußlich, und ob sie bitte –«

»Er ist in ein unglaubliches Schlamassel hineingeraten und –«

»Und bitte schnell, denn sie sei in einer halben Stunde irgendwo verabredet. Meisterhaft. Und dann hat sie ein kleines Taschentuch für dreizehn Dollar gekauft und gesagt, alles andere sei einfach Pfuscharbeit, und während sie den Scheck ausschrieb, mußte sie sich auf die Zehenspitzen stellen, damit sie den Ellbogen auf den Tresen legen konnte. Madame hat zu erklären versucht, daß wir keine Schecks annehmen, aber die Frau –«

Alice seufzte.

»Hat sie dauernd unterbrochen mit Bemerkungen darüber, daß sie in New York niemals Bargeld bei sich habe und daß einen die Kreditkartenfirmen sowieso bloß betrügen und daß ein Scheck das einzig Wahre sei, und Madame war so aufgelöst, daß sie nicht einmal gefragt hat, ob die Frau sich ausweisen könne, und nachdem die Frau fort war, hat es zehn Minuten gedauert, bis Madame wieder ein englisches Wort herausbrachte.«

»Ja, ich hab schon verstanden, daß du nicht über Ray reden willst.«

»Er hat immer alles getan, was Craig von ihm wollte.«

»Wenn er ihnen das Kokain nicht besorgt hätte, dann hätten sie es von jemand anderem bekommen.«

»Ich weiß.« Aber Susan sagte das widerstrebend, wollte nur ungern von ihrer Verärgerung lassen.

»Hat Honey dich je darauf angesprochen?«

»Offen gesagt, ich habe ihn darauf angesprochen. Ich habe ihm gesagt, daß es da war, als ich weggefahren bin, und daß ich Ray für den Kontaktmann halte.«

Gegen ihren Willen war Alice schockiert. Es mußte ein Reflex von früher sein, daß sie entsetzt darauf reagierte, einem Polizisten gegenüber zuzugeben, daß man etwas über Drogen wußte. Susan sah sie sekundenlang an und lachte dann. »Ich weiß. Es hat eine Woche gedauert, bis ich es über mich gebracht habe, was darüber zu sagen. Aber wirklich.« Sie runzelte die Brauen. »Ist es nicht scheußlich? Ich hasse diesen überholten Hippiescheiß.«

Alice fragte versuchshalber: »Dann bist du also so gut wie überzeugt davon, daß es Freunde von Ray getan haben?«

Susans Augenbrauen hoben sich fragend. »Wer sonst?«

»Was ist mit Noah?«

»Ist denn ein unbekannter Drogendealer nicht plausibler? Vielleicht ist das ganze Hin und Her über unsere Eifersüchteleien und Ängste schließlich doch ganz unerheblich. Vielleicht ist die Antwort nur Geld oder Rache.«

»Und deshalb bist du sauer auf Ray.«

»Ich glaub schon. Aber in erster Linie bin ich einfach sauer. Ray, dieser Vollidiot, kommt mir so gelegen wie jeder andere. Oder ich bin nicht sauer. Führst du eigentlich ein geheimes Doppelleben?«

Alice fuhr hoch.

»Ich habe dich gestern nacht angerufen, gleich, als ich nach Hause kam, und es hat sich niemand gemeldet.«

»Na ja, ich wollte –«

»Ich habe ein Geheimnis. Willst du es wissen?«

Alice schaute kurz auf ihr Essen und zum Nebentisch, um Fassung bemüht. Jetzt, wo es soweit war, wußte sie nicht genau, ob sie ein Geständnis hören wollte. Das unausgesprochene Wissen war eleganter, ließ ihnen beiden mehr Freiraum für Persönliches, für Gedanken. Und ein solches Geständnis war in juristischer Hinsicht unklug. Auch das war zu bedenken. »Natürlich, aber –« Alice sah sich bedeutungsvoll im Raum um, aber es war niemand in Hörweite. Ort und Zeitpunkt waren so gut wie jeder andere. »Ich fühl mich so komisch. Leer im Kopf und klapprig.«

»Sag mir die Wahrheit. Wie bin ich dir in den letzten vierzehn Tagen vorgekommen?«
»Ich weiß nicht. Es ist schwer zu sagen –«
»Tapfer, unbeschwert, ein bißchen unsensibel?«
»Eigentlich –«
»Zu analytisch, zu wenig am Boden zerstört?«
»Ich hab noch nie jemanden gekannt, der gestorben ist –«
»Gestorben?«
»Ganz bestimmt niemand, der ermordet worden ist.« Alice merkte, daß sie flüsterte.
Susan wischte den Mund ab und schaute Alice mit Grübelblick an, sehr lange. Schließlich sagte sie: »Hast du das Gefühl, daß du ganz und gar aus demselben Stoff gemacht bist?«
»Was?«
»Nicht buchstäblich, sondern geistig. Ich habe nicht das Gefühl. Ich habe das Gefühl, daß ich, ganz gleich, was ich sage oder was ich vorhabe, buchstäblich nicht ausdrücken kann, was in Wahrheit mit mir los ist.«
»Jeder glaubt –«
»Jeder? Du auch? Du hast das Gefühl einer Anpaßschaltung, wie bei einem geschlossenen Stromkreis, zwischen dir und deiner äußeren Existenz? Ein Netz, das sich nicht beschummeln oder abschalten läßt, das jede Form von Kommunikation überwachen, stören oder abschalten muß? Hast du wirklich das Gefühl?«
»Die Sprache ist ein sehr unhandliches Werkzeug –«
»Hier ist eine Tatsache. Gestern habe ich lange am Fenster gestanden. Ich will dir sagen, daß ich springen wollte. Hab ich dir gesagt, daß ich springen wollte?«
»Ja, aber –«
»Ich weiß nicht sicher, ob ich springen wollte, weil ich natürlich nicht gesprungen bin, aber es ist möglich, daß ich springen wollte.«
»Susan!«
»Einmal habe ich das Auto geholt und bin auf die 9W gefahren, auf der anderen Seite des Flusses. Dort gibt es jede Menge Abhänge und Kurven, aber ich hatte Angst davor, ein Chaos anzurichten. Und auch davor, daß das Auto womöglich zu brennen anfing. Ich

will dir sagen, daß ich einen tödlichen Unfall bauen wollte, aber vielleicht meine ich das gar nicht im Ernst, weil ich es ja nicht getan habe.«

Alice schauderte. »Wann war das?«

»An dem Tage, an dem ich dich von der Arbeit abgeholt habe. Aber genau das meine ich. Im Innern habe ich eine Absicht, aber nach außen tue ich etwas anderes. Das eine scheint überhaupt nichts mit dem anderen zu tun zu haben. Innen, das bin ich, die mit einem bestimmten Gefühl auf die Morde reagiert, außen, das ist Susan, die zur Arbeit geht, kocht, ißt, herumläuft, redet, es mit Fassung trägt, ohne daß man ihr etwas anmerkt. Jeder, der uns beobachtet, würde glauben, daß es deinen Freund erwischt hat, nicht meinen.«

Alice holte tief Luft, lehnte sich im Stuhl zurück und ließ den Blick durch das Restaurant schweifen. Die Dunkelheit im Raum brachte ihren Richtungssinn durcheinander, und ihr schienen noch immer die Arme und Hände zu zittern, obwohl ihnen nichts davon anzusehen war. Sie faltete die Hände und legte sie in den Schoß. Ein-, zweimal machte sie den Mund auf in der Hoffnung, ihr falle instinktiv etwas Hilfreiches ein, aber nichts kam heraus. Sie starrte einen Augenblick lang auf einen Saucenfleck, den sie auf dem Tischtuch gemacht hatte, dann schaute sie auf und sah Susan an. Und da erfaßte sie, in welchem Ausmaß Susan unabhängig war von allen Anstrengungen, die Alice unternehmen mochte. Wie sie aufrecht zwischen den Armlehnen saß, mit der Gabel in der Hand die Quiche zerteilte, während die andere Hand ruhig in ihrem Schoß lag, wirkte Susan unberührbar, sauber, als hätte sie eine in sich ruhende Vollkommenheit erreicht, die sie schon lange angestrebt hatte. Alice zweifelte keinen Augenblick lang daran, wie tief ihre Verzweiflung war, wie schwer das Leid, der Kummer, die Reue und alle anderen Gefühle wogen, mit denen Susan für die Folgen ihrer Tat bezahlen mußte. Aber sie begriff auch, daß die Ereignisse konzentrierend auf ihre Freundin gewirkt hatten, so daß sie in gewisser Weise mehr sie selbst war als zuvor. Selbstmord war eine überzeugende Konsequenz aus einer solchen Implosion. Mit Schmeichelstimme sagte sie: »Möchtest du darüber reden? Du weißt, daß du das nicht mußt.« Susan sah in ihrer üblichen, geschäftsmäßigen Art auf die Uhr, dann lächelte sie kameradschaftlich. Die Rätsel in ihr schienen Alice plötzlich unergründlich. Sie lächelte kameradschaftlich zurück.

»Offensichtlich«, sagte Susan, »gibt es keine befriedigende Antwort. Denny und ich hatten dieses Problem seit Jahren. Ich gab ihm die Schuld, ich gab Craig die Schuld, ich gab mir die Schuld, der Astrologie. Es gab keinen gangbaren Weg zur Verständigung. Und es wurde schlimmer, oder vielleicht hat sich das ganze Ausmaß des Problems auch erst allmählich entfaltet. Ich weiß nicht, was genau stimmt. Es gab keine Möglichkeit, etwas Wahres über mich so auszudrücken, daß er mich verstanden hätte. Ich merkte das an seiner Reaktion – normalerweise lieb und gut gemeint und immer auf einen Punkt genau neben mir oder über meinen Kopf weg gerichtet. Bei dir ist das auch so, aber auf andere Weise. Es liegt auf der Hand, daß das Problem in mir steckt.«

»Aber –«, sagte Alice. Aber nichts.

»Jetzt werde ich versuchen, dir zu erzählen, wie ich mich seit dem großen Tag gefühlt habe. Auf irgendeine Art bin ich ziemlich überrascht, wenn ich mich bewege, was tue und Luft hole, weil mir mein Körper nicht mehr wie ein menschlicher Körper vorkommt, sondern wie ein Granitblock mit einer Haut darüber. Keine Hohlräume, keine Risse, nicht einmal Verwerfungen, weißt du. Deshalb ändert sich nichts. In der High School hatten wir einen Priester als Lateinlehrer, der manchmal lieber über Theologie redete als über Cicero oder sonstwen. Es war ziemlich langweilig, aber ich weiß noch, daß er uns einmal definiert hat, was er unter Ewigkeit versteht. Wir sollten uns einen Granitblock vorstellen, eine Meile hoch, eine Meile breit, eine Meile lang. Alle hundert Jahre kommt ein Vogel vorbeigeflogen und streift den Granitblock mit einer Feder. Wenn die Feder den Granitblock ganz abgetragen hat, dann ist ein Augenblick in der Ewigkeit vergangen. Jetzt habe ich das Gefühl, der Granitblock ist in mir, und der Vogel mit der Feder ist noch kein einziges Mal vorbeigeflogen.«

»Aber geht das denn nicht jedem mehr oder weniger so, wenn jemand, den man liebt, äh, stirbt?«

»Das weiß ich nicht.«

»Susan! Hör mir zu. Die billigen, abgedroschenen Rezepte sind wahr. Sie funktionieren. Die Zeit heilt alles. Wenn man sich etwas von der Seele redet, wird es leichter. Geteiltes Leid ist halbes Leid. Ein Verbrechen geht einem leichter aus dem Kopf, wenn man den Schauplatz verläßt. Das Bild von dem Granitblock ist nur eine Vorstellung. Es hat nichts Reales. Du kannst dir von jemandem helfen lassen, und es kann jemandem gelingen, dir zu helfen.«

Susan lächelte, und schon während sie zu Ende sprach, kamen Alice Zweifel an den eigenen Worten. Sie sah weg, schaute sich wieder im Raum um. Ihr war der eigene Körper so sehr als hohles, rutschiges Ding bewußt, als ein Chaos aus bewegten Oberflächen und eigengesetzlichen Abläufen, daß Susan, als sie wieder zu ihr hinsah, weit von ihr abzurücken schien. Letzten Endes war Freundschaft eine armselige Angelegenheit, das Aufeinanderprallen zweier runder Gegenstände. Sie legte den Ellbogen auf den Tisch und die Stirn in die Hand. Susan sprach weiter. »Wenn ich mich umbrächte, käme mir das nicht vor, als ob ich einen Menschen umbrächte.« Sie lächelte wieder. »Es fällt mir sogar schwer, mir das als etwas Dramatisches oder Bedeutsames vorzustellen, und wenn ich mich dazu zwinge, es so zu sehen, dann nur aus deinem Blickwinkel oder aus dem der Leute im Laden oder dem meiner Mutter oder so. Aber es ist ein Blickwinkel, den ich nur schwer durchhalten kann, und manchmal kommt er mir auch irgendwie verkehrt vor. Nicht verkehrt im moralischen Sinn, sondern als wäre er ein Irrtum.«

»Nachdem wir jetzt darüber gesprochen haben, bist du dann weniger in Gefahr, es zu tun?«

»Nein. Ich hab's dir doch gesagt. Es ändert sich nichts. Du mußt versuchen, dir das vorzustellen. Nichts ändert sich.« Zum erstenmal im Verlauf des Gesprächs sah sie jetzt bedrückt aus, als wäre die Dauerhaftigkeit das Schlimmste an dem ganzen Problem. Vielleicht war es auch so.

Alice machte einen neuen Versuch. »Aber Leben ist veränderlich. Wenn man weiter existiert, verändern sich die Dinge. Das ist eine Tatsache, eine erwiesene Tatsache.«

»Schon möglich. Wer kann das schon wissen?«

»Jeder weiß das. Menschliche Erfahrung. Wissenschaftliche Beobachtung im Weltall.«

Susan hob kühl, aber skeptisch die Brauen, dann sagte sie: »Ich möchte nach Hause.«
»Das ist so scheußlich für mich.«
»Wenn man mit Leuten redet, möchten sie was in einem bewirken.«
»Ich liebe dich.«
»Ich weiß. Ich habe eine Menge nachgedacht über diesen Satz. Ich muß sagen, daß er in meiner Wohnung im Überfluß herumgeflogen ist. Dadurch hat sich nie etwas verändert, das war nie ein Gegengewicht zu allem anderen. Normalerweise hat das bedeutet: ›Du bist es mir schuldig, daß du tust, was ich dir sage‹ oder vielleicht auch: ›Danke, daß du getan hast, was ich dir gesagt habe.‹ Ich konnte nicht herausbekommen, was Liebe ist und warum jeder sie haben will, nicht einmal, wenn ich es selber gesagt habe.«
»Susan! Gehört sonst noch etwas zu deinem Geheimnis? Du hättest ihn doch einfach verlassen können!«
Susans Brauen hoben sich wieder, und sie schüttelte den Kopf. Mit einem Lächeln erwiderte sie: »Wir haben uns geliebt. Komm, jetzt laß uns aber wirklich gehen.« Sie traten auf die helle Straße hinaus und mußten kurz stehenbleiben, um sich an die Sonne und die Menschenmenge zu gewöhnen. Susan nahm Alice beim Arm. »Laß uns dort nicht wieder hingehen. Zu dunkel. Es war gruselig.«

Gleich nach ihrem Telefongespräch mit dem Schlosser, der behauptet hatte, er komme so schnell, wie er es einrichten könne, klingelte das Telefon. Es war Rya. »Ich hab den ganzen Vormittag bei dir angerufen«, sagte sie gereizt. »Wo hast du gesteckt?«
»Ich bin spazierengegangen.«
Aber im Grunde war es Rya egal. »Ich werd noch verrückt hier. Was gibt's Neues bei euch?«
»Also –«
»Hat diese Frau Noah freigekriegt? Ich hab's zwölfmal in unserer Wohnung versucht.«
»Noah ist in Untersuchungshaft. Ich weiß nicht, wo.«
»David hat versprochen, daß sie ihn freikriegen.«
»Vielleicht ist er auf Rikers Island. Dort werden sie hingebracht, bis der Prozeß beginnt.«

»Prozeß! Was ist denn eigentlich los? David hat gesagt, diese Frau soll die beste Anwältin von ganz New York City sein. Aber das sagen sie ja immer.«

»Ich hab ihn nicht besuchen können. Honey tut irgendwie geheimnisvoll. Sie haben irgendwelche Beweise.«

»Mein Gott.«

»Ich glaube, du solltest nach Hause kommen. Und noch etwas. Ray ist zusammengeschlagen und mir vor die Haustür gelegt worden.«

»Du machst wohl Witze. Ich will sowieso nach Hause, weil es hier einfach fürchterlich ist. Ich habe meinem Bruder erzählt, daß Noah im Gefängnis ist, aber ich hab mich nicht getraut, es meinen Eltern zu erzählen. Mein Vater will unbedingt, daß ich wieder nach Houston ziehe. Er hat mir sogar einen Job bei einem regionalen Fernsehsender besorgt. Ich glaube, sie denken, daß ich mich scheiden lassen will.«

»Ich kann mir nicht vorstellen, wie sie auf so eine Idee gekommen sind. Hör mal, ich weiß ja nicht, wie es zwischen dir und Noah steht oder was in Noahs Kopf vorgeht, aber ich glaube, es wäre besser, wenn du herkämst, und Susan glaubt das auch.«

»Dann hat er's also getan?«

»Ich weiß nicht –«

»Das ist richtig unheimlich.« Rya klang nicht besonders aufgeregt.

»Es ist nicht –«

»Ich habe manchmal Angst gehabt, daß Craig ihn dazu treibt, irgendwas Wahnsinniges zu tun, aber warum Denny? Auf Denny hat er nie eine Wut gehabt. Auf Denny konnte man keine Wut bekommen.«

»Schon möglich.«

»Ich habe einmal sogar zu Craig gesagt, daß er gar nicht weiß, was für eine Wirkung auf Menschen er hat. Ich habe es nicht besonders gut erklären können, und ich bin mir sicher, daß er sowieso nicht auf mich gehört hat, aber er konnte einen wirklich um den Verstand bringen. Dauernd hat man Sachen gemacht, die er wollte und die man nicht selbst tun wollte, aber ihm war gar nicht bewußt, daß man es wirklich nicht wollte. Sobald man es dann getan hatte, ging er zur nächsten Sache über, die man tun sollte, zum Beispiel das Tempo anziehen oder sonstwas, und er hat nicht begriffen, daß man nicht überzeugt davon war. Ich hätte ihn deswegen mehr als einmal am liebsten erwürgt, aber Denny, das mit Denny verstehe ich immer noch nicht. Ich nehme an, ich verstehe auch Noah nicht besonders gut.«

»Ich muß schon sagen, daß du nicht besonders aufgeregt klingst.«

»So? Es kommt mir vor, als ob es so weit weg wäre. Es kommt mir einfach vor wie etwas, was halt passiert ist. Dieses Leben ist verrückt. Alle Mädchen, die mit mir auf der High School waren, haben sechs Kinder. Ich kann es nicht erklären. Was wird jetzt passieren?«

Alice war verärgert und wollte nur weg vom Telefon. »Das weiß ich nun wirklich nicht.«

»Morgen bin ich da. Kann ich bei dir wohnen?«

Alice sagte grob: »Wenn dir wirklich so viel daran liegt, daß du tatsächlich kommst.«

Rya war nicht beleidigt, aber das war sie schließlich nur selten. Sie sagte: »Ich weiß nicht, ob mir so viel daran liegt, aber ich nehm an, daß ich das in den nächsten paar Tagen rauskriege, was?«

Es wurde sieben, bis es der Schlosser schaffte, zu ihr zu kommen. Alice hatte hundert Dollar in bar in einer Schublade versteckt, mit dem nervösen Gefühl, wenn er wisse, wo das Geld sei, werde er es stehlen, ohne das Schloß auszuwechseln. Sobald sie diesem Gedanken nachgab, war eine Flut weiterer Verdächtigungen nicht aufzuhalten – vor allem Variationen über das Thema der Macht und Allgegenwärtigkeit von Rays »Freunden«. Wenn etliche davon im Immobiliengeschäft waren, warum dann nicht auch einige in der Schlosserbranche? Bei wem als bei einem gerissenen Schlosser war es wahrscheinlicher, daß er Nachschlüssel zu all den eleganten Wohnungen in New York City hatte? Oder zu den Wohnungen argloser Freunde? Mit den Schlüsseln zu ihren Wohnungen hatte man die Menschen in der Gewalt. Brauchten Schlosser eine Lizenz? War das Schlossergeschäft so lukrativ wie organisierter Diebstahl? Was brachte einen Schlosser dazu, ehrlich zu bleiben, abgesehen von einer moralischen Entscheidung? War die Bevölkerung im ganzen, deren Durchschnitt die Schlosser entsprechen mochten, überwiegend ehrlich oder eher im Gegenteil? Sie zitterte, nicht vor Angst, sondern weil ihre Spekulationen so ausgefallen und aufregend waren. Was sie wirklich wissen wollte, und zwar so dringend, als könne sie nur weiterleben, wenn sie es erfahre, war, ob Rays »Freunde« nur ein Klüngel Ausgeflippter von der Christopher Street waren oder ob sie ein Netz bildeten, dem der Schlosser, Detective Honey und andere angehörten – Henry zum Beispiel? War es nicht schrecklich verdächtig, daß Henry ausgerechnet in der Nacht nach dem Mord aufgetaucht war? Da klingelte es, und der Schlosser meldete sich. Als er heraufkam, ließ sich Alice seinen Namen sagen, langsam, damit sie ihn behalten konnte. Während er aufs neue die Tür inspizierte, schlenderte sie betont lässig in die Küche und schrieb auf einen Zettel neben dem Telefon: 24. 5. 80 – Don Dorfmann – 19.00 Uhr. Als sie zurückkam, hatte er die Kette abgeschraubt und hielt sie ihr kopfschüttelnd hin. »Scheiße, Mann, jede Wette, daß Sie die jede Nacht als letztes zuhaken, stimmt's« Alice nickte. Don Dorfmann lachte, wobei sein ganzer Haarschopf wackelte. Alice fiel auf, daß er das Haar hinten zu einer Art Zopf geflochten hatte. »Was ist an der Kette auszusetzen?« fragte Alice.

»Nichts, bis auf die Tatsache, daß ein Jüngelchen von siebzig Pfund die in einer Minute aufbrechen kann, ohne ins Schwitzen zu geraten.«

»Oh.«

»Ich hab sie abgeschraubt.«

»Das sehe ich. Was kostet eine neue?«

»Eine gute? So eine, wie ich sie bei mir an der Tür habe? Fünfzehn Piepen. Nicht viel, wenn man's sich überlegt. Okay, jetzt mach ich folgendes.« Er kramte eine Weile in seinem Werkzeugkasten. »Ich mach Ihnen das Schloß hier in die Tür, über dem anderen. Das laß ich dran. Das plus neue Kette macht neunzig Piepen. Das ist ein ganz ordentliches Schloß, nicht so wie die französischen, aber Messing massiv, gesichert, der ganze Scheiß. Ein gutes Schloß für das Geld, prima für die Gegend hier.« Alice überschlug die Gebühren und das Trinkgeld, dann nickte sie. Er begutachtete die Tür, und sie ging in die Küche zurück, wo sie eine weitere Information auf dem Zettel vermerkte. City Wide Locksmiths 549–9922. Sie zündete die Gasflamme unter dem Teekessel an und setzte sich so, daß es so aussah, als kümmere sie sich um ihre eigenen Angelegenheiten, behielt dabei aber Don im Auge. Er kramte wieder im Werkzeugkasten. Als er sich bückte, rutschten die beiden Arbeitshemden, ein ausgefranstes kariertes und ein blaues, aus der Hose, und sein blasser, aber stark behaarter Rücken kam zum Vorschein. Bestimmt hatte es eine Zeit gegeben, wo sie jemanden, der so aussah wie er, mit einem erleichterten Seufzer begrüßt und keinen Gedanken daran verschwendet hätte, ob sie ihm trauen könne. Jetzt wäre ihr ein älterer Mann lieber gewesen, ein Vater von sechs oder acht Kindern, im adretten blauen Overall, den Namen in einem hübschen Oval auf der Brusttasche aufgestickt, jemand, der seit dreißig Jahren in Astoria wohnte. Don Dorfmann durchwühlte aufs neue den Werkzeugkasten, diesmal mit Erbitterung, und sagte: »Dieses Arschloch!«

»Was?« sagte Alice.

»Ach, dieses Arschloch von Kollege leiht sich dauernd mein Werkzeug aus. Sie haben nicht zufällig eine Standhahnmutternzange im Haus, oder?«

Alice hätte liebend gern ja gesagt, aber sie schüttelte den Kopf. Er wühlte wieder, fand einen langen Nagel und bearbeitete damit die Tür. Einen Augenblick später warf er den Nagel zu Boden.

»Scheißer!« rief er. »Haben Sie Telefon?«

Alice ging in die Küche, knüllte den Zettel zusammen und sagte: »Hier drin.«

Dorfmann wählte. »Hey, Gene. Wo steckt dieses Arschloch Bosworth? Er hat meine Standhahnmutter. Gut, probier, ob du ihn über Funk auftreiben kannst. Ja, ich warte. Versuch's weiter. Ja, ich hab der Braut hier die Tür auseinandergenommen.« Während er wartete, stand Alice im Türrahmen und machte die Augen zu. Sie wußte mit absoluter Sicherheit, daß Bosworth nicht aufzutreiben sein würde. Nach einer langen Pause, in der Don Dorfmann nervös herumzappelte und fluchte, schrie er: »Verfickt noch mal, was hat er denn in Coney Island verloren? Die haben doch selber Schlosser. Scheiße. Zwei neue Türen, so? Wo krieg ich eine

Standhahnmutter her? Nee, der Laden hat zu. Ja, der Schuppen in Long Island City. Ist einer von uns da in der Gegend? Gut, wer ist am nächsten? Ich bin in der Upper West Side. Yorkville? Das kann ich schaffen. Okay, danke, Gene, und wenn sich dieses Arschloch meldet, dann sag ihm, daß ich ihm den Arsch aufreiße.« Er legte auf und wandte sich Alice zu, die bereits resigniert nickte. »Dauert höchstens eine Stunde, wenn ich den Typen auf der anderen Seite vom Park erwische. Wenn nicht, gibt's in Queens drüben ein Ersatzteillager. Bis dahin haben Sie keine Probleme. Sie sind nicht schlechter dran als vorher. Gott, dieser Scheißer!« Er stopfte sich die Hemden in die Hose. »Schauen Sie, Lady, ich laß sogar mein Werkzeug da. Sie brauchen sich keine Sorgen zu machen.« Alice nickte immer noch. Schließlich sage sie: »So geht's mir schon das ganze Wochenende.«

»Mir auch«, sagte Don Dorfmann; dann war er weg. Alice griff zum Telefon und rief bei Henry an. Seine Fenster waren dunkel, so daß sie nicht viel Hoffnung hatte. Susan war offenbar auch nicht zu Hause. Sie spielte mit dem Verdacht, daß die beiden zusammen ausgegangen waren, genau wie sie damals in der Junior High School, wenn sie zwei Freundinnen angerufen hatte und bei beiden besetzt gewesen war, immer den Verdacht gehegt hatte, die beiden telefonierten miteinander und sprächen über sie. Sie seufzte. Es war nach acht, und sie hatte noch nichts gegessen. Beim Gedanken ans Essen fiel ihr das Mittagessen mit Susan ein. Dabei kam ihr der Verdacht, Susan könne doch gesprungen sein, und sie war versucht, beim Zwanzigsten Revier anzurufen, um Bescheid zu wissen. Aber irgend etwas dieser Art würde ihr Honey sowieso gleich mitteilen. Sie schüttelte heftig den Kopf, rief mit lauter, rauher Stimme: »Uff!« und ging in die Küche, wo sie den Zettel mit Dorfmanns Namen glattstrich und halb unter das Telefon schob. Danach sah sie vor sich, wie Honey den Zettel fand und postum stolz auf sie war.

14

Nach dem Essen konnte Alice klarer denken und sah der Zukunft fast optimistisch entgegen. Im Grunde war alles bemerkenswert gut ausgegangen. Ray hatte am meisten durchgemacht, aber er hatte auch am meisten riskiert, und jetzt war er roh in die Normalität zurückgestoßen worden. Sie hatte ihn seit Jahren nicht mehr so gelassen erlebt wie heute morgen: ein Mann, der seine Lektion gelernt hatte und auch beherzigen würde. Dazu kam noch, daß der Überfall auf Ray das Beweismaterial gegen Noah bestimmt so zweifelhaft erscheinen lassen würde, daß seiner Haftentlassung nichts im Wege stände, und mußte ihm diese Erfahrung nicht so zugesetzt haben, daß er ein neues Leben anfing, vielleicht sogar eine neue Ehe mit jemandem, der klüger und sensibler war als Rya? Daß Susan endlich angemessen reagierte auf das, was sie getan hatte, war gut, gut ohne Einschränkung, und aus Alices Sicht Strafe genug. Wenn es ihr gelang, Susan so lange zu beschützen, würde Susan das auch noch begreifen. Der Überfall auf Ray würde Susan außerdem schützen und Honeys Verdacht in Richtung Westside Highway lenken, wo Übeltäter verschwanden oder auftauchten, mit einem endlos langen Sündenregister. Für diese Leute hatte Alice kein Mitgefühl übrig. Denny und Craig? Sie waren ein ferner Schimmer. Es war seltsam, dachte sie, wie bereitwillig die Menschen Verluste hinnahmen. Der Schock, das Entsetzen, das sie am ersten Wochenende über den Tod ihrer Freunde und das Auseinanderbrechen ihrer Gruppe empfunden hatte, ließ sich nicht mehr zurückholen. So, dachte sie, mußten sich Lawinenopfer fühlen, die mit Freuden Finger und Füße im Schnee zurückließen, als Preis für ihr Leben. So hatte sie sich gefühlt, als Jim sich bereit erklärt hatte, zurückzukommen und es noch einmal zu versuchen – nein, er liebte sie nicht so, wie sie geglaubt hatte, aber er wollte wiederkommen, das war genug, das war wunderbar. Am Ende wurde man pragmatisch, nicht wahr, und die Erleichterung und die Freude darüber, daß wenigstens ein Kompromiß zustande gekommen war, waren so groß, als ob man alles nur Wünschenswerte bekommen hätte.

Als sie das Geschirr gespült und die Küche ausgefegt hatte, war es halb zehn, und sie dachte ans Schlafengehen. Am Schlosser zu verzweifeln, dachte sie, würde ja heißen, daß sie, Werkzeugkasten hin oder her, tatsächlich ernsthaft daran geglaubt hatte, daß er wiederkäme. Wenn sie in sechs Jahren New York etwas gelernt hatte, dann dies, daß man nicht einfach eine Besorgung erledigen, jemanden treffen, im Eisenwarenladen vorbeischauen konnte. Morgen gegen neun oder zehn würde er die Zange auftreiben, ganz gleich, wie sehr er sich bis dahin darum bemühen würde, sie zu bekommen. Und wie kam es, daß sie, die einzige Tochter eines Werkzeugfanatikers, einen Mikrowellenherd per Post erwartete und nicht den kompletten Satz der Werkzeuge, die ihr Vater mit sich herumschleppte?
Sie ließ sich mit einer alten Ausgabe von *Newsweek* auf die Couch fallen und gab dem Schlosser doch eine Stunde. Um zehn klingelte das Telefon. »Hey, Mann, ich krieg das alles in den nächsten zwei Stunden nicht in die Reihe. Sie haben die Wahl. Ich kann Ihnen einen Kollegen schicken, der auch rund um die Uhr arbeitet, gleich wenn er mit seinem jetzigen Job fertig ist, oder ich kann gegen Mitternacht selber kommen.«
»Wie lange brauchen Sie dann für die Arbeit?«
»Ungefähr eine Stunde.«
Also bis eins. Wenn sie drei Stunden dazuzählte, um seinen Optimismus wettzumachen, hieß das, daß Alice um vier ins Bett kam. Beim bloßen Gedanken daran mußte sie gähnen. »Hören Sie«, sagte sie. »Es kommt mir jetzt nicht mehr so wichtig vor. Ich meine, ich weiß nicht mal genau, ob die betreffende Person meine Schlüssel tatsächlich hat. Falls ich anfange, mir Sorgen zu machen, übernachte ich woanders. Aber was ist mit Ihrem Werkzeug?«
»Scheiß was drauf, Mann. Ich bin geschafft. Seit drei Monaten hab ich keine Nacht mehr freigenommen. Behalten Sie das Zeug, und ich komme morgen um halb acht, spätestens um acht.«
»Ich steh rechtzeitig auf.«
»Hören Sie, Lady, Sie können auch einen anderen Schlosser anrufen, wenn Sie sich Sorgen machen, aber der Chef hat gesagt, er gibt Ihnen fünfundzwanzig Prozent Rabatt, weil Sie so geduldig waren.«

»Ich mache mir keine Sorgen. Bis morgen.«
Sie machte sich wirklich keine Sorgen. Sie ging ins Bad und unter die Dusche, ohne auch nur einmal, wie ihr danach erst bewußt wurde, an die Duschszene aus *Psycho* zu denken, dann trocknete sie sich mit ihrem blauen Badetuch kräftig ab, zog ein T-Shirt und einen Slip über und rief Susan an, die sich vollkommen ruhig meldete, ohne daß Alice in ihrer Stimme Selbstmordabsichten ausmachen konnte. Sie sagte: »Ich möchte dich was fragen.«
»Was du willst.«
»Heißt das, was du mir heute erzählt hast, daß ich mir Sorgen um dich machen und auf dich aufpassen darf?«
»Das weiß ich nicht. Versuch's doch einfach und warte ab, was passiert.«
»Was machst du heute abend?«
»Fernsehen und Briefe schreiben.«
»Was für Briefe?«
»Geschäftsbriefe an Textilgroßhändler.«
»Klingt harmlos. Kann ich zu dir kommen?«
»Es ist fast elf. Du brauchst dir keine Sorgen um mich zu machen.« Ihr Ton war ausgesprochen energisch.
»Nicht, weil –«
»Ich glaube nicht, daß ich mir heute abend was antun würde.« Die Stimme stieg leicht an, aber sie unterdrückte das. Alice wußte genau, daß ihre Besorgnis der anderen Frau schon jetzt auf die Nerven ging, und sie brachte es nicht fertig, noch mehr Druck auszuüben. Was auch immer sie erzählen mochte über ihre Angst um die eigene Sicherheit, es würde erfunden klingen.
»Okay.«
»Mach dir keine Sorgen um mich.«
»Mach ich mir nicht.«
»Versprochen?«
»Ich werd mich jedenfalls nicht dafür entschuldigen.«
»Das alles ist bald vorbei.«
»Das hoffe ich.«
Auf der Straße hielt ein Taxi vor ihrem Haus, also auch vor Henrys Haus. Eine Frau stieg aus, schlank, gut angezogen: die Art von violettem Seidenkleid, das Alice sich schon immer gewünscht,

aber noch nie aufgetrieben hatte. Der Mann hinter der Frau, der sekundenlang wartete, bis er den Taxifahrer bezahlt und das Wechselgeld herausbekommen hatte, war Henry. Die Frau, hübsch zurechtgemacht mit dunklem Lippenstift und einer verwegenen, modischen Frisur, lächelte ihn zuversichtlich an. Henrys Reaktion darauf war nicht sichtbar, aber als er die Eingangsstufen hinaufging, faßte er nach dem Ellbogen der Frau, so fest, daß Alice es selber spüren konnte. Plötzlich erschöpft, trank sie ihr Milchglas leer und stellte es in der Spüle ab. Dann, obwohl sie vorgehabt hatte, sich noch kurz die Nachrichten anzuschauen, ging sie sofort zu Bett, machte nur noch halt, um die Kette vorzulegen. Aber die Kette lag auf dem Boden. Alice sah sie einen langen Augenblick lang an, dann kickte sie die Kette wütend durch den Flur und rief: »Die hat mir sowieso noch nie was genützt!«

Alice wußte nicht, wo sie war. Vor allem stand das Bett im falschen Winkel zum Fenster. Das Fenster hätte rechts sein müssen, gegenüber dem Fußende, aber es war links und hinter ihr. Und das Bett schien in der falschen Richtung zu stehen. Alice hatte einen Augenblick lang das Gefühl, sie sei in einem Zug, der plötzlich rückwärts fährt. Sie schüttelte den Kopf und wurde wacher, dann fiel ihr wieder ein, daß sie im Gästezimmer schlief, weil die Bettwäsche in ihrem Schlafzimmer schmutzig und sie zu träg und zu deprimiert gewesen war, das Bett frisch zu beziehen. Alice seufzte und drehte sich auf den Bauch, zog sich die Decke über den Rükken und hielt sich die Augen fest zu. Damit sie an nichts denken mußte, was sie womöglich wachhielt (Henry, Susan), zwang sie sich zu einem in Gedanken monoton wiederholten Singsang: Schlaf wieder ein. Genau in diesem Augenblick wurde sie durch ein Geräusch weiter weg in oder außerhalb der Wohnung völlig wach. Sie drehte den Kopf so, daß ein Ohr nicht mehr auf dem Kissen lag, und hielt den Atem an. Wieder das Geräusch, sehr leise. Es war ein vertrautes Geräusch oder jedenfalls ein Bruchstück davon, aber Alice konnte es nicht einordnen. Nach dem zweiten Mal hörte sie es nicht wieder. Nach ein paar Minuten zweifelte sie sogar, ob sie es überhaupt je gehört hatte. Sie holte tief Luft und legte sich wieder zum Schlafen zurecht. Das Doppelbett im Gästezimmer war sehr bequem, fest und ohne Unebenheiten. Sie mochte auch die Bettwäsche, die sie dafür hatte, alt und aus reiner Baumwolle, glatt und weich sogar gleich nach dem Waschen. Doreen hatte ihr die Steppdecke aus ihrer Kindheit mitgegeben. Sie war leicht, aber warm, ideal für Alice, die selber mitten im Sommer beim Schlafen manchmal nicht warm wurde und im Winter solche Schweißausbrüche haben konnte, daß sie mitten in der Nacht das Nachthemd ausziehen mußte. Wieder das Geräusch, kurz, einen Hauch lauter. Alice, fast schon eingeschlafen, hatte Lust, es zu ignorieren. Wenn es so vertraut war, mußte sie es zweifellos schon Hunderte von Malen gehört haben; bestimmt war es ein für das Haus typisches Geräusch. Sie streckte sich bequem zu einem X aus und vergrub die Nase im Kissen, während sie dachte: Schlaf wieder ein, schlaf wieder ein. Alles war still. Sogar die Sirenen vom Broadway her klangen weit weg, nicht dringlich. Sie schob den Arm unter das Kissen.

Sie war fast eingeschlafen, als ihr bewußt wurde, was für ein Geräusch das gewesen war – ein Schlüssel, der im Schloß kratzte, während er herausgezogen wurde –, und bei dieser Erkenntnis wurde sie ganz wach, obwohl sie nichts an der bis jetzt so entspannten Lage veränderte. Sie neigte dazu, das Geräusch für einen Traum oder für Einbildung zu halten, zumal sie weder das Schließen der Tür noch das Knarren von Schritten gehört hatte. Ihre feige Panik im Büchermagazin fiel ihr ein, und sie verzog das Gesicht, peinlich berührt, aber obwohl sie sich beruhigte, mußte sie doch horchen. Und die Tür zum Flur stand offen. Und sie hatte nur ein T-Shirt an. Sie schloß schließlich die Augen, die offenstanden wie festgeklebt, und lag ganz ruhig da und wartete, daß die nächsten Stunden verstrichen.

Irgendwann, während sie wartete, kam das nächste Geräusch, sogar noch leiser: das Aufgehen der Tür, im Schwung angehalten. Das war das Beängstigende, das Menschliche daran: daß die aufschwingende Tür angehalten worden war. Alice gingen die Augen auf, und sie drehte sich so geschmeidig und lautlos auf den Rücken wie ein Seehund im Wasser.

Es konnte niemand in der Wohnung sein. Das war einfach zu grotesk. Nach einunddreißig Jahren der Sicherheit, in denen nie jemand in ihren Wohnbereich eingedrungen war, ganz gleich, wie stark sie befürchtet oder geglaubt hatte, es sei jemand da, war es buchstäblich unglaublich, daß es jetzt Wirklichkeit sein sollte, und sie konnte es sich nicht glauben machen. Der klarste und zugleich verlockendste Plan bestand darin, gar nichts zu tun, sondern wieder einzuschlafen. Sie gehörte nicht zu den Menschen, die sich vor dem Schlaf fürchten. Sie schlief gern. Im Schlaf war sie sicher, geborgen, nur von Träumen heimgesucht, und ihre Träume waren immer harmlos. Und falls tatsächlich jemand in der Wohnung war, würde man ihr dann nicht eher weh tun, wenn sie wach war und dadurch eine Bedrohung, als wenn sie friedlich schlief? Und falls man ihr weh tun oder sie sogar töten würde, wollte sie das dann im voraus wissen? Jede Bewegung, sogar eine Kleinigkeit, wie den Fuß auf den Boden zu stellen, kam ihr gefährlich, grausig, unmöglich vor, als hätten die Geräusche, die sie gehört hatte, auf Schlangen hingedeutet, die sich auf dem Boden wanden, und nicht auf Menschen. Solange sie ergeben liegenblieb, würde ihr Bett sie wie ein Floß über alles hinwegtragen, was kommen mochte. Sie hörte einen Schritt knarren, dann noch einen. Sie zwang sich, die Finger vom Matratzenrand zu lösen, und ließ sie schlaff auf den Bauch fallen. Sie zwang sich, tiefe, entspannte Atemzüge vorzutäuschen. Sie war entschlossen, sich nicht anmerken zu lassen, daß sie etwas mitbekommen hatte. Wer würde schließlich schon einer wehrlosen Schlafenden weh tun – Augen zu, Mund offen, die Quintessenz der Verletzlichkeit? Wieder ein Schritt. Wer auch immer es sein mochte, er trat langsam und vorsichtig auf, wußte bestens Bescheid über den alten Boden und dessen Hang zum Knarren. Der dreizehn Meter lange Flur. Jetzt mußten die Schritte etwa bei der Küche sein. Alices Pupillen hatten sich angepaßt, so daß sie das Zimmer, in dem sie lag, deutlich sehen konnte, aber der Flur war dunkel. Einen Augenblick lang starrte sie hilflos den Türrahmen an, als fürchtete sie sich davor, daß gleich das Gesicht eines Ungeheuers darin auftauchen werde, etwas Unmenschliches mit Rüssel, Vampirzähnen und nur einem Auge mitten auf der Stirn. Wie gebannt lag sie da, stellte sich das Entsetzen über einen solchen Schock vor und hätte am liebsten wie im Magazin die Augen zugemacht und ihren Kopf geschützt. Sie fragte sich, ob sie sich wohl je

zu einer Bewegung aufraffen werde, und gleichzeitig war es ihr auch gleichgültig.
Daß es die Schritte von Jeff Johnson waren, lag auf der Hand, als sie sich zwang, darüber nachzudenken. Ray hatte natürlich genau gewußt, daß Jeff die Schlüssel hatte, aber er hatte davor zurückgeschreckt, es ihr zu sagen, und es bei einer Vermutung bewenden lassen. Wieder zwei Schritte. Alice holte tief und lautlos Luft und spürte, wie die Lähmung nachließ, während sie sich immer lebhafter vorstellte, wie Jeff Johnson, mit der sonderbar unbeteiligten Art eines Achtjährigen, zugleich menschlich und vertraut, ihren dreizehn Meter langen Flur entlangschlich. Mit ungeheurer Anstrengung stellte sie einen Fuß auf den Boden, schlüpfte unter der Decke hervor und ließ den zweiten Fuß folgen. Das Rascheln der Baumwolle an der Haut, die Drehung des Fußballens im Gelenk kamen ihr so laut vor, daß sie nicht beurteilen konnte, ob es hörbare Geräusche waren. Sie machte eine Pause, wieder versucht, das Ganze zu ignorieren und zurück ins Bett zu gehen. Noch ein Schritt. Jeff mußte jetzt fast an der Eßzimmertür sein. Das allerwichtigste war, ihren Slip anzuziehen. Sie konnte ihn mit den Shorts über dem Stuhl auf der anderen Seite des Zimmers hängen sehen, aber wenn sie dorthin wollte, mußte sie am Türrahmen vorbei, sich möglicherweise dem Blick von Jeff Johnson aussetzen und damit Jeff Johnson verraten, daß er sich verraten hatte.
Was wollte er? Das beängstigte sie am meisten an ihm. Weil er bar jeden Gefühls und Wollens wirkte, mochte er alles nur mögliche wollen und empfinden. Als Kind hatte sie die Zeichnungen, auf denen grausame kleine Jungen Tiere quälten – zum Beispiel Katzen Büchsen oder Knallfrösche an den Schwanz banden –, nie begriffen. Als sie jetzt an Jeff Johnson dachte, wie er auf der Couch lag, die Füße auf dem Fenstersims, verstand sie die Zeichnungen. Jeffs Hauptinteresse an allen Dingen bestand darin, daß er sehen wollte, was passierte. Aber es schien ihr absolut klar zu sein, daß sie ohne ihren Slip nichts unternehmen konnte. Noch ein Schritt. Es waren langsame Schritte. Aber es ließ sich nicht abschätzen, wie groß sie waren. Alice machte selbst einen Riesenschritt auf ihren Slip zu, packte ihn und glitt dann so lautlos wie möglich zum Bett zurück. Sie schlüpfte in das dünne, glänzende Höschen, dann

hielt sie Ausschau nach einer Waffe. Jeff war bestimmt bewaffnet, vielleicht sogar mit einer Pistole. Der Überfall auf Ray bewies, daß Jeff nicht davor zurückschreckte, jemanden zu verletzen. Alles, was Alice ins Auge fiel, war ein Metermaß. Sie konnte sich nicht vorstellen, daß ein Metermaß eine taugliche Waffe war. Das Fenster! Das *offene* Fenster ohne Rolladen und Gitter! Sie schlich hinüber und schaute hinaus. Es war unmöglich. Im Bett war sie besser aufgehoben. Es ging absolut steil nach unten. Weder ein Balkon noch ein Vordach im zweiten Stock tauchten wie durch Zauberhand auf. Die Feuertreppe war um die Ecke, vor ihrem Schlafzimmer. Nur ein schmaler Granitsims, zehn Zentimeter breit und dreißig Zentimeter über dem Fensterbrett, bot eine Möglichkeit zur Flucht, aber das war eine Möglichkeit, die Alice nicht für realisierbar hielt. Henrys Fenster gegenüber waren offen und dunkel, aber Alice wagte nicht zu rufen, wagte noch nicht einmal, sich umzudrehen, aus Angst, sie werde Jeffs Kinderblick begegnen, wie er sie bei der Flucht beobachtete.
Alice stieg auf das Fensterbrett, hielt sich am Fensterrahmen fest, schaute nach oben, damit sie nicht fiel, und stellte den Fuß langsam auf den zehn Zentimeter breiten Sims. Mit dem Fußballen und den Zehen hatte sie Halt, aber mit nichts sonst. Sie drehte den Fuß parallel zur Wand und zog sich langsam am Fensterrahmen hoch, stellte den zweiten Fuß neben den ersten. Mit der freien Hand tastete sie nach oben, nach einem zweiten Sims oder einem Stuckornament. Da war ein zweiter Sims. Sie griff danach, ließ den Fensterrahmen los und richtete sich auf, zog sich mit den Fingern hoch. Mit beiden Füßen auf dem unteren Sims und beiden Händen am oberen, der ungefähr auf der Höhe ihrer Stirn verlief, hatte sie fast das Gefühl, sie sei in Sicherheit. Dann rückte sie langsam vom Fenster weg. Sie holte tief Luft, aber nur so, daß sich ihre Brust nicht zu sehr weitete und ihren Schwerpunkt von der Wand weg verlagerte. Der Backstein war alt, rissig, rauh und zerkratzte ihr die Knie und die Schenkel. Es verblüffte sie, daß sie hier war. Es kam ihr vor, als hätte ein Wunder das bewirkt, nicht ihre Willenskraft.
Obwohl sie zuvor noch geglaubt hatte, sie wäre in Sicherheit, sobald sie außerhalb des Zimmers sei, konnte sie sich jetzt, wo sie

draußen war, nichts anderes vorstellen, als daß Jeff instinktiv direkt auf das Fenster zugehen, sie entdecken und die Pistole ziehen würde – die Zehen angespannt wie eine Ballerina, tastete sich Alice auf die Hausecke zu. Dort war wenigstens der Vorsprung des Badezimmerfensters, an dem sie sich festhalten könnte. Davon abgesehen, mußte sie sich irgendwie am Sims entlangtasten, dem Anschein nach vier bis fünf Meter, irgendwie um die Hausecke herumkommen und sich dann noch einmal drei bis vier Meter bis zur Feuertreppe entlanghangeln, wo möglicherweise Jeff schon auf sie wartete oder wo sie vielleicht entkommen konnte, zu Henry oder zu Honey oder sonstwohin, aber wohin, darüber konnte sie nicht nachdenken. Sie versuchte sich zu entspannen, setzte die Füße vorsichtig auf, einen nach dem anderen, erst mit gespreizten Zehen, dann mit geschlossenen Zehen, aber sie brachte die Fersen nicht auf den schmalen Sims. Sie stellte sich vor, wie Jeff in das Schlafzimmer kam, das zerwühlte, aber leere Bett sah, und stellte sich auf die Zehenspitzen, um das Badezimmerfenster zu erreichen, von der Seite her. Der Sims unter ihren Fingern war eingestaubt und voller Taubenkot, was ihren Halt gefährdete, aber sie entdeckte, daß sie den Sims beim Vorwärtstasten etwas abwischen konnte. Obwohl ihr das Bild, wie Jeff am Fenster stand und ihr zusah, nicht aus dem Kopf gehen wollte, war es ihr unmöglich, sich nach ihm umzuschauen. Alice wagte nicht einmal, den Kopf zu drehen. Wenn schon ein Schuß fällig war, dann lieber unerwartet. Alice schloß die Augen und versuchte, nicht daran zu denken, was ein Schuß ihr antun würde. Schon eine Fleischwunde, vielleicht sogar schon der Knall des Schusses konnte sie so erschrekken, daß sie abstürzte. Vier Stockwerke tief. Sie schloß wieder die Augen, bis der Zwang, hinunterzuschauen, sich gelegt hatte. Vorsichtig glitt sie mit dem linken Fuß den Sims entlang, dann mit dem rechten. Ihr T-Shirt verfing sich an dem rauhen Backstein; sie erschrak, kam wieder los. Sie durfte nicht ihr Gleichgewicht gefährden, denn es gab keine Möglichkeit für einen Ausgleich. Reibung, eine möglichst große Hautfläche gegen eine möglichst große Wandfläche, war ihre einzige Hoffnung. Wieder ließ sie den Fuß vorangleiten, dann die Hand, wischte den Sims ab, um Halt bemüht, ließ dann den rechten Fuß nachgleiten, dann die rechte

Hand. Das hohe, schmale Badezimmerfenster war fast in Reichweite – zu niedrig; sie würde sich dort vorsichtig ducken müssen, aber es war wenigstens etwas zum Festhalten. Keine Schüsse, keine Rufe, keine Geräusche drangen aus der Wohnung. Alice packte den Sims des Badezimmerfensters mit festem Griff und ging seitlich in die Knie. Einen langen Augenblick duckte sie sich so tief wie möglich unter dem Fenstervorsprung, ging wenigstens bis zur Augenhöhe in Deckung. Sie konnte unmöglich wissen, ob Jeff ihre Finger oder ihren Kopf gesehen hatte, ob er jetzt womöglich sogar im Bad stand und über das Wunder nachdachte, daß sein Opfer wiederaufgetaucht war, als er schon am Verzweifeln war. Wenn sie sich mit der rechten Hand am Rahmen des Badezimmerfensters festhielt, hatte sie noch etwa einen Meter bis zur Hausecke vor sich. Ob sie es schaffen würde, um die Hausecke herumzukommen, war die eine Frage. Ihre Fesseln zitterten schon, taten aber noch nicht weh. Die nächste Frage waren die Simse. Sie konnte sich nicht daran erinnern, ob die Simse um die Ecke herumliefen. Sie streckte die Finger der linken Hand aus und versuchte, um die Ecke herumzutasten, aber sie war nicht nah genug daran. Und außerdem, selbst wenn sie es schaffte, um die Ecke herumzukommen, wartete dort vielleicht Jeff auf sie, tauchte wie ein Schock auf der Feuertreppe auf, wo sich Alice ihm direkt in die Arme schob. Alices Herz fing so heftig zu klopfen an, daß es ihr vorkam, als ob es ihre Haut gegen den Backstein stieße. Es war seltsam, daß sie vor dem, was sie möglicherweise vorfinden würde, mehr Panik empfand als bei allem anderen. Zentimeter um Zentimeter schob sie den linken Fuß auf die Ecke zu, dann die linke Hand. Sie holte tief Luft und schob die rechte Hand nach. Schon jetzt kam ihr die Sicherheit unter dem Badezimmerfenster weit weg vor. Sie griff vorsichtig um die Ecke herum. Und wo mochte Jeff jetzt sein? Unten auf der Straße, frustriert, im Begriff, nach oben zu schauen und Alice zu sehen, in ihrem gleißenden Slip – der Mittelpunkt einer riesigen Zielscheibe, groß wie ein Scheunentor. Wie gut konnte Jeff schießen, wieviel Übung hatte er, was für eine Waffe? Der Sims ging um die Ecke herum, jedenfalls der Sims für die Hände. Zentimeterweise tastete sie sich darauf zu, während das Bild von Jeff, wie er von der Straße her zu ihr nach oben schaute, gegen die Vorstellung ankämpfte, wie er sie auf der Feuertreppe erwartete. Es schien ihr gleichermaßen unmöglich, weiterzugehen, wie nicht weiterzugehen. Irrwitzigerweise hätte sie sich am liebsten hingelegt und geschlafen. An der Ecke, genau in dem Moment, als sie im Begriff war, sich herumzuhangeln, schaute sie zurück: Wenigstens sah er nicht aus dem Fenster.

Und wie wollte, wie konnte sie um die Ecke herumkommen? Der Winkel, der ihr im voraus erschienen war wie etwas, was sie umarmen konnte, schien sich in Wahrheit auf gefährliche Weise von ihr fortzubewegen, als läge sie auf einem Klapptisch, dessen Klappe plötzlich wegfiel. Sie atmete besonders vorsichtig, zwang sich, daran zu denken, wie Jeff seine Waffe auf sie richtete, schaute nach oben statt nach unten, aber die Tricks waren nutzlos. Die Unmöglichkeit, um die Ecke herumzukommen, lähmte sie, war wie ein Luftballon, der in ihrem Kopf aufgeblasen wurde, verjagte jeden vernünftigen Gedanken.

Sie würde fallen, sie würde fallen. Träume vom Fallen kamen lebhaft zu ihr zurück, nicht als Prophezeiungen der jetzigen Erfahrung, sondern als festes Wissen, wie man sich beim Fallen fühlte, wie sie vollkommen den Halt verlor, unwiderruflich, ein Fehler, der sich nicht wiedergutmachen ließ. Alice stöhnte. Es kam ihr nicht so vor, als ob das Haus eine Ecke habe, sondern so, als ob die Ecke ganz verschwunden sei. Einen Sekundenbruchteil lang hatte sie wieder das Gefühl, sie stehe nicht aufrecht an der Mauer, sondern liege darauf, ganz am Rand, wo die Mauer abfiel in einen bodenlosen Abgrund. Als der Sekundenbruchteil der Desorientierung vorüber war, hatte sie die meiste Angst davor, daß sich das wiederholen, daß sie bei jeder unbewußten Bewegung, mit der sie den Zustand korrigieren wollte, abstürzen würde. Sie sagte: »Ich stehe, ich stehe. Kopf oben, Füße unten. Höchste Zeit, um die Ecke herumzugehen.« Sie tastete nach dem Sims, packte ihn, aber er schien unerreichbar. Sie saß in der Falle.

Dann, so unvermeidlich wie die steigende Flut, kam der Ekel, begann sie sich vor sich selbst zu ekeln, weil sie in der Falle saß. Seit jeher hatte sie immer nur in der Falle gesessen. Sie hatte es nie geschafft, nicht in die Falle zu geraten! Und dann, ohne daß sie darüber nachgedacht hätte, wurde ihr bewußt, wie absurd es war,

daß sie sterben würde – dessen war sie sich sicher – und sich trotzdem bis zum Ende fragen würde, warum sie diesmal versagt hatte und was sie in Zukunft besser machen könne. Sofort schien es ihr möglich, um die Ecke herumzukommen, und sie schob sich darauf zu, bog den Fuß hinüber, zog unter dem Sims den Kopf ein, preßte sich mit der Lende direkt gegen die Kante. Sie holte tief Luft, griff mit der linken Hand noch fester zu und kam mit dem flach angepreßten Körper um die Ecke herum, wobei sie sich schmerzhaft den Schenkel verkratzte, aber da war ihr Fuß, da kam ihre Hand. Sie war um die Ecke herumgekommen. Die Feuertreppe, ungefähr drei, vier Meter entfernt, war dunkel, lag im Schatten des Hauses daneben. Alice blieb reglos stehen und lauschte. Es war nicht möglich auszumachen, ob Jeff dort war. Zentimeterweise tastete sie sich darauf zu, Hand um Hand, Fuß um Fuß. Bald war sie auch in der Dunkelheit, die sie ängstigte. Jetzt zitterten nicht nur ihre Fesseln, sondern auch ihre Füße und die Handgelenke dazu. Noch knappe zwei Meter. Sie machte eine Pause und horchte nach Atemzügen. Dort war niemand. Vielleicht konnte Jeff den Schlüssel zu der Gittertür nicht finden, zu der Gittertür, die Jim vor fünf Jahren durchgesetzt hatte. Der Schlüssel steckte direkt im Schloß, aber das Schloß war schwer zu finden. Alice streckte die linke Hand aus, berührte das Eisengeländer der Feuertreppe und packte mit festem Griff danach. Einen Augenblick später streckte sie den Fuß danach aus, danach die andere Hand. Fast sofort war sie auf der Feuertreppe, entschlossen, nach unten zu gehen.
Weil sie immer noch Angst davor hatte, die Feuertreppe könne scheppern oder irgendein Geräusch machen, das lauschende Ohren in der Wohnung hören könnten, ging Alice in die Hocke und stellte den Fuß auf die erste Stufe nach unten. Die Stufe war rauh und rostig, aber weder ächzte noch knackte sie. Ganz langsam verlagerte sie ihr Gewicht auf den Fuß. Immer noch kein Geräusch, immer noch kein Jeff am Fenster. Dann, als sie eben dabei war, sich aufzurichten und den zweiten Fuß eine Stufe tiefer zu stellen, fiel die erste Stufe zusammen wie Staub, und ihr Fuß stieß ins Leere. Alice holte tief Luft, packte das Geländer noch fester und verlagerte dann ihr Gewicht auf den anderen Fuß auf der zweiten Stufe. Sie hatte sich ungeheuer anstrengen müssen, damit sie beim

Abbrechen der Stufe nicht vor Überraschung aufgeschrien hatte, aber jetzt war sie besser darauf vorbereitet, sagte sich: »Kein Lärm! Kein Lärm!« Es tat geradezu weh, das Gewicht so allmählich zu verlagern. Wenn sie wenigstens die Stufen hätte sehen können, hätte sehen können, in welchem Zustand sie waren, aber der Schatten, den das Haus nebenan warf, war zu schwarz, und die Stufen selbst waren vom Rost oder Anstrich zu dunkel. Die zweite Stufe gab nach, dann brach auch sie auseinander und zerfiel. Alice hievte sich auf den Treppenabsatz zurück, froh darüber, daß sie in den letzten fünf Jahren nie aus der Wohnung hatte fliehen müssen. Sie machte eine Pause und überlegte sich, ob sie, Hand über Hand, sich am Geländer nach unten hangeln könne, aber das schien noch weniger vorstellbar als sie, Alice, auf dem Sims. Schließlich ging sie auf Zehenspitzen über den Treppenabsatz zur Treppe nach oben und probierte die Stufen aus. Von ihrer Wohnung aus hatte Jeff sowieso nicht ohne weiteres Zugang zum Dach und vielleicht auch keinen Grund, sich da hinaufzubewegen. Auch die erste Stufe nach oben bog sich unter ihrem Fuß durch, aber die Aussicht, nach oben zu kommen, war irgendwie angenehmer als die Vorstellung, unten im Nichts anzukommen. Deshalb verlagerte sie ihr Gewicht vor allem auf die Hände am Geländer und kletterte langsam nach oben, leise und mit angehaltenem Atem, die zehn rostigen Stufen hinauf. Nur eine, ganz oben und dem Regen am meisten ausgesetzt, drohte nachzugeben und scheppernd auf den Notausgang zu fallen, aber sobald Alice spürte, daß die Stufe am Abbrechen war, nahm sie den Fuß weg und schwang sich auf den Treppenabsatz im vierten Stock. Dort ließ sie sich zum Luftholen lautlos in die Hocke fallen.

Dort war es dann, wo sie wie benebelt von einer Mischung aus Angst und Müdigkeit nicht mehr weiterkonnte. Das steile Blechdach schien zurückzuweichen, war gleichermaßen unattraktiv wie unerreichbar. Obwohl sie mit sich selbst unzufrieden war, hatte sie das Gefühl, hier sei sie einigermaßen sicher, und der Selbstekel, gleich, wie groß er sein mochte, konnte sie nicht dazu bewegen, auch nur einen Schritt weiter zu tun. Ihr Körper, ihr ganzes Wesen, spürte jetzt den Schock, war benommen, ausgepumpt vom Mangel an Adrenalin, und deshalb war es für alles und jedes zu früh. Aber der Treppenabsatz war sehr dunkel, war mit zwei großen Topfpflanzen vollgestellt. Alice schob sich hinter eine davon, an die Wand, und wartete darauf, daß sie aus Überzeugung oder Angst dazu gebracht wurde, auf das Dach hinaufzuklettern.

Statt dessen mußte sie weggedämmert sein, denn sie hatte das Gefühl, sie sei plötzlich aufgewacht und wisse eine Sekunde lang nicht, wo sie sei. Sie mochte sogar davon geträumt haben, wie sie noch einmal die Hausecke umrundet hatte, denn das Gefühl, sie falle, stellte sich sofort ein. Ihre Füße waren eingeschlafen. Sie bewegte den linken Fuß sehr vorsichtig, ließ die Zehen spielen, dann machte sie dasselbe mit dem rechten. Sie hob eine Schulter nach der anderen. Es gab immer noch kein Anzeichen dafür, daß in der Wohnung darunter irgend jemand war. Vielleicht waren – nach alledem – die Geräusche, die sie zur Flucht gezwungen hatten, in ihrer Wohnung eben doch natürlichen Ursprungs, vielleicht waren sie auch nur ein Traum gewesen. Vielleicht war sie ganz umsonst aus ihrer Wohnung geflohen und um das Haus herumgeklettert. Vielleicht war Jeff bei sich zu Hause, lag unschuldig im eigenen Bett, war gar kein Psychopath, träumte von Kokain und freute sich aufs Frühstück. Alice ließ den Kopf kreisen und machte den Mund auf, um die Kiefer zu entspannen, die verkrampft und angespannt waren. Dann machte sie die Hände auf und wedelte mit den Fingern. Sonst konnte sie nichts tun, um sich am Seufzen zu hindern. Sie konnte sich jetzt nicht einmal mehr an die Geräusche erinnern, auch nicht daran, ob die Stille um die Geräusche herum die Stille in ihrem Kopf oder die Stille in ihrer Wohnung gewesen war. Andererseits war es nach dieser gewaltigen Anstrengung zu riskant, jetzt nachzuschauen. Sie wartete. Es kam ihr schließlich vor, als warte sie schon seit einer Stunde.

Es war, wie wenn man darauf wartet, daß der Regen nachläßt, und dann, nachdem es nach einer ganzen Weile immer noch in Strömen gießt, einfach in den Regen hinausgeht, ohne sich noch Sorgen über das Naßwerden zu machen, ganz und gar eingestellt auf die Situation. Alice stand auf und hörte ein metallisches Kratzen. Sie blieb reglos stehen, glaubte erst, sie habe selbst das Geräusch verursacht, aber es wiederholte sich. So leise wie möglich ging sie in die Hocke und schaute durch den Gitterboden. Erst war da gar nichts, nur die leere Dunkelheit des Treppenabsatzes unter ihr, aber dann tauchte eine Gestalt auf, ein Kopf, der sich aus dem Fenster lehnte und sich dann aus ihrer Wohnung herausbewegte. Der Kopf, dann die Schultern, dann die Arme, wie ein Baby. Dann drehte sich die Gestalt, und die Hüfte und die Beine kamen heraus, eins nach dem anderen. Die Silhouette, kräftig, athletisch, ausgeprägt, war unverkennbar die Susans, und als sie die Hände vom Fenstersims nahm und sich umdrehte, hielt sie eine Pistole in der Hand. Alice hätte fast laut nach Luft geschnappt.

Aber sie schnappte nicht nach Luft. Sie gab schließlich gar keinen Laut von sich, und sie hatte den Mut, hinunterzuschauen, zu beobachten, wie Susans Kopf sich nach links, dann nach rechts drehte und schließlich wieder der Wohnung zu. Susan stand lange reglos da, dann legte sie die freie Hand auf den Fenstersims und wollte wieder hineinsteigen. Fast hätte Alice aufgeatmet. Erst wanderte Susans linker Fuß über den Sims, dann hob sie den zweiten – stellte ihn aber wieder zurück. Ihr mußte etwas eingefallen sein, und sie führte es aus. Sie sah nach oben, sah Alice direkt ins Gesicht, mit ihren verschleierten Augen, die Alice sich vorstellen, aber nicht sehen konnte. Sie hielt lange Ausschau, dann hob sie den rechten Fuß und kletterte in Alices Wohnung zurück. Umsichtig machte sie das Fenster zu und dann das Gitter. Bestimmt schloß sie es auch ab. Alice lehnte den Kopf an die Wand zurück, traute sich aber sonst lange nicht mehr, sich zu rühren.

Das nächste Geräusch war das Klingeln des Weckers, gedämpft, aber in der Nähe, dicht an ihrem Ohr. Sie machte die Augen auf und fand sich zusammengekauert auf der Feuertreppe wieder, nicht in der Sonne, aber am hellen Tag. Als erstes sah sie die Nachbarn in der Wohnung über der ihren in voller nackter Herrlichkeit. Als die Hand ihres Nachbarn den Wecker erreichte und abstellte, machte auch er die Augen auf und sah als erstes Alice. Er stieß einen überraschten Laut aus, den das geschlossene Fenster dämpfte. Alice lächelte höflich und stand auf. Ihr Nachbar, von dem sie zu wissen glaubte, daß er Gardiner hieß – sie hatte nur einmal im Hausflur mit ihm gesprochen –, deckte mit der einen Hand seine Frau zu und machte mit der anderen eine fragende

Geste: ob Alice hereinkommen wolle? Alice, die immer noch lächelte, nickte. Die Frau drehte sich träge um, entschlossen, nicht aufzuwachen, und deckte sich dabei wieder auf. Er sprach mit ihr. Sie wurde wach.

Auf der Straße, eine Stunde später, in Sandalen von Paul Gardiner und Kleidern von seiner Frau Rose, wurde Alice sofort auf eine Art nervös, wie sie es in der Wohnung der Gardiners nicht gewesen war. Ihr schien, als könne Susan überall auftauchen, und die sieben Kreuzungen bis zum Zwanzigsten Polizeirevier kamen ihr endlos und gefährlich vor. Trotzdem war sie seltsamerweise nicht besonders entsetzt darüber, daß Susan ihr nachgestellt hatte, aber um so begieriger darauf, mit Honey zu sprechen.

Honey war natürlich nicht da, obwohl er sich schon zum Dienst gemeldet hatte und bald zurückerwartet wurde. Sie lehnte eine Tasse Kaffee ab und saß im Gemeinschaftsraum der Kriminalbeamten, gegenüber der leeren Zelle. Sie versuchte, sich Susan darin vorzustellen, was ihr nicht gelang. Jetzt, wo sie hier saß und nachdachte, fiel es ihr sehr schwer, an ihrem gewohnten Bild von Susan festzuhalten, an ihrer gewohnten Wertschätzung von Susans Tüchtigkeit und Wärme. Vielleicht würde Honey ihr erklären, sie habe einen Alptraum gehabt, und sie nach Hause schicken. Die Telefone auf den Schreibtischen der Kriminalbeamten klingelten pausenlos. Alice war dankbar darüber, daß sie ihre Gedankengänge unterbrachen und abrissen. Honey kam nicht. Alice wartete. Rief in der Bibliothek an, erfand eine Ausrede, lehnte wieder eine Tasse Kaffee ab. Es war fast elf. Der Schlosser mußte dagewesen und wieder gegangen sein. Sie hätte ihn anrufen sollen. Ebenda tauchte Honey auf.

Er brachte sie höflich in sein Büro, bot ihr wiederum Kaffee an. Er hatte denselben grauen Anzug an wie damals, als sie ihn kennenlernte, und wie seither schon drei-, viermal. Auch in jeder anderen Hinsicht war er unverändert, und sie kam sich seltsam vor in den Kleidern einer Fremden, total verändert. Es war fast unmöglich, mit einem solchen Monolithen zu sprechen. Höfliche Besorgnis spielte auf seiner Oberfläche wie kleine Wellen mit Schaumkronen. »Sie sehen aus, als hätten Sie einen Unfall gehabt, Mrs. Ellis.«

»Das sind nur ein paar Kratzer. Wenn ich davon anfange, werden Sie mir nicht glauben.« Aber sie wußte, daß er ihr glauben würde. Er stand auf und machte die Tür zu.

»Steht Ihr Besuch im Zusammenhang mit diesen Abschürfungen?«

»Ja.«

»Können Sie mir etwas darüber sagen?« Er holte das Notizbuch heraus, und Alice hatte wie immer das Gefühl, daß sie sich auf der Couch zurücklegte und den Mund aufmachte. Sie schloß den Mund. Dann sagte sie: »Vielleicht können Sie mir etwas darüber sagen.«

»Ich verstehe Sie nicht.«

»Wirklich?«

Honey drehte sich im Schreibtischstuhl und ließ ihn nach hinten schnappen, bis der Stuhl unter dem Gewicht zu ächzen begann. Schließlich sagte er: »Warum sind Sie so mißtrauisch, Mrs. Ellis? Ich bin es Ihnen gegenüber doch auch nicht. Ich habe nie etwas Schlechtes von Ihnen gedacht. Sie zum Beispiel nie als Mörderin im Verdacht gehabt.«

»Sind das persönliche oder berufliche Erkenntnisse?«

»Persönlich finde ich Ihre Zurückhaltung faszinierend. Beruflich finde ich sie ärgerlich und hinderlich. Und unnötig, soweit ich das beurteilen kann.« Er drehte sich ihr mit dem Sessel wieder zu. Alice sagte: »Erstens: Bitte glauben sie mir, ich kann nichts dafür. Zweitens möchte ich, daß Sie mit mir reden. Ich will auch die Wahrheit wissen. Ich habe das Gefühl, wenn ich Ihnen alles erzähle, was Sie wissen wollen, dann schlagen Sie hinterher Ihr Buch zu und verschweigen mir die Diagnose. Ich glaube, Sie haben eine bestimmte Vorstellung von dem, was sich abspielt, und ich will wirklich mit Ihnen reden. Ich bin freiwillig hergekommen und habe zweieinhalb Stunden gewartet, ohne eine Zeitschrift zum Lesen, wie ich hinzufügen möchte, aber ich will nicht wieder gehen, ohne Bescheid zu wissen. Ich habe eine besonders groteske Erfahrung gemacht, die für mich viel grotesker und befremdlicher war, als Sie sich das vorstellen können, und ich finde die Ahnungslosigkeit unerträglich, in der ich die ganze Zeit geschwebt habe.«

»Also?«

»Also will ich Sie bestechen. Im Austausch gegen alles, was ich weiß und glaube, erwarte ich dasselbe von Ihnen. Ich will Sie verhören.«

Honey lachte. »Wer fängt an?«

»Ich will Ihnen meinen guten Willen beweisen. Ich fange an.« Honey nickte, und Alice trug ihm vor, was sie in den letzten vierundzwanzig Stunden erlebt hatte, angefangen von dem Besuch bei Ray im Krankenhaus und dem Mittagessen mit Susan bis zu Susans dunklem, stillen Auftauchen auf der Feuertreppe, die Pistole in der Hand. Honey äußerte sich anerkennend über ihre heroische Leistung auf dem zehn Zentimeter schmalen Sims, aber sie brachte ihn zum Schweigen. Als er alles aufgeschrieben hatte, sagte sie: »Jetzt möchte ich Ihnen die erste Frage stellen. Wo ist Ihrer Meinung nach Susan jetzt?«

»Im Laden. Bei der Arbeit.«

Alice setzte sich nach vorn. »Bin ich noch in Gefahr?«

»Das weiß ich nicht. Ich glaube schon.«

»Bin ich die ganze Zeit in Gefahr gewesen?«

Er sagte es, ohne zu zögern: »Das habe ich geglaubt, ja.«

»Durch Susan?«

Honey nickte.

»Das klingt, als ob Sie glauben, daß sie es getan hat.«

»Das glaube ich schon lange.«

»Warum?«

»Motiv. Schlechtes Alibi. Psychologischer Eindruck. Alles ganz schlüssig, wirklich.«

»Warum haben Sie dann Noah verhaftet?«

Honey lächelte reuig. »Ausgesprochenes Pech. Erstens hat er gelogen. Zweitens hatten wir einen Zeugen, der die Schüsse gehört und Mr. Mast am Tatort oder jedenfalls ganz in der Nähe gesehen hat. Und dadurch, daß seine Frau ein Verhältnis mit Mr. Shellady gehabt hat, hatte auch Mr. Mast ein Motiv. Außerdem war Mr. Mast im Besitz von hundert Gramm Kokain, was in unserem Staat eine Straftat ist, und deshalb mußte ich ihn festnehmen.«

»Rya hat gesagt, daß er unter Mordverdacht steht.«

»Ich habe niemals ausdrücklich erklärt, Mr. Mast sei wegen Mordverdachts festgenommen worden.«

»Aber Sie haben Rya in dem Glauben gelassen, und sie hat es uns so erzählt.«
Honey zuckte die Achseln.
»Wer war der Zeuge?«
»Daniel Brick. Er und Mr. Mast waren mit den Opfern in der Wohnung, und er verließ die Gruppe und fuhr mit dem Aufzug nach unten. Im Aufzug hörte er Schüsse, und ungefähr zehn Minuten später kam Mr. Mast herunter.« Honey musterte seinen Bleistift, dann sah er Alice an. »Der genaue Hergang ist nicht ganz klar.«
»Wann haben Sie das alles herausbekommen?«
»Kurz nachdem wir Brick festgenommen hatten. Es sprudelte geradezu aus ihm heraus.«
»Aber wann sind Sie zu der Überzeugung gekommen, daß es Susan war?«
»Schon vor längerer Zeit.«
»Warum haben Sie Susan dann nicht verhaftet?«
»Überhaupt keine Beweise. Keine Waffe. Keine Zeugen, die sie am Tatort gesehen hatten. Dan Brick, der einen Blick auf sie werfen konnte, als sie herkam, um ihn anzuschauen, hatte sie noch nie zuvor gesehen. Keine frischen Spuren ihrer Anwesenheit in der Wohnung, zum Beispiel benutzte Wassergläser, Haare oder verräterische Zigarettenasche.« Er lächelte. »Die Gelegenheit, dorthin zu kommen, hätte sie gehabt, aber auch unsere Ermittlungen der Busfahrpläne und bei den Gebühreneinnehmern auf den Autostraßen haben nichts ergeben. Eine Festnahme unter Mordverdacht ist ein juristischer Vorgang. Wenn keine Hoffnung auf Anklageerhebung besteht, geschweige denn auf eine Verurteilung, dann ist eine Festnahme sinnlos.«
»Und was haben Sie geglaubt, was passieren würde?«
»Ich habe gehofft, daß sie sich irgendwie verrät. Ich habe Leute im ganzen Staat angesetzt, nach der Waffe zu suchen oder nach einem Beweis dafür, daß sie die Waffe gekauft hat. Vielleicht werden wir fündig. Das ist meistens der Fall, selbst wenn die Waffe nicht registriert ist, aber das kann oft eine Weile dauern.«
»Aber sie hat die Waffe doch noch.«
»Ich bezweifle sehr, daß es sich um dieselbe Waffe handelt.«

»Jetzt hat sie sich also verraten?«
Honey lächelte wieder. »Ja, das hat sie.«
»Indem sie versucht hat, mich umzubringen?«
»Ihre Aussage wird als Beweis von unschätzbarem Wert sein.«
»Das *sine qua non* für die Verurteilung?«
»Ja, so könnte man es sagen.«
Alice spürte, daß eine ungeheure Wut in ihrer Brust Gestalt annahm, aber sie unterdrückte sie. »Sie haben geglaubt, daß sie sich verrät, indem sie mir etwas antut.«
»Ja, das habe ich für eine gute Möglichkeit gehalten, Mrs. Ellis, vor allem für den Fall, daß Sie sich ihr gegenüber hätten anmerken lassen, Sie wüßten über den Mord Bescheid.«
Fast bebend vor Zorn, brachte Alice heraus: »Und wenn sie mich tatsächlich umgebracht hätte?«
Undurchsichtig und ungerührt wie immer sagte Honey: »Das habe ich für relativ unwahrscheinlich gehalten, Mrs. Ellis, obwohl es mir ratsam erschienen ist, Sie zu warnen.«
»Sagen Sie mir nur noch eins. Hat irgend jemand auf mich aufgepaßt? Hat irgend jemand darüber Bescheid gewußt, wenn Susan und ich zusammen waren und ich möglicherweise in Gefahr war?«
»Ich weiß, was Sie meinen«, sagte Honey. »Jemand, der Sie beschattet und beschützt, wie im Kino. Nein. Nein, dafür haben wir nicht genug Leute.«
Alice schloß die Augen und sah tatsächlich rot, sah einen großen, roten, ovalen Fleck, wie der riesige rote Fleck auf dem Jupiter, hinter ihren Lidern vorbeiwandern. Dann packte sie mit der rechten Hand die Stuhllehne und riß daran. Ein splitterndes Geräusch von Nägeln im Holz, dann hielt sie die Lehne in der Hand. »Detective Honey«, sagte sie. »Ich glaube nicht, daß ich dazu fähig bin, meine Wut darüber, was mir hätte zustoßen können, zum Ausdruck zu bringen.«
»Ich habe Ihnen wiederholt vorgeschlagen –«
»Sagen Sie nichts! Sagen Sie eine Weile lang gar nichts, und bitte, gehen Sie nicht hinaus. Ich möchte lieber nicht alles hier drin kurz und klein schlagen.«
Honey nickte, und Alice machte wieder die Augen zu.

15

Es war nach eins, als Alice und Detective Honey bei Chops ankamen, aber Susan war nicht da. Jane informierte sie mit der üblichen professionellen Höflichkeit darüber, daß Miss Gabriel heute frei genommen habe und morgen wieder da sei. Sie schien Detective Honey mißtrauisch zu mustern, aber als sich Alice umdrehte und ihn anschaute, wirkte er eigentlich gar nicht wie ein typischer Polizist. Als sie hinausgingen, fragte Alice: »Glauben Sie, daß sie aus der Stadt verschwunden ist?«

»Das wäre möglich, aber ich glaube es nicht. Schließlich hat sie keinen Grund zu der Annahme, daß Sie wissen, daß sie bei Ihnen in der Wohnung war. Sie hat Sie schließlich nicht gesehen.«

Alice fühlte sich nach ihrem Wutanfall auf dem Polizeirevier immer noch schwach und ziemlich distanziert zu dem, was sie tat – daß sie Honey in Susans Wohnung begleitete, wo Honey, wie er das nannte, ein »Gespräch« mit Susan führen wollte. Es war seltsam, daß sie mit ihm zusammen war und nicht mit Susan, und besonders seltsam, daß sie ihm letzten Endes doch dabei half, Susan festzunageln, nachdem sie so fest entschlossen gewesen war, Honey aus dem Weg zu gehen. O ja, aber Susan hatte sie letzte Nacht überfallen wollen, mitten in der Nacht. Sie hatte so viel und so gründlich darüber nachgedacht, daß es ihr vorkam, als könne sie sich fast nicht mehr daran erinnern.

Vor Susans Haustür holte sie ihre Schlüssel heraus. »Soll ich aufschließen, oder wollen Sie klingeln?«

Als er sagte, sie sollten klingeln, kam Alice erst richtig zu Bewußtsein, daß dieser Besuch ein Bestandteil des Verfahrens war, erschwert durch gesetzliche Vorschriften und polizeiliche Verhaltensmaßregeln. Honey klingelte. Susans gelassene Stimme kam durch die Sprechanlage. »Bitte, wer ist da?«

Detective Honey sagte, genauso gelassen: »Detective Honey, Miss Gabriel.«

Sofort ertönte der Türsummer, und sie gingen hinein. Alice hoffte, daß Susan sie nicht unten abholen würde, und als der Aufzug kam, war Susan nicht darin. Während der Fahrt in den fünften

Stock stellte sich Honey vor Alice und holte seine Pistole aus der Halfter. Alice spürte, wie sie große Augen bekam und ihr Kiefer nach unten klappte. Als die Aufzugtüren aufgingen, war jedoch niemand im Flur, und die Tür zu Susans Wohnung war noch zu. Honey klingelte, und sein Arm legte sich über Alices Magen, hielt sie fest gegen die Wand gepreßt. Die Pistole zielte auf die Decke. Alice sagte: »Glauben Sie wirklich –«, aber da ging die Tür auf, und Susan stand darin wie immer, in ihrem gelben Frotteebademantel, eine Tasse Kaffee in der Hand. Sie lächelte höflich und sagte: »Ich bin gerade erst aufgestanden –«, dann sah sie erst die Pistole, dann Alice. Das Zittern der Kaffeetasse in ihrer Hand, sekundenlang, und ein langes Schweigen waren ihre einzigen Reaktionen. Dann lächelte sie wieder und sagte: »Kommen Sie herein.« Sie hatte für Alice keinen eigenen Gruß, keinen Blick. Susans Augen glitten ohne Wärme an ihr vorbei, und sie wies den Besuchern die beiden orangefarbenen Sessel zu, während sie sich auf die Couch setzte. Honey steckte die Pistole in die Halfter, ließ die Halfter aber offen.
Obwohl sich Alice in der Zeit nach dem Mord in der Wohnung manchmal fast wohl gefühlt hatte, kam ihr der Mord jetzt ungeheuer gegenwärtig vor, als sei seit dem Augenblick, in dem sie ihn entdeckt hatte, überhaupt keine Zeit verstrichen. Sie schien gleichzeitig in dem Sessel zu sitzen und auf den Sessel mit Craig darin zu schauen. Sie rutschte unbehaglich hin und her. Honey, nie um Worte verlegen, sagte: »Ich möchte mich gern kurz mit Ihnen unterhalten, Miss Gabriel. Ich habe Mrs. Ellis mitgebracht, damit sie ein paar Informationslücken ausfüllen und etliche Details bestätigen kann.« Susan sah sie immer noch nicht an. Sie fuhr mit der Hand in die Tasche des Bademantels, und Alice wollte aufspringen, aber Susan holte nur ein Kleenex heraus. Sie putzte sich die Nase. Es war schrecklich, war schlimmer als in der Nacht davor, draußen auf dem Sims. Was für Hoffnungen auch immer sich Alice gemacht hatte, daß das Erlebnis ein Traum, eine Halluzination gewesen war, jetzt schwanden sie. Alice seufzte.
Honey sagte: »Ich nehme an, Sie sind krank, Miss Gabriel?«
»Nur erkältet. Vor allem müde.«
»Dann ist es gestern nacht wohl spät geworden.«

»Ja.« Jetzt sah sie Alice an. »Ich habe mir eine Spätvorstellung mit zwei Filmen angeschaut und bin erst gegen drei ins Bett gekommen.«

»Wirklich. Was waren das für Filme?«

»Moment. Der eine war *Opfer einer großen Liebe*, dieser Film mit Bette Davis, der andere so ein Kriegsfilm über die Schlacht um die Bataninseln, mit Claudette Colbert und Superman.«

»War irgend jemand bei Ihnen, als Sie sich diese Filme angeschaut haben?«

»Natürlich nicht.«

Honey sah Alice an. »Mrs. Ellis glaubt, daß Sie gestern nacht in ihrer Wohnung waren.«

Susan sah Alice an. »War also irgend jemand mit ihr in der Wohnung zusammen?«

»Nein«, sagte Alice voller Hoffnung.

»Dann geht es nur darum, wer von uns beiden die Wahrheit sagt, nicht wahr?«

»In gewisser Hinsicht, ja«, sagte Honey. »Miss Gabriel, haben Sie einen Waffenschein, der Sie berechtigt, eine Handfeuerwaffe zu besitzen?«

»Ich bin sicher, daß Sie das schon überprüft haben.«

»Besitzen Sie dann also eine nicht registrierte Handfeuerwaffe oder eine Schußwaffe, die auf einen anderen Namen eingetragen ist?«

Er sah ihr direkt in die Augen, und Susan gab keine Antwort.

»Miss Gabriel, wann genau sind Sie aus dem Urlaub zurückgekommen? War es am Abend des Samstags, am zehnten Mai, oder vielleicht am Abend des Freitags, am neunten Mai?« Susan sagte immer noch nichts, und Alice fragte sich, wie Honey ihr Schweigen durchbrechen könne. Es gab natürlich noch immer keine stichhaltigen Beweise, und schließlich stand ihr Wort gegen das von Alice: daß sie sich, wie Honey sich ausdrückte, »bloßgestellt« hatte. Sie begriff, daß diese Bloßstellung für Honey in erster Linie eine spielerische Gesprächseröffnung gewesen war, ein Mittel, Susan so zu überraschen, daß sie verräterisch reagierte. Das war offenbar danebengegangen. Honey fragte: »Haben Sie die Waffe im Norden des Bundesstaates gekauft, Miss Gabriel, oder besitzen

Sie sie schon längere Zeit? Vielleicht haben Sie die Waffe erworben, als Sie nach New York kamen, um sich zu schützen?«
Susan wandte den Kopf ab und schaute in Richtung Küche. Ihr Kupferhaar, glatt und glänzend, schwang sacht bei der Bewegung mit. Dann sah sie wieder Honey an, sagte aber noch immer nichts. Wahrscheinlich war ihr klar, daß Honey bluffte. Honey sagte: »Als Sie Freitag abend nach Manhattan zurückgekommen sind, haben Sie da das Auto in New Jersey abgestellt und sind mit der U-Bahn oder dem Bus nach New York gekommen, oder sind Sie mit dem Auto direkt hierhergefahren?«
Schweigen.
»Vielleicht sind Sie den Westside Highway heruntergekommen, an der Neunundsiebzigsten abgebogen, haben irgendwo um die Ecke am Riverside Drive einen Parkplatz gefunden und sind in die Wohnung gegangen. Gegen Mitternacht oder etwas später? Als die Mitglieder der Band noch nicht nach Hause gekommen waren?«
Schweigen.
»Sie hatten nichts dabei als Ihre Schlüssel und die geladene Pistole, damit Sie nicht versehentlich irgend etwas zurücklassen konnten, was Ihre Anwesenheit in der Wohnung verraten könnte, und vielleicht haben Sie ja sogar vorher die Schuhe ausgezogen und in eine Plastiktüte gesteckt, damit Sie keine verräterischen Bodenspuren aus dem Norden in die Wohnung tragen?«
Schweigen.
»Moment. Als Sie hereinkamen, sind Sie möglicherweise ins Schlafzimmer oder ins Bad gegangen und haben dort auf Mr. Minehart und Mr. Shellady gewartet. Es kann bis zu zwei Stunden gedauert haben, bevor die beiden nach Hause kamen, aber vielleicht saßen Sie ganz ruhig und geduldig da, haben nicht einmal ein Buch angerührt, aus Angst, sich zu verraten. Mir ist aufgefallen, daß Sie sich erstaunlich gut beherrschen können, Miss Gabriel.«
Schweigen.
»Ungefähr gegen eins, Miss Gabriel, haben Sie gehört, daß Mr. Minehart und Mr. Shellady hereinkamen, in Begleitung von Mr. Mast und von einem Vierten, dessen Stimme Sie nicht erkannten.

Dabei handelte es sich um Mr. Brick, den Sie nicht kannten und der ausgesagt hat, er habe Sie noch nie gesehen.«

Schweigen. Susan starrte vor sich hin. Es fiel Alice schwer, zu beurteilen, ob sie überhaupt atmete.

»Vielleicht, und das ist die reine Spekulation, hatten die vier Männer in den Bars ein paar Biere zuviel getrunken. Also waren sie etwas high und etwas aggressiv, und vielleicht haben die Männer Streit bekommen, das heißt, vielleicht haben Mr. Mast und Mr. Shellady Streit bekommen. Haben Sie eine Vermutung, worum es bei diesem Streit gegangen ist, Miss Gabriel?«

Schweigen.

»Ich gehe davon aus, daß es bei diesem Streit um Mrs. Mast ging und daß es sich um einen lauten und ausgesprochen heftigen Streit handelte, jedenfalls von Mr. Mast aus, in dem sich eine sehr starke Abneigung gegen Mr. Shellady aufgestaut hatte. Vielleicht hatten die beiden anderen Mühe, sie zu beruhigen? Es ist ihnen schließlich jedenfalls gelungen. Wenn es darauf ankam, war Mr. Mast nicht fähig, sich auf Dauer gegen Mr. Shellady zur Wehr zu setzen, der, wie jedermann über ihn sagt, gleichermaßen beredsam sein wie ausfällig werden konnte und von dem Mr. Mast beruflich abhängig war.«

Schweigen.

»Aber schließlich war es ein Geschäft, das die vier Männer zusammen in die Wohnung führte, nicht wahr? Das Geschäft mit dem Kokain. Vielleicht können Sie uns mit Ihren eigenen Worten schildern, wie die Verhandlungen verliefen?«

Schweigen.

»Ich gehe davon aus, aber Sie können mich gern korrigieren, daß die Verhandlungen nicht so verliefen, wie Mr. Shellady sich das vorgestellt hatte. Der Verkauf an Mr. Brick, der als Amateur im Dealen mit Kokain den Musikern in der City recht gut bekannt ist, kam nicht zustande, und weil er sonst keinen Grund zum Bleiben hatte, ist Mr. Brick bald gegangen. Mr. Shellady und Mr. Minehart wußten jetzt zweierlei: daß es kaum möglich sein würde, die Schulden bei ihrem Lieferanten zu bezahlen, indem sie das restliche Kokain verkauften, und daß es ein Fehler gewesen war, das Pulver mit Manitol zu verschneiden, so daß es mehr zu wiegen

schien. Vielleicht machte sich der Lieferant inzwischen schon Sorgen um sein Geld. Was geschah als nächstes, Miss Gabriel?«
Susan leckte sich die Lippen.
»Vielleicht folgte jetzt ein Gespräch zwischen Mr. Minehart und Mr. Mast, in dem Mr. Minehart um einen Gefallen bat, und zwar darum, Mr. Mast möge das Kokain in seine Wohnung mitnehmen, bis man Verbindung zu einem anderen Abnehmer aufgenommen habe. Mr. Mast tat ihm den Gefallen, und bald ging auch Mr. Mast, mit dem Kokain, und die beiden anderen blieben allein in der Wohnung oder nahmen jedenfalls an, sie seien allein. Vielleicht stand Mr. Mast dann ein paar Minuten auf dem Flur, weil er auf den Aufzug warten mußte oder sonst etwas tat.«
Alice stellte sich Noah vor, wie er schwer atmete, mit zitternden Fingern, und sich einen Joint drehte und dann anzündete.
»Die Schlafzimmer und die Küche waren dunkel. Mr. Minehart und Mr. Shellady setzten sich in die beiden Sessel, in denen jetzt Mrs. Ellis und ich sitzen, und Sie, die Sie darauf zählten, daß die beiden benebelt und vielleicht auch abgelenkt waren durch den Streit und die Verkaufsverhandlungen, kamen mit gezogener Waffe durch die Wohnzimmertür herein und schossen beide in den Kopf. Da sich beide Ihnen zugedreht hatten, gingen beide Schüsse in die Stirn. Dann gingen Sie ins Schlafzimmer zurück und warteten, bis Sie sicher sein konnten, daß Mr. Mast und Mr. Brick fort waren, dann nahmen Sie die Plastiktüte mit Ihren Schuhen und Ihre Schlüssel an sich, gingen die Hintertreppe hinunter, wo Ihnen niemand begegnen konnte, der Sie erkannt hätte. Sie hatten Glück. Sie sind niemandem begegnet, und bald waren Sie wieder im Auto, wieder auf dem West Highway. Es war mir noch nicht möglich, herauszufinden, was Sie mit der Pistole gemacht haben, aber sonst ist es Ihnen so erfolgreich gelungen, keine Beweise am Schauplatz zu hinterlassen, daß es trotz Ihres schlechten Alibis keinen positiven Grund gab, Sie zu verdächtigen.«
Alice kam es vor, als hätte Susan sich seit Stunden nicht bewegt. Jetzt wandte sie den Kopf und sah Honey an, immer noch mit beherrschtem Blick. »Lassen wir beiseite, ob das, was Sie gesagt haben, wahr oder unwahr ist«, erklärte sie, »und beschränken wir uns auf den rein juristischen Standpunkt. Dann haben Sie immer

noch keinen Beweis dafür, daß ich bei einer solchen Szene auch nur anwesend war, während Sie Beweise dafür haben, daß Noah und dieser andere Typ tatsächlich hier waren und daß beide ein Motiv hatten.«

Alice sah Susan an, dann wieder Honey. Jetzt strömte das Sonnenlicht durch die Fenster, hellte den cremefarbenen Teppich auf und bleichte die bräunlichen Flecken, deren sich Alice wider Willen bewußt war, so blaß sie auch waren. Auf dem Boden neben der Couch lag die Morgenzeitung. Auf dem Couchtisch ein Pfirsichkern, die Stiele von vier, fünf Erdbeeren, Toastkrümel. Staubkörnchen trieben im Sonnenlicht. Alice hatte das Gefühl, Stunden seien vergangen, bis sie schließlich sagte: »Ich weiß über etwas Bescheid, das sie beim Warten gemacht hat. Sie hat die Blumen gegossen.«

Ein kleines Lächeln dehnte Susans Lippen. Einen Augenblick später unterdrückte sie es.

Alice sagte: »Als ich am Samstag vormittag herkam, war ich einen Tag zu spät dran, aber die Pflanzen waren feucht. Vor allem eine, eine Hängepflanze, war besonders empfindlich gegen das Austrocknen und hätte bestimmt schon gewelkt. Als die Polizei kam, fiel mir wieder ein, daß ich ja eigentlich hergekommen war, um die Blumen zu gießen, und ich habe nachgefühlt. Die Erde war feucht, bei allen.«

Susan setzte sich auf die Couch zurück.

Alice fuhr fort: »Und dann hast du die Blumen fortgeschafft. Das kam mir seltsam vor, aber ich habe nicht begriffen, warum.«

Susan sagte: »Dir fällt doch nie etwas auf. Ich kann's nicht fassen, daß dir das überhaupt aufgefallen ist.«

Alice biß sich auf die Lippe, verletzt vom Ton der anderen Frau.

Honey sagte: »Lassen Sie mich noch etwas hinzufügen, Miss Gabriel. Mr. Mast, den ich wegen unerlaubten Besitzes einer verbotenen Substanz festgenommen habe, ist der Meinung, daß Mr. Minehart und Mr. Shellady sich gegenseitig umgebracht haben oder daß der eine erst den anderen und dann sich selbst umgebracht hat. Die Beweise am Tatort schienen eher in diese Richtung als in eine andere zu deuten, bis auf die Tatsache, daß die Waffe fehlte. Ohne die Tatwaffe sind die Beweise nichts als ein Chaos und führen nirgendwohin. Sie, das ist wahr, haben ganz ausgezeichnete Arbeit dabei geleistet, Ihre Gegenwart in der Wohnung zu verschleiern, und kein Richter wird Sie kraft dessen, was Mrs. Ellis eben gesagt hat, verurteilen, wenn Sie nicht an einen besonders geschickten Ankläger geraten. Lassen Sie mich dennoch davon ausgehen, daß da etwas war, das Sie nicht verschleiern konnten oder wollten, und zwar Ihre Wut auf die Opfer. Aus irgendeinem Grund wollten Sie, daß bekanntwerden sollte, die beiden seien ermordet worden, daß sie vorsätzlich getötet worden waren. Vielleicht gab es einen Zeitpunkt, zu dem Sie hofften, daß die Lieferanten des Kokains beschuldigt würden, aber das war schließlich zweitrangig. Erstrangig war für Sie, daß Mr. Minehart und Mr. Shellady als Mordopfer bekannt wurden, und ich glaube, ehrlich gesagt, daß es Ihr erster Fehler war, andere Möglichkeiten auszuschließen.«

Susan zog die Aufschläge des Bademantels enger zusammen und fragte: »Ist das immer noch ein Gespräch?«

Honey erwiderte: »Ja, aber Mrs. Ellis fungiert hier als Zeugin, und es ist zu diesem Zeitpunkt Ihr Recht, einen Anwalt zu verlangen.«

Sie schaute zur Decke. »Ich glaube, das ist mir gleichgültig. Ich möchte gern etwas sagen, vor allem zu Alice.«

»Ich fürchte, ich kann Sie wirklich nicht mit ihr allein lassen, Miss Gabriel.«

»Sie können zuhören. Und Sie brauchen mir diesen Spruch über meine Rechte nicht vorzutragen. Mir ist das gleichgültig.«

Alice sah Honey an. Sie warteten, und Augenblicke später fing Susan zu reden an. »Ich will von dem Tag erzählen, bevor ich in die Ferien gefahren bin. Ich war den ganzen Tag hier und habe mich auf die Reise vorbereitet, und die beiden waren auch den ganzen Tag hier. Ich bin um acht aufgestanden und habe Kaffee gekocht. Ich habe mich auf die Ferien gefreut und mich ziemlich gut gefühlt. Ich hatte mich schließlich doch entschlossen, Denny zu verlassen, und ich habe mir vorgestellt, die Ferien seien ganz gut zum Ausprobieren. Ich habe nicht mehr allein gelebt, seit ich neunzehn war, das weißt du ja. Es war sehr still in der Wohnung, ich habe nicht einmal Musik laufen lassen. Craig kam gegen neun aus dem Gästezimmer, was mich irgendwie überrascht hat, denn

sie waren spät nach Hause gekommen, und Denny hatte mir nicht gesagt, daß Craig bei uns übernachten würde.«
Ihre Stimme klang vernünftig, schön moduliert. »Ein paar Minuten später ist Denny aufgestanden. Sie haben sofort angefangen, miteinander zu reden. Sie haben sich vom Bad aus schreiend verständigt, haben beim Frühstück, beim Abwaschen weitergeredet. Offenbar ein Gespräch aus der Nacht davor, das sie fortsetzten, aus allen Nächten davor, ein Thema, von dem sie einfach nicht loskamen.«
»Haben sie über das Kokain geredet?«
»Oh, darüber hätten sie nicht geredet, solange ich dabei war.« Susan langte über die Frühstücksreste weg und griff nach einem roten Buch, das vor Alice auf dem Coutisch lag. Susan sagte: »Das ist ein Schallplattenführer, den *Rolling Stone* vor etwa einem Jahr veröffentlicht hat.« Sie schlug das Buch auf. »Seite achtundneunzig. Sehen Sie, wie das Buch von allein auf dieser Seite aufgeht? ›Deep Six: zwei Sterne. Soloalbum von der Band, die den Single-Hit *Dinahs Augen* produziert hat. *Dinahs Augen* hatte eine ganz nette Riff-Figur vom Gitarristen und Bandleader Dennis Minehart, und die schwankende Stimme des Leadsängers Craig Shellady hatte in ihrer Rauhheit Substanz, aber das restliche Album ist farbloses Zeug, imitiert so gut wie alles, was in den frühen Siebzigern Mode war. Beide Seiten sind kurz (Gesamtspieldauer vierunddreißig Minuten), kommen einem aber doppelt so lang vor. Zu lang. Inzwischen nicht mehr auf dem Markt.‹ Das war das Thema.«
»Miss –«
»Sie müssen das verstehen. Seit fast einem Jahr hatten sie über diese Rezension geredet. Sie konnten sie auswendig. Ich konnte sie auswendig. Ich konnte außerdem jede Bemerkung auswendig, die ihnen dazu einfiel. Daß *Rolling Stone* ihre Art von Musik von jeher gehaßt hat. Daß man schwarz sein und Jazz spielen muß, damit man vier Sterne bekommt, oder von einem *Rolling-Stone*-Redakteur produziert werden muß. Daß sie wenigstens zwei Sterne bekommen hatten. Man schaue sich bloß John Denver an, der hatte bloß einen und kriegte manchmal sogar gar keinen. Und dann schaue man sich an, was diese Scheißer geschrieben haben. ›Imitiert so gut wie alles.‹ Sie hatten was ausprobiert, nichts imitiert, nichts ko-

piert. Sie gingen das ganze Buch durch und zählten, wie viele Platten keinen Stern oder nur einen bekommen hatten, wie viele zwei, wie viele mehr als drei. Dann gingen sie das Buch noch einmal durch und ließen den Jazzteil aus. Mir kam das vor, als hätte es Tage gedauert. Aber jedenfalls hat mich diese Diskussion über diese sechs Zeilen einen weiteren Tag meines Lebens gekostet. Glauben Sie mir, ich hatte schon lange damit aufgehört, den beiden zu sagen, daß das kein Grund zur Sorge war, nur die Meinung eines einzelnen, daß sie den Leuten nicht verwehren konnten, zu denken, was sie wollten, daß sie einfach so gut wie möglich spielen mußten. Jetzt hielt ich den Mund und hoffte, daß sie über etwas anderes reden würden, und schließlich taten sie das auch. Sie gingen zu einer Diskussion darüber über, ob es richtig gewesen war, daß Craig den Vertrag für das zweite Album gekündigt hatte. Das war eine Diskussion, die sie seit vier Jahren führten. Ich konnte mir vorstellen, wie beide Diskussionen weitergingen bis zum Ende meines Lebens und nie zu irgend etwas führten. Sie wiederholten sich so oft, daß sie sogar dieselben Sätze benützten. Als es Zeit zum Mittagessen wurde, hörten sie auf, über den Plattenvertrag zu reden, eine halbe Stunde lang war Ruhe, und verflucht noch mal, dann fingen sie wieder an, wieder über die Rezension. Craig verglich sie mit der ersten Rezension in *Rolling Stone*, die besser gewesen war. Zum x-tenmal kam er zu der Überzeugung, daß sich die Rezensionen gegenseitig ausglichen; dann ging er hinüber zu dem gerahmten Ausschnitt aus *Rolling Stone*, dem Artikel über sie, und las den Artikel, obwohl er ihn auswendig konnte, und dann redeten die beiden wieder über diese Scheißer. Ich meine, ich habe begriffen, was sie im Sinn hatten. Sie wollten auf etwas Vernünftiges hinaus. Sie wollten aus den beiden Rezensionen und dem Artikel Gottes Wort ablesen, ein Orakel, das ihnen ein für allemal verkündet hätte, ob sie gut waren, aber das ist ihnen nicht gelungen. Und ich hab gewußt, daß sie sogar dann, wenn eine Stimme aus dem Himmel wahr und wahrhaftig gesagt hätte: ›Hört auf, Musik zu machen, ihr werdet es nie schaffen‹, daß sie sogar dann noch eine Ausrede parat gehabt hätten. In jener Nacht habe ich zum erstenmal gedacht, daß man sie umbringen müßte. Oder daß es ihnen, wenn sie einen Unfall hätten oder so was, daß es ihnen dann viel besserginge. Und mir auch.«

»Susan –«

»Laß mich ausreden. Ich habe immer gedacht, wenn ich es schaffen könnte, Denny von Craig wegzubringen, dann könnten Denny und ich weitermachen und irgend etwas anderes tun, leben wie Erwachsene, mit Kindern und einem Beruf. Als Craig acht Monate an der Westküste war, wäre es fast dazu gekommen. Denny war bereit dazu, etwas anderes zu machen, und er hat sich den Kopf darüber zerbrochen, was es sein könnte. Er hat Craig sogar angerufen und ihm erzählt, worüber er nachdachte, und Craig hatte gesagt, er halte das für eine gute Idee, und vielleicht werde doch noch alles gut. Da hätte ich stutzig werden müssen, bei diesem Freibrief, denn selbstverständlich ruft ungefähr drei Wochen später diese Frau aus L.A. an und sagt, Craig ist in einem üblen Zustand durch das Heroin, wäre fast gestorben und liegt im Krankenhaus. Denny ist der einzige Mensch auf der Welt, den er hat, und ob Denny kommen und ihn abholen kann, wenn sie ihn aus dem Krankenhaus entlassen? Am selben Tag sind wir losgefahren. Es ging nicht anders. Sie waren wie Brüder. Ich hab mich nicht einmal getraut, einen Streit darüber anzufangen. Die Hinfahrt war herrlich, aber sobald wir Craig abgeholt hatten, wurde alles anders. Am ersten Tag erzählte Denny ein bißchen was über das, was er vorhatte, am zweiten Tag erzählte er gar nichts mehr darüber, sondern sie unterhielten sich darüber, was Noah und Ray machten, wieviel Spaß die Band gemacht habe, und am dritten Tag unterhielten sie sich darüber, was sie anders machen müßten, wenn sie von vorn anfingen, und als wir wieder in New York waren, da haben sie sich überlegt, wie sie ein paar Auftritte hier oder da ergattern können. Ich habe Denny deswegen angebrüllt, und er hat gesagt, das sei doch bloß, um Craig bei Laune zu halten, bis es ihm wieder besserging, denn sie seien doch Brüder, weißt du, genau wie Brüder, hatten als Kinder im selben Bett geschlafen, und ehe wir das recht begriffen, steckten wir wieder in der alten Scheiße. Mir ist klargeworden, daß ich keine Chance hatte. Solange ich mit Denny zusammenblieb, würde Craig auch dasein, ihm jedes bißchen Willenskraft wegnehmen, jeden echten Ehrgeiz, ihn zudecken mit dem, was er selbst wollte. Er konnte einen besoffen reden, Craig konnte das. Danach wurde es so, daß jedesmal, wenn ich auch nur nicht einverstanden war mit dem, was sie vorhatten, – Denny zu mir sagte: ›Warum haßt du Shellady so sehr? Du würdest dir lieber den Arm abschneiden, als ihm irgendwas damit zu geben.‹«

»Warum hast du ihn nicht einfach verlassen?« fragte Alice.

»Das wollte ich doch, wie ich gesagt habe.« Susans Stimme klang inzwischen etwas hohl. »Ich hatte mich an jenem Morgen wirklich dazu entschlossen, und obwohl ich wütend war, als ich in die Adirondacks fuhr, war das immer noch meine Absicht. Aber du mußt verstehen, was es heißt, dieselben Gespräche über Jahre hinweg immer wieder anzuhören. Musiker sind den ganzen Tag zu Hause. Sie müssen nie irgendwohin. Es war nie still in der Wohnung hier. Sie war immerzu der Schauplatz von endlosem Geschwätz, und alles, worüber sie sprachen, war ihr Ehrgeiz und was sie mit dem Geld machen wollten, sobald sie es hatten. Das hat mir weh getan. Mir hat buchstäblich die Haut geprickelt und das Herz geklopft. Ich hatte Angst davor, daß sie morgens aufstanden, ich hatte Angst davor, nach Hause zu kommen, ich hatte Angst davor, daß sie vom Einkaufen oder sonstwoher zurückkamen, ich hab mich nicht getraut, wach zu sein, wenn sie von einem Aufritt wiederkamen. Ich wäre bei dem Gedanken, daß sie wieder darüber reden würden, am liebsten aus der Haut gefahren. Als ich wegfuhr, da habe ich gedacht, daß es mir leichter wird, daß es still wird und leichter, aber das war nicht so. Alles, was sie machten, war wie eingraviert in meinem Kopf. Ich habe davon geträumt. Ich habe den ganzen Tag lang daran gedacht, ich habe geglaubt, daß ich ihre Stimmen höre. Einmal war ich ganz sicher, daß ich hören konnte, wie sie durch den Wald kamen, daß sie mich gefunden hatten. Ich war mir so sicher, daß ich mich auf die Schwelle gesetzt und gewartet habe. Ich konnte hören, wie ihre Stiefel knackten und wie sie ihr endloses Gespräch über ›diese Scheißer‹ führten. Ich muß eine Stunde lang dort gesessen haben. Und es ist nicht besser geworden, bis ich anfing, darüber nachzudenken, wie ich sie zur Ruhe bringen könnte, und da ist mir keine andere Möglichkeit eingefallen. Jedesmal, wenn ich eine Kleinigkeit erledigt habe, zum Beispiel nach der Plastiktüte für meine Schuhe gesucht oder gelernt habe, mit der Pistole umzugehen, kam es mir so vor, als hätte ich einen weiteren Schritt darauf zu getan, den Lärm abzustellen, daß ich näher daran war, ihnen endlich die Wahrheit zu sagen. Und ich habe geglaubt, daß ich ihnen einen Gefallen tue. Selbst wenn ich sie verlassen hätte und mein Leben weitergegangen wäre, mit ihrem Leben wäre es niemals weitergegangen. Ihr Leben würde sich für immer so abspielen, als ob man auf einer zerkratzten Schallplatte wieder und wieder dieselben drei Töne hört, auf immer und ewig. Ich habe geglaubt, daß ich, selbst wenn ich Denny verlassen würde, das alles auf Jahre hinaus immer wieder hören müßte. Ich konnte das nicht ertragen. Ich konnte es wirklich nicht. Auf jeden Fall habe ich nicht geglaubt, daß ich es wirklich tun würde, bis zu dem Augenblick, in dem ich abgedrückt habe. Und ich muß sagen, als sie mich in der Tür stehen sahen, da war es totenstill, und sie haben eine Sekunde lang nicht an ihre Karriere gedacht.« Sie legte das Kinn in die Hand und starrte zur Küche hinüber.

»Dann war es also so, wie er gesagt hat, in der, äh, Mordnacht?« Susan streifte Honey mit einem Blick. »Fast genauso. Die Geschichte mit dem Dope mit anzuhören hat mich ziemlich erbittert, weil Denny mir wieder und wieder versprochen und geschworen hatte, sie hätten einen Käufer, und schon am Wochenende nach meiner Abfahrt sei alles verschwunden und bezahlt. Als sie das Kokain aus dem Versteck holten, hat der Typ es als erstes mit einer mitgebrachten Waage abgewogen. Es wog nur noch neunzig Gramm, und hundertvierzig hatten sie gehabt. Sogar als ich weggefahren bin, waren es noch fast die ganzen hundertvierzig Gramm, so daß ich jetzt wußte, sie hatten das Zeug die ganze Zeit genommen, während ich weg war, daß nur ich sie davon abgehalten hatte, es zu nehmen. Und dann hat der Typ eine Art Reinheitstest gemacht, und er hat gesagt, es sei seiner Meinung nach höchstens zu siebzig Prozent rein, und deshalb werde er ihnen nur sechzig Gramm bezahlen, und damit tue er ihnen noch einen Gefallen. Als er weg war, hat Craig als erstes Denny gefragt, ob ich Geld hätte und wieviel Denny von mir bekommen könne. Denny hat gesagt, ich hätte irgendwelche Aktien, aber er wisse nicht, wieviel die wert seien. Dann hat Craig gesagt, Ryas Vater schwimme doch im Geld, aber Noah hat gesagt, Rya habe seit Thanksgiving nicht mehr mit ihren Eltern gesprochen, und dabei habe es einen Streit um Geld gegeben. Sie saßen also in der Klemme, und als nächstes hörte ich Denny sagen, daß ich morgen nach Hause käme und explodieren würde, wenn das Dope immer noch da war, und Craig ließ ihn abfahren, und Denny fing an, sich für mich zu entschuldigen, als wäre ich geisteskrank oder so was. Noah war immer noch sauer und sagte, er nehme das Zeug nicht mit, obwohl sie ihm versprochen hatten, bis Montag sei es aus seiner Wohnung verschwunden. Ich war wütend, einfach wütend, und dann machten sie es sich bequem, tranken noch mehr Bier und planten, was sie mit ihrer ersten Million anfangen wollten, wenn der Typ von A und M, den sie eben kennengelernt hatten, ihre Bänder für irgend jemand überspielte, und da bin ich aus dem Schlafzimmer gekommen.«

Es war eine verlockende Version der Geschichte, und Alice erlag wie immer der Verlockung. Sie konnte sich alles ganz genau vorstellen, und im Grunde konnte sie Susan kaum etwas verübeln. Halb glaubte sie schon, Honey werde aufstehen und gehen, Susan eine Stunde Vorsprung geben, damit sie die Stadt verlassen und wenigstens ihren Namen ändern und in Brooklyn untertauchen könne, aber Honey sagte: »Mir ist Ihr Motiv für den Überfall auf Mrs. Ellis nicht klar, Miss Gabriel.« Richtig. Alice hatte das schon fast vergessen gehabt.

»Oh«, sagte Susan.

Beim Blick auf sie sanken Alices Lebensgeister.

Mit jetzt verhaltener Stimme sagte Susan: »Ich konnte mir nicht denken, wo du gestern nacht gesteckt hast. Ich wußte, daß du da warst. Ich hatte ganz stark das Gefühl, daß du da warst – vor allem, als ich gesehen habe, daß das Bett im Gästezimmer benutzt war, aber es war wie verhext. Du warst unsichtbar. Mir war das richtig unheimlich.«

»In Wirklichkeit«, sagte Alice, »war ich draußen auf dem Sims und bin um das Haus herumgeklettert.«

»Mrs. Ellis hat etwas ganz Erstaunliches getan –«, warf Honey ein.

»Ich war doch draußen auf der Feuertreppe.«

»Ich habe dich gesehen. Ich war einen Stock über dir. Ich habe gesehen, wie du herausgekommen bist. Ich habe auch die Pistole gesehen.«

»Ich weiß, daß ich nach oben geschaut habe, aber ich habe dich nicht gesehen. Ich habe nur Topfpflanzen gesehen.«
»Ich habe hinter einem Kübel gesteckt, direkt an der Wand. Es war so dunkel.« Alice schob die Hände zwischen die Knie. »Wolltest du mich erschießen?« Sie hatte vor der Antwort so viel Angst wie davor, um die Hausecke herumzuklettern, nur daß sie jetzt kein Adrenalinschub aufmunterte.
Susan runzelte die Brauen. »Ich weiß es wirklich nicht. Ich hatte die Pistole, und ich habe nach dir gesucht, aber als ich Denny erschossen habe, da habe ich auch erst da gewußt, daß ich wirklich schießen würde. Ich nehme an, alles spricht dafür, daß ich dich genau wie die beiden erschossen hätte, aber wie ich dir gestern schon gesagt habe, ich weiß es nicht genau.«
»Aber warum hast du mich umbringen wollen? Ich liebe dich! Ich hätte dir bestimmt nichts getan! Warum mich?« Susan versuchte zu lächeln. »Muß man nicht immer jeden umbringen, der Bescheid weiß? Ich meine, du bist eine treue Wählerin, du leckst Briefmarken für die Demokraten, du machst dir Sorgen über die Situation der Gewerkschaften. Mußte es da nicht zu dieser Szene kommen?«
»Ich hatte nicht das Gefühl, ich sei in Gefahr! Ich habe dir das nicht einmal verübelt! Wenn du mich gestern nacht nicht zu Tode erschreckt hättest –« Alice verstummte. Sie konnte nicht beurteilen, was Honey ignorieren würde und was nicht. Schließlich sagte sie: »Und sie hatten Noah. Es wäre ganz und gar nicht pragmatisch gewesen, mich umzubringen.«
Sie wandte sich dem Kriminalbeamten zu. »Ich meine, Sie haben mir doch selbst gesagt, daß Sie auf so etwas gewartet haben.«
Susan bemühte sich um einen leichten Ton. »Besonders pragmatisch war das ja alles nicht, oder?«
»Aber –«
»Frag mich nicht! Können wir nicht ein andermal darüber sprechen?«
Alice schaute die Kratzer an ihren Armen und Knien an. Sie taten nicht mehr weh, aber die Haut war rauh und spannte. Sie sagte: »Ich glaube aber, daß du es mir sagen mußt.« Noch während sie das sagte, staunte sie über ihren entschiedenen Ton.

Susan schaute aus dem Fenster, an Alice halb vorbei. Nach einer langen Pause sagte sie: »Ich glaube im Grunde nicht, daß ich Angst davor hatte, daß du mich anzeigst, obwohl ich mir sicher war, daß du mich anzeigen würdest, sobald du Bescheid wüßtest. Vielleicht hatte ich auch Angst davor, daß du mich nicht anzeigst. Ich hatte einfach Angst davor, daß du Bescheid weißt! Ich hatte Angst davor, wie nahe du dich mir dann fühlen würdest, hatte Angst vor der unausgesprochenen Bindung. Und ich hatte recht! Am Wochenende war es, als ob wir verheiratet wären. Ich hatte das Gefühl, als ob du mit in meinen Kleidern steckst und als ob das nie ein Ende nehmen würde. Du hättest mich so lange zermürbt, bis wir zusammengezogen wären, und dann hätten wir in dieser Intimität den Rest unseres Lebens gegessen, geatmet, geschlafen! Wie hätte ich mich dagegen wehren sollen? Ich wollte allein sein! Ich wollte, daß endlich Ruhe war! Seit dreizehn Jahren hatte ich mir Sorgen gemacht wegen der Gefühlsschwankungen von drei Menschen untereinander. Und nachdem sie – also, nach jener Nacht war ich eine Weile traurig und entsetzt, aber ich war auch erleichtert! Es war vorbei! Wirklich vorbei! Und dann hast du angefangen, Jagd auf mich zu machen.«

Alice mußte ein schockiertes Gesicht gemacht haben, denn Susan rief aus: »Ich weiß, daß du es nicht so siehst, aber ich habe es so empfunden! Du warst wie ein Tier, das mich immer enger einkreiste, bist du mich zu fassen bekamst, und dann hättest du mich zwar nicht verschlungen – du hättest mich erdrückt, ganz und gar, aus lauter Liebe, für immer und ewig. Du hattest die allerbesten Absichten. Das ist mir klar. Aber genau das war verkehrt. Menschen mit guten Absichten geben niemals auf! Denny hatte gute Absichten. Denny war ein guter Mensch. Er war übermenschlich gut. Er hat nie aufgegeben, nicht bei Craig, nicht bei mir, nicht im Musikgeschäft. Gute Absichten sind böse! Soweit ich sehen kann, führen sie alle nur zu Lügen und Illusionen! O Gott!«

Es war jetzt an Alice, so ruhig wie möglich dazusitzen und zu hoffen, daß ihr Gesicht ihre chaotischen, schmerzlichen Gefühle nicht verriet. Es fiel ihr nur allzu leicht, sich mit Susans Augen zu sehen, sie einkreisend, umarmend, erstickend, mit einem Lächeln. Sie schloß die Augen. Susan sagte: »Du hättest dich bis in alle Ewig-

keit normal verhalten, hättest getan, als wäre ich vollkommen unschuldig, hättest getan, als ob uns nichts als reine Freundschaft verbindet. Denny war auch so. Meistens hat er getan, als ob Craig und ich uns wirklich gut leiden könnten, aber wir haben uns gehaßt! Und Noah, und Rya und Ray! Jeder hat jedem immerzu etwas vorgemacht.«
»Aber wir haben uns doch gern gehabt. Wir haben Kompromisse gemacht, das ist alles. Das Leben ist nun mal so! Man kann doch nicht dreißig Jahre alt werden, ohne daß man manchmal etwas an seinen Freunden auszusetzen hat, ohne daß sie einen verletzen oder abstoßen durch ihren schlechten Geschmack oder ihre Ansichten. Wir haben alle ziemlich genau gewußt, woran wir miteinander waren. Das war doch das Schöne daran!«
»Wirklich?«
Honey schaute auf die Uhr. Susan setzte sich auf, und Honey sagte: »Mrs. Ellis holt Ihnen etwas zum Anziehen aus dem Schlafzimmer. Sie bleiben bitte bei mir sitzen.«
Alice stand auf, und Susan beugte sich vor, griff unter die Couch. Eine Sekunde später hielt sie die Pistole in der Hand und richtete sie auf Honey. Alice atmete scharf ein. Susan sagte: »Hatten Sie Angst davor, daß ich das hier hole?«
Honey lächelte, aber Alice merkte, daß er verblüfft war. Einen Augenblick später sagte er: »Es ist Ihnen vielleicht nicht klar, daß in diesem Staat die Todesstrafe darauf steht, einen Polizisten zu erschießen.«
Alice griff nach dem Sesselkissen, als Susan abdrückte. Es klickte.
»Nicht geladen«, sagte Susan lächelnd. »Die Kugeln sind im Schlafzimmer.« Sie drehte die Pistole herum und gab sie dem Kriminalbeamten. Honey sagte: »Sie sind eine erstaunlich beherrschte Frau, Miss Gabriel.«
»Nur an der Oberfläche, Detective Honey.«
»Mrs. Ellis«, sagte Honey, »würden Sie Miss Gabriel bitte etwas zum Anziehen holen.« Mit zitternden Knien stand Alice auf und ging ins Schlafzimmer. Als sie wiederkam, trug sie Kleider über dem Arm, die ihr selbst gehörten und die sie Susan in den vergangenen Monaten verschiedene Male geliehen hatte. Susan lächelte, als sie sie anzog. Während sie hinausgingen, frage Alice so beiläufig

wie möglich: »Sag mal, kann ich die Schlüssel zu meiner Wohnung haben? Ich bin ausgesperrt.«
»Nimm sie alle«, sagte Susan und drückte Alice den schweren Schlüsselbund in die Hand. Honey legte ihr Handschellen an, obwohl Alice das für unnötig hielt. Susan sah ihm kurz dabei zu, dann schaute sie Alice an. »Du hattest eine zu gute Meinung von mir«, sagte sie schließlich. »Es war unerträglich.«

Rya, die am Mittwoch kurz vor Mitternacht aufgetaucht und sofort im Gästezimmer zu Bett gegangen war, hatte keine Lust aufzustehen, obwohl Alice ihr gesagt hatte, daß Noah heute entlassen werde und daß es an ihr, Rya, sei, ihn abzuholen. »Jetzt komm schon!« rief Alice. »Honey hat gesagt, daß er gegen zehn entlassen wird, und es wird eine Weile dauern, bist du dort bist!«
Rya wälzte sich herum, so daß sie mit dem Gesicht zur Wand lag, und stöhnte. Alice, die sich die Schuhe noch nicht angezogen hatte, stieß der anderen Frau den bestrumpften Fuß in die Kehrseite und fuhr fort: »Steh auf! Ich muß heute arbeiten, und es ist gleich Zeit, daß ich gehe.«
Rya setzte sich auf. »Ich hab gedacht, du kommst mit. Scheiße, ich bin so kaputt.«
»Ich kann nicht mitkommen. Ich habe jetzt schon so oft gefehlt, und gestern war ich auch viel zu spät dran. Aber du mußt einfach hin!« Sogar aus schlechtem Schlaf in einer heißen Nacht gerissen, war Rya hübsch, fast elegant. Das sechsundzwanzigjährige Gesicht war rosig und glatt, und das fließende Haar war zu schwer, als daß es sich nachts hätte verfilzen können. »Aber er erwartet ja nicht einmal, daß ich komme! Er will wahrscheinlich gar nicht, daß ich komme! Ach, Scheiße!« Sie zog die Füße an und rollte sich ins Bett zurück.
»Was ist denn in dich gefahren? Willst du ihn denn nicht sehen?« Das Bild, wie Noah sich einsam und ohne Begrüßung auf den Rückweg von Riker's Island machte, schien Rya überhaupt nicht in den Sinn zu kommen, oder es schien ihr wenigstens nichts auszumachen. »Schlaf ja nicht wieder ein!«
»Bitte, komm mit! Kannst du dir nicht freinehmen? Das macht denen doch bestimmt nichts aus.«

»Ich kann nicht, und ich will nicht. Ich habe viel zuviel zu tun. Ich bring dir eine Tasse Kaffee. Schlaf ja nicht wieder ein.«
Sie war wütend, als sie wiederkam und Rya mit der Nase im Kissen vorfand. Sie stellte die heiße Tasse ab, griff nach der Schulter der anderen Frau und riß sie hoch. »Au!« schrie Rya. »Setz dich auf! Du mußt aufstehen! Willst du ihn denn nicht sehen? *Ich* möchte ihn gern sehen, und er ist *dein* Mann!«
Rya griff nach der Kaffeetasse. »Deshalb ist deine Beziehung zu ihm ja auch nicht so kompliziert wie meine. Nein, ich weiß nicht, ob ich ihn sehen will. Ich weiß überhaupt nichts! Kannst du das nicht verstehen? Vor drei Nächten hast du mir erzählt, daß er meinetwegen Craig und Denny umgebracht haben soll. Gestern nacht, als ich im Stehen eingeschlafen bin, hast du mir erzählt, nein, Susan hat die beiden umgebracht, aus irgendeinem Grund, den ich noch immer nicht verstehe, und daß wir heute hinfahren und ihn abholen würden.«
»Daß du hinfahren mußt.«
»Das ist ja das Schlimmste. Was ist, wenn ich ihn dann doch nicht sehen will? Was ist, wenn mich die Aussicht, mit unserer Ehe ganz von vorn anzufangen, zu Tode erschreckt? Hast du denn nicht begriffen, daß wir seit einem halben Jahr nicht mehr miteinander gesprochen haben, jedenfalls er nicht mehr mit mir? Du willst mich dazu zwingen, die gute Ehefrau zu spielen, und das halte ich nicht aus.«
Alice ging hinaus.
Einen Augenblick später kam sie wieder herein. »Hör mal«, sagte sie. »Es ist mir ganz gleich, was sich zwischen dir und Noah abspielt. Meiner Meinung nach hast du es gar nicht verdient, daß es etwas Gutes ist, weil du alles total verpfuscht hast. Meiner Meinung nach seid ihr beide so dumm gewesen, daß es nicht zu fassen ist. Aber ich glaube auch, daß das, was mit Noah heute passiert, nichts mit eurer Beziehung zu tun hat. Ein Mann, der eines Verbrechens angeklagt worden und selbst ziemlich durcheinander ist, wird aus dem Gefängnis entlassen. Er hat es verdient, daß seine Frau und nicht irgendeine Bekannte auf ihn wartet und ihn nach Hause bringt. Du kannst ja weitermachen, wo ihr aufgehört habt, oder du kannst die Scheidung einreichen, sobald du ihn nach

Hause gebracht hast, aber die Entlassung aus dem Gefängnis ist etwas Öffentliches, wie Heiraten oder Beerdigtwerden. Du mußt ihn abholen, weil das ein Gebot der Menschlichkeit ist.«
Rya schob sich mit dem Finger das Haar hinter das Ohr. »Dann komm mit. Das ist auch ein Gebot der Menschlichkeit.«
»Ich will nicht!« Alice wurde heftig. »Warum bist du nicht ein einziges Mal tapfer! Warum reißt du dich nicht zusammen und bist diesmal der Situation gewachsen!«
»*Bitte –?*«
»Ich muß zur Arbeit!« Alice riß Rya die leere Kaffeetasse aus der Hand, drehte sich mit einem Ruck um und ging den langen Flur hinunter. Sie war entschlossen, Rya nicht zu begleiten, entschlossen, nirgends hinzugehen, wo sie Susans Kreise berührte. Der Überfall in der Nacht zum Montag erschien ihr jetzt im Rückblick realer als im Augenblick selbst, wie ein Unfall, dem man gerade noch entkommen ist. Ihre Gedanken pendelten hin und her zwischen Susans rätselhaftem Auftauchen in der Dunkelheit, als sie auf die Feuertreppe herausgekommen war, und der taghellen Bitterkeit darüber, daß am Nachmittag darauf alles herausgekommen war. Alles war wieder wie eben erlebt. Sie schien weder die Morde noch Susans Planung, noch Rays Verletzungen, noch den Angriff auf sich selbst oder Susans Meinung auch nur im geringsten akzeptiert zu haben. Wie auch immer die Gefaßtheit ausgesehen haben mochte, zu der sie sich in ihrer Erinnerung am Wochenende durchgerungen hatte, sie war unecht gewesen und jetzt ganz verschwunden. Sogar die Brücke an der Neunundfünfzigsten Straße, wo der Bus nach Riker's Island abfuhr, erschien ihr als gefährliches Terrain. Sie spülte Ryas Tasse und stellte sie in das Trockengestell. Rya selbst tauchte in der Küchentür auf. »Ich kann nicht!« jammerte sie. »Ich kann nicht! Er soll sich doch einfach ein Taxi nehmen. Das macht ihm bestimmt nichts aus. Es wäre ihm bloß peinlich, wenn ich hinkäme. Ich bin mir ganz sicher.«
Alice schrie: »Warum bist du bloß ein solches Miststück? So ein selbstsüchtiges Miststück! Denk zur Abwechslung mal an jemand anderen! Wenn ich bloß wüßte, wie er es sechs Jahre lang mit dir ausgehalten hat!«

»Wenn du mitkommst, dann ist ja alles in Ordnung!«
»Ich komme aber nicht mit! Ich komme nicht mit. Laß mich in Ruhe!«
Rya schob das Kinn vor. »Weil Susan da draußen ist, stimmt's? Wetten, daß Susan da draußen ist. Sonst würdest du mitkommen. Du hast ihn ja besuchen wollen, und jetzt willst du nicht mit. Ich weiß, daß es an Susan liegt.«
»Ich will meinen Job behalten!« Aber Rya war schon den Flur hinunter und im Gästezimmer verschwunden. Alice schaute das Telefon an und schaute wieder weg. Es war unmöglich. Sie nahm den Hörer ab. Und dann war es doch ganz leicht. Sie sagte: »Howard, ich muß heute noch einmal freinehmen. Mir fehlt nichts. Ich bin in einen Mordfall verwickelt.«
»Großer Gott!« sagte Howard.
»Nur am Rande, und ehrlich gesagt, das Ganze dauert jetzt schon über zwei Wochen, aber ich muß was erledigen.«
»Nehmen Sie den Rest der Woche frei, Alice.«
»Das könnte ich nicht aushalten. Heute reicht. Bis morgen.« Sie hörte, wie Howard auflegte, und stellte sich vor, wie die Neuigkeit die Bibliothek schlagartig erhellte wie eine Neonreklame. Rya kam in die Küche, das Haar hochgesteckt. »Was soll ich denn anziehen?« fragte sie eingeschüchtert. »Glaubst du, daß ein Kleid das Passende ist? Muß ich die U-Bahn nehmen? Gott, wie ich es hasse, allein mit der U-Bahn zu fahren. Aber ich nehme an, das werd ich wohl müssen.«
Alice legte den Hörer auf. »Ich glaube, alles, was Noah gefällt, ist passend. Und wir nehmen den Bus und steigen an der Neunundfünfzigsten Straße um. Honey hat es mir erklärt. Ich komme mit.«
»Gott sei Dank! Aber hör mal. Wirst du ihm irgendwann mal sagen, daß ich auch allein hingefahren wäre?« Alice nickte und ergab sich in ihr Schicksal.

Die Fahrt war kürzer, als Alice erwartet hatte, erst durch Queens, dann durch Astoria. Es war eine Wohngegend der Mittelschicht, fast bis zur Brücke zum Gefängnis. Bei dem gegenwärtigen Wetter mußte Alice mit Macht an den Strand denken, ob sie wollte oder nicht. Der Himmel, gefärbt wie ein Rotkehlchenei, und das saphirblaue Wasser – der vollkommene Kontrast wie Cape Cod. Ja, sie wußte über Noah Bescheid, was Alice irgendwie überraschte, als wären sie hergekommen, um ihn aus einer Mülltonne statt aus einem modernen, automatisierten Gefängnisbetrieb abzuholen, und in etwa anderthalb Stunden könnten sie ihn mitnehmen. Sie wurden angewiesen, mit den anderen Besuchern in einem Army-Zelt hinter dem Parkplatz zu warten. Alice reckte den Kopf, aber die mit weißen Zierleisten abgesetzten Gebäude auf der Insel sahen nur wie ein College aus.

Die Versuchung, nach Susan zu fragen, war fast unwiderstehlich, nur danach zu fragen, wie es ihr gehe, nicht etwa, ob sie sie besuchen könne, aber sogar davor hatte Alice Angst, und es widerstrebte ihr. Rya sagte: »Ist Susan hier? Du solltest sie besuchen.« Alice fauchte: »Vergiß es!«, und jetzt war es an Rya, zu lächeln. Alice räusperte sich wütend und setzte sich mit großer Entschlossenheit auf einen Stuhl, aber das nützte nichts. Bald hatte sie den Parkplatz wieder überquert und fragte nach einem Neuzugang. »Susan Lynn Gabriel.«

Der uniformierte Wächter wählte ein paar Nummern und wiederholte Susans Namen am Telefon, dann wandte er sich Alice zu. »Ist sie gestern abend hergebracht worden?«

»Ja, aber –«

»Das ist die betreffende Person. Darf sie Besuch haben? Ich schicke sie hinüber.«

»Ich habe nicht – ich will nicht –«

Er legte auf. »Steigen Sie einfach in den Bus und bitten Sie den Fahrer, Sie zur Frauenabteilung zu bringen.«

»Ich will nicht zur Frauenabteilung! Ich wollte nur wissen, wie es ihr geht!«

»Das können Sie sie selber fragen.«

Rya beobachtete sie. Alice beschloß, in den Bus zu steigen und über die Brücke zu fahren, vielleicht sogar bei der Frauenstation auszusteigen, aber obwohl sie nicht vorhatte, Susan zu besuchen, geriet sie ins Schwitzen und bekam Angst, als hätte sie es doch vor. Der Bus rollte über das schöne Blau der Bucht, bog nach links ab, blieb hier und da stehen. Die Leute stiegen viel zu schnell aus.

»Na?« sagte der Fahrer, und das klang so müde und gereizt, daß Alice ausstieg. Minutenlang blieb sie reglos stehen, dann ging sie hinein. Sie wollte nichts sagen, aber eine autoritär wirkende Schwarze fragte sie, wer sie sei, und sie sagte ihren Namen und fragte, ob sie Susan Gabriel besuchen dürfe, einen Neuzugang. Alice wurde aufgefordert, ihre Handtasche durchsuchen zu lassen. Jetzt war sie schon zu weit hineingeraten, als daß sie noch hätte umkehren können; sie wurde in einen Raum geführt und gebeten, Platz zu nehmen. Alle waren höflich, aber das war nicht der Ort, einen Rückzieher zu machen, einfach umzukehren oder sich sonst seltsam zu benehmen. Sie hatte vor Susans Anblick soviel Angst wie auf dem Sims vor dem Gesicht eines Monsters, das womöglich hinter dem Fenster auftauchte. Auf dem Höhepunkt ihrer Angst wurde Susan hereingebracht, die fast wie immer aussah.

Ihr wissendes Lächeln, als sie Alice sah, machte Alice unfähig zu sprechen. Es mochte ungefähr eine Minute verstrichen sein, als die Wärterin ihnen ein Stichwort gab. Sie hatten zehn Minuten Zeit. Susan sagte: »Wie bist du hergekommen? Aber du kannst ja hexen. Du tauchst überall auf.«

»Nicht unbedingt. Jedenfalls gibt es hierher einen regulären Busverkehr. Man fährt durch Queens. Der Bus muß nicht durch eine Zeitmaschine oder so etwas Ähnliches hindurchfahren.«

»Du solltest das Auto nehmen.«

»Das ist beschlagnahmt.«

»Oh. Das hatte ich eigentlich auch angenommen. Was ist mit der Wohnung?«

»Die haben sie gestern durchsucht. Ab heute darf ich wieder hinein.«

»Es ist alles sehr gut organisiert, nicht wahr? Wie ein Umzug nach Europa.«

»Bis auf die Tatsache, daß sie dir fast die ganze Arbeit abnehmen.«

»Das nehme ich an.«

Der Klang ihrer Stimme war Alice vertraut, und eine Sekunde später begriff sie, daß Jim und sie sich genauso unterhalten hatten, mit liebevoller, aber distanzierter Höflichkeit. Nach der Scheidung. Sie hatte auch dasselbe Verlangen danach, eine letzte leidenschaftliche Anklage vorzutragen, damit ihr Standpunkt für immer bekannt war, und war genauso unfähig dazu. Sie sagte: »Offen gesagt, sind wir hergekommen, um Noah abzuholen. Er ist in der Männerabteilung. Honey hat die Anklage gegen ihn auf ein Vergehen reduziert. Rya ist gestern nacht zurückgekommen.«

»Rya in einem Gefängnis – das kann ich mir kaum vorstellen.«

»Sie ist in Ordnung.«

Wieder eine lange Pause. Susan sah sie an, mit der amüsierten Direktheit von früher, und fragte: »Haßt du mich?«

Alice dachte über das Wort »hassen« nach und verglich es mit ihren Gefühlen in den letzten zwei Tagen. Sie sah auf. »Ja.« Einen Augenblick später sagte sie: »Jedenfalls jetzt.«

»Wie geht es Ray?«

»Besser. Honey hat ihn an dem Abend, als er aus dem Krankenhaus entlassen wurde, zu Hause besucht und ihm erklärt, er solle nach Minnesota zurückgehen. Er hat ihm einen langen Vortrag gehalten über Umgang und Lebensstil, und ich glaube, daß Ray das beherzigen wird.«

»Fünf Minuten«, sagte die Wärterin und brachte damit das Gespräch aufs neue zum Erliegen.

Susan sagte: »Darf ich was sagen? Sei nicht mehr so abhängig. Du hast es nicht nötig.«

Alice machte den Mund auf und wieder zu; dann lachte sie leise.

»Was?« fragte Susan.

»Ich wollte eben sagen: Wie soll ich wissen, was ich tun soll, wenn du es mir nicht mehr sagst?«

»Du wirst es schon wissen. Sonntag nacht hast du es ja auch gewußt. So was wäre mir im Traum nicht eingefallen.«

»Stimmt.« Und noch etwas war wie bei der Scheidung: die rauhe Gewohnheit, verliebt zu sein, die bei jedem Austausch wieder aufflammte. Alice sah Susan einen Augenblick lang direkt an. Susan empfand das nicht so. Das war deutlich. Sie war nur freundlich. Alice stand auf. »Die Zeit ist fast um. Darfst du Pakete bekommen? Kann ich dir irgend etwas schicken?«

Susan zuckte die Achseln. Die Wärterin kam heran, und Susan stand auf. Die Wärterin führte sie fort. Aber kurz bevor sie verschwand, blieb Susan stehen und sah Alice an. Und Alice ver-

langte es verzweifelt nach einem liebevollen Wort, das aus der schrecklichen Situation eine tragische gemacht hätte. Susan sagte: »Diese langen Haarnadeln. Schick mir eine Packung von diesen langen Haarnadeln, okay?«
Alice nickte.

Hinter seinem lässigen Gehabe wirkte Noah eine Spur verstört, als er auf sie zukam, aber die zerstreute Art, in der er Rya begrüßte, machte deutlich, daß er eigentlich nicht Ryas wegen durcheinander war, sondern daß die Überraschung ein Allgemeinzustand war, der mit den genauen Umständen nur lose zusammenhing. Er schien froh zu sein, daß sie da waren, obwohl er, während er sie liebevoll anschaute, gar nicht zu hören schien, was sie zu sagen hatten. Er erklärte sofort, es gehe ihm bestens, bevor sie ihn danach fragten, und machte Rya ein geistesabwesendes Kompliment über ihr Kleid, das er seit dem letzten Sommer nicht mehr gesehen hatte, aber er wirkte immer noch verstört. Alice dachte, das sei ein Zustand, der lange anhalten könne, vielleicht für immer. Sie gab ihm einen schwesterlichen Kuß auf die Wange, und er nahm sie plötzlich in die Arme, fest, mit echtem Gefühl. Sie hatte Noah nicht immer gemocht. Tränen stiegen ihr in die Augen.
Während sie nach einem Taxi Ausschau hielten für den Weg zurück nach Manhattan, erinnerte er Alice stark an einen kleinen Jungen, vielleicht von elf oder zwölf, aufgeregt und durcheinander, aber fest entschlossen, sich keins von beiden anmerken zu lassen. Sein Gesicht, sein Gang, seine Äußerungen, alles war unter Kontrolle, damit nichts verriet, daß sich die Festnahme, Beschuldigung, Anklageerhebung und Untersuchungshaft auch nur im geringsten von einem Auftritt in Bridgeport oder einem Wochenende in den Catskills unterschieden haben konnten. Der Anschein unechter Entschlossenheit verlieh ihm ein attraktives Aussehen, älter und jünger zugleich als sonst. Alice warf Rya einen Blick zu, fragte sich, ob auch Rya das merkte. Rya sah klein aus, gebeugt unter dem Gewicht des Schauplatzes. Sie sah Noah nicht an. Alice schürzte die Lippen und schüttelte den Kopf. »Wieder ein schöner Tag«, sagte Noah. »Vor allem hier, so nah am Wasser.«
»Die Luft ist herrlich«, sagte Alice.

»Es war also Susan«, sagte er.
»Ja«, sagte Alice.
»Daran habe ich gar nicht gedacht. Weißt du, ich habe die Schüsse gehört, als ich die Tür hinter mir zugemacht hatte. An Susan habe ich nicht gedacht. Ich habe gedacht, daß es einer von den beiden war. Ich war fest davon überzeugt.«
»Und wer von beiden?«
Noah zuckte die Achseln. »Craig hab ich für so verrückt gehalten, daß ich es ihm zugetraut hätte, aber ich hab geglaubt, daß Denny ein Motiv hatte.«
»Aber die Pistole? Die Polizei hat die Pistole nie gefunden.«
Noah lächelte und zuckte die Achseln. »Ich weiß nicht. Außerdem kann man ja nie wissen, was die Polizei gefunden hat.« Alice dachte an Honey und nickte, dann sagte sie: »Wieso haben sie das Kokain bei dir gefunden?«
»Durch eine Art Negativauswahl, nehme ich an. Ich habe es erst im allerletzten Augenblick an mich genommen, weil ich nicht wollte, daß Denny Ärger bekommt.«
»Mit Susan?«
»Mit wem sonst?«
Es kamen keine Taxis, deshalb setzten sie sich auf eine alte Bank und warteten auf den Bus. Vom Wasser her wehte eine kühle Brise. »Das riecht herrlich«, sagte Noah. Er grinste. Rya nahm sich ein paar Nadeln aus dem Haar und steckte sie wieder fest. Noah sah sie an, dann schaute er in Richtung Manhattan oder, wie Alice annahm, eher in Richtung Bronx und griff nach Alices Hand. Alice zitterte, plötzlich ängstlich, und schaute schnell zu Rya hinüber, die auf die Flugzeuge starrte, die in La Guardia landeten und starteten. Noahs Hand griff fester nach der von Alice, tat ihr weh. Nach einem langen Augenblick stöhnte Noah: »O Gott!« und brach dann in Tränen aus. Alice biß sich auf die Lippen und blinzelte. Rya, als ob sie etwas weit Entferntes beobachtete, drehte langsam den Kopf und schaute fassungslos zu.
Noah weinte lange, hielt Alices Hand fest, nur Alices Hand. Der Bus kam nicht. Rya saß vollkommen reglos da, und Alice versuchte, sie nicht anzuschauen, versuchte in keiner Weise zu signalisieren, was Rya ihrer Meinung nach tun sollte. Einmal

machte Rya den Mund auf und wieder zu; dann, nach ein paar Minuten, sagte sie etwas. »Warum weinst du, Noah?«
Noah begriff genau, was sie meinte, und Alice war klar, daß sie ihn wirklich nur fragte, nicht herausfordern wollte. Es war nur natürlich, daß er weinte, aber es war wichtig, zu wissen, welcher Aspekt seiner jüngsten Erfahrung ihm am lebhaftesten gegenwärtig war. Noah hielt die Luft an, konnte nicht sprechen, hielt wieder die Luft an. Schließlich sagte er: »Es ist unerträglich, so allein zu sein.«
Weder Rya noch Alice riefen aus, er sei nicht allein, sie seien doch bei ihm. Sie wechselten einen schnellen Blick, und Alice begriff, daß auch Rya die Tiefe ihrer Einsamkeit zu dritt erkannte und keine Antwort darauf wußte. Alice schaute hinüber zur Bronx, und plötzlich hatte sie das Gefühl, sie sei ein Stein, den ein großer Wille auf Millionen anderer Steine zutrieb. Doch obwohl sie so scheinbar zielstrebig zu den anderen Steinen unterwegs war, wartete dort nichts auf sie, und es gab auch kein Versprechen, daß sie je wieder aufhören würde, selbst ein Stein zu sein.
Ein Taxi kam, mit einer Frau und einem kleinen Jungen. Rya stand als erste auf und ging darauf zu, dann blieb sie stehen und wartete auf die beiden anderen. Alice beugte sich hinunter, um ihre Tasche aufzuheben, die unter die Bank gerutscht war. Die Sonne schien strahlend, und es war fast heiß. Noah holte tief und zitternd Luft und stand auf. Genau vor ihm war ein Loch im Pflaster, und er stolperte. Alice streckte die Hand aus, aber es war Rya, die ihn am Ellbogen packte, damit er nicht fiel. Noah lächelte. Alice traute ihrer Hoffnung für die beiden nicht, aber andererseits hatte sie noch nie zuvor mit angesehen, daß Rya überhaupt auffiel, wenn ein anderer Probleme hatte, geschweige denn, daß sie ihm dann geholfen hätte. Die Frau half ihrem kleinen Jungen aus dem Taxi und sah sich dann mißtrauisch um. Alice lächelte ihr zu, dann saßen sie im Taxi und fuhren zurück nach Manhattan.

Bald darauf stand sie am Tor zum Botanischen Garten in Brooklyn. Sie wollte sich nicht eingestehen, daß sie Henry sehen wollte – sie wäre zum Beispiel nicht zu ihm in die Wohnung gegangen, aber wenn sie die Möglichkeiten durchging, den leeren Nachmittag auszufüllen, erinnerte sie Einkaufen zu sehr an Susan, erschien ihr Arbeiten langweilig, gab es keine Filme, die sie sehen wollte, und keine Freunde, die sie besuchen konnte. Nur der Botanische Garten mit seinen verlassenen Pfaden und herrlich arrangierten exotischen Pflanzen kam ihr verlockend vor. Trotzdem stand sie lange vor dem Tor, obwohl sie sehen konnte, daß kein Henry da war, der die Efeubäume und Holzäpfel am öffentlichen Weg gerade jätete oder stutzte. Sie hatte nicht bloß Angst vor einem peinlichen Zusammentreffen, obwohl sie, während sie dort stand, sehr stark empfand, der Garten sei Henrys Schutzwall, sie hatte, auf merkwürdige Weise, noch mehr Angst davor, in den Garten selbst einzudringen, als wäre sie dort unerwünscht. Eine Gruppe ging hinein: ein älterer Schwarzer in Arbeitskleidung, der sein Mittagessen dabeihatte; eine extrem fette Frau, der durch die Drehtür geholfen werden mußte; eine junge Frau mit einem Baby. Alice ging ihnen nach. Schließlich durfte jeder hinein. Der Mann setzte sich auf eine der Bänke, und ein Lieferwagen mit Geräten fuhr vorbei, aber sonst waren die oberen Wege leer. Erst als sie eine Weile herumgegangen war, wurde Alice bewußt, wie voll von Menschen und wie lärmend ihr Leben in den letzten Wochen gewesen war. Wichtiger noch, es kam ihr so vor, als hätte sie den Einbruch in ihr Leben selbst verursacht. Ein Mißbehagen, das sie empfand, wie eine Klette an der Seite, hatte sie immer näher auf Susan zugetrieben, immer näher zu Honey hin, so daß es ihr schließlich gelungen war, ein Teil des Gesamtbildes zu werden. Wenn sie an Susan dachte, wurde ihre Verlegenheit so groß, daß sie fast jeden anderen Schmerz vorgezogen hätte. Und sie hatte immer gedacht, vor dieser Art von Verlegenheit könne ihre Freundschaft mit Susan sie schützen.

Am Ende des öffentlichen Weges lenkte sie ihre Schritte scharf nach links, einen Hügel hinauf, wo sie und Henry nicht entlanggegangen waren. Unter ihr breiteten sich wie in einem Amphitheater die aufgereihten Kirschbäume aus, jetzt voller Laub, die Fliederbüsche, fast verblichen, und direkt vor ihr, von einem Staketenzaun umgeben, der Rosengarten, der zu blühen begonnen hatte. Die Rosen waren so üppig, so bunt, so wohlriechend, sogar aus fast hundert Metern Entfernung, daß es bestürzend wirkte, wie keiner sie sah, wie sie sogar hier, mitten unter Millionen von Menschen, ganz allein für sich existierten. Alice machte sich nicht besonders viel aus Rosen. Trotz des Dufts waren sie ihr meistens zu knallig, zu überladen mit Blüten oder ohne viele Blüten zu kahl, nicht fähig, die eigene Üppigkeit zu verkraften. Ihre Lieblingsblumen waren bescheidener – Narzissen, Flieder, Lavendel –, aber aus dieser Entfernung schienen das samtige Rot, das blitzende Gelb und das glasige Weiß das Sommerlicht in den Spektralfarben zu brechen und viel strahlender zurückzuwerfen, als das jede andere Blume vermocht hätte, nicht wie von dieser Welt, sondern ein Spiel von Luft und Raum. Alice stand reglos da, bis ein Mann kam und sich in ihrer Nähe auf eine Bank setzte. Aus Angst, daß er »Hübsch, was?« oder etwas gleichermaßen Ernüchterndes sagen würde, drehte sie sich um und ging hinunter zu den Fliederbüschen.

Vielleicht hatten Doreen und Hugh und ihre Großeltern am Ende doch recht. Wenn sie nach Rochester zurückgegangen wäre, wo sie wenigstens Verwandte hatte, wenn auch keine Freunde, und zwar Verwandte, mit denen sie auskam, würde sie jetzt frische Erdbeeren essen und den ersten Eichenblattsalat. Später im Sommer könnte sie mit Hugh und Doc zum Angeln gehen, die sich immer noch trauten, das, was sie selber fingen, auch zu essen. Es war nicht unbedingt eine Niederlage, wenn man nach Hause zurückging. Dreißigjährige kehrten jeden Tag in die Nähe ihrer Eltern zurück und betrachteten das als ein Wieder-zur-Besinnung-Kommen, eine Verstärkung der auseinanderbrechenden amerikanischen Familie oder sogar als ein Hinauswachsen über die unechten Aversionen, von denen sie sich in erster Linie hatten vertreiben lassen. Wenn man aus freiem Willen in die Landschaft der Eltern zurückkehren konnte, nachdem man eine fremde Landschaft, so gefährlich und so aufregend wie irgend vorstellbar, bis zum Überdruß ans Herz genommen hatte, war man danach dann nicht im Besitz von allem? War man dann nicht auf immer und ewig Kleinstadtmensch und Großstädter zugleich, erfahren und fähig, die üppigen Früchte der Unschuld reifen zu lassen? Jetzt erschien ihr das Leben verlockend, das ihre Vorfahren geführt hatten; nicht nur Doc, der im Ersten Weltkrieg drei Jahre in Europa verbracht hatte, zwei davon schon, bevor die Amerikaner allgemein herüberkamen, der die Verwundeten versorgt hatte und danach nach Minnesota zurückgekehrt war, dort praktiziert und sich mit den Mayo-Kliniken angefreundet hatte, sondern auch Pop, der einmal ein kleines Vermögen gehabt hatte, nichts Wesentliches, Kleinstadtersparnisse eben, und beim Spekulieren verloren hatte. Danach war es ihm gelungen, wieder etwas Vermögen anzusammeln, dadurch, daß er sich trotz seiner Sehnsucht danach hartnäckig vor dem Spekulieren hütete. Ihre Großmütter hatten eigene Geschichten, persönlicher und verschleierter, weil das Wesen einer Großmutter darin besteht, ein Leben lang ein vollkommen tugendhaftes und über jeden Vorwurf erhabenes Vorbild für ein kleines Mädchen zu sein, aber das Leben ihrer Großmütter war aus einem Stück, wie das Leben von Doreen und Hugh, ein Leben, das so lange dauerte und so beständig war, daß jede unterirdische Kraft, die durch Vererbung oder Zufall in Gang kam, die Gelegenheit hatte, zu wachsen, zu blühen und wieder brachzuliegen. Ihre Verwandten schienen tatsächlich aus ihrer langen Existenz etwas gelernt zu haben, und vielleicht war das der Grund, warum Alice sie immer gemocht hatte. Sie hatten sich von Randereignissen nicht lähmen lassen, während Alice das Gefühl hatte, sie schwebe in dieser Gefahr. Jeder ihrer Vorfahren hatte ein besonderes und reich verzweigtes Innenleben. Vielleicht war das die Entschädigung dafür, im Mittelwesten leben zu müssen, in einem der Regel nach so grausamen Klima wie dem von Minnesota.

Genau da sah sie Henrys Rücken, während er im Gestrüpp der Sammlung von heimischen Pflanzen verschwand. Sie glaubte nicht, daß er sie gesehen hatte, aber sie drehte sich schnell um und eilte auf den japanischen Garten und die Promenade bei den Treibhäusern zu. Henry gegenüber empfand sie ebenso Verlegenheit, wenn auch von ganz anderer Art als Susan gegenüber: Sie hatte Freundlichkeit mit Unhöflichkeit vergolten, sich inkonsequent oder wahrscheinlich idiotisch verhalten. Offenbar war es das einzig richtige, sich eines Tages bei ihm zu entschuldigen – und wie leicht konnte es ihr passieren, bis dahin so viel Zeit verstreichen zu lassen, daß es wiederum einer Unhöflichkeit gleichkäme. Es kam ihr jetzt absurd vor, daß ihr Henry erst vor ein paar Tagen so rasch und so leidenschaftlich seine Liebe geboten hatte. Wahrscheinlich erschien es ihm inzwischen selbst absurd. Es war zum Staunen, wie nahtlos sich ihre Leidenschaft für ihn in die Mordsache gefügt hatte. So kam es ihr jetzt jedenfalls vor. Sie schaute sich die Seerosen an, die sie nicht besonders mochte, aber es faszinierte sie, wie leuchtkräftig besonders die blaß lavendelfarbenen waren. In den Beeten für das ganze Jahr ging eine Vielfalt von Tagetes, Ziertabak und Begonien auf, wie sie bald auch in den Blumengärten ihrer Mutter und ihrer Großmütter zu Hause aufgehen würden. Alice fragte sich, ob Henry ihr wohl darüber hinweggeholfen hatte. Sie dachte an Susan, heute morgen, wie sie einfach nur freundlich gewesen war und wie ihr selbst vor lauter Lähmung die Zehen abgestorben waren. Trotzdem, diese Art von Verlegenheit war gut, wenn sie jeder Beziehung vorbeugte, in der man wieder den kürzeren zog. War es im Augenblick nicht besser, ohne Liebe zu leben, als ein drittes Mal in so etwas hineinzugeraten? Einen Augenblick lang dachte sie darüber nach, ob sie nicht Jim Ellis anrufen solle, aber schließlich hatte sie auch dazu keine Lust. Auch das war eine Beziehung, aus der sie sich endlich gelöst hatte, die sie in Ruhe wachsen, sich verzweigen und verästeln lassen sollte, ohne daß auch nur ein Schatten ihrer Gegenwart darauffiel. Und es war nichts Exotisches oder besonders Interessantes daran, oder? Es war einfach eine Ehe wie Millionen andere. In Jims jüngsten Gedichten war nicht einmal am Rande davon die Rede gewesen. Alice schlenderte am Garten für die Kinder vorbei und ging am Eingang zum Zoo hinaus. Sie hatte jetzt wenigstens so viel Hunger, daß sie über das Mittagessen nachdenken konnte, aber sie war nicht so hungrig, daß sie sich nach etwas Eßbarem gesehnt hätte. Auf der anderen Straßenseite war ein Schnellimbiß. Obwohl das Würzfleisch mager war und der Fleischsaft, zusammen mit dem Senf, in das frische, warme Roggenbrot gesickert war, stieß sie nach der ersten Hälfte den Teller weg, wischte sich den Mund ab und konzentrierte sich auf ihr Cola. Es war sehr viel Eis drin, und nachdem sie den süßen Sirup aufgesaugt hatte, zerbiß sie die Eisstückchen, eins nach dem anderen. Die Kellnerin kam vorbei und bot ihr Nachtisch an, aber sie schüttelte den Kopf und zeigte auf das Sandwich. »Das können Sie auch mitnehmen. Es ist gut, aber ich habe keinen Hunger.« Sie lächelte, und die Kellnerin lächelte zurück. Sie schaute aus dem Fenster und überlegte, was sie mit dem restlichen Nachmittag anfangen solle. Es war erst zwanzig nach drei.

Hinter ihr sagte Henrys Stimme: »Ich hab mir doch gleich gedacht, daß du das bist. Was machst du denn bei uns hier draußen?« Er setzte sich, ohne eine Einladung abzuwarten. Er hatte eine Tasse Kaffee in der Hand. Alice fragte: »Kein Mittagessen?«

»Ich hab schon gegen elf gegessen.«

»Ich war tatsächlich im Garten. Ich habe dich nicht gesehen.«

»Du mußt aber die Rosen gesehen haben.«

»Sie sind wunderbar.« Er hatte einen verdreckten Overall an, und er merkte, daß ihr das auffiel. Er kam ihr jetzt doch sehr vertraut vor, und ihre Liebesgeschichte, sosehr sie im Rückblick einem Traum ähneln mochte, war belastet mit der ganzen Befangenheit und Anspannung einer realen, nicht mehr ganz neuen Beziehung. Alice sagte: »Ich müßte mich entschuldigen.«

»Ich mich auch.«

Das letzte, was Alice von Henry wollte, war, daß er sich entschuldigte. Sie sagte: »Wofür?« Er sah sie an, nicht gerade begeistert darüber, weitersprechen zu müssen. »Na ja. Weil ich dich in die Enge getrieben habe, wie du gesagt hast.«

»Ich wüßte nicht, daß ich das im Ernst gesagt hätte. Außerdem glaube ich, daß ich ein bißchen langsamer bin als die meisten Menschen. Und warum willst du dich dafür entschuldigen, daß du bist, wie du bist? Mir tut etwas viel Konkreteres leid. Ich hab dich versetzt, hab dich beleidigt, bin unhöflich und blöd gewesen.« Während sie das sagte, überlief sie eine Welle ehrlichen Bedauerns.

»Es ist aber was Schlimmes. Ich war früher auch schon so ungeduldig. Es ist eine Angewohnheit von mir, Menschen dazu zu bringen, daß sie sich mir verpflichten, und danach irgendwie einen leeren Kopf zu haben. Durch dich habe ich das begriffen.«

»Ich –«

»Ich war wütend auf dich. Ja, ich kam mir gedemütigt vor und blöd und enttäuscht.«

»Natürlich, aber ich –«

»Ich komme mir jetzt nicht mehr so vor.«

»Das ist gut, aber du brauchst dir auch überhaupt nicht so vorzukommen. Eines Tages werde ich dir alles erzählen. Nicht jetzt.

Vielleicht im November.« Alice lächelte und fühlte sich richtig angenehm frech.
Henry rutschte auf dem Stuhl herum und starrte unbehaglich in die Kaffeetasse. Alice konnte nicht widerstehen und sprach weiter: »Du hast gesagt, daß du mich liebst.«
Henrys Gesicht nahm eine deutlich rote Färbung an, und jetzt war es an Alice, auf den Grund ihres Glases zu starren. Endlich sagte er: »Darf ich das, äh, darf ich das zurücknehmen?«
Alices Lächeln wurde breiter. »Weißt du, was? Alles zusammengenommen, auch die Dinge, von denen du nichts weißt, wäre es mir am liebsten so.«
»Wirklich?«
»Tu so, als hättest du es nie gesagt.«
»Das möchte ich aber nicht.«
»Ja, wahrscheinlich möchte ich auch nicht, daß du das tust.« Das Eis in Alice Glas war inzwischen fort, aber sie schien wie festgenagelt hier zu sitzen. Sie fragte sich, worüber sie als nächstes reden würden. Henry sagte: »Im November werde ich wahrscheinlich schon in Brooklyn wohnen. Ich habe mich nach einer Wohnung umgeschaut. Vielleicht werde ich sogar eine kaufen.«
»Und was ist mit deiner Reise nach China?«
»Ich habe den Antrag zurückgezogen. Ich bin zu dem Schluß gekommen, daß ich ihn nur aus Gewohnheit eingereicht hatte. New York ist wirklich ziemlich interessant.«
»Meinst du das in soziologischer Hinsicht?«
»Überhaupt nicht. Man kann Jahre damit hinbringen, in der Bronx Studien zu treiben, und noch mehr Jahre in der Jamaica Bay. Botanisch betrachtet, ist hier viel geschehen und außerdem recht schnell. Die Menschenhand war schwer, läßt sich aber ziemlich gut nachweisen. Die Europäer neigen dazu, in ihrer Eile im Porzellanladen herumzutrampeln, aber sie hinterlassen immer Bruchstücke, Scherben und unberührte Ecken. In Asien gibt es keine unberührten Ecken mehr, und die Bruchstücke und Scherben sind schon seit langem wieder in Gebrauch. Ich glaube, ich bin soweit, daß ich jede Woche zu einer Exkursion aufs Land aufbrechen kann.«
»Darf ich manchmal mitkommen?«

»Natürlich.«
Die Kellnerin kam mit der Kaffeekanne vorbei, aber Henry winkte ab. Als sie auf Alices leeres Glas deutete, schüttelte Alice den Kopf. Trotzdem schien sie noch immer nicht aufstehen zu können.
Henry seufzte. »Wir passen nicht besonders gut zusammen, oder?«
»Nein.«
»Ich –« Er brach ab.
»Aber jeder von uns wär ganz gut für die Fehler des anderen.«
»Du meinst, daß ich immer alles überstürze.«
»Ja, und daß ich die Dinge nie wirklich wahrnehme. Außerdem.«
Alice lächelte, sprach aber nicht weiter. Einen Augenblick später lächelte Henry auch. »Ja«, sagte er. »Das haben wir immer noch!«
Gleich darauf waren sie beide aufgestanden. Als sie hinausgingen, legte er den Arm um Alices Schulter und drückte sie fest. Alice hob das Kinn und gab ihm einen leichten Kuß auf die Wange.

Jane Smiley

Gewöhnliche Liebe und Guter Wille
Zwei Novellen
Aus dem Amerikanischen von Michael Strand
222 Seiten. Geb. S. Fischer und
Band 12725

Die Grönland – Saga
Roman
Aus dem Amerikanischen von Karin S. Rausch
751 Seiten. Geb. S. Fischer und
Band 11398

In den Jahren der Trauer
Erzählungen und eine Novelle
Aus dem Amerikanischen von Karin S. Rausch
214 Seiten. Geb. S. Fischer und
Band 10171

Tausend Morgen
Roman
Aus dem Amerikanischen von Hannah Harders
462 Seiten. Geb. S. Fischer und
Band 12412

Mörder in Manhattan
Roman
Aus dem Amerikanischen von Dietlind Kaiser
Band 12643

Fischer Taschenbuch Verlag

fi 467 / 6

Anne Tyler

Atemübungen
Roman
Band 10924

Caleb oder Das Glück aus den Karten
Roman
Band 10829

Wenn je der Morgen kommt
Roman
Band 12806

Fast ein Heiliger
Roman
Band 12721

Nur nicht stehenbleiben
Roman
Band 11409

Mister Morgan und die Puppenspielerin
Roman
Band 12047

Die Reisen des Mr. Leary
Roman
Band 8294

Margaret Atwood

Katzenauge
Roman. 492 Seiten. Geb. S. Fischer und Band 11175

Die Räuberbraut
Roman. 592 Seiten. Geb. S. Fischer

Tips für die Wildnis
Short Stories. 272 Seiten. Geb. S. Fischer und Band 11971

Die Giftmischer
Horror-Trips und Happy-Ends. Band 11824

Lady Orakel
Roman. Band 5463

Der lange Traum
Roman. Band 10291

Der Report der Magd
Roman. Band 5987

Unter Glas
Erzählungen. Band 5986

Die eßbare Frau
Roman. Band 5984

Die Unmöglichkeit der Nähe
Roman. Band 10292

Verletzungen
Roman. Band 10293

Wahre Geschichten
Gedichte. Band 5983

Bobbie Ann Mason

Geboren in Amerika
Roman
Aus dem Amerikanischen von Harald Goland
331 Seiten. Leinen. S. Fischer und
Band 9505

Liebesleben
Erzählungen
Aus dem Amerikanischen von Hannah Harders
327 Seiten. Geb. S. Fischer und
Band 11643

Shiloh und andere Geschichten
Erzählungen
Aus dem Amerikanischen von Harald Goland
320 Seiten. Leinen. S. Fischer

Spence und Lila
Aus dem Amerikanischen von Hannah Harders
176 Seiten. Geb. Fischer Bibliothek

S. Fischer

fi 430 / 4

Doris Lessing

Das goldene Notizbuch
Roman. Band 5396

Afrikanische Tragödie
Roman. Band 5747

Anweisung für einen Abstieg zur Hölle
Roman. Band 5397

Die Memoiren einer Überlebenden
Roman. Band 5202

Das Doris Lessing Buch
Band 11579

Die Terroristin
Roman. Band 9259

Shikasta
Canopus im Argos: Archive I
Roman. Band 9146

Die Ehen zwischen den Zonen Drei, Vier und Fünf
Canopus im Argos: Archive II
Roman. Band 9147

Die sirianischen Versuche
Canopus im Argos: Archive III
Roman. Band 9148

Die Entstehung des Repräsentanten für Planet 8
Canopus im Argos: Archive IV
Roman. Band 9149

Die sentimentalen Agenten im Reich der Volyen
Canopus im Argos: Archive V
Roman. Band 9150

Fischer Taschenbuch Verlag

fi 148 / 12

C. K. Stead
Der Tod des Körpers
Roman

Aus dem Englischen von
Silvia Morawetz
Band 11869

Eine Seltenheit: Eine Geschichte, die einem Krimi oder einem Thriller zu entstammen scheint, ist in anspruchsvolle literarische Formen eingeschmolzen. Harry Butler, Professor für Philosophie in Auckland, seit längerem mit der Problematik von Körper und Geist befaßt, ist in eine Krise geraten. Seine Ehe mit Claire scheint zerrüttet – Claire ist auf einem Sufi-Trip gesteigerter Innerlichkeit –, seine junge Geliebte, eine seiner Doktorandinnen, setzt ihm mit Ansprüchen zu, und eines Tages findet er beim Nachhausekommen noch die Polizei in seiner Wohnung: Drogenfahnder observieren ein Dealerpärchen im Nachbarbungalow. Nach einigen Tagen weist der Professor die Polizei unter einem Vorwand aus seinem Haus, in Wirklichkeit aber, weil ihm die Sache zu heiß wird. Zum einen hat er unter den Besuchern im Nebenhaus einen seiner besten Freunde wiedererkannt, zum anderen fürchtet er, selbst in die Sache mit hineinverstrickt zu werden: die junge Frau nebenan war vor Jahren für ein, zwei Nächte in Singapur seine Geliebte gewesen. Erst jetzt geht ihm auf, daß sie ihn damals zum Drogenschmuggel benutzt hatte. Aus diesen Konstellationen ergeben sich ein Mord, der unaufgeklärt bleibt, eine Universitätsintrige, angezettelt von zwei gräßlichen Funktionärinnen vom Frauenkollektiv, Polizeiaktionen, Flucht und Tod des Dealers und allerhand Rätsel um die Identität eines Autors.

Fischer Taschenbuch Verlag

fi 1627 / 1

Janice Galloway

Die Überlebenskünstlerin

Roman

Aus dem Englischen von Christine Frick-Gerke

Band 11840

»Einfach weiteratmen« empfiehlt der Originaltitel des Romans als ›Trick, am Leben zu bleiben‹. Joy Stone, eine junge Lehrerin in einer schottischen Stadt mittlerer Größe, hat ihn bitter nötig. Nachdem ihr Freund in ihrem ersten gemeinsamen Urlaub durch einen tragischen Unfall ums Leben gekommen ist, gerät Joy immer tiefer in eine seelische Krise und verliert die Kontrolle über ihre Welt. Der Roman ist das Protokoll dieser inneren Auflösung. Joy begibt sich schließlich in stationäre Behandlung und läßt einige Wochen lang die fruchtlosen Bemühungen wechselnder Psychotherapeuten (»Dr. Eins bis Dr. Fünf«) über sich ergehen. Sehr komische, bühnenreife Dialoge zwischen Arzt und Patient zeigen die Ratlosigkeit beider füreinander. Hilflos, mißverständlich, im besten Falle irritierend sind auch die Begegnungen mit Berufskollegen, ehemaligen und neuen Liebhabern, der älteren Schwester, einer mütterlichen Freundin und den Mitpatienten. Es gelingt Janice Galloway, die Krise von Joy Stone zu einer beispielhaften Geschichte zu transzendieren – der Geschichte vom komplizierten Leben der berufstätigen, unabhängigen jungen Frau der 80er Jahre. Dem Thema der Auflösung versucht Galloway auch in der Wahl ihrer Ausdrucksformen zu entsprechen. Spielerisch, phantasievoll, auch witzig läßt sie die Realien der fortgeschrittenen Kommunikationsgesellschaft auflaufen – vom Werbetext übers Horoskop und den Leserbrief bis hin zum Psychoslogan in Sprechblase.

Fischer Taschenbuch Verlag

fi 591 / 4

Barbara Gowdy

Fallende Engel

Roman

Aus dem Englischen von Sigrid Ruschmeier

Band 12541

Der Roman beginnt wie ein amerikanischer Film. Drei Schwestern fahren zur Beerdigung ihrer Mutter, auf dem Rücksitz liegt ihr betrunkener Vater und schläft. - Eine Durchschnittsfamilie, irgendwo in einer namenlosen Provinz der Neuen Welt, zwischen Neon, Plastik, Atomkriegsangst und Roaring Sixties. Barbara Gowdys lakonisch erzählte Episode aus dem harten Alltagsleben der drei heranwachsenden Töchter entwerfen das scharf gezeichnete Portrait einer Familie im ›ganz normalen Unglück‹.

»Das Raffinierte an dieser Erzählerin ist ihr moralisches Understatement. Ein beachtliches Talent.«
Verena Auffermann (Frankfurter Rundschau)